DE GRIEKSE ONTSNAPPING

Eerder verschenen van Karen Swan bij Xander Uitgevers

Een Noorse winternacht (2019)
De Spaanse belofte (2020)
De Ierse erfenis (2020)
De Zweedse affaire (2021)
Het winterse avontuur (2021)

KAREN SWAN

De Griekse ontsnapping

XANDER

Uitgegeven door Xander Uitgevers
www.xanderuitgevers.nl

Oorspronkelijke titel: *The Greek Escape*
Oorspronkelijke uitgever: Pan Macmillan
Vertaling: Ireen Niessen
Omslagontwerp: ZeroMedia
Omslagbeeld: Alamy Stock Photo, FinePic, GettyImages
Auteursfoto: Alexander James
Zetwerk: Michiel Niesen, ZetProducties

Eerste druk 2022

ISBN 978 94 0161 770 3 | NUR 302

Voor Ells
Gewoon blijven zwemmen.
(Met af en toe yoga tussendoor. En soms een glaasje wijn.)

PROLOOG

Middellandse Zee, voor de Côte d'Azur, eind juli 2018

Ze viel achterwaarts door de lucht en won vlug aan snelheid. Haar groene zijden jurk flapperde luid tegen haar huid, als de vleugels van een geschrokken vogel. Haar haar vloog omhoog en omlijstte haar laatste uitzicht als zachte wilgenloten terwijl ze geruisloos door de avond omlaagzweefde. Het was allemaal te snel gebeurd om angst te kunnen voelen, en de wetenschap dat het straks voorbij zou zijn bracht een vreemde kalmte met zich mee. De afgelopen maanden hadden haar gebroken, dus misschien was dit niet de ramp die het leek te zijn nu haar ogen volschoten en haar lichaam zich schrap zette. Misschien was het een zegen. Een bevrijding, zelfs. Dit was geen leven.

Ja, ze zou dit leven verlaten.

Maar ze zou ook vrij zijn.

1

New York, begin juli 2018, twee weken eerder

'Oké, geen paniek,' zei Xan, die aan de andere kant van het bureau opstond van zijn stoel en paniekerig met zijn armen zwaaide. 'Maar ik heb dertig pinguïns nodig voor een chic feest in East Hampton. Nu.' Hij vouwde zijn handen ineen en wees naar hen beiden. '*Go*!'

'Ik ben dól op pinguïns!' verzuchtte Poppy. Ze draaide heen en weer op haar stoel, haar lange benen voor zich uitgestrekt, terwijl ze van een groen sapje dronk.

Chloe legde haar kin in haar hand. 'Wat moeten pinguïns op een feest? Of is dat een rare vraag?'

'Serieus?' zei Poppy met een stalen gezicht. 'Dat je dat überhaupt moet vragen.'

Xan liep om zijn bureau heen en ging op de stapel papierwerk tussen de bureaus van de twee meiden zitten. 'De cliënt wil dat ze zich onder de gasten mengen.'

'Onder de gasten. Juist.' Poppy knikte alsof het volkomen logisch was om zo de sfeer te verhogen. Pinguïns waren tenslotte sociale wezens. Ze tikte op haar toetsenbord om een e-mail af te maken en slaakte een diepe zucht. 'Nou ja, zolang ze de drankjes maar niet hoeven te serveren. Dat zou pas écht te veel gevraagd zijn.'

Chloe grinnikte. God, ze genoot van haar werk en het feit dat zoiets hoorde bij een doodnormale kantoordag. 'Hoe laat begint dat feest?'

Xan trok een grimas. 'Over twee uur.'

'Oké,' zei Chloe langzaam; het was van hier drie uur rijden naar de Hamptons, en dan nam ze nog niet eens in aanmerking dat het laat op de vrijdagmiddag was en dat een groot deel van Manhattan ernaartoe ging. 'Dus dat wordt een helikopter.'

Xan haalde zijn schouders op. 'Desnoods regel ik een straaljager – heb je die vrouw ooit gesproken?' Chloe schudde haar hoofd. 'Vergeleken met haar is Melania nog bescheiden.'

Poppy schaterde. Ze had zo'n Julia Roberts-achtige mond die tot voorbij haar ooghoeken kwam als ze lachte – en dat deed ze veel. Ze was een merkwaardige combinatie van extremen: ze had een superslank en lang lichaam, maar met grote ogen en pluizig babyblond haar. Ze behoorde tot de top van het team, maar dat straalde ze niet uit – iemand die van de straat binnen zou lopen, kon haar zo aanzien voor een stagiaire.

'Ik heb net een optie genomen op de Augusta Grand op TSS Heliport. Die zal wel groot genoeg zijn voor dertig pinguïns, toch?' peinsde Xan hardop.

Poppy's ogen twinkelden. 'O, dat is een intrigerende rekenopgave! Hoeveel pinguïns passen er in een Augusta Grand? Wat is de kubieke inhoud van een gemiddelde pinguïn eigenlijk?' vroeg ze met een serieus gezicht aan Chloe.

Chloe ging achteroverzitten en draaide ook op haar stoel heen en weer. Ze brachten veel van hun dagen zo door. 'Hangt ervan af, Pops. Hebben we het over keizerpinguïns of een Antarctische huis-tuin-en-keukenversie? Het is appels met peren vergelijken.'

'*Apples and pears*? *Stairs*?' Haar stem was geaffecteerd en haar woorden klonken te goed gearticuleerd om het Cockneyaccent overtuigend na te doen, en ook met de simpele tuinbroek waar ze haar ranke lijf in had gehuld hield ze niemand voor de gek: Poppy Langham was de dochter van een burggraaf. De helft van alle schapen in Shropshire graasde op het land van haar familie.

'Waar hébben jullie het over?' verzuchtte Xan terwijl zij dubbel lagen van het lachen; soms was het net zo exotisch om de enige Engelsen in het team te zijn als wanneer ze van Mars zouden komen – en net zo leuk.

'Dat is het *rhyming slang* waar we je laatst over vertelden, weet je nog?' zei Chloe met een klopje op zijn knie. Als enthousiast anglofiel was Xan vaak verrukt van hun typisch Engelse uitdrukkingen, hoewel het hem zelden lukte om ze zelf correct toe te passen. Hij had onderweg naar een lunch eens tegen hun chef, Jack, gezegd dat zijn nieuwe auto *the bee's legs* was, waarmee hij natuurlijk *the bee's knees* bedoelde – oftewel je van het.

Maar vandaag had hij geen tijd voor een les in de finesses van de Engelse taal. 'En hoe helpt me dat verder met de pinguïns?'

Poppy legde haar voeten op het bureau – ze droeg vandaag rood-wit geblokte Vans – als duidelijk teken dat ze paraat stond. 'Tja, nou, als het vervoer per heli een half uur duurt, hebben we negentig minuten om een pinguïnkolonie te vinden.'

'Negentig? Eerder zeventig,' zei Chloe. 'Ze moeten ook nog naar de heliport, toch?' Ze haalde veelbetekenend haar schouders op.

Poppy knikte. 'Je hebt gelijk. Zeventig minuten. Meer heb je niet.'

'Nou, al dat rekenwerk is leuk en aardig,' zei Xan sarcastisch, die Poppy's sap pakte en de beker leegdronk, waarbij zijn jukbeenderen door het zuigen via het rietje prachtig uitkwamen. 'Maar de kubieke inhoud van een pinguïn en de inschatting van de duur van het vervoer even daargelaten, kunnen jullie me ook vertellen wáár ik die verrekte vogels kan vinden?'

Het gesprek viel even stil.

'Hm.' Poppy zuchtte peinzend en tikte met een vinger tegen haar volle lippen. 'Ik weet wél waar je ze níét zult aantreffen.'

'Wat dacht je van de dierentuin?' opperde Chloe.

'Topidee,' oordeelde Poppy, en ze wees met twee wijsvingers

naar Chloe alsof ze een deelnemer aan een spelprogramma was. Ze keek Xan weer aan en voegde er ernstig aan toe: 'Maar dat kost een hoop papierwerk. Duurt minstens een week.'

'Oké, dus de dierentuin is geen optie. Dus dan…'

'Het aquarium?' stelde Chloe voor.

Hij knikte. 'Ja, precies. Het aquarium.'

Poppy trok een medelijdend gezicht. 'Zelfde probleem.' Ze priemde naar hem met haar afgekloven balpen. 'Je hebt iemand nodig die ze privé houdt.'

'Een excentrieke miljardair?' voerde Chloe aan. 'Er is er vast wel een die ze als reuzenschaakstukken gebruikt of zo.'

'Zeker,' zei Poppy knikkend.

'Ja, maar wie heeft er een eigen verzameling pinguïns aan de oostelijke zeekust?' vroeg Xan, die nu toch een beetje in paniek begon te raken. 'Ik bedoel, ik ken wel wat ornithologen – Bob Truman heeft… uilen en valken? Ook wat adelaars, meen ik.'

'Trump zal in Mar-a-Lago wel een zwerm flamingo's hebben die je kunt lenen,' opperde Chloe.

Xan onderdrukte een huivering. 'Dat is helemaal in strijd met het kledingvoorschrift. Iedereen komt in het zwart-wit.'

'O. Balen.' Ze leunde achterover in haar stoel en draaide met halve cirkels heen en weer, met haar ogen nadenkend op een kleine veerboot gericht die over de East River voer. De zon scheen in een scherpe hoek door de spiegelende wolkenkrabbers omlaag en gaf het groene wateroppervlak een koperachtige tint. Ze pakte haar nieuwe Dior-zonnebril – ze liet er altijd een over de hoek van haar beeldscherm hangen voor het geval dat – en trok vragend haar wenkbrauwen op naar Poppy.

'Staat je goed,' zei Poppy goedkeurend. 'Heeft Charlize Theron die ook niet?'

'Ja, ik zag hem bij Barneys. Mooi?'

'Prachtig. Mag ik hem eens op?'

'Halló? Mijn pinguïns?' onderbrak Xan hun uitwisseling. 'Ik

verlies tijd. Hoe ver naar het noorden kun je met een helikopter gaan om op tijd terug te zijn voordat het feest in de Hamptons begint? Maine, of misschien zelfs Quebec?'

'Misschien wel.' Poppy bewonderde haar spiegelbeeld in het kleine spiegeltje dat ze met plakgom op een andere hoek van haar beeldscherm had geplakt.

'Ik bedoel, in Canada is het koud,' ging hij verder terwijl zij haar lippen tuitte. 'IJskoud. Daar hebben ze dan toch pinguïns?'

Poppy schudde meewarig haar hoofd. 'Pinguïns komen voor op het zuidelijk halfrond. In Canada heb je beren.'

Chloe slaakte een zucht. 'Had ze maar om béren gevraagd!'

'Dat zou pas een feest worden om nooit te vergeten... Het zou binnen de kortste keren zwart-wit-met-rood kleuren,' giechelde Poppy.

Intussen kwam Xan op een idee. 'Wacht... Nooit met kinderen of dieren werken is het devies, toch? Maar sómmige mensen doen dat wel. Het is hun specialisme.' Zijn gezicht lichtte op. 'Dus ik heb de naam van een dierentrainer nodig. Iemand uit de filmwereld.'

'Klinkt goed.' Poppy knikte en gaf Chloe haar zonnebril terug.

Xan raakte weer helemaal geïnspireerd. 'O! Was er niet een aantal jaren geleden een film met Jim Carrey waar pinguïns in speelden? O, o! Wat was de titel ook weer?' vroeg hij, opgetogen met zijn vingers knippend. '*Mr. Popper's Penguins*!'

Poppy maakte een volle draai met haar stoel, waarbij ze haar belachelijk lange benen omhooghield om te voorkomen dat haar voeten over de grond sleepten. 'Een héérlijke film! Ik heb een aardrijkskunde-excursie gemist om hem te gaan zien. Ik zat toen in de vijfde klas.'

'Ik heb die hele film gemist, volgens mij.' Chloe trok haar neus op en draaide ook een keer rond.

'O schat, het is echt een aanrader.'

'Oké. Dus ik hoef alleen maar uit te zoeken wie de pinguïns

daarvoor heeft geleverd,' mompelde Xan, die al niet meer op hun hulp rekende en om de bureaus heen liep om achter zijn computer te gaan zitten. 'Misschien is er een contactpersoon voor de oostkust...' Zijn stem verstomde. 'Wat is dit?' Hij las iets op het scherm voordat hij opkeek en Poppy een blik toewierp. 'Heb je me al een nummer gestuurd?'

'O. Ja.' Poppy haalde haar schouders op. 'Die vent is eigenaar van een wildpark in Vermont; hij verhuurt een deel van de dieren voor bepaalde gelegenheden om zijn beschermingsproject te kunnen financieren.'

'Maar... waarom zei je dat niet meteen?' gilde hij bijna. 'Ik heb net tien minuten verspild door met jullie te praten.'

'Niet verspild, Xan. Het gaat om de reis, niet om het doel. Dat weet je toch?' Poppy grijnsde en slaakte een gilletje toen er een açaibes haar kant uit werd gegooid.

Chloe lachte en concentreerde zich weer op haar eigen werk. Als corporate partnerships director hoefde zij zich niet bezig te houden met de buitenissige, bizarre en vaak vreemde verzoeken van hun leden. Het was haar taak aansluiting te zoeken bij ondernemingen met een vergelijkbare clientèle om hoge kortingen of exclusieve toegang voor hun leden te realiseren in een wederzijdse synergie. Invicta was in Europa al de succesvolste conciërge- en lifestyleservice in het luxesegment, en hoewel Amerika een relatief nieuwe markt voor de firma was, groeide de onderneming hier sneller dan waar ook ter wereld. Ze werkte nog maar vijf maanden op het kantoor in New York, maar net als in Londen bracht ze veel tijd brunchend en lunchend door om te netwerken en zo partners aan boord te krijgen, met als gevolg dat ze de stad al beter kende dan veel van zijn geboren en getogen inwoners. Er werd wel gezegd dat het drie winters duurt voordat iemand zich een New Yorker kan noemen, maar ze had haar oren en ogen opengezet en de vinger aan de pols van de stad gehouden, en ze wist precies wat het hart van de

New Yorker sneller liet kloppen – van een nieuwe Soho House-vestiging tot de opening van Ian Schragers nieuwste hotel en het Scandinavische Noma dat voor tweeduizend dollar per persoon een pop-updiner verzorgde in de members-only-club Spring Place. Sinds haar aankomst in februari had ze zich met een ijver voor tien op haar werk gestort en er was geen vijfsterrenhotelbar waar ze nog geen drankje had gedronken, geen sterrenrestaurant waar ze nog niet had gedineerd. Poppy was naast haar collega ook haar dansvloerpartner, en Chloe begon eraan te wennen dat er een paar ochtenden per week foto's van hen beiden op de societypagina's te vinden waren. Het klonk geweldig – en het wás geweldig – maar haar kijk op luxe was veranderd en nu ze in de bodem van deze stad begon te wortelen, was er niets aanlokkelijker dan het vooruitzicht van een rustig avondje thuis. Voor een voormalig plattelandsmeisje uit Northumberland werd al die overdaad soms weleens te veel.

'Yes!' zei Poppy, die met een triomfantelijk vuistgebaar een telefoongesprek beëindigde.

'Wat is er?'

'Dat was de bevestiging waar ik op wachtte. Alexander krijgt een week lang het exclusieve gebruik van het nieuwe resort van Soneva op de Malediven. Het gaat pas over een maand open en je weet hoezeer hij op zijn privacy gesteld is.'

Dat wist Chloe inderdaad. Poppy was de lifestylemanager voor de vermogendste cliënten; ze had er steeds slechts vijf tegelijk onder haar hoede – voor een lidmaatschapsbijdrage van tweehonderdduizend dollar per jaar kreeg je haar bijna-exclusieve aandacht – en Alexander Subocheva stond bovenaan dit toplijstje. Deze oligarch met een wereldwijd imperium in de mijnbouw, elektronica en het hotelwezen leidde een meer dan uitzonderlijk leven. Niets lag buiten zijn bereik. Toen hij met Tom Cruise door het Californische Big Sur wilde motorrijden, had Poppy dat georganiseerd. Toen het enige werk van Leonardo daVinci dat zich nog ergens in privébezit bevond werd geveild, had hij haar erop afgestuurd om het voor hem te kopen zodat hij het boven het bed in zijn privévliegtuig kon hangen. Binnen die context klonk deze vakantie als een heel redelijke wens; hij had ook om een vakantie op de maan kunnen vragen.

'Super.'

Naast haar tikten Poppy's vingers op het toetsenbord een verheugde e-mail naar zijn personal assistant.

'Hoe gaat het trouwens met Pelham? Zijn ze veilig weggekomen?'

Poppy kreunde. 'Maar nét – niet dat hij dat weet.' Ze had gisteren het grootste deel van de dag besteed aan het charteren van een volledig bemand jacht om haar lievelingscliënt Pelham, Lord Hungerford, van Belize naar Tulum te brengen nadat zijn chauffeur – op jungletocht – had gebeld dat ze het doelwit van Guatemalaanse bandieten waren en dat ze werden gevolgd. Poppy, die zich de 'flexibiliteit' van de officiële instanties daar nog herinnerde van de tijd die ze er in haar tussenjaar had doorgebracht, had hem kalm verzocht om naar de kust te rijden en gezegd dat zij de rest zou afhandelen. Chloe had haar gehoord – het klonk alsof ze iemand de weg naar de plaatselijke kroeg wees. 'Hij weet niet beter dan dat de reisplannen veranderd zijn vanwege het weerbericht.' Poppy grijnsde. 'Die arme Pelham.'

Ook Chloe moest lachen. Het was een zinsnede die steeds terugkeerde: 'Die arme Pelham'. Na dertig jaar rokkenjagen, gokken en familiegeld verkwisten had hij een soort openbaring gehad nadat zijn vierde vrouw ervandoor ging met zijn stiefzoon uit zijn tweede huwelijk. Het afgelopen jaar had hij grotendeels doorgebracht met pogingen om zijn eerste vrouw, Clarissa, terug te winnen. 'De liefde van mijn leven en het beste wat me ooit is overkomen, maar ik zag het niet in,' had hij geklaagd in een telefoongesprek met Poppy. Hij en 'Rissa' waren in de loop der jaren goede vrienden geworden – zij had hem zijn bedrog 'omwille van de kinderen' vergeven – maar hoewel zij het prima had gevonden om hun relatie nieuw leven in te blazen, was ze geenszins van plan om er weer een formele draai aan te geven, ondanks Pelhams steeds extravagantere liefdesverklaringen. Hij had verschillende pogingen tot een aanzoek ondernomen, maar die werden steeds gedwarsboomd, niet alleen door Rissa's volharding maar ook door spelingen van het lot. En nu door Midden-Amerikaanse bandieten.

'Trouwens, Elle en ik gaan dit weekend naar Montauk. Heb je zin om mee te gaan?' zei Chloe, die in een brochure over een luxevastgoedproject in de Zwitserse Alpen zat te bladeren. Ze was aan het onderhandelen over een deal die hun leden voorrang bij aankoop gaf en ze had voor volgende week een bespreking over de voorwaarden gepland staan. 'We nemen de Jitney van negen over zeven vanavond.'

'Hè, ik zou graag willen, maar ik kan niet.' Poppy strekte haar armen en benen en gooide haar hoofd achterover, zodat haar lange haar bijna tot op de vloer reikte. 'Ik moet hier blijven, voor het geval dat. Alexander geeft vanavond zijn grote diner en er mag beslist niets misgaan. Het is allemaal top secret.'

'Vanwaar al die poppenkast?' Chloe kon zich het gezamenlijke nettovermogen rond de betreffende eettafel amper voorstellen – misschien ongeveer het bruto binnenlands product van een klein Europees land?

'Hij is potentiële investeerders voor de hotelketen aan het werven; hij zit er flink over in spanning, dus ik moet ervoor zorgen dat alles perfect verloopt.'

'En dat is jou wel toevertrouwd.' Ze wist beter dan wie ook hoeveel moeite Poppy zich had getroost. Als naaste collega had ze alles meegekregen, van het eerste begin tot de uitvoering. Alexanders opdracht was geweest: 'Iets spectaculairs, iets onvergetelijks. Een manifestatie van mijn unieke visie en baanbrekende kijk op luxe.' Dus had Poppy een deftig diner op een ijsberg bedacht.

Het was een enorme uitdaging geweest – door de stevige wind en de kwetsbaarheid van de geschiktste ijsberg voor de gelegenheid was het geen optie om er per helikopter naartoe te vliegen. Poppy had naast de reislogistiek om de uitverkoren gasten naar Groenland te brengen niet alleen de catering geregeld, maar ook dat hun maten waren opgenomen – ongeacht waar ter wereld ze op dat moment waren – voor pakken van rendierhuid die voor hen zouden klaarliggen in het vliegtuig. Na de landing zouden ze met hondensleeën naar het uiteinde van de ijsvlakte worden vervoerd (een punt dat per dag veranderde vanwege het smelten van het ijs), vanwaar een eenheid van ex-Navy SEALS ze naar de ijsberg zou brengen. Daar had een ijskunstenaar de laatste drie dagen gewerkt aan een wenteltrap die ze konden beklimmen om boven door een hele zwik butlers met dienbladen koude wodka te worden begroet. Het was ongelooflijk en absurd. En dus normaal voor een man als Alexander Subocheva.

'Oké, jammer dat je vanavond niet kan – we gaan naar dat nieuwe steakrestaurant in Amagansett – maar het extra bed blijft vrij als je later toch nog wilt langskomen,' zei Chloe. Elle had in Montauk een kleine cottage voor de zomer gehuurd, maar Chloe bracht er zoveel weekenden door dat zij bijdroeg aan de huur. Strikt genomen was het een huisje voor twee personen, maar Poppy voelde zich niet te goed om op de kleine slaapbank in de woonkamer te slapen, waar haar blote voeten over de rand van het matras bungelden.

Ze legde de skiresortbrochure neer en pakte haar tas. Het was vrijdag zes uur, dus het was weekend. Tijd om te vertrekken.

'Hm, zondag is misschien een optie. Hoe laat willen jullie teruggaan?'

'Pas laat in de avond. Als je de eerste bus neemt...'

Er verscheen een scheve grijns op Poppy's gezicht. 'Het kan ook zijn dat Alexander tegen die tijd terug is. Als hij met de heli naar zijn buitenverblijf vliegt, kan ik misschien een lift van hem krijgen.' Haar telefoon ging. 'Ik app je er nog wel over.' Ze nam op en knipoogde naar Chloe terwijl ze het bodempje water uit haar flesje opdronk. 'Ha, Mike, hoe gaat het? Nog steeds in LA?'

Michael Greenleve, muziekproducer en een echte Londense cockney, leidde nu een luxeleventje in LA. Chloe had het gevoel dat ze Poppy's cliënten ook door en door kende. Omdat ze zo dicht bij elkaar zaten, werden gesprekken zelden privé gevoerd, dus wist Chloe dat Mike van rock hield en niet van reggae, dat hij zijn steak kort gebakken bliefde, alleen Partagas Serie D-sigaren rookte, aan zijn derde huwelijk bezig was, net de nieuwe LaFerrari Spider had besteld, een maîtresse had in zowel Beverley Hills als Hawaï, waar hij veel van zijn muziek produceerde (beide maîtresses wisten van de echtgenote, maar niet van elkaar), en dat hij een high-intensity-interval-trainingsprogramma volgde waardoor hij twee keer op de spoedeisende hulp was beland. En dit wist ze allemaal zonder dat ze ooit een woord met hem had gewisseld.

'Naar San Francisco...' hoorde ze Poppy nog zeggen terwijl ze vertrok. 'In een duikboot... O mijn god, Mike, dat klinkt fantastisch! Ja, natuurlijk kan dat. Wanneer had je in gedachten?

Montauk, Long Island, de volgende dag

De gloeiende sintels van het strandvuur dwarrelden voor hen door de schemering, waar ze gymnastische sprongetjes maakten en cirkeltjes draaiden. De koele pareltjes condens gleden langs de bierflesjes in hun handen naar beneden. Chloe zat in een lage Adirondack-stoel, haar billen bijna op de vloer, haar lange blote benen uitgestrekt, haar voeten op de balustrade met uitzicht op de branding erachter, de muziek vanuit de bar op de achtergrond. Ze bestudeerde haar tenen en vroeg zich af of de zachtblauwe nagellak misschien toch de indruk wekte dat ze bevriezingsverschijnselen had, terwijl Elle naast haar bezig was met het bekijken van haar Instagramfeed.

Ze hadden een heerlijke luie dag op het strand achter de rug, hoewel het woord lui hier een heel andere betekenis had dan toen ze nog in Chiswick woonde: in plaats van uitslapen met een kater, een calorierijke brunch en een middag op de bank – of bij mooi weer op een plaid in Dukes Meadows – bestonden haar zaterdagen hier uit een wandeling van acht kilometer rond de Point, een pilatesles en een wedstrijdje beachvolleybal. Pas daarna was het geoorloofd de rest van de middag liggend op het zand door te brengen.

Chloe voelde met haar vingers aan de huid rondom haar ogen; die voelde zoutig en schraal aan, ondanks de zonnebrand met factor 30 waarmee ze zich steevast om de anderhalf uur zorgvuldig insmeerde. Maar ja, ze had Keltisch bloed, dat zag je meteen. Haar vader had haar bleke huid met sproetjes altijd omschreven als melk bestrooid met nootmuskaat. Ze had zijn lichte groenbruine ogen geërfd en het dikke kastanjekleurige haar van haar moeder – ze was niet in de wieg gelegd voor vele uren op wit zand; ze was gemaakt voor noordelijke winters en dikke kabeltruien, voor houtvuren en warme chocolademelk.

Elle was daarentegen gemaakt voor dagen als deze – ze was ruim één meter tachtig en van Ghanese afkomst, met een blauwzwarte huid die uitdagend terugglansde naar de zon. Haar benen waren lang en slank, en haar huid was strak en soepel als een trampoline. Voor Chloe voelde het alsof ze naast Naomi Campbell lag. Het enige wat Elle in deze omgeving dwarszat was zand in haar haar – een weelderige afro die gemakkelijk nog eens tien centimeter aan haar lengte toevoegde. Naast haar leek Chloe nog meer dan anders op een voormalig Engels hockeyminnend schoolmeisje. Elle, een soulzangeres met een zoetpittige stem als warme honing met gember, was geboren voor het podium: ze had er de stem en het uiterlijk voor. In de partyscene van Manhattan had ze een soort cultstatus verworven. Ze gaf elk feestje schwung. Ze was altijd de levendigste en opvallendste persoon in de zaal – met wat hulp van een voorliefde voor kleurrijke vintagekleding – en Chloe kon er soms nog niet over uit dat deze paradijsvogel juist haar onder haar vleugels had genomen. Ze hadden elkaar voor het eerst ontmoet in de Strand Book Store op de hoek van East 12th Street en Broadway, waar ze allebei hetzelfde boek wilden pakken waarvan nog maar één exemplaar was. Elle, die haar een seconde voor was, had voorgesteld dat ze het aan haar zou uitlenen en dat ze het naderhand bij een kop koffie zouden kunnen bespreken. Die koffie volgde tien dagen later – ze hadden het verhaal allebei razendsnel uitgelezen – en was naadloos overgegaan in samen eten en daarna dansen in een club in SoHo. Zo was binnen de kortste keren een vriendschap ontstaan. Sindsdien waren ze bijna onafscheidelijk en met Poppy erbij, die zich vaak bij hen voegde, had Chloe het gevoel dat haar nieuwe leven hier volop aan het ontluiken was.

'Waar wil je gaan eten?' vroeg Elle, die met haar hoofd achterover tegen de stoel leunde en haar smekend aankeek. Dat deed ze geregeld, want ze kreeg vaak plotseling enorm veel trek; als ze zin had in eten, was het woord 'nu' daar altijd stilletjes aan verbonden.

Chloe's ogen knepen zich nadenkend samen. Zij had altijd trek, niet af en toe. 'Wat dacht je van een hamburger? Of pizza?'

'Zoals ik er nu over denk allebei.'

'Nou, laten we dan naar Navy Beach gaan. Dat is het dichtste bij en we kunnen er vast snel een tafel krijgen.'

'Klinkt goed.' Elle trok haar lange benen in en kwam als een babygiraffe overeind. 'Ik ga betalen. Het is mijn beurt om te trakteren.'

Ze liep naar binnen, waarbij de bovenkant van haar haardos de deuropening raakte. Chloe keek uit over zee en zag de laatste jachten terugkomen na een dagje op het water. De lichtjes van de jachthaven verderop langs de landtong flonkerden al. Ze volgde de boten met haar ogen, maar nam amper de moeite haar hoofd te bewegen. Ze voelde zich ontspannen en het bier gaf de warme nacht een extra milde roes. Ze wist nu al dat ze vannacht goed zou slapen en ze hoopte dat Elle niet nog wilde gaan stappen, dat ze hun avond lekker loom konden laten eindigen. Stappen betekende nog meer drank, dansen en flirterige smalltalk met naamloze mannen. En hoewel Elle er prima mee kon leven, waren losse contacten een complicatie waar zij niet op zat te wachten. Nog niet. Ze probeerde wel zover te komen, maar ze was er nog niet aan toe. Het was te snel.

Haar mobiel, die naast haar op de plankenvloer lag, ging over. Even kwam ze in de verleiding niet op te nemen. Al helemaal toen ze zag dat het een telefoontje van kantoor was. En juist daarom nam ze uiteindelijk toch op.

'Hallo?' zei ze vragend. Ze werd in het weekend nooit vanaf kantoor gebeld.

'Chloe? Met Jack.'

'Hoi, Jack!' Ze kon de verbazing in haar stem niet verbergen. Jack Mortimer was een van de oprichters van het bedrijf, een knappe, lange voormalige kostschooljongen met golvend haar waar zelfs Hugh Grant nog jaloers op zou worden. Hij had voor Cambridge geroeid en was wat haar moeder – die de gave had om mensen accuraat te typeren – 'een playboy van de oude stempel' zou noemen, met zijn liefde voor kaartspellen, paarden en vrouwen. Hij stond erom bekend meestal evenwichtig te zijn, maar op het verkeerde moment, op de verkeerde dag, kon hij kortaf, wisselvallig en humeurig zijn: dan sloeg hij soms zomaar zijn klauwen uit. 'Wat is er? Is alles in orde?'

'Niet echt, nee.' Zo te horen was hij van slag. 'Oké, waar ben je?'

'In Montauk.' Haar ogen vielen weer op de inktzwarte horizon.

'O, super,' mompelde hij. 'Zo ongeveer halverwege richting Londen dus.'

Wat? Dat sloeg natuurlijk nergens op, hoewel het hem duidelijk slecht uitkwam dat ze niet meer in de buurt van East 10th Street zat. Er was iets mis. Ze stond op en leunde tegen de balustrade. De laatste zweem van de dag was amper nog een dunne streep aan de horizon, het donkere doek van de avond daalde neer. Er stak een zeebries op. 'Jack, wat is er aan de hand? Wat is er mis?'

'Luister, Chloe, ik heb je nodig in Manhattan.'

'Oké,' zei ze langzaam, zich afvragend waarom. 'Ik kan morgenochtend vroeg meteen vertrekken, maar...'

'Nee. Nu meteen.'

'Nú?' sputterde ze met haar ogen op het flesje bier in haar hand; het was haar derde. Ze was al een klein beetje beneveld. 'Maar waarom dan? Wat is er gebeurd?'

Er viel een stilte en ze kon hem bijna hóren worstelen.

'Jack?' Haar hand greep de telefoon steviger vast, haar blik strak gericht op een boot in de verte, vanuit een behoefte aan houvast. Ze voelde de spanning in haar lichaam groeien met elke ademhaling, de angst begon haar als mist te bekruipen.

'Ik... ik weet niet hoe ik het moet zeggen, Chloe... Er is een ongeluk gebeurd.'

'Ben je ongedeerd?'

'Het gaat niet om mij.' Ze hoorde hem diep ademhalen. 'Het gaat om Poppy.'

'Wát?' Chloe hapte naar lucht, voelde haar bloed stollen en vergat verder te ademen.

'Ze is door een auto geschept toen ze vanavond het kantoor verliet. Een of andere godvergeten idioot is de stoep op gejakkerd...' Hij slikte. 'De bestuurder is gevlucht. De politie is naar hem op zoek, maar ik heb begrepen dat het zo snel ging dat hij er alweer vandoor was voordat omstanders doorhadden wat er gebeurde.'

Door een auto geschept? Nee. Dit kon niet waar zijn. 'Denken ze dat het opzet was?' fluisterde Chloe, die nauwelijks geloofde dat ze deze vraag stelde. Twee minuten geleden was dit nog een gewone zaterdagavond geweest...

'Nee. Momenteel wijst alles erop dat het een dronken bestuurder was. Die is doorgereden.'

Haar gezicht vertrok. Was dat beter? Was het wel een troost dat het een ongeluk was geweest, toeval, gewoon pech? Een ultiem geval van 'verkeerde moment, verkeerde plaats'?

'Maar hoe gaat het met haar? Ik bedoel, ze redt het toch wel?' Ze zag Elle, die inmiddels terug was en bij hun stoelen stond, vragend kijken bij het horen van Chloe's dringende toon.

Weer viel er een stilte. 'We weten nog niets, de artsen willen alleen met haar naaste familie spreken. Maar ik heb wel begrepen dat ze nog steeds bewusteloos is.'

'Nog steeds? Hoe bedoel je, "nog steeds"?' Haar stem klonk schril, strak als een snaar.

'Volgens ooggetuigen is ze op haar hoofd gevallen.'

Chloe hapte weer naar adem. 'Nee!'

'Maar de hulpverleners waren er al na een paar minuten. Het komt goed met haar, Chloe,' zei hij gedecideerd, alsof zijn woorden de doorslag zouden geven. 'Ze komt hier doorheen. Poppy is sterk.'

Chloe gaf geen antwoord. Hoe sterk moest je zijn om tegen een auto op te kunnen?

Het drong nog niet volledig tot haar door. Ze kon niet goed nadenken. Het leek alsof de aardbodem onder haar was gekanteld en haar voeten weggleden. 'Zijn haar ouders al op de hoogte?'

'Ja. We hebben de eerst mogelijke vlucht voor hen geboekt. Ze komen morgenochtend aan.'

'Dan haal ik ze wel op van het vliegveld,' mompelde Chloe, die zich probeerde te herpakken.

'Dat hoeft niet. Ik heb al toegezegd dat ik dat doe.'

'Maar ik zal toch wel íéts kunnen doen?'

'Ja, daarom bel ik je. Ik wil graag dat je terugkomt naar Manhattan en dat jij Poppy's cliënten overneemt.'

Chloe's mond viel open. 'Hè? Ik?'

'Ik weet dat het veel gevraagd is. Het is niet niks. Geloof me, ik weet het.'

'Maar Jack,' stamelde ze. Ze probeerde helder na te denken, haar gedachten te ordenen. Waarom dacht hij op zo'n moment aan het werk? 'Daar ben ik niet geschikt voor. Ik heb de contacten niet, of de knowhow en het talent om met haar cliënten om te gaan.'

'Kom nou, Chloe, je bent hier echt wel tegen opgewassen. Tom heeft me verteld dat je een tijdje bent ingevallen toen er in Londen een vacature was.'

'Ja, maar op een heel ander niveau. Dat ging om algemene leden, kaartjes voor een Bieber-concert, een reservering bij het Firehouse. Ik ben geen type voor de grote jongens.'

Weer een korte stilte. 'Chloe, alsjeblieft. Ik zou niet weten wie ik het anders zou moeten vragen.'

'En Serena dan?'

Maar alleen al de suggestie voelde als verraad. Het zat niet in Poppy's aard om een hekel aan mensen te hebben, maar áls ze aan iemand een hekel zou hebben, was dat Serena Witney. Op het New Yorkse kantoor was Serena de enige andere lifestylemanager voor vips, maar de twee vrouwen waren totaal verschillend en het was niet toevallig dat hun bureaus ver van elkaar verwijderd stonden. Waar Poppy's cliënten hechtten aan de warmte, het bohemienachtige en de luchtigheid die ten grondslag lagen aan haar indrukwekkende professionele kwaliteiten, werd Serena bewonderd om een dienstverlening die beheerst en vormelijk was. Ze was nooit te laat of onvoorbereid, nooit moe en altijd onberispelijk. Ze was trots op de successen van haar eigen cliënten en koesterde zich in hun glans. Daar had Poppy niets op tegen, had ze Chloe vaak verzekerd, tijdens de lunch met een vork in haar sla prikkend, maar ze had er wél bezwaar tegen dat Serena geen teamspeler was, zich weinig bekommerde om junior medewerkers, en steeds haar eigen ego afzette tegen dat van háár. Poppy ging op haar eigen manier om met Serena's koele karakter: door de draak met haar te steken. Toen ze een keer grapte dat Serena dit werk alleen maar deed om een rijke man aan de haak te kunnen slaan, had ze aan haar ogen gezien dat er een kern van waarheid in zat. Dus ze herhaalde het nu telkens wanneer ze de kans kreeg.

'Serena heeft Lorenzo Gelardi al onder haar hoede,' zei Jack vermoeid.

'O. God, ja dat is ook zo.' Hoe kon ze dat nou vergeten? Lorenzo Gelardi was Serena's lievelingstopman, een erfgenaam van een rederij-imperium dat hij had uitgebouwd tot een mondiale onderneming op logistiek gebied. Het feit dat Subocheva en hij elkaar wel konden schieten – Alexanders echtgenote was ooit verloofd geweest met Lorenzo – had Serena en Poppy alleen nog maar verder uit elkaar gedreven en hun rivaliteit bevorderd. Als de mannen erachter zouden komen dat ze allebei lid waren van dezelfde conciërge- en lifestyleservice, zou dat al erg genoeg zijn. Ze konden niet ook nog eens bij dezelfde lifestylemanager worden ondergebracht.

'Dus je snapt wel waarom ik je nodig heb om op de winkel te passen. Je hoeft alleen maar Poppy's lijstje van cliënten over te nemen en ze zolang tevreden te houden. Tot ze beter is. En dat is vast binnen afzienbare tijd.'

'Natuurlijk.' Chloe knikte. Ze hoorde zijn optimisme, wilde het zelf ook voelen. Ze zag een hoge golf naar het strand rollen en zich schijnbaar roerloos verheffen om daarna de vergetelheid in te storten. Ze zag het water schuimen voordat het in het zand zakte. Het was ongelooflijk. Poppy... aangereden. Door een dronkenlap. Op een gewone zaterdagavond.

Hij vatte haar zwijgen op als afkeuring. 'Luister. Ik weet dat ik harteloos overkom met deze focus op het werk terwijl we allemaal over Poppy inzitten. Geloof me, ik ben er kapot van en ik zou de rotzak die haar dit heeft aangedaan wel wat kunnen dóén. Maar ik kán niets doen, en om nou alleen maar te gaan zitten kniezen en de boel te laten verslonzen... Dat zal haar niet helpen en het kan wel zeer nadelig zijn voor de firma – wat ze niet zou willen. Ze weet heel goed dat we haar cliënten niet aan hun lot kunnen overlaten terwijl zij wachten tot ze is hersteld. Ze zijn allemaal dol op haar, natuurlijk, maar laten we wel wezen: als wij in de tussentijd niet inspringen, doet iemand anders dat wel. Hun medeleven zal snel opraken als ze hun luxeleven niet gewoon weer kunnen oppakken.'

'Jack,' zei ze zuchtend. 'Ik begrijp wel wat je zegt, maar er zijn vast anderen die geschikter zijn dan ik. Xan, bijvoorbeeld. Ik ben de nieuwste collega op deze vestiging.'

'Zeker, maar je hebt over het geheel genomen langer voor de onderneming gewerkt dan de rest. En je voldoet aan het profiel. Poppy's cliënten horen graag een onkreukbare Engelse stem aan de andere kant van de lijn.'

'Ja! Omdat ze van adellijken huize is. Dat straalt op hen af. Ik heb een andere achtergrond. Mijn vader is wiskundeleraar.'

'Luister nou, jij zit naast Poppy, je hoort vaak haar gesprekken, de toon die ze gebruikt, je weet waar ze van houden. Jij kent ze, al weet je dat zelf misschien niet. Echt, er is niemand geschikter dan jij.' Hij haalde diep adem. 'Bovendien zou Poppy willen dat jij haar vervangt, dat weet je.'

Chloe sloot haar ogen. Ze wist dat hij daarin gelijk had. Ze probeerde na te denken, zichzelf te hervinden. 'Is het diner op de ijsberg goed verlopen, weet jij daar iets van?'

'Ik heb niets gehoord wat wijst op het tegendeel, dus ik neem aan van wel. Subocheva is er bepaald niet de persoon naar om zijn ongenoegen voor zich te houden.'

'Nou, dat is tenminste iets. Ze heeft weken aan de planning besteed. Wist je dat ze zelfs speciale rendier...'

'En weer verder, Chloe,' zei hij kordaat. 'Dat is oud nieuws. Subocheva kijkt alweer vooruit, dus dat moet jij ook doen. Daarom heb ik je nodig. Je moet inzicht krijgen in zijn wensen en wat hij nodig heeft.'

'Maar stel dat ik het niet kán, Jack?' Ze wikkelde zenuwachtig een haarlok om haar vinger. 'Ik heb Poppy's connecties en verbeeldingskracht niet.'

'Met bluf kom je een heel eind. Blijven glimlachen en ja zeggen. Niets is onmogelijk. Overleg met mij of Tom als je vastloopt.'

Alsof ze dat zou doen. 'Oké dan,' zei ze, en ze beet nerveus op haar lip.

'Je hoeft het niet in je eentje te doen, Chloe. Wij zullen je aan alle kanten ondersteunen, maar onthou vooral ook dat je het voor Poppy doet. Dit is voor jou de beste manier om haar te helpen. We zijn allemaal van slag. We weten niet hoe het met haar gaat en wat er precies aan de hand is. We kunnen alleen maar de ballen voor haar in de lucht houden tot ze terugkomt en ons er allemaal van probeert te overtuigen dat ze eigenlijk de dochter van een taxichauffeur uit Peckham is.'

Chloe deed een poging te grinniken, maar de akelige gedachte aan haar levendige vriendin in een ziekenhuisbed met god wist wat voor verwondingen weerhield haar daarvan. 'Je hebt gelijk. Ik doe het voor Poppy. Ze zou het vreselijk vinden als we haar cliënten zouden teleurstellen. Trouwens, volgens mij...'

Ze fronste nu ze eraan dacht. 'Volgens mij is Pelhams dochter volgende week jarig. Ik zoek het wel op in het dossier.'

'Goed idee.'

'En...' Ze dacht aan het telefoongesprek dat Poppy voerde toen ze gisteren het kantoor verliet. 'Ik geloof dat ze voor Mike Greenleve iets met een duikboot aan het regelen was.'

'Een dúíkboot?'

'Ja.'

Ze hoorde hem weer zuchten. 'Oké. Check dat maar, kijk hoever ze al was. Maar dit is goed. Dit is wat ik bedoelde, Chloe. Jij bent de enige die haar kan waarnemen. Je weet meer dan je zelf denkt. Al die flarden en details die voorbij zijn gekomen. Je hoeft alleen maar voort te borduren op de dingen die je hebt gehoord. Je hebt de info al. Kom gauw terug om uit te zoeken waar ze mee bezig was. Ik ben momenteel in Palm Beach – over een uur vlieg ik terug – maar we zien elkaar snel. Hopelijk is er ook gauw een update vanuit het ziekenhuis.'

'God, dat hoop ik wel,' zei Chloe vurig. 'Het is te hopen dat ze snel beter wordt.'

'Laten wij intussen de schouders eronder zetten,' zei hij voor hij ophing. Chloe keek naar de telefoon, verwonderd dat hij zojuist in alle ernst dat cliché had gebruikt.

Maar hij had gelijk. Wat moesten ze anders?

2

Hôtel Crillon, Parijs, juli 2018

Elodie sloeg haar ene been over het andere terwijl het model een pose aannam en haar ogen op een schilderij achter haar hoofd richtte. Ze herkende de blik in die ogen maar al te goed, de holheid die voortkomt uit een zeer beperkt voedingspatroon en avondjes tequila, de afstandelijkheid die onvermijdelijk is als je slechts een figuur bent, een prachtig, toevallig samenstel van lange botten en een strakke huid, zichtbaar en tegelijkertijd onzichtbaar.

Ze richtte haar aandacht weer op de grove tweedstof van het jasje dat het meisje droeg, de sierknopen, de ivoorkleurige tule die in het Europese winterlicht zo flatteerde.

'Nou, dat zou een goede keus zijn voor het Amfar Benefit in New York begin oktober,' mompelde Raquel, haar styliste, die naast haar zat en een print van haar indrukwekkende lijst afspraken voor de komende vier maanden in haar handen hield. 'Die snit zou je goddelijk staan.'

'Ik heb al zo'n jasje.'

'Ja, maar dat ligt in LA en eerlijk gezegd ben ik nooit helemaal tevreden geweest over de halslijn. Bovendien, als ze dit model in een bordeauxtint kunnen maken, zal het veel levendiger ogen in combinatie met de jurk, denk je niet? Het is nu wat te bruidsachtig, zo geheel in het crème.'

Elodie gaf geen antwoord. Ze werd weleens moe van de nietaflatende kooplustigheid van haar styliste.

'En een donkere roodtint is helemaal jouw kleur,' voegde Raquel eraan toe.

Het was dus een uitgemaakte zaak.

Het hoofd van het atelier, een toonbeeld van efficiëntie en discretie in haar witte werktenue, gaf een knikje, waarop het model haar voet naar voren stak, ter plekke omdraaide en de ruimte uit paradeerde op hetzelfde moment dat er een ander binnenkwam in een uitwaaierende donkerblauw-met-witte avondjurk.

'Ja, deze is perfect voor dat kankerbenefiet volgende maand,' zei Raquel met een zweem van opwinding in haar stem. 'Als-ie op tijd klaar kan zijn.' Ze keek het atelierhoofd aan. 'Is dat mogelijk, madame Dubeau?'

'Natuurlijk. We kunnen er prioriteit aan geven.'

'Nee, niet mouwloos,' sputterde Elodie tegen. Op dit punt zou ze niet toegeven.

Raquels zorgvuldig vormgegeven wenkbrauwen trokken een volmaakte boog, zoals altijd wanneer dit onderwerp aan de orde kwam. 'Maar je hebt prachtige armen, Elodie, ze zijn superdun.'

Elodie schudde afwijzend haar hoofd en hield haar mond. Ze wist dat ze door te zwijgen haar misnoegen beter kon overbrengen dan door nog iets te zeggen.

Raquel keek madame Dubeau met een zucht weer aan. 'Kan dit ontwerp ook met mouwen worden gecreëerd of denkt u dat ze er afbreuk aan doen?'

'*Peut-être* een smalle driekwartmouw van chiffonzijde? Of een pofmouwtje van zijdemousseline? We kunnen het atelier vragen een toile te maken om beide looks te laten zien?'

Het model – dat naar hetzelfde schilderij achter Elodies hoofd keek – verplaatste haar gewicht naar haar andere heup. Aanwezig, maar ook weer niet.

Raquel keek Elodie weer aan. 'Wat vind jij?' Haar stem klonk vertrouwelijk, intiem. 'Ik denk zelf dat we moeten kiezen tussen deze en de Valentino.'

'De Valentino?' vroeg Elodie. Ze kon zich echt niet alle jurken herinneren, het waren er zoveel.

'Ja. Rood satijn, je weet wel, een piepklein strikje aan de vierkante hals, heel smalle mouwen?'

'Aha.' Elodie knikte, maar wist niet of ze zich de jurk echt herinnerde of dat Raquels serieuze toon haar daarvan had overtuigd. 'Nou, als de Valentino al mouwen heeft...'

'Ja, je hebt natuurlijk gelijk. Ik betwijfel of Karl het ons in dank zou afnemen als we ons bemoeien met de details van zijn creatie.' Raquel wierp madame Dubeau weer een blik toe. 'Deze dus maar niet.'

Madame Dubeau gaf weer een knikje en het model draaide zich om op precies dezelfde manier als het andere meisje even daarvoor had gedaan. Ze verliet de ruimte net op het moment dat de lift pingde. Iedereen keek op en Elodie voelde de huivering die ze altijd voelde wanneer haar echtgenoot ergens binnenkwam. Het was alsof er iets in de atmosfeer veranderde – alsof de lucht werd samengeperst en de kleuren flakkerden.

Ze zag hem door de hal benen in de richting van de open boog naar de salon van hun suite, zijn blik strak op haar gericht. Hij was zeventien dagen weg geweest, onder meer in Berlijn, Londen, New York en Chicago. Normaal gesproken liet hij haar niet zo lang alleen.

Haar ogen volgden al zijn bewegingen, haar hart bonzend zoals altijd in zijn aanwezigheid, maar ze bleef zitten op de kleine goudkleurige stoel en zag hoe hij het tafereel in zich opnam: kleine meisjes die een verkleedpartijtje hielden.

'Dag dames, jullie vermaken je wel, zo te zien.' Zijn geamuseerdheid krulde zich als een slapende kat om de woorden heen. Zijn breedgeschouderde in een donker pak gehulde gestalte oogde vierkantig in de elegante, lichte kamer waar extravágante bolronde boeketten van witte pioenrozen op ranke tafels stonden, en waar het bleekgroene zijdebehang handbeschilderd was met sierlijke chinoiserie.

'*Darling*, je kent madame Dubeau van het Chanel Atelier nog wel, toch?' zei Elodie zacht. 'En Raquel, natuurlijk.'

'Natuurlijk,' mompelde hij, met een hoofdknikje ter bevestiging, hoewel Elodie wist dat hij geen idee had wie de brunette met haar steile, glanzende bobkapsel rechts van haar ook alweer was. Hij had Raquel al een keer of tien ontmoet, maar hij begroette haar altijd alsof ze een onbekende was. '*Enchanté*, dames.'

Er liep weer een model binnen vanuit de logeerkamer, die momenteel in gebruik was als kleedkamer. Er gleed een verraste blik over haar gezicht en ze wankelde heel even toen ze de krachtige gestalte van de man des huizes onverwacht achter de met zijde beklede bank zag staan – een bijna agressieve inbreuk van mannelijke energie op een cocon van vrouwelijke activiteit. Macht, of de illusie die ermee gepaard ging, had vaak een sterk effect op mensen: soms verlammend, soms verontrustend, soms ook opwindend.

Het arme meisje vervolgde haar loopje – ineens leek het een moeilijke taak en oogde de met pareltjes afgezette avondjurk nogal grotesk, zo midden op de ochtend.

'Raquel en ik laten onze herinnering aan de collectie opfrissen. We hebben een druk najaarsprogramma voor de boeg,' zei Elodie, die zag hoe hij naar het model keek, dat haar modellenhouding aan had genomen en nu als aan de grond genageld stond, trillend als een hertje, haar ogen strak gericht op dat verrekte schilderij achter haar.

'Maar is dit echt nodig?' vroeg haar echtgenoot met een zweem van een spottend lachje in zijn oogopslag. 'Dit hele... theater?' Met zijn hoofd een tikje schuin gebaarde hij rond in de onberispelijke, serene ruimte. 'Als je een nieuwe garderobe nodig hebt, koop dan gewoon alles.'

Naast haar reageerde Raquel geschokt, alsof ze met een gloeiend hete pook werd gepord. 'Sorry?'

Maar Elodie viel stil. Ze wist wat haar man wilde, wat hij wérkelijk wilde zeggen.

'Darling, je bent te goed voor me,' zei ze met gedempte stem. Ze hield zijn blik een ogenblik vast, waarna ze zich tot de andere vrouwen in de ruimte wendde. 'En jullie hebben het natuurlijk druk. Madame Dubeau, ik had me moeten realiseren dat er ook vele anderen zijn die van uw diensten gebruik willen maken, het zou zelfzuchtig van me zijn als ik u nog langer ophield.' Ze glimlachte en zorgde ervoor dat ze stralend overkwam terwijl ze opstond en de sessie beëindigde. 'Kunt u alstublieft regelen dat er van elke jurk een exemplaar in mijn maat wordt bezorgd, met uitzondering van de avondjapon van zojuist? En het jasje van set nummer twaalf graag in een bordeauxtint. O, en mijn gebruikelijke eisen gelden.' Niets boven de knie. Geen blote armen. Geen lage decolletés.

'*Bien sûr*,' antwoordde het atelierhoofd met een onbewogen gezicht, te deftig om haar vreugde te tonen terwijl het model snel langsliep. 'En wilt u graag dat het hiernaartoe wordt gebracht of naar een van de andere adressen?' Ze hadden er vijf in hun lijst staan.

'Hiernaartoe alstublieft.' Haar handen hadden zich ineengeklemd, een gebaar dat ongeduld uitdrukte, en madame Dubeau, die het begreep, vertrok discreet. Ze hadden haar maten. De finesses konden op een later moment worden geregeld.

Raquel had de subtiele boodschap echter niet meegekregen. Haar bijna zwarte ogen schitterden van verrukking over het halve miljoen dat zomaar aan de collectie van één enkele ontwerper werd uitgegeven voor een seizoen vol feestjes en partijen.

Elodie nam dus het initiatief en boog zich naar haar toe om haar wangen oppervlakkig te kussen. 'Heel fijn dat je dit hebt georganiseerd, Raquel, dank je wel. Ik zal je niet langer ophouden. Je zult wel veel te doen hebben in deze fase van het coutureseizoen.'

'O... Eh, jawel,' stamelde Raquel terwijl Elodie haar hand pakte en schudde. De butler stond al bij de boog te wachten om haar uitgeleide te doen. 'Maar we moeten het nog wel hebben over de Valentino. Ik vind nog steeds...'

'Absoluut. Ik bel je snel.'

'En ik heb voor donderdag Dior geboekt.'

'Fijn.'

Elodies gereserveerdheid was in de loop der jaren gecultiveerd. Haar beeldschone uiterlijk had haar een leven lang begerige én jaloerse blikken opgeleverd, iets waar ze altijd mee geworsteld had. Ze had het nooit fijn gevonden om in de schijnwerpers te staan, hield er niet van gefotografeerd te worden en haar bruiloft was dan ook een kwelling geweest. Het had jaren geduurd voor ze erachter kwam dat haar behoedzame gedrag mensen op de zenuwen werkte. Naarmate zij rustiger sprak en stiller werd, werden zij juist drukker en rustelozer, alsof ze het door haar gecreëerde vacuüm moesten vullen. Meestal konden ze hooguit een paar minuten verdragen voordat ze zich geroepen voelden te vertrekken en haar de rust te geven waar ze naar hunkerde.

Ze maakte er nu gebruik van. Ze glimlachte maar zweeg, haar donkere ogen blanco en ondoorgrondelijk. Raquel greep haar tas en stopte het notitieblok erin met de uitgebreide – maar onnodige – beschrijvingen van elke outfit die ze geschikt achtte voor haar cliënte. 'Een grandioos besluit, de complete collectie is magnifiek, je zult er steeds geweldig uitzien,' zei ze, haar kusjes toewerpend terwijl ze de banken en zijtafels ontweek bij het volgen van de butler naar de hal.

Elodie wachtte tot de deur dichtklikte voordat ze haar ogen naar haar echtgenoot liet glijden. Hij stond met een uitgestoken hand te wachten, zijn handpalm geopend.

'Zullen we, darling?'

3

New York

Het kantoor was ontworpen met de wowfactor voor ogen. Bezoekers die uit de lift stapten, kwamen terecht in een ruimte met hoge plafonds – een voordeel van de keuze voor de bovenste twee verdiepingen van een oude fabriek – en een grote wand van ramen met stalen kozijnen die uitkeken over de rivier. Maar hoewel de constructie van het gebouw industrieel was, kon je de inrichting gerust super-de-luxe noemen, met matzwarte muren en ivoorkleurige bureaus die in rechthoekige clusters over de enorme kantoortuin waren verdeeld. De gesloten ruimtes die er waren, betroffen blokken van rookglas in verschillende afmetingen: de kleinste voor de ontvangst van gasten en vertrouwelijke gesprekken, andere voor grotere vergaderingen van afdelingen, en de grootste was Jacks kantoor. Het idee erachter was inclusiviteit – geen verborgen agenda's, geen politieke machtsspelletjes achter gesloten deuren en ondoorzichtige muren – maar het had ook geleid tot een soort kantoorritueel: er werd elke dag gegokt naar de kleur en het design van Jacks dandyachtige sokken, want hij duwde na binnenkomst altijd zijn schoenen uit als hij aan zijn bureau ging zitten. (Als ze het zich goed herinnerde, was het vrijdag zwart met een Dennis the Menace-print geweest.)

De Poggenpohl-keuken aan de andere kant, dicht bij de liften, had vier Gaggia Naviglio-koffiemachines en een enorme Meneghini La Cambusa-koelkast, die elke ochtend van verse sushi werd voorzien waar de werknemers dan vrij van konden nemen. De keuken grensde aan een groot zitgedeelte uitgerust met banken en vintage oranje fluwelen Bellini-stoelen, bordspellen en ruisonderdrukkende koptelefoons. Maar het pièce de résistance was toch wel de gigantische wereldkaart die een van de muren van vloer tot plafond besloeg. Hierop knipperden piepkleine lampjes wit op een zwarte achtergrond, als sterretjes die in de nacht tussen de wolken door piepten. Deze duidden op verzoeken die van cliënten over de hele wereld binnenkwamen en die meteen lieten zien welke regio's op dat moment wakker en actief waren.

Chloe zou nooit het gezicht van Tom Elliott, Jacks partner in Londen, vergeten toen hij de laatste factuur van de architect had ontvangen, maar Jack was er heilig van overtuigd dat ze hun klanten geen luxueuze lifestyle konden aanbieden als het personeel er niet ook een behoorlijk graantje van meepikte. Het draaide om 'integriteit', had Jack volgehouden. Dat was zijn favoriete woord als hij probeerde zijn zin te krijgen. Maar hij had misschien ook wel een punt – *Architectural Digest* had een artikel gewijd aan Invicta's nieuwe Amerikaanse hoofdkwartier toen het in gebruik werd genomen, en sindsdien waren er meer stukken over verschenen, waarmee waardevolle publiciteit was gegenereerd en ze werden opgemerkt door Manhattans meest vermogende en drukbezette inwoners.

Maar Chloe ervoer geen wowfactor nu ze er deze zaterdagavond binnenliep. Het was bijna middernacht. Buiten had ze verderop in de straat blauwe zwaailichten gezien en het politielint waarmee een weggedeelte was afgezet. Ze had bijna moeten overgeven bij de aanblik. Poppy. Daar was het dus gebeurd. De favoriete juicebar van haar vriendin lag een halve straat verderop. Was ze op weg geweest om een sapje te halen, een traktatie na een zaterdag op kantoor?

Ze bleef even staan kijken naar Poppy's bureau. Er was niets veranderd. Het zag er exact zo uit als gisteren aan het begin van de avond, behalve dan dat de lege beker groen sap nu in de afvalbak lag. Haar stoel stond een stukje van het bureau gedraaid alsof ze eruit was gesprongen – typisch Poppy.

Achter in de grote ruimte schenen de lampen van de buiten kantooruren bezette bureaus. Ze hoorde de gedempte stemmen van de aanwezige teamleden die zich bezighielden met routineverzoeken van cliënten: restaurantreserveringen, een plek op een viplijst van een club of een lastminuteboeking van een hotelsuite.

Chloe zeeg met knikkende knieën neer in de stoel van haar vriendin en keek met betraande ogen rond. De biertjes die ze eerder op de avond had gedronken veroorzaakten een bonkende hoofdpijn. Aarzelend, alsof ze de afmetingen nog moest inschatten, gleed ze met haar handen over het gladde oppervlak van het bureau en liet ze haar ogen als een roodborstje over de eclectische verzameling prullaria hippen: een naar vijgen geurende kaarsstomp, een zwart-witfoto van Poppy met haar broers en zussen hangend aan de takken van een grote oude taxusboom, de roze zeester die ze in maart op Little Exuma had gekocht en die ze gebruikte als vrij nutteloze presse-papier, haar verstuiver met patchouli-rozengeur waarmee ze op meditatieve toon hummend in het rond sprayde als Serena op haar hoge hakken langs kwam klikklakken, afgekloven doppen van haar favoriete rode balpennen, een halfleeg pakje kauwgom. En zonder de rechterbovenla te openen wist Chloe dat daar een potje Marmite in zat.

Poppy's bureau was amper anderhalve meter van het hare verwijderd, maar toch zag alles er anders uit vanuit deze stoel. Ze had hier goed zicht op de keuken en liften, die vanachter Chloe's eigen bureau deels schuilgingen achter een pilaar. Het kleine spiegeltje dat aan de bovenkant van het beeldscherm was geplakt – waarvan Chloe had verondersteld dat het alleen bedoeld was om nieuwe make-up aan te kunnen brengen (Poppy had het kameleontische vermogen van een topmodel om haar uiterlijk in een handomdraai met wat accessoires en een draai aan haar kapsel aan te passen) – bood niet alleen uitzicht op de door glas omgeven vergaderruimte, maar ook op Serena's bureau en Jacks kantoor achter haar.

Rechts van haar knipperde de wereldkaart, qua verzoeken en eisen zo uit balans dat hij schuin leek te hangen. De West Coast was bespikkeld met lichtgevende speldenprikjes, maar het grootste deel van het binnenland lag in duisternis. Europa begon net een beetje te ontwaken en zou pas over een paar uur actiever worden, maar in Oost-Azië was het middag en knipperden de lichtjes volop. Chloe had het altijd heel rustgevend gevonden om te zien hoe ze zich gedurende de dag geleidelijk over de muur verplaatsten.

Ze keek hoe laat het was in Groenland – bijna vier uur in de ochtend. Was Subocheva daar nog? Chloe wist niets over de plannen voor ná het ijsbergdiner. Het feit dat Poppy hier vandaag aanwezig was geweest, suggereerde dat ze zich bezighield met een vervolg. Ze trok de la open waar Poppy de dossiers van haar cliënten bewaarde en vond de vijf namen die ze zocht: Subocheva, Mike Greenleve, Pelham, filmregisseur Christopher Proudlock en operazangeres Rosaria Bertolotti. Hun levens – kosmopolitisch, druk, veeleisend – hadden Poppy's dagen – en soms nachten –beheerst, en tot haar terugkomst zouden ze die van Chloe beheersen.

Met een vermoeide zucht ging ze achteroverzitten, haar dubbele espresso nog dampend door het drinkgaatje in het deksel, en ze begon te lezen. Het was tijd om zich van alle ins en outs op de hoogte te stellen.

De maandag kwam met anderhalve zwenking over de wereldkaart. De heldere lichtjes bewogen als een traag zoeklicht van oost naar west en de weekendteams losten elkaar af terwijl de nacht overging in de dag, en de dag weer overging in de nacht. Chloe had de rest van haar weekend op kantoor doorgebracht, met stijve ledematen en spierpijn als pijnlijk resultaat. Ze was korte tijd naar haar appartement geweest om een paar uur te slapen voordat ze als een student die blokte voor een tentamen was teruggekeerd om Poppy's dossiers verder door te nemen. Ze had gelezen over de carrières en het familieleven van haar cliënten, de exacte locaties van hun huizen wereldwijd, de suites en hotels waar ze graag verbleven als ze op reis waren, hun voedselvoorkeuren, allergieën en hun verleden qua cosmetische operaties, hun muziek- en culturele smaak, hun lievelingsdesigners, de namen van hun huisdieren, de auto's waar ze in reden, de scholen die hun kinderen bezochten, hun eigen verjaardagen en die van hun familieleden en andere dierbaren. Ze had hun socialmedia-accounts bekeken, aantekeningen gemaakt van extra wetenswaardigheden, en hoewel ze ieder van hen nog in het echt moest ontmoeten, was ze er inmiddels van overtuigd dat ze hen beter kende dan hun moeder, wederhelft, kinderen, beste vrienden en werkrelaties. Ze had hen vanuit alle hoeken bekeken, het profiel bestudeerd dat je alleen in beeld kreeg als je iemand in verschillende sociale hoedanigheden kende, iets wat in het gewone leven nooit gebeurde. De zakenrelatie zou haar cliënt nooit als vriend leren kennen, de maîtresse kende haar cliënt niet als echtgenoot, en de vriendin zou haar cliënt nooit als zakelijke concurrent meemaken. Maar zij kende alle aspecten en al hun eigenaardigheden en wensen – van een speciale Montblanc-vulpen om contracten mee te ondertekenen tot achtenveertig witte rozen met lange steel voor een nieuwe minnares – stonden op haar lijst en zaten in haar hoofd. Ze had gedaan wat ze kon, en nu was het maandag en zou de telefoon gaan rinkelen. Het stond te beginnen.

Ze was vroeg naar kantoor gegaan, deels omdat Jack en Tom

een videovergadering met haar hadden gepland, die om acht uur zou plaatsvinden, en deels omdat ze toch bijna niet kon slapen van de zenuwen. Ze was al om vijf uur wakker geworden, en nadat ze een meditatiesessie halverwege had onderbroken, was ze van haar appartement achttien straten verder hiernaartoe gejogd en had ze gedoucht alvorens ze haar voeten om zeven uur onder het bureau had gestoken.

'O, Chloe. Zit jíj hier?'

Chloe keek op. Jack had het team in het weekend een mail gestuurd om iedereen op de hoogte te stellen van Poppy's ongeluk. Het was dus geen gewone maandag en terwijl de medewerkers binnendruppelden, bleef de stemming bedrukt. Met haar levendige losheid was Poppy het kloppend hart van het team – ze werd nu al gemist.

Chloe schoof haar stoel achteruit en vlocht haar vingers ineen. 'Hoi, Serena.' Ze zag het vraagteken op het gezicht van haar collega bij de aanblik van Chloe in Poppy's stoel met haar vrolijk bestickerde koptelefoon over haar oren. 'Ja. Jack heeft me gevraagd om Poppy te vervangen tot ze terug is.'

'Echt?' vroeg ze lijzig, het woord als een elastiekje uitrekkend.

Chloe vond de verbazing in haar stem beledigend. Die impliceerde dat ze een omhooggevallen kantoormiep was, niet goed genoeg om rechtstreeks contact te onderhouden met de voornaamste cliënten. Het was precies waar Chloe zelf bang voor was, dus Serena legde de vinger op de zere plek. 'Ja. Ik heb in Londen ook een tijdje rechtstreeks voor cliënten gewerkt.'

'Dat wist ik niet.' Serena knikte alsof ze had besloten het dan maar te laten passeren. 'Maar god, wat is het vreselijk. Ik kon het niet geloven toen ik het hoorde. Het is ongelooflijk triest.' Ze zag er niet erg triest uit. Integendeel, ze zag er onberispelijk uit in haar zwarte overhemdjurk, puntige ballerina's met riempjes en een Michael Kors-zonnebril op haar hoofd waarmee ze haar lange zwarte haar naar achteren hield. Het leek erop dat zij afgelopen weekend ook in de zon had gelegen – wat leek zaterdag alweer lang geleden – want haar wangen en voorhoofd waren gebruinder dan Chloe zich herinnerde. Ze zag haar zo voor zich aan een zwembad in East Hampton, een gekoeld drankje naast zich. Natuurlijk niet zo heel anders dan zijzelf toen ze het nieuws had gehoord, maar ze durfde te wedden dat ze heel verschillend hadden gereageerd. 'Hoe gaat het nu met haar? Is er al meer bekend?'

Chloe keek vol afkeer de andere kant op. Alsof háár dat wat uitmaakte! Dit was voor Serena alleen maar geroddel; ze wist overduidelijk niet dat Poppy's leven aan een zijden draadje hing – of het kon haar niet schelen. 'Niet dat ik weet,' zei ze koeltjes, en ze pakte een van Poppy's toegetakelde balpennen, waarmee ze verwoed tegen het bureau begon te tikken.

Serena aarzelde toen ze zag dat Chloe, nu gesloten als een oester, haar blik niet beantwoordde. Haar ogen gleden over Poppy's bureau alsof het ergens mee besmet zou kunnen zijn, maar vervolgens zette ze een stap naar voren, leunde tegen de rand en dempte haar stem. 'Luister, Chloe, ik zal niet beweren dat Poppy en ik close met elkaar waren. We waren bepaald geen vriendinnen, maar wat er met haar is gebeurd is afschuwelijk. Dat wens ik niemand toe. Ik hoop heel erg dat ze snel zal herstellen.'

Chloe keek haar weer aan en zag de bezorgdheid op Serena's gezicht. Natuurlijk hoopte ze dat. Wie niet? Als zoiets zich voordeed, was er geen ruimte voor kleinzielige kantoorpolitiek. 'Ik ook,' zei ze toegeeflijk, zich schamend voor haar aanvankelijke harde gedachten. Ze slaakte een zucht. 'Vertelde het ziekenhuis ons maar meer.'

'Volgens Jacks e-mail lag ze in coma?'

Alleen het woord al was huiveringwekkend. 'Ze wordt in coma gehouden, ja,' verduidelijkte ze, alsof het daar beter van werd, alsof het betekende dat de medici de situatie onder controle hadden. 'Ze schijnt zwaar hoofdletsel te hebben opgelopen.'

'Mijn god,' fluisterde Serena ontdaan. 'Ik kan het nog steeds niet geloven, het is net een afschuwelijke droom.'

Het woord waar je naar zoekt is nachtmerrie, dacht Chloe bij zichzelf, die het liefst wilde gillen. 'Ja. Het is vreselijk.'

Xan kwam binnen met zijn skateboard onder een arm en een gedeukte strohoed op zijn hoofd. Zijn bureau stond tegenover de bureaus van Poppy en Chloe, dus Serena's smalle rug was naar hem toegekeerd en hij trok een kritische wenkbrauw op.

Chloe reageerde niet, want Serena keek haar aan.

'Aan de andere kant is dit een geweldige kans voor jou. Daar zul je vast wel blij mee zijn.'

Chloe fronste. 'Pardon?'

'Dat je Poppy's cliënten mag overnemen. Dat is niet niks, ze heeft grote namen op haar lijstje – als je indruk op ze maakt, is dat een springplank voor elke baan die je maar wilt.'

Chloe knipperde met haar ogen. Dacht Serena nou echt dat ze onder deze omstandigheden bezig was met haar eigen carrièrekansen? Hoe kon het dat ze Serena's dubbelhartigheid daarnet niet had doorzien. 'Zoals ik al zei,' antwoordde ze met gesmoorde stem, 'vervang ik Poppy alleen maar tot ze voldoende is hersteld om terug te keren. Dit is níét wat ik wil. Ik voel me als een vis in het water in mijn eigen vakgebied.'

'O, natuurlijk. Dat begrijp ik.' Er viel een stilte en Chloe zag dat Serena nog geen aanstalten maakte om weg te lopen. 'Maar denk er niet te licht over,' zei ze vooroverleunend. 'Het zijn lastige persoonlijkheden, Poppy's cliënten, en ze verdragen geen fouten. Bovendien heeft Poppy de gave om het leven van mensen binnen te dringen. Ik vraag me af of ze zelf weten hoe afhankelijk ze van haar zijn. Ik weet uit ervaring dat zo'n relatie heel intiem is, dat het maanden – misschien wel jaren – duurt voor je een goede band hebt opgebouwd. Je hebt kans dat ze het jou kwalijk zullen nemen dat jij háár niet bent, wees je daar bewust van. Het wordt niet per se gemakkelijk de komende weken.' Ze stak haar hand uit en gaf een klopje op Chloe's arm voordat ze haar rug weer rechtte. 'Dus als je advies nodig hebt, weet je me te vinden, toch? Ik help je met alle plezier.'

'Onvoorstelbaar, wat een bitch,' siste Xan terwijl hij zijn hoed op zijn bureau gooide.

'Tja...' mompelde Chloe terwijl ze haar nakeek. De telefoon op het bureau ging, en ze nam op zonder na te denken. 'Invicta, u spreekt met Chloe Marston,' zei ze op de automatische piloot, haar stoel naar het bureau toe draaiend met een oog op het spiegeltje, zodat ze zag dat Serena, aangekomen bij haar eigen bureau, tevreden haar steile haar schikte. 'Hallo?'

Een korte stilte. 'O. Ik bel voor Poppy Langham. Ik dacht dat dit haar rechtstreekse nummer was.' Het was een vrouwenstem met een accent en enige ergernis in de woorden.

Chloe kromp ineen en richtte haar volledige aandacht op de beller. Poppy's nummer was niet openbaar, alleen cliënten hadden het, wat betekende dat dit Rosaria Bertolotti moest zijn, haar enige vrouwelijke cliënt. Serena's woorden klonken nog na in haar oren... *Ze zullen het jou kwalijk zullen nemen dat jij háár niet bent*. 'Ja, dat klopt. Ik moet u helaas vertellen dat Poppy momenteel niet beschikbaar is.'

'Niet beschíkbaar?'

Dat was overduidelijk niet iets wat tot de mogelijkheden behoorde. 'Het spijt me. Ik ben aangewezen om haar de komende weken te vervangen.'

Nu een verblufte stilte. 'Waarom? Waar is Poppy? Wat is er aan de hand?'

Chloe aarzelde. Ze had geoefend wat ze zou zeggen sinds ze het nieuws zaterdagavond zelf had gehoord, maar de woorden hardop zeggen en daadwerkelijk het leven van deze mensen in te stappen... Nu ging het dus echt gebeuren. 'Slecht nieuws, helaas. Poppy heeft afgelopen weekend een ongeluk gehad en ligt in het ziekenhuis. Ze is aangereden door een auto.'

Chloe hoorde de vrouw naar lucht happen. 'Mijn hemel.' Haar toon was nu helemaal anders.

'Het spijt me enorm.' Ze wist niet goed waarom ze zich verontschuldigde.

'Komt het goed met haar?'

'We denken van wel. We hopen van wel. De artsen geven nog niet veel informatie, het is nog te vroeg.'

Er viel weer een lange stilte.

'Ik vind het ook voor u heel vervelend,' ging Chloe verder, en ze hoopte dat ze niet te snel praatte, dat de woorden niet als nerveus gekakel haar mond uit kwamen rollen. 'Maar ik verzeker u dat u tijdens haar afwezigheid op dezelfde service en expertise kunt rekenen. Zoals ik al zei, is mijn naam Chloe. Ik werk nauw samen met Poppy en...'

Een zachte klik.

'Hallo... Hallo? Bent u daar nog?'

De verbinding was goed en Tom Elliotts open, blakende gezicht keek hen zo recht aan dat het leek alsof hij daadwerkelijk tegenover hen aan de tafel zat. Ze kon zijn gebruikelijke sterke koffie en Armani-aftershave bijna ruiken.

'... hopen haar later te kunnen opereren als de zwelling genoeg is geslonken,' zei Jack rechts van haar. Hij zag er afgetobd uit. Het leek alsof hij een baard liet groeien, maar niet per se met opzet, en Chloe kreeg de indruk dat hij net zoveel tijd in het ziekenhuis had doorgebracht als zij op kantoor.

'Jezus, het is nog steeds... zo onwerkelijk,' mompelde Tom, die gespannen over zijn gezicht wreef, ongetwijfeld gefrustreerd dat hij nu zo ver weg was. Hij was wat haar moeder een 'doener' noemde, iemand die het liefst met zijn voeten in de klei stond, wilde helpen, problemen wilde oplossen. Dat maakte hem zowel een voortreffelijk manager als – soms – een moeilijke man. 'Maar helaas gaat het nieuws al rond,' verzuchtte hij. 'Liv vertelde me net dat de mensen al over het ongeluk beginnen te praten...' Liv was zijn personal assistant en een van de beste netwerkers van Londen.

Jack onderbrak hem fronsend. 'En met de mensen bedoel je...'

'De Soho House-kliek, de dames van Condé Nast, en Mills hoorde er gisteren al wat mensen over praten bij de polowedstrijd in Windsor,' zei Tom, het allemaal op zijn vingers afvinkend. 'Het schijnt dat #prayforpoppy als gedeeld wordt op Insta.'

'Geweldig, dus het is een kwestie van tijd voor de paparazzi erop zullen duiken,' kreunde Jack. 'Die vinden niets mooier dan de ellende van rijkelui. Ik zie het al voor me: ARISTOCRATISCHE BEAUTY NA AANRIJDING VOOR DOOD ACHTERGELATEN.'

'Jack, niet doen.' Chloe kromp ineen en keek naar haar handen.

'Sorry. Sorry,' reageerde Jack snel toen hij haar gezichtsuitdrukking zag. 'Dat was een stomme opmerking.'

Tom keek bezorgd naar Chloe. 'Hoe gaat het nu met jóú, Chloe?' Ze staarde hem aan. Alsof hem dat iets kon schelen. 'Je was goed met haar bevriend, toch?'

'Ik bén goed met haar bevriend,' zei ze op scherpere toon dan de bedoeling was, maar ze schrok van zijn gebruik van de verleden tijd, alsof Poppy al dood was.

'Juist ja, dat bedoelde ik ook.' Tom wierp Jack een blik toe – ze waren geen van beiden op hun best in dit emotionele mijnenveld.

Ze haalde diep adem en vermande zich. 'Het gaat wel, hoor.' Ze keek Tom weer aan, maar nu met een behoedzamere blik. Ze kon het zich niet veroorloven dit persoonlijk te maken.

'En heb je je kunnen verdiepen in haar cliënten?'

'Ja. Ik heb de dossiers in het weekend doorgelezen,' zei ze kordaat. 'Ik denk dat ik het wel red.'

‘Heb je al iemand van hen gesproken?’

‘Nee, ik wilde alles met jullie kortsluiten voor ik contact zou leggen,’ zei ze, waarna ze zich het telefoontje herinnerde. ‘Hoewel het niet helemaal waar is. Er belde een half uur geleden iemand die naar Poppy vroeg, dus ik moest het wel vertellen.’

‘Echt? Wie was het dan?’

‘Nou, ze hing op voordat ik haar naar haar naam kon vragen...’

‘Haar? Rosaria Bertolotti dus?’ onderbrak Jack haar.

Chloe haalde haar schouders op.

‘Waarom hing ze op?’ wilde Tom weten.

‘Omdat ze geschokt was? Van streek?’

‘Nou, dat is niet best! Als ze Poppy nodig had en er zo achter kwam dat zij er niet was...’ Hij keek gestrest. ‘Zie je? Dit is wat ik bedoelde, Jack. We moeten dit managen. Het kan verdomme niet zo zijn dat haar cliënten erachter komen nadat de rest van de wereld het al weet.’

Jack glimlachte geforceerd, zo te zien afgemat. ‘Tom, relax. Het was één telefoontje. Chloe regelt het wel, toch, Chlo?’

‘Natuurlijk. Ik zal haar straks terugbellen om mezelf goed voor te stellen en ervoor te zorgen dat ze op de juiste manier op de hoogte wordt gesteld – en ik zal ook contact opnemen met de andere cliënten.’

‘Mooi zo.’ Jack glimlachte, maar Tom leek nog niet gerustgesteld te zijn en keek naar haar met een bezorgde blik. Kennelijk was hij bang dat ze de relatie van hun firma met vijf van de meest lucratieve leden op de een of andere manier zou ondermijnen. Chloe probeerde het niet persoonlijk op te vatten.

‘Goed, probeer op hun behoeften te anticiperen, oké?’ zei hij, heen en weer schuivend op zijn stoel met die ernstige maar tegelijk vriendschappelijke oogopslag die hij altijd gebruikte al hij aan teambuilding deed. ‘Wees... wees proactief, niet reactief.’

‘Prima,’ zei ze instemmend, alsof ze dat nog niet wist. ‘Met dat in het achterhoofd zal ik zo snel mogelijk een afspraak met ieder van hen proberen te regelen, voor een drankje, ontbijt, lunch of diner, of welke gelegenheid ze maar uitkomt – als ze tenminste in het land zijn. Ik ken hén wel, maar zij kunnen mij dan ook leren kennen. Een ontmoeting lijkt me een goed idee, om het ijs te breken.'

'Mee eens,' verklaarde Jack. 'En zodra ze je leren kennen, zullen ze dol op je zijn. Dat kan niet anders, toch, Tom?'

Tom ontmoette haar blik via het scherm en knipperde met zijn ogen. 'Ja, absoluut.'

4

'Oké, nou komen we ergens,' verzuchtte Chloe, die een keer in haar handen klapte en vervolgens met een tevreden blik haar handpalmen tegen elkaar drukte en achterover ging zitten.

'Succes?' vroeg Xan vanachter zijn bureau. Serena en zij mochten dan gebruind van hun weekend zijn teruggekeerd, hij had zijn haar met strepen laten highlighten.

'Eindelijk! Ik ben al een uur bezig om Poppy's cliënten te pakken te krijgen. Maar vijf mensen. Vijf telefoontjes. Hoe moeilijk kan het zijn? Dat zal ik je vertellen. Het is alsof je achter spionnen aan jaagt!' Ze begon ze op haar vingers af te tellen. 'Pelham is onbereikbaar. Die vist in de Golf van Mexico naar marlijnen.' Dat was vinger één. 'Ik heb een boodschap voor Alexanders assistent in Moskou achtergelaten – volgens háár assistent is hij vandaag in Genève – maar ze heeft me nog niet teruggebeld.' Vinger twee.

'Ach ja, de warme, immer hartelijke Anjelica.' Xan glimlachte. Subocheva's executive assistant stond bekend om haar ijzige manier van doen. 'Nou, van haar hoor je pas als ze onderzoek heeft laten doen naar je achtergrond.'

'Een hele geruststelling,' zei Chloe ironisch, haar hand nog in de lucht.

'Je kunt het haar moeilijk kwalijk nemen,' zei Xan grijnzend. 'Een onbekende vrouw die vanaf Poppy's nummer belt? Dat jij paranoïde bent, wil nog niet zeggen dat ze het niet op je gemunt hebben, toch?'

'Nou, ik betwijfel of ze iets over me vinden, afgezien van een boete wegens foutparkeren in Ladbroke Grove en een paar te laat ingeleverde bibliotheekboeken,' zei ze kreunend. Ze vergat het aftellen en vlocht haar handen achter haar hoofd ineen terwijl ze zich even verloor in de herinneringen aan haar oude leven: ontbijt met gepocheerde eieren op roggebrood bij de Daylesford Deli, delicate roze tulpen van Wild at Heart, hoe de zon op het uiteinde van het bed haar voeten verwarmde, de kreukelige vintage linnen lakens die ze op Portobello Market op de kop had getikt, de la – zijn la – die vol zat met zijn extra overhemden, broeken, een tandenborstel, sokken, condooms... Nee! Ze dwong zichzelf terug naar het heden en ging weer rechtop zitten met een ruk die Xan deed fronsen. 'Eh, hoe dan ook, LA is nog niet wakker, dus ik probeer Proudlock en Greenleve na de lunch. Maar ik heb net wel de assistent van Rosaria Bertolotti weten te bereiken; haar had ik net aan de telefoon. Ik ga naar Rosaria's hotel om koffie met haar te drinken.'

'Meteen al? Want ik ga straks voor de eerste en enige keer donuts halen, een absoluut unicum. Volgens mij kunnen we allemaal wel een suikerboost gebruiken.'

Hij had gelijk. Chloe keek rond. Het gebruikelijke geroezemoes waardoor de kantoortuin eerder als een grand café klonk, was vandaag opvallend afwezig. Er zaten verschillende groepjes collega's bij elkaar op de banken treurig te kijken. Alsof er geen hoop was. Ze kon niets met dit gevoel van hulpeloosheid.

'De afspraak is over ruim een uur. Het schijnt trouwens dat ik mazzel heb, want onze gevierde sopraan vliegt vanmiddag naar Brazilië.' Ze zette kordaat haar computer uit en pakte haar tas. Ze moest hier weg, had lucht nodig, het werd haar te benauwd. Inmiddels had ze hier al veel te lang achter elkaar binnengezeten. 'Maar nee, geen donut voor mij. Ik ga nog snel even mijn gezicht laten zien bij de Berluti-brunch. Ik heb gezegd dat ik zou langskomen en ze zullen daar nog niet op de hoogte zijn van de...veranderingen hier.' Ze had een groot deel van vorige week besteed aan het organiseren van dit exclusieve bezoek voor hun leden aan de winkel aan Madison Avenue.

‘Waar verblijft onze sopraan eigenlijk?’

‘Het Hallmark aan Fifth Avenue.’

‘De Corinthian Suite?’ informeerde Xan.

‘Ja. Ken je die?’ vroeg Chloe, die haar kapsel en make-up checkte in het spiegeltje aan het beeldscherm. Ze bracht nog wat lipgloss aan, streek haar olijfkleurige pantalon glad en opende de hals van haar pasgestreken lichtroze blouse.

Hij knikte. ‘Marmeren bad. Goed uitzicht op MoMA ook.’

‘Oké, fijn om te weten.’

‘Als je Gordon ziet, de conciërge, doe hem dan de groeten. We kennen elkaar al heel lang.’

Chloe glimlachte. Xan was vierentwintig, hoelang konden ze elkaar dan al kennen? ‘Zal ik doen. *Wish me luck.*’

‘Waarom? Wat kan geluk voor je doen dat wij niet kunnen?’ riep Xan haar na. Ze grinnikte toen de liftdeuren opengingen. Hij had een punt.

‘O, neem me niet kwalijk,’ zei ze toen er een man uitstapte en bijna tegen haar opbotste.

‘Mijn fout,’ zei hij verstrooid zonder haar te zien – wat jammer was, want hij was superknap – omdat hij, zoals iedereen die hier voor het eerst kwam, overweldigd werd door de schitterende ruimte. Ze stapte de lift in en drukte op de knop voor de begane grond terwijl hij om zich heen keek. Zo reageerde iedereen.

Hij draaide zich om. ‘Pardon, dit is Invicta, toch?’ vroeg de man haar.

‘Dat klopt. Voor wie bent u hier?’

‘Poppy Langham.’

‘O…’ De deuren begonnen te sluiten. ‘O!’ Ze drukte een aantal keren verwoed op de knop die de deuren weer moest openen en na een paar seconden kwam de man, die uit beeld was geschoven, weer tevoorschijn. Ze sprong als een gazelle wat onhandig uit de lift en glimlachte een tikje gegeneerd. Zo maakte ze niet de soepele indruk die ze had willen maken.

'Eh... Helaas is Poppy vandaag afwezig, maar ik val voor haar in. Mijn naam is Chloe Marston.' Ze bekeek hem nu beter terwijl ze haar hand uitstak – begin dertig, gespierd, zo'n één meter tachtig, krullend, niet te kort middelbruin haar, donkerbruine ogen en een stoppelbaardje. Hij droeg een jeans, Adidas-sportschoenen en een donkerblauw poloshirt, en ze kreeg het idee dat kleding hem niet erg kon schelen.

'Joe Lincoln,' zei hij, en hij schudde haar hand met een kracht die zich niets gelegen liet liggen aan hun verschil in bouw of lengte. 'Is Poppy met vakantie?'

'Eh, nee. Ze is... verhinderd.' Chloe glimlachte en probeerde in te schatten wat voor afspraak hij met Poppy had. Er stond niets in haar agenda voor vanochtend.

'Echt? Want toen we elkaar vorige week zagen, heeft ze daar niets over gezegd. We zouden elkaar hier treffen en ze heeft niet afgebeld.' Zijn stem klonk ferm en zijn blik was verwarrend direct.

'O, juist,' zei Chloe verbaasd. Poppy greep altijd elke gelegenheid aan om buiten de deur iets te gaan eten of drinken, dus ze had bijna nooit een afspraak op kantoor. 'En wat was het doel van jullie ontmoeting?'

'Een eventueel lidmaatschap bespreken.' Zijn toon suggereerde 'wat anders?'.

'O, natuurlijk.' Nu begreep ze het. Poppy had hem op een of ander feestje vast haar visitekaartje gegeven, die maakte overal reclame voor de firma – en mensen wilden haar altijd graag in haar leven als ze haar hadden ontmoet – en nu kwam hij dus aankloppen omdat het idee van rodelopertickets en zijn naam op de juiste gastenlijstjes hem wel aanstond. 'Nou, ik denk dat u Poppy dan niet moet hebben, zij behoort tot onze vipmanagers en...'

'Precies.'

'Sorry?'

'Daar hebben we het vorige week over gehad. Zij wordt mijn lifestylemanager. Ik heb vandaag nog maar een aantal uren in de stad voor ik vertrek, en ik heb gezegd dat ik voor die tijd zou langskomen.' Hij verplaatste zijn gewicht naar zijn andere voet, nu een beetje rusteloos. Ondanks zijn bescheiden outfit had hij de energieke, directe uitstraling van een belangrijk man met weinig tijd. En veel geld.

'O.' Chloe wist niet wat ze moest zeggen. De vipmanagers hadden nooit meer dan vijf leden tegelijk onder hun hoede – meer was onmogelijk gezien het aantal uren dat ze op dit niveau aan ieder van hen moesten besteden – en Poppy zat al vol. Waarom had ze tegen deze man gezegd dat hij op haar cliëntenlijst bijgeschreven kon worden? 'Eh, excuus, ik vergeet mijn manieren,' zei ze met een glimlach, en ze loodste hem bij de liften vandaan. 'Loopt u met me mee? Dan praten we verder in een van de vergaderkamers.'

'Prima.'

Ze ging hem voor naar de vergaderkamer achter haar eigen bureau, tegenover Jacks kantoor, en probeerde in het voorbijgaan zijn aandacht te trekken. Maar Jack zat met zijn rug schuin naar hen toe op de rand van zijn bureau te telefoneren. Ze zag aan zijn opgetrokken schouders dat hij geen prettig gesprek voerde. Had hij een van Poppy's ouders aan de lijn? Of het ziekenhuis?

Ze sloot de deur, zodat het zachte kantoorgeroezemoes meteen werd gedempt. Het idee achter de doorzichtige wanden was dan wel inclusiviteit geweest, maar ze had nu het gevoel dat ze werd bekeken door een publiek dat een oordeel over haar velde omdat ze Poppy's plaats had ingenomen – zomaar, leek het. Niet alleen Serena was verbaasd geweest dat juist zij was uitgekozen om in te springen.

Over Joe's schouder heen zag ze Xans verraste blik om haar

draai rechtsomkeert het kantoor weer in. Ze trok heel even haar wenkbrauwen naar hem op en probeerde niet te glimlachen toen hij een gezicht trok waarmee hij zijn goedkeuring liet blijken over de superaantrekkelijke man in haar gezelschap. Hij beet verrukt op zijn gebogen wijsvinger.

'Gaat u zitten, alstublieft. Kan ik wat te drinken voor u halen? Thee, koffie, matcha, een sapje?'

'Nee. Dank u,' voegde hij er bij nader inzien aan toe. Hij spreidde zijn armen over de leuning van de lage witleren kuipstoel en nam zijn omgeving op zijn gemak in zich op.

'Goed, om te beginnen bied ik u onze excuses aan, meneer Lincoln.'

Hij keek haar recht aan en even had ze het gevoel dat ze met een pijltje werd beschoten. 'Joe, alsjeblieft.'

'Joe,' zei ze met een knikje. 'Je hebt me enigszins overrompeld, vrees ik. Vandaag is om allerlei redenen anders dan anders.'

'Dat begrijp ik. Wanneer is Poppy terug?'

'Nou, daar zit 'm de kneep. Dat weten we niet.'

Hij fronste.

'Je moet weten dat Poppy afgelopen weekend zwaargewond is geraakt bij een auto-ongeluk. Ze ligt in het ziekenhuis.'

'Jezus.' Joe fronste weer en keek haar ernstig aan. 'Komt het wel goed met haar?'

'Dat weten we ook nog niet. Ze ligt momenteel in coma.'

'Christus, wat verschrikkelijk.' Hij ging achteroverzitten en staarde een lang moment met een nietsziende blik door het raam. 'God, het spijt me dat te horen. Ze is echt geweldig. Ik mag haar graag.'

'Terecht. Iedereen is dol op Poppy.'

Hij keek haar weer aan. 'En jij vervangt haar dus?'

Alsof ze een stuk kauwgom was dat onder zijn schoen was blijven plakken. Tot zover de eerste indruk. 'Ja. Het is een schok voor ons allemaal, het hele team, en we proberen nu… alles zo goed mogelijk draaiende te houden tot we meer weten.'

Hij schudde zijn hoofd, nog steeds van slag door het slechte nieuws. 'Zo te horen is ze er slecht aan toe?'

Chloe aarzelde. Had ze dat gezegd? Ze voelde zich plotseling bevangen door angst voor het ergste, maar ze weigerde toe te geven aan de zwartgallige apathie van haar collega's. Ze voelde zich geroepen om te blijven doorgaan, om dingen te doen. Dat leek haar het beste. 'Het spijt me, het is niet mijn bedoeling pessimistisch te klinken. We weten morgen waarschijnlijk meer. Ze hopen haar dan te kunnen opereren.'

'Christus.' Hij schudde zijn hoofd en keek uit het raam naar de rivier. 'Ik heb haar vorige week dus nog gesproken. Donderdag, geloof ik.'

'Het spijt me. Ik snap dat het een schok is.' Ze vroeg zich af waarom ze probeerde begrip voor hem te tonen terwijl Poppy háár collega was, háár vriendin.

Hij keek haar weer aan met een neutrale oogopslag en ze wist dat ze geen empathie hoefde te verwachten. Poppy's ongeluk was tragisch, ja, maar ook lastig.

'Goed. Even voor mijn beeldvorming... Poppy heeft dus gezegd dat ze je als cliënt zou aannemen?'

Zijn ogen knepen samen. 'Ja, hoezo? Is dat een probleem?'

'Nou, niet zozeer een probleem, maar zie je, onze vipmanagers werken voor slechts vijf cliënten tegelijk en Poppy zit al op dat aantal, dus...' Ze spreidde haar handen verontschuldigend. '... ik begrijp niet zo goed waarom ze heeft gezegd dat ze jou van dienst kon zijn.'

Joe fronste weer. Zijn gezichtsuitdrukking was nu grimmig en ze voelde een gespannen knoop in haar maag ontstaan. 'Nou, ik ook niet. Waarom verspilde ze mijn tijd als ze haar aanbod niet waar kon maken?'

'Ik kan me niet voorstellen dat het haar bedoeling was je tijd te verspillen,' haastte Chloe zich te zeggen. 'Poppy is de absolute top... Kan het zijn dat ze bedoelde dat ze je bij een van onze andere vipmanagers kon onderbrengen?'

'Ik wil niemand anders. Ik wil haar, en daar ben ik vorige week heel duidelijk over geweest.'

'Natuurlijk, ja, ik begrijp het.'

'Anders had ik wel een van de andere conciërgeservices teruggebeld die me al maanden op de hielen zitten. Mijn compagnons gebruiken Quintessentially.'

'Ja, daar werken ook uitstekende mensen,' zei ze, in het besef dat de opmerking als dreigement bedoeld was. Quintessentially was de eerste firma geweest die zich op deze markt had begeven – en Invicta's grootste concurrent. Tom had zelfs op school gezeten met een paar van de oprichters; ze bewogen in dezelfde sociale kringen.

'Ik had zelfs nog nooit van Invicta gehoord tot ik Poppy tegenkwam, en ik zou voorheen beslist nooit hebben overwogen met een dergelijke service in zee te gaan. Maar zij heeft iets. Ik vond haar leuk.'

Zoals iedereen. 'Ja,' zei Chloe met een glimlach. 'Dat begrijp ik heel goed.'

Hij keek haar aan en voor het eerst had ze het idee dat hij haar ook echt opmerkte. 'Hoelang werk jij hier al?'

'Ik? Nou, ik zit nog niet zo lang in New York. Ik ben een paar maanden geleden bij deze vestiging begonnen, dus de fijnere details ben ik nog aan het ontdekken, maar ik werk al bijna vanaf het begin voor de onderneming, dus inmiddels vijf jaar. Ik was de eerste werknemer op het Londense kantoor.'

'Londen, juist. Vandaar het accent.'

'Ja. Na mijn studie ben ik begonnen als een veredelde koffiejuffrouw en heb ik me binnen de firma opgewerkt.'

'En waarom ben je geen vipmanager als je hier al zo lang werkt? Je bent kennelijk niet naar New York gekomen voor deze functie. Je zei dat je invalt voor Poppy.'

'Dat klopt. Tot ze voldoende hersteld is om terug te komen en haar taken weer op te pakken. Ik ben normaal gesproken corporate partnerships director. Het is mijn taak om synergieën te creëren met merken, bedrijven en organisaties die bij onze cliëntendatabase passen, of het nou gaat om lifestyle, reizen, de laatste technologieën of sociale happenings.'

'Synergieën,' mompelde hij een tikkeltje spottend. Zijn ogen vernauwden zich terwijl hij haar onderzoekend aankeek, zonder enige terughoudendheid. Uiteindelijk knikte hij. 'Prima. Ik zie dat je welgemanierd, hardwerkend en gretig bent.'

Chloe knipperde met haar ogen. Het leek wel of hij zojuist de labrador uit haar kindertijd, Inca, had beschreven. Hoe neerbuigend kon iemand zijn? 'Nou, bedankt,' zei ze kriebelig, maar ze probeerde te verbergen hoe beledigd ze zich voelde.

'Ja. Ik denk dat we wel kunnen samenwerken.' Hij knikte weer, alsof hij een gewichtige beslissing had genomen. 'Ik ga het contract tekenen.'

Haar mond viel open. 'Maar...' Was hij alweer vergeten wat ze hem een paar minuten geleden had verteld? Dat Poppy's balboekje al gevuld was? Of negeerde hij simpelweg wat hij niet wilde horen? 'Het probleem is, Joe, dat ik je niet kan inschrijven. Zoals ik al eerder zei, zit Poppy al aan haar maximum aantal cliënten.'

'Maar ik kom dan toch onder jóúw hoede?'

'Ja, net als Poppy's andere cliënten. Dat zouden er in totaal zes zijn. Te veel.'

'Ik geloof niet dat ik veeleisend ben, mijn verlangens zijn behoorlijk eenduidig. Ik ben niet geïnteresseerd in dikdoenerij en poespas.'

Ze onderdrukte een zucht. Het was jammer dat dit gezicht – om nog maar te zwijgen van het lichaam – toebehoorde aan zo'n onaangename man. 'O. Waar ben je dan wel in geïnteresseerd?'

'Ik wil een huis. In Griekenland.'

'Je wilt dat ik een huis voor je zoek in Griekenland?' herhaalde ze.

'Dat zeg ik.'

'Dan heb je een makelaar nodig.'

'Nee. Heb ik al geprobeerd. Ik zoek iets... speciaals. Ik wil niet wat iedereen kan kopen. Het liefst wil ik dat je iets vindt wat helemaal niet te koop is.' Hij stak een hand op en begon op zijn vingers af te vinken. 'Het moet privacy hebben, ten minste tien hectare land, bijgebouwen die geschikt zijn voor bewoning, van alle gemakken voorzien, het moet meteen te betrekken zijn...'

'Eh, waar in Griekenland precies?' onderbrak ze hem.

'Een van de eilanden. Maakt me niet uit. Kom maar met een shortlist.' Hij haalde zijn schouders op.

Chloe staarde hem aan. Hoezo niet veeleisend!

Ze keken elkaar een ogenblik aan en ze voelde dat hij zijn wil aan haar oplegde, haar intimideerde. 'Het klopt toch dat de lidmaatschapsbijdrage tweehonderdduizend dollar is?'

'Ja.'

'Dat is best een vorstelijk bedrag voor een zoektocht naar het huis van mijn dromen.'

Ook nog arrogant dus. Maar hij had gelijk – tweehonderdduizend dollar mocht ze toch niet afslaan? En hoewel ze Poppy's redenen om hem aan te brengen niet kende, had ze dat toch niet zomaar gedaan? Chloe had niet overdreven toen ze hem vertelde dat Poppy de absolute top was.

Chloe beet op haar lip en haar blik gleed over zijn schouder naar Jack, die nog steeds zat te telefoneren. 'Heb je een minuut? Dan overleg ik even met mijn baas.'

'Natuurlijk.'

Ze stond op en liep naar de deur, zich bewust van zijn ogen, die haar volgden alsof ze een curiositeit was. 'En weet je zeker dat je geen koffie of...'

‘Ja.’

Ze probeerde het niet op een holletje te zetten maar liep wel zo snel ze kon naar Jacks kantoor, waar ze op de deur klopte maar vervolgens binnenliep voordat hij kon reageren.

‘Ik zit aan de telefoon,’ zei hij zichtbaar geërgerd terwijl hij een handpalm over de microfoon van het toestel legde.

‘Het spijt me, maar dit is heel belangrijk.’

Jack zuchtte. ‘Tom, ik bel je straks terug,’ zei hij voor hij ophing. ‘Wat is er?’

‘Die vent die in de vergaderkamer hierachter zit,’ zei ze, zonder met haar hoofd te gebaren voor het geval Joe naar haar zou kijken.

Jack tuurde vragend langs haar. ‘Wat is er met hem?’

‘Hij had vanochtend een afspraak met Poppy – als potentiële nieuwe cliënt.’

‘Nou, breng hem dan naar het algemene-lidmaatschapsteam.’

‘Nee. Het gaat om een vipcliënt.’

‘Wat?’

‘Precies.’

‘Maar Poppy zit al vol.’

‘Dat is het punt. Heeft ze er tegen jou iets over gezegd? Wist jij dat ze er nog iemand bij wilde nemen?’

‘Nee, dat heeft ze niet…’ Hij fronste. ‘Nou, ze stuurde me zaterdag een appje om te zeggen dat ze vanochtend vroeg iets met me wilde bespreken. Misschien ging dat hierover?’

Chloe haalde haar schouders op. ‘Misschien, dat weet ik niet, maar hij is heel vasthoudend. Wat moet ik doen? Ik heb hem verteld dat Poppy niet nog meer cliënten voor haar rekening kan nemen, maar nu zegt hij dus dat hij met mij in zee wil gaan tot Poppy terug is. Hij wil dat we een vakantiehuis voor hem zoeken in Griekenland.’

‘Waarom neemt hij dan geen makelaar in de arm?’

‘Omdat iederéén dat al doet, Jack. Hij wil een huis dat niet te koop staat.' Ze legde haar armen over elkaar. 'Hij wil geen nee van me accepteren, maar ik geloof niet dat ik dit erbij kan hebben. Hij is lastig, verwaand en arrogant. Met een gigantisch ego. Ik heb genoeg op mijn bordje zonder dat er nog een cliënt bij komt.'

Jack zeeg neer op zijn stoel en keek naar het plafond. Ze zag grijsblauwe kringen onder zijn ogen. Het duurde even voordat hij rechtop ging zitten en haar aankeek. 'Maar misschien is hij geen extra cliënt.'

'Hoe bedoel je?'

Hij kauwde nadenkend op zijn onderlip. 'Poppy zei laatst dat Pelham Hungerford weleens zou kunnen opzeggen. Hij is lid geworden toen zijn laatste echtgenote hem verliet en omdat hij een vriend van haar vader is, maar het schijnt dat hij weer een aanzoek gaat doen of zo?'

Chloe rolde met haar ogen. 'Dat schijnt zo, ja, maar hij pakt het niet echt handig aan.'

'Kan zijn, maar als de dame in kwestie ja zegt en hij weer iemand heeft om voor hem te zorgen...'

Godsamme. De moed zonk haar in de schoenen. 'Dus je denkt dat Poppy deze vent daarom heeft aangeworven?' mompelde ze.

'Zou kunnen. Hoe heet hij trouwens?'

'Joe Lincoln.'

'En wat doet hij?' vroeg Jack, die zijn armen en enkels kruiste. 'Wat weten we over hem?'

'Nog niets, zo ver was ik nog niet. Tot nu toe heeft hij míj vooral ondervraagd.'

Hij zweeg even. 'Oké, luister, we weten niet wat Poppy ertoe heeft bewogen met hem aan te komen, maar we mogen aannemen dat ze er een goede reden voor had. Ze wist dus iets wat wij niet weten en tot ze ons kan vertellen wat dat is, lijkt het mij het beste om erin mee te gaan. We willen haar niet teleurstellen, toch?'

‘Nee,’ mompelde ze.

‘Ga die meneer Lincoln van je maar inschrijven en zoek dat huis voor hem. Griekenland, zei je? Ik kan je wel in contact brengen met wat connecties in Athene.’ Jacks blik gleed naar de vergaderkamer en Joe Lincoln. Die was opgestaan en stond nu bij het raam te telefoneren met een arm boven zijn hoofd terwijl hij over de stad uitkeek. Hij stond iets en profil en zelfs vanaf hier zag Chloe de pezen in zijn hals spannen als vioolsnaren terwijl hij iemand aan de andere kant van de lijn bevelen leek te geven. ‘Geen doetje,’ zei Jack droogjes, en hij wierp haar een zijwaartse blik toe.

‘Je haalt me de woorden uit de mond,’ mompelde Chloe. Ze deed de deur open en vroeg zich af wat ze zich in vredesnaam op de hals had gehaald.

5

Chloe was er zeker van dat haar glimlach verslapte, hoewel de kramp in haar wangen haar iets anders vertelde. Ze wachtte geduldig terwijl Rosaria haar woorden op de tablet intypte en ze vervolgens aan haar liet zien.

Geen lelies, stond er.

'Oké,' zei Chloe, die een aantekening maakte en deed alsof het haar interesseerde.

'Signora Bertolotti is zeer allergisch voor lelies, dus die mogen nooit bij haar in de buurt komen,' verklaarde Maria, de assistent, terwijl haar werkgeefster weer iets begon te typen. 'En als er rozen cadeau worden gedaan, moeten die lange stelen hebben waarvan de doornen zijn verwijderd.'

'Staat genoteerd.'

'Bovendien moeten ze lichtroze of geel of wit zijn, maar nooit rood. Signora Bertolotti houdt niet van clichés.'

'Uitstekend.'

Ze wachtten weer. De vingers van de sopraan die op de tablet tikten creëerden het enige geluid in de suite.

Chloe's ogen gleden ongeduldig door de ruimte, die ouderwets was ingericht met gepolitoerd bruin meubilair en gedrapeerde zijden gordijnen voor het raam. Er piepten witte tulpen uit ronde kristallen vazen en het roomkleurige tapijt had een subtiel lichtgrijs ruitjespatroon. Vanaf de plek waar ze zat was het marmeren bad nergens te bekennen. Haar maag rammelde – ze had de Berluti-brunch gemist omdat ze Joe Lincolns lidmaatschap en de bijbehorende betaling had moeten regelen. Hij had een rekening bij een kleine Zwitserse bank die ze in haar carrière slechts een paar keer was tegengekomen: heel discreet, heel privé. Ze hadden voor vanmiddag nog een ontmoeting geregeld, zodat ze nog een profiel voor zijn portfolio kon aanmaken voordat hij zou vertrekken. Hij was niet blij geweest dat ze daar niet meteen tijd voor had, maar ze had zo geduldig als ze kon uitgelegd dat haar afspraak hier al stond en dat ze bovendien al bijna te laat zou komen.

Ze had zich weggehaast maar was hier toch een paar minuten te laat gearriveerd, duidelijk tot Rosaria's grote ontevredenheid, en Chloe had het gevoel dat ze meteen met één-nul achterstond.

Wachtend, nog steeds wachtend op het volgende gebod, vielen haar ogen op een paar volle, lange kledinghoezen die aan een hoog mobiel rek bij de deur hingen, plus zes gestapelde Louis Vuitton-koffers, klaar om naar haar auto te worden gebracht. De twee shih tzu's, Dolly en Princess, die haar woest keffend hadden begroet, lagen nu godzijdank te dutten op een van de leunstoelen, trekkend met hun pootjes terwijl ze in hun dromen rondholden.

Rosaria zelf was een opvallende verschijning, al was ze maar één meter vijfenvijftig. Haar lichte, ovale gezicht begon aan de kaaklijn wat zachter te worden en haar wenkbrauwen lagen als dunne nieuwemaantjes boven haar amandelvormige ogen. Jammer genoeg was haar lange haar, dat naar verluidt blauwzwart was geverfd om gitzwart te lijken onder de schijnwerpers van het operapodium, in een draai omhooggewikkeld en verborgen onder een oranje tulband van zijde, en haar volle rondingen, die zich zo goed leenden voor klassieke tragedies, gingen vanochtend schuil onder een Japanse kimono. Ze had een sjaaltje om haar hals, zodat behalve haar gezicht alleen nog haar kleine, met ringen gesierde handen en goedverzorgde voeten te zien waren. Ze was net een zachtgevoerd zijden bundeltje, stil en vrijwel roerloos. Zo was het leven van een sopraan die haar rust nodig had. Tussen de optredens door gebruikte ze haar stem nooit. Volgens Maria, die de deur voor haar had opengedaan, zou Rosaria pas weer spreken als de klok in Rio zes uur sloeg, wat betekende dat deze afspraak 'om elkaar beter te leren kennen' niet geheel volgens Chloe's plan verliep. Zelfs het contact met haar postbode was persoonlijker.

Rosaria hield de tablet weer omhoog.

Diner met de president regelen.

Lieve hemel. Chloe kreeg bijna een hartverzakking. 'Van Amerika?'

'Van Brazilië. Vanavond na de voorstelling is er een staatsdiner,' verduidelijkte Maria het verzoek. 'Het is natuurlijk een vergissing dat er geen uitnodiging is gekomen. De president en signora Bertolotti zijn goed bevriend. Hij zou haar nooit vragen om op te treden en daarna niet te komen dineren. Het is een administratieve fout.'

'Aha,' zei Chloe knikkend, hoewel ze er geen woord van geloofde. 'En heb je zijn secretariaat gebeld?' Dit viel toch zeker binnen haar takenpakket, als Rosaria's personal assistant?

'Natuurlijk niet. Het zou de president in verlegenheid brengen als we zelf op de vergissing zouden wijzen. We moeten een diplomatiekere weg bewandelen.'

'Via mij?'

'Precies.'

Chloe knikte, zich afvragend hoe ze in godsnaam een plek bij een staatsdiner met de president van Brazilië moest zien binnen te halen, voor vanávond. De pinguïns van vrijdag leken nu klein bier. 'Oké, nou, ik zal zeker doen wat ik kan.'

Rosaria's wenkbrauw ging in een punt omhoog.

'Waarmee ik bedoel dat ik het zal regelen,' haastte ze zich te zeggen. 'Geen zorgen. Het is in orde tegen de tijd dat het vliegtuig landt.' Chloe slikte en de grond leek onder haar voeten weg te zakken. Dit was waanzin. Op de zijtafel trilde haar telefoon en ze zag Joe's naam verschijnen. Hij stuurde haar het adres waar ze elkaar voor zijn vertrek nog zouden ontmoeten.

Ze onderdrukte een zucht en keek Rosaria weer aan met haar opgestikte glimlach. Ze kon er maar beter een eind aan breien voordat haar cliënt nog meer noten op haar zang kreeg. Dat staatsdiner was al erg genoeg. 'Oké, nou, dit was bijzonder aangenaam, ik zal niet meer van uw tijd in beslag nemen. Neem vooral nog wat rust voor de reis later vandaag. Met dat diner komt het goed.' Ze schraapte haar keel, want ze wist niet hoe ze dat voor elkaar zou moeten krijgen. 'In de tussentijd ben ik heel blij dat we de kans hebben gekregen om elkaar persoonlijk te spreken. Het is geweldig om u eindelijk ontmoet te hebben; ik ben al jaren fan en...'

Rosaria knikte, duidelijk gewend aan loftuitingen.

'... en ik hoop dat u ook het gevoel hebt dat dit nuttig is geweest?' Rosaria gaf een soort knikje. 'Het leek me gewoon prettig om elkaar in de ogen gekeken te hebben. Als u iets nodig hebt, hoeft u maar te bellen. Er zal niets veranderen, ook al is Poppy... afwezig.' Tot haar verbazing – verbijstering, eigenlijk – hadden ze niet één keer gevraagd hoe het met Poppy ging. Als een kind dat haar leerkracht vertelt dat de hond haar huiswerk had opgegeten, had Chloe uitgelegd dat Poppy een tijdje afwezig zou zijn. 'Uw wensen zijn mijn prioriteit en ik vind het een eer en vreugde om met u te mogen werken.'

De wenkbrauw ging weer omhoog.

'Vóór u te mogen werken.'

Haar telefoon trilde weer toen ze ging staan. Ze pakte hem op, maar hij gleed uit haar hand en viel op het glas water dat ernaast stond, zodat het omviel. Het was maar water dat over het tapijt vloeide, maar de beide vrouwen krompen ineen alsof het rode wijn was.

'O, hemel,' mompelde Chloe, op zoek naar iets om het mee te deppen, maar het gekletter van het glas had de hondjes wakker gemaakt, die weer begonnen te blaffen. Een ervan hupte van de stoel en begon tegen haar gevaarlijk blote enkels te springen.

'Ik... Zal ik een handdoek uit de badkamer halen?' En ze zette een kloeke stap precies op het moment dat het hondje in de weg ging staan.

Het gejank, hoe oorverdovend ook, was nog niets vergeleken met de kreet die erop volgde. Rosaria sprong verbazend behendig op uit haar half liggende houding. 'Princess! Mijn schatje!'

Maria hapte geschokt naar adem bij het niet-geplande stemgeluid van haar werkgeefster, en Chloe keek de twee vrouwen afwisselend aan, geschrokken nu het zielige hondje met een zwaai werd opgepakt en Rosaria, die zich uit liefde had opgeofferd, te laat naar haar keel greep.

'O mijn god, het spijt me, ik zag haar niet, ik wist niet dat ze...' fluisterde Chloe, die haar eigen stem nu amper kon gebruiken. 'Gaat het wel met haar?'

Chloe wist niet welke 'haar' ze bedoelde – hondje of eigenares? – maar de vraag werd beantwoord met koude blikken terwijl het hondje zachtjes bleef janken en Rosaria's hand tegen haar hals bleef liggen. Het waterglas had inmiddels al zijn inhoud op de vloer geleegd, zodat er een grote vlek in het tapijt was ontstaan, maar Chloe had het gevoel dat niemand daar nog over inzat.

'Ik kom er wel uit, dan kunnen jullie... tot rust komen,' zei ze met een knikje en een poging tot een glimlach. Ze liep door de suite naar de deur en ontweek daarbij het andere hondje, dat nu in zenuwachtige cirkeltjes tussen de poten van de salontafel en haar voeten heen en weer rende. 'Een... behouden vlucht gewenst.'

Nog nooit was ze zo blij geweest een deur achter zich te kunnen sluiten. Ze leunde met gesloten ogen tegen de muur van de gang en vroeg zich af of ze zojuist haar eerste cliënt was verloren.

Haar telefoon ging weer en ze kreunde. Als dat Joe was die haar opjoeg... Hoe dééd Poppy dit in godsnaam dag in, dag uit?

Alles oké tot nu toe?

Het was Jack.

'Kan niet beter,' mompelde ze bitter bij zichzelf, benend door de gang, op weg naar de volgende afspraak.

Als hij het inschrijfbedrag niet al had betaald, zou Chloe hebben gedacht dat dit een grap was. De ontmoetingsplek die Joe had uitgekozen stond in sterk contract met de weelderige overdaad van Rosaria's hotel: een gammele schragentafel, een van de vele, op een streetfoodmarkt in Greenwich Village. Er hipten hoopvolle duiven op de grond, wat wielrenners liepen ongemakkelijk langs op hun racefietsschoenen, hun fietsen in een cluster achterlatend. Er stonden lange rijen bij verschillende kraampjes, die hun waren aanprezen op krijtborden, en het levendige geluid van gesprekken overstemde dat van het nabije verkeer.

Het was heel wat anders dan wat zij zou hebben geopperd – er was geen dak, laat staan een Michelinster! – en ze vroeg zich af of dat nou net het punt was. Hij maakte de indruk dat hij niet graag de regels van het spel volgde en dat dingen die op anderen indruk maakte hem koud lieten. Omgekeerd snobisme?

'Hallo maar weer.' Hij keek op van zijn telefoon. Het was een heldere, zonnige dag en ze zag zichzelf weerspiegeld in de glazen van zijn zonnebril. 'Sorry dat ik wat laat ben. Het gesprek met mijn andere cliënt liep uit.' Ze liep de hele dag al achter de feiten aan.

Hij gaf geen antwoord maar oogde lichtelijk geïrriteerd. Klaarblijkelijk achtte geen van de vips de tijd van een ander kostbaarder dan die van henzelf.

'Wat een leuke plek,' zei ze opgewekt terwijl ze om zich heen keek naar de kraampjes die waren opgesteld op een groot, open plein en waar van alles werd verkocht – van speciale broodjes en kazen tot Koreaanse kimchi, Vietnamese pho en Keralaanse curry. Er stond zelfs een busje waar fish-and-chips werd gebakken, maar dan wel truffelfriet en scampi met wodkabeslag.

'Ach ja, het is niet zo'n tent waarvoor je lid moet zijn van een conciërgeservice om er binnen te komen.'

Ze keek hem aan, een beetje van haar stuk gebracht. Het leek haar een vreemde opmerking voor een man die net tweehonderdduizend dollar voor zo'n lidmaatschap had neergelegd. Hij duwde een koffie naar haar toe. 'Voor jou.'

'Dank je.'

'Van Sumatraanse Mandheling-bonen,' zei hij, alsof haar dat iets zou zeggen.

Een foodie dus, knoopte ze in haar oren, en ze nam glimlachend een slokje – waarna haar ogen verrast groter werden. 'Mijn god, wat verrukkelijk!' riep ze uit. Ze duwde haar vingers tegen haar lippen om het punt kracht bij te zetten.

Ook al had hij zijn zonnebril op, ze zag dat het hem genoegen deed. 'Precies. Heb je al wat gegeten?'

'Eh, nee...' Ze keek om zich heen om te kijken wat de opties waren. Geen ervan leende zich voor ladylike eten. Het waren allemaal servet-in-je-kraag-en-druppels-op-je-kin-keuzes.

'Hou je van Mexicaans?' vroeg hij.

'Een taco gaat er altijd wel in,' zei ze met een glimlach. Ze verdrong de gedachte dat ze die voor zijn neus zou moeten verorberen.

Hij fronste. 'Ze maken hier niet de taco's die je gewend bent. Het is *Mexican food* op zijn best. De *chilaquiles* en *aguachiles* zijn uitmuntend.'

Chila-wattes? Ze keek en zag een zwarte foodtruck waar met witte letters CHIMICHANGA op geschreven stond. 'Prima.' Ze haalde haar schouders op en koos de weg van de minste weerstand. Ze maakte aanstalten om haar benen onder de tafel uit te trekken zodat ze in de rij konden gaan staan om te bestellen, maar tot haar verrassing draaide Joe zich om naar de truck, stak een arm omhoog en gebaarde 'twee' met zijn vingers. Ze zag de vrouw in de truck knikken en teruggebaren.

'Ze brengen de bestelling zo.' Hij draaide zich weer om naar haar.

'O. Super.' Ze liet haar benen weer onder de tafel glijden en vroeg zich af wat hij zojuist voor hen beiden had besteld. 'Ik wist niet dat ze hier ook kwamen bedienen.'

'Dat doen ze ook niet.' Hij gaf geen verdere uitleg, wat haar vertelde dat hij kennelijk een heel goede klant was of dat ze wisten dat hij een machtig man was.

Er viel een korte stilte. Ze voelde zich onverklaarbaar houterig in zijn gezelschap. Hij was niet veel ouder dan zij, maar zo gedroeg hij zich wel, waardoor er een kloof tussen hen ontstond. 'Goed, vertel me eens wat over jezelf, Joe. Wat voor werk doe je?' Het leek haar beter om dan maar meteen ter zake te komen, aangezien hij niet van de koetjes en kalfjes leek te zijn.

Hij wierp haar een effen blik toe. 'Ik heb een ingenieursbedrijf.'

'Ben je ingenieur? Goh, dat had ik niet verwacht.'

'Nee? Vertel eens, wat dan wel?'

Ze nam hem op met een keurende blik, de gespierde vormen duidelijk zichtbaar onder zijn onopvallende kleren. Als hij niet zulk warrig haar had, zou ze hebben gezegd dat hij eruitzag als een commando. En hij kleedde zich niet stijlvol genoeg voor een architect of ander type ontwerper. Maar er waren maar weinig vakgebieden waarin je zoveel verdiende dat je tweehonderdduizend dollar kon besteden aan een conciërge- en lifestyleservice – en een Zwitserse bankrekening had. 'Iets wetenschappelijks misschien. Biotechnoloog? Of IT'er? Je lijkt me iemand die een app zou hebben kunnen ontworpen.'

'Vanwege het baardje?' Hij keek geamuseerd, waardoor zijn gezicht wat verzachtte.

Ze glimlachte. Betrapt. 'Misschien wel. Ik weet niet veel van techniek of het ingenieurschap, vrees ik. Vind je het leuk?'

'Er zijn uitdagingen die ik leuk vind en ik hou van het logisch nadenken dat ermee gepaard gaat. Je zou kunnen zeggen dat ik het altijd leuk heb gevonden om kapotte dingen weer te laten functioneren.'

Ze probeerde zich hem voor te stellen als een jongetje met zijn legoblokjes. Ze was tante van Orlando, het zoontje van haar oudere zus Kate, dus ze was bekend met het constructiewerk van peuters en kleuters.

'Moet je veel reizen?'

'Redelijk veel.'

'Met welke luchtvaartmaatschappij vlieg je het liefst?'

'Dat hangt ervan af waar ik ben. American voor binnenlandse vluchten, BA of Swiss voor Europa, Emirates voor lange afstanden.'

'Heb je een personal assistant?'

Hij keek haar aan met iets wat leek op argwaan. 'Hoezo?'

'Het zou handig zijn als ik een keer met diegene kan praten, zodat ik kan helpen met je reislogistiek. Vijfenzeventig procent van de verzoeken die we krijgen zijn reisgerelateerd. Iemand vliegt bijvoorbeeld naar een onbekende stad en wil weten wat de beste restaurants of theaters of uitgaansgelegenheden daar zijn, dat soort dingen. Op dat gebied kan ik met de PA samenwerken, om ervoor te zorgen dat je de best mogelijke ervaring hebt, waar je ook naartoe gaat.'

'Ik hou zaken en privé graag gescheiden, en dit is een strikt persoonlijke aangelegenheid. Bovendien heb ik er geen enkel belang bij om te doen wat anderen doen. Ik verken nieuwe plaatsen graag zelf en vertrouw op mijn eigen intuïtie.'

Hij maakte een hoofdgebaar naar hun omgeving om te zeggen dat deze plek daarvan getuigde. Deze markt was geen luxe 'hotspot' en je hoefde niet op een lijst te staan om er binnen te komen. Ze keek naar hem, probeerde een beeld van hem te krijgen. Wilde hij hun service nou wel of niet? Hij had iets stekeligs over zich, het leek wel tegenzin. Alsof hij haar en wat ze vertegenwoordigde afkeurde, wat belachelijk was, want híj was degene die er vanochtend op had gestaan dat ze hem van dienst zou zijn.

Hij leek niet veel gemeen te hebben met Poppy's andere cliënten, althans, dat vermoedde ze (hoewel Rosaria haar nou niet bepaald vol warmte had verwelkomd; misschien had Serena er toch niet ver naast gezeten met haar waarschuwing?). Maar aan het bureau naast haar had ze Poppy vaak met haar cliënten horen praten, en dan klonk ze luchtig en vertrouwelijk. Alles was positief en opwindend, haar cliënten beschouwden haar services als de kers op de romige taart van hun leven. Maar Joe had een vlakke directheid die verre van enthousiast was, alsof ze hem een telefoon of auto had verkocht. Maar ja, hij had ook verondersteld dat hij de dynamische, megaslimme superslanke Poppy met haar grote netwerk zou krijgen, terwijl hij nu met een soort trouwe labrador opgescheept zat. Daar moest hij waarschijnlijk nog aan wennen.

'Helemaal goed,' zei ze met een glimlach. 'Geen probleem. Oké, mag ik dan nu wat basisgegevens van je noteren? Leeftijd, achtergrond, opleiding, burgerlijke staat, dat soort dingen?' Ze haalde haar notitieblok uit haar tas.

'Is dat echt nodig? Ik ben niet geïnteresseerd in al die nonsens, ik hoef niet in de watten te worden gelegd. Ik heb je niet nodig om mijn ego te strelen en me een fruitmand te sturen op mijn verjaardag. Ik heb je al verteld waarom ik bij jullie heb getekend.'

Ze haalde diep adem. Dit gedeelte was normaal gesproken niet zo lastig. 'Joe, ik verzeker je dat dit standaard is voor onze vipleden. Ongeacht wat je aanvankelijke wens is. Dat zal zich immers nog wel ontwikkelen en ik moet een profiel aanmaken waarin ik opteken wie je bent en wat je voorkeuren zijn, zodat ik beter kan anticiperen op wat je nodig hebt. We zullen nauw samenwerken. Ik moet je leren kennen.'

Hij zuchtte diep, zowel merkbaar verveeld als defensief. 'Er valt niet veel te vertellen: ik ben vierendertig, geboren in Vermont. Mijn ouders zijn gepensioneerd. Ik heb een jongere broer. Ik ben niet getrouwd en heb geen kinderen. Voor zover ik weet,' voegde hij er, schijnbaar in alle ernst, aan toe. 'Ik heb gestudeerd aan het MIT, het Massachusetts Institute of Technology.' Hij haalde zijn schouders op alsof dat alles was. Een heel leven samengebracht in één adem.

'Nou, dat is een mooi begin,' zei Chloe na een moment stilte, hoewel ze wist dat ze deze informatie wel zo ongeveer bij elkaar had kunnen googelen. Ze legde haar handen op elkaar en vroeg zich af hoe ze hem milder kon stemmen. Wat had Poppy gedaan om hem voor zich te winnen?

Een paar vrouwen liepen naar hen toe, ieder met een bakje pad thai in de hand. 'Mogen we hier gaan zitten?' vroeg een van hen met een gebaar naar het andere uiteinde van de tafel. Verder waren alle plaatsen bezet.

Chloe keek Joe aan om te checken of hij dat goed vond; tenslotte was dit zijn domein. Misschien vond hij het niet prettig als er zo dichtbij onbekenden kwamen zitten. Al helemaal omdat ze een gesprek voerden dat hij duidelijk beleefde als een soort inbreuk op zijn privacy. Maar hij haalde ontspannen zijn schouders op.

'Ja hoor.'

Ze keek hongerig naar hun lunch. Die zag er smakelijk uit en rook ook nog eens heerlijk.

'Dus... Eh, en verder?' zei ze peinzend terwijl ze probeerde zich weer op haar taak te concentreren in plaats van op haar rammelende maag. 'Ik heb je adres nog nodig – of adressen, als je er meer hebt. Verder de gegevens van je huisarts, eventuele andere artsen, tandarts, naaste verwanten, kleermaker, kapper, dat soort dingen. Ik heb je een formulier gemaild, dus als je dat zo snel mogelijk ingevuld kunt terugsturen, kan ik het aan je profiel toevoegen.' Hij keek haar zwijgend aan, nog steeds enorm verveeld. Ze vermoedde dat hij gewoonlijk mensen had die dit voor hem deden. Maar als hij erop bleef staan dat dit in de persoonlijke levenssfeer moest blijven... 'Hoe sneller ik meer van je weet, hoe sneller ik je kan gaan ondersteunen en kan anticiperen op wat je nodig hebt.'

De blik die hij haar toewierp suggereerde dat ze nooit zou kunnen anticiperen op wat hij nodig had, maar ze werden onderbroken door de vrouw van de truck, die twee dampende borden chilaquiles kwam brengen. Chloe begon te watertanden toen ze zag dat het in kwarten verdeelde maistortilla's waren met een topping van tomatensalsa en gegrilde rode snapper. Alles was nu vergeven. Het gerecht rook zalig.

'Alsjeblieft, Joel.' Haar krullerige zwarte haar werd naar achteren gehouden door een rode hoofdband en ze had een hele rits rubberen armbandjes om haar gebruinde polsen. Ze had een zwaar accent, bijna dansend. Ze zag er Zuid-Amerikaans uit.

'Dank je, Ariane.'

Chloe uitte haar dank met een glimlach. 'Eerst en vooral zou het nuttig zijn als je me kunt vertellen wat je van me verwacht. Afgezien van het vakantiehuis, bedoel ik. Je zegt dat het jou niet kan schelen waar de hotspots zijn, maar als je ergens naartoe moet, of indruk wilt maken op een cliënt, kunnen wij helpen. Ons bereik is mondiaal.' Ze keek hoe hij begon te eten met een typisch mannelijke focus, alsof dit het eerste voedsel was dat hij in een week had gegeten. 'En als je iets logistiek gedaan wilt krijgen dat wellicht buiten de actieradius van je personal assistant ligt, kan ik het voor je regelen – een vliegtuig, een helikopter, een kogelvrije auto? Noem maar op. Ik kan je binnen drie minuten door een riksja laten ophalen in Bangkok, als het moet. Wat je maar nodig hebt.'

Hij stopte met eten en keek haar aan vanonder zijn volle wenkbrauwen. 'Op dit moment wil ik alleen maar een vakantiehuis in Griekenland. Kunnen we het daarover hebben?'

Ze voelde een vlaag van intense weerzin om zijn botheid. Waarom was hij zo onbehouwen? Maar ze dwong zichzelf te glimlachen. Ze deed dit voor Poppy. Om de een of andere reden had Poppy het gevoel gehad dat ze hem voor zich moest winnen, dus zou Chloe dit voor haar doen. Ze zou alles voor haar willen doen, als ze maar beloofde weer beter te worden. 'Het huis. Oké,' verzuchtte ze. 'Je had het over veel privacy, ruim tien hectare...'

'Minimaal vier slaapkamers in de hoofdwoning. En ik heb bijgebouwen nodig op het perceel, maar het is niet cruciaal dat die al helemaal in orde zijn.'

'Oké,' zei ze. Ze at zo netjes als ze kon, zonder salsa op haar blouse te knoeien, en daarbij moest ze haar best doen om kreuntjes van genoegen te onderdrukken. Dit gerecht was voortreffelijk. Zou ze hier een of andere deal voor de leden kunnen bewerkstelligen? Of zouden deze indietypes er niets voor voelen om te worden 'ingelijfd', om in zekere zin te worden gekocht? 'Wil je een speciaal aangelegde tuin? Olijfbomen?'

'Dat kan me nu niets schelen. Daar kan later een besluit over worden genomen.'

'En heb je voorkeur voor een bepaald type huis? Een landhuis oude stijl? Iets moderns? Een boerderij?'

'Als het maar beschut en privé is. Ik oordeel wel als ik het zie. Het gaat bovenal om de locatie en privacy.'

'En wat is het budget?'

'Dat is er niet.'

Haar handen bleven ergens in de lucht hangen. 'Geen bovengrens?'

Hij schudde zijn hoofd, maar keek haar niet aan. 'Nope.'

Ze stond zichzelf nog een hap van haar lunch toe. 'En je zei wáár dan ook in Griekenland?'

'Op een van de eilanden.'

'Je wilt het gebied niet iets meer beperken?' Ze kon het sarcasme niet helemaal uit haar stem houden. 'Een bepaalde zee wellicht – de Egeïsche Zee? Of de Ionische?'

Hij haastte zich niet te antwoorden en leek van de laatste hap van zijn lunch te genieten. Maar toen hij klaar was met eten duwde hij het bord van zich af en depte zijn mond met een servetje. Hij keek haar met een glimlach weer aan. 'Weet je, Chloe, verras me maar.'

6

'Serieus, Chlo, ik kon wel door de grond gaan, íédereen keek!' Kates grote groene ogen werden nog groter en de rode wijn in haar glas klotste vervaarlijk terwijl ze ging verzitten. Op de achtergrond zat haar man, hoewel het daar bijna middernacht was, op zijn handen en knieën een gedetailleerd ontworpen houten spoortraject over de vloer te leggen, compleet met tunnels, bruggen, transformatoren en locomotiefloodsen van multiplex die bijdroegen aan de complexiteit van schakelingen die moesten kloppen. Kate had er vast als een inbreker uit een cartoon overheen moeten stappen om de bank te bereiken.

'Nou, dat zal je leren. Moet je maar niet zo opscheppen. Dat je aardig kunt tapdansen wil nog niet zeggen dat je de savasana kunt onderscheiden van de malasana.'

'De wat?' sputterde Kate.

'Precies. Je hebt er geen ene moer verstand van. Je zit in de verkeerde klas, zus. Je raakt nog geblesseerd. Ik snap niet wat er zo erg aan is. Doe gewoon een stap terug en ga naar de beginnersklas.'

Kates sperde haar ogen weer open. 'Maar het zit 'm in het woordje "terug". Dat impliceert mislukking. Al voordat ik ben begonnen!'

Chloe schudde haar hoofd. Net iets voor Kate om niet alleen wat overtollige kilo's weg te willen werken, maar ook meteen de beste van de klas te willen zijn. Het was niet genoeg om de houdingen onder de knie te krijgen, nee, ze moest ze beter uitvoeren en langer volhouden dan alle anderen. 'Moet je echt overal een wedstrijd van maken?' Chloe grinnikte. Zelf zat ze met gekruiste benen op haar bed met rode konen van haar boksles terwijl ze een verdiend broodje hamburger zat te eten.

Het was nog licht, hoewel de dampende hitte van de dag was verdwenen en de verkeersdrukte buiten op Perry Street al afnam. Een duivenpaartje zat luid te koeren op de zwarte brandtrap die voor het gebouw zigzagde en langs haar grote slaapkamerraam met boog liep. Het raam was haar reden geweest om dit appartement te huren. Hoewel de hele woning amper groter was dan haar zitkamer in Londen, was ze meteen gevallen voor de architecturale schoonheid in combinatie met de fraaie bakstenen. Het gaf niet dat ze geen uitzicht had, dat een plekje op slechts de derde verdieping betekende dat ze uitkeek op muren; zij had een raam en een brandtrap, en als dat goed genoeg was voor Holly Golightly in *Breakfast at Tiffany's*, was het ook goed genoeg voor haar.

De ventilator draaide zoemend rond aan het plafond, waardoor de vlam van haar favoriete geurkaars op de houten schoorsteenmantel flakkerde. Op de tegenoverliggende muur stond de televisie aan met het geluid uit, twee meter bij haar vandaan, bijna zo dichtbij dat ze hem zou kunnen uitzetten met haar voet.

'Nou, bedankt voor je steun,' mopperde Kate. 'Jij begrijpt niet hoe het is om een blubberbuik te hebben. Wacht maar tot jij een kind krijgt, dan zullen we eens zien hoe fanatiek jij de jaren daarna aan yoga gaat doen.'

'Oké. Tuurlijk.' Chloe likte wat ketchup van haar vinger. Ze hoorde Kate luid zuchten om haar gebrek aan compassie.

'Wat heb jij dan gedaan vandaag? Je ziet er sportief uit.' Kate nam nog een slokje wijn en begon er al wat slaperig uit te zien. Orlando werd 's ochtends nog altijd vroeg wakker en ze zou vannacht minder dan zes uur slaap krijgen, maar deze bijpraatsessies waren voor hen allebei belangrijk. Chloe's baan – met de vele overuren en het late socializen – en het tijdverschil van vijf uur maakten het lastig om een gunstig tijdstip te prikken.

'Ik ben naar boksles geweest.'

‘Doe je dat nog steeds? Ik dacht dat je was overgestapt op balletfitness.’

‘Nee. Te veel tingeltangelpianomuziek naar mijn smaak. Bovendien ben ik zo lenig als een baksteen. Boksen past beter bij me.’

Kate trok een wenkbrauw op. ‘Omdat je nog steeds behoefte hebt erop los te beuken? Ik dacht dat je die woede achter je had gelaten.’

‘Is ook zo. Maar ik vind het nog steeds lekker om ergens tegenaan te stompen.’ Ze haalde nonchalant haar schouders op, maar keek even de andere kant op. ‘Moet je nagaan.’

‘Hm,’ zei Kate achterdochtig, op zoek naar tekenen van de barstjes die haar de oceaan over hadden gedreven die hen nu van elkaar scheidde. Het was even stil, maar Chloe weigerde te happen. Er waren heel veel mensen die boksen leuk vonden. Het was een prima manier om stress kwijt te raken en je kreeg er gespierde armen van. Meer hoefde het niet te betekenen. Kate, die de signalen opving, veranderde van onderwerp. ‘En is er al meer nieuws over Poppy?’

Chloe kromp ineen. Dat deed ze elke keer als ze eraan dacht. ‘De operatie is goed gegaan – denken ze – maar ze houden haar nog een paar dagen in coma om de zwelling te laten slinken. Pas als ze bijkomt, weten we of het écht goed is gegaan.’ Ze herinnerde zich dat Jacks mond nauwelijks had bewogen toen hij het team vanmiddag had bijgepraat. Het had gevoeld als ‘geen nieuws is slecht nieuws’. Iedereen was gespannen en van slag door de aanhoudende onzekerheid van de situatie. Xan had gekeken alsof hij op het punt stond in huilen uit te barsten en de meisjes van de lidmaatschapsdesk waren weer somber bijeengekropen op de banken.

Maar Kate was niet iemand die snel ineenkromp of wegkeek. Ze hield van feiten. Zekerheden. ‘Wat zijn haar kansen?’

Chloe stak een hand op en begon op haar vingers af te vinken.

'Volledig herstel. Spraakproblemen. Motorische gebreken. Of... of ze wordt niet wakker. Dat zijn zo ongeveer de mogelijkheden.'

Misschien was het de kale opsomming van de feiten waardoor Kate zichtbaar geschokt was. 'O, Chlo,' fluisterde ze met glanzende ogen van medeleven.

Het werd Chloe bijna te veel. Ze wist altijd dat het goed kwam met de wereld als haar grote zus dat maar zei. Dus nu ze de droefheid, de lichte vertwijfeling zag... 'O, geen zorgen, ze gaat voor de eerste optie,' zei Chloe opstandig. 'Je denkt toch niet dat Poppy het zomerfeest van Invicta wil missen? Ze heeft er al het hele jaar naar uitgekeken.'

'Natuurlijk, de eerste optie.' Kate zag de ongerustheid op Chloe's gezicht en kneep haar ogen samen. 'Heb je haar al kunnen zien?'

Chloe schudde haar hoofd. 'Nee. Nog steeds alleen familie. Zelfs Jack mag niet bij haar. Ik heb natuurlijk bloemen gestuurd, maar ik denk dat die verwelkt zijn voordat ze ze ziet.' Ze beet op haar lip en staarde naar een uienring, die bleek en doorzichtig op haar bord lag. 'Niet dat dat ook maar iets uitmaakt.'

'Nee, uiteraard niet,' beaamde Kate, die haar stoïcijnse toon overnam alsof ze voelde dat Chloe behoefte had aan haar kracht. 'Nou, in elk geval doe je wat je kunt op praktisch gebied. Meer kun je niet doen. Hoe is het met haar cliënten gegaan?'

'Hm, wat zal ik zeggen.' Chloe kreunde, zette het met ketchup besmeerde bord op haar bovenbenen en liet vermoeid haar schouders hangen. 'Wisselend. Maandag was een nachtmerrie met een van hen.'

'Hoezo dat?'

'Ik heb het hondje van die vrouw op zijn poot getrapt waardoor ze gilde terwijl ze niet eens mag fluisteren. Ze is een beroemd operazangeres, Rosaria Bertolotti,' voegde Chloe eraan toe toen ze Kates verbaasde blik zag. 'Ze zegt nooit een woord voor het middaguur.'

'O, juist ja.' Kate trok een donder-toch-op-gezicht. Als voormalig counselor voor traumaslachtoffers kende ze niet veel erbarmen voor zoiets als overbelaste stembanden. 'Eerstewereldproblemen,' zei ze vaak.

'En dit was nadat ze er terloops op stond dat ik een plek voor haar zou regelen bij een staatsdiner met de president van Brazilië dat diezelfde avond zou plaatsvinden.'

'Holy shit! Is dat gelukt?'

'Zeker.'

'Hoe dan?'

'Met tickets voor een meet-and-greet met Selena Gomez na haar concert in Rio volgende maand, voor de dochter van het hoofd communicatie en relaties.'

'Maar dat is chantage,' zei Kate met een verheugde zucht.

'Nee, een duwtje in de goede richting. En de president zou me dankbaar zijn, heb ik begrepen. Ik wist het op dat moment nog niet, maar volgens Xan hebben de president en Rosaria jarenlang een vurige geheime affaire gehad tot ze die beëindigde toen ze verliefd werd op een of andere dirigent. Maar die is een paar maanden geleden overleden aan een hartinfarct, dus nu is het weer aan.'

'Oké,' verzuchtte Kate zowel verrukt als ontzet. 'En zijn er nog meer "duwtjes in de goede richting" gaande?'

'Nee. De rest gedraagt zich tot nu toe goed. Het is de afgelopen dagen zelfs vrij rustig geweest. De meesten zijn nu niet in New York en ik denk dat ze nog moeten wennen aan het idee dat ze met mij te maken hebben. Het is een schok voor ze. Ze leunen enorm op Poppy, niet alleen in praktisch maar ook in emotioneel opzicht. Waarschijnlijk beseften ze niet hoezeer eigenlijk tot ze hoorden wat er was gebeurd. Een van hen begon zelfs te huilen toen ik hem over het ongeluk vertelde.'

'Ach gos.'

'Ja.' Pelham had zich het nieuws erg aangetrokken, maar hij

had dan ook een sterkere emotionele band met Poppy, omdat hij haar al sinds haar kindertijd kende. Hij had snel opgehangen, met schorre stem, en beloofd haar terug te bellen met een datum voor thee in zijn herenhuis in Greenwich wanneer hij weer in de stad zou zijn. Proudlock, de filmregisseur, was er even stil van geweest, maar had meteen daarna gevraagd om een suite in het Hôtel du Cap en voor twee dagen een jacht met een helikopterplatform in Cannes tijdens het filmfestival – o, en zijn kleding moest worden opgehaald van de stomerij. Greenleve had haar telefoontje nog niet beantwoord. Hij had zich opgesloten in een opnamestudio op Hawaï, verstoken van alle wifi en mobiele verbindingen met de buitenwereld – een bewuste keuze om de energie van de onfortuinlijke artiest in kwestie in goede banen te leiden, want die worstelde met een heroïneverslaving. Volgens zijn assistent zou hij pas over een dag of vier weer boven komen drijven. Ze zou morgen wat gaan drinken met Alexander Subocheva – tot nu toe had ze alleen zijn executive assistant gesproken, nadat het onderzoek naar haar achtergrond ertoe had geleid dat ze langs háár assistent kwam. En wat Joe Lincoln betreft, die natuurlijk volledig op de hoogte was van de situatie: hij was naar Frankrijk gevolgen voor een aantal vergaderingen en ze had sinds de lunch van maandag niets meer van hem gehoord.

In feite was de week na haar vuurdoop op maandag weer in een normale routine beland. Ze had zelfs de meeste van haar eigen projecten nog gaande kunnen houden. Tot nu toe hield ze alle ballen in de lucht en leek Jack, die zich eindelijk weer had geschoren, minder gestrest te zijn.

Chloe trok haar korte haar naar achteren en hield haar handen in die houding, met haar ellebogen opzij terwijl ze tegen haar kussen aan zakte. 'Heb je mama gesproken? Hoe gaat het met haar?'

'Goed. Druk in de weer met haar plantenborders natuurlijk. Alles groeit de pan uit, zegt ze.'

'Dat zegt ze elk jaar.'

'Precies. En ze maakt zich uiteraard zorgen om jou. Ze vindt dat je te ver weg bent.'

'New York is niet ver weg. Ik kan net zo goed in Cornwall zitten als hier, beide zijn een dag reizen vanuit Alnwick.'

'Nou, ze is bang dat je te hard werkt, vraagt zich af of je eenzaam bent, of verdwaald in de grote stad, of smacht naar...'

'De gebruikelijke dingen dus?' zei Chloe monter.

'Juist. Ze komt hier volgende week naartoe. We hebben kaartjes voor de zomertentoonstelling van de Royal Academy.'

'Had het mij gevraagd!' zei Chloe pruilend. 'Ik had jullie kaartjes voor de opening kunnen bezorgen.'

'Mama en ik die een praatje maken met Tracey Emin? Zie je het voor je?' Kate giechelde en tuurde over haar inmiddels bijna lege wijnglas heen.

'Nee,' grinnikte Chloe. 'Eigenlijk niet.'

Een hartgrondige vloek vanuit de kamer achter haar deed Kate omdraaien. Marcus zat rechtop op zijn knieën, met zijn handen op zijn heupen en zijn gezicht op onweer. 'Verrekt rotding. We komen weer een scherpe boog tekort. Flauwe bogen te over, maar geen scherpe meer. Het is verdomme altijd hetzelfde! Ik heb het ermee gehad, Kate. Wat moet ik doen? Het past allemaal niet zonder die boog. Moet ik het hele spul opnieuw in elkaar zetten? Ik neem morgenochtend de eerste trein, maar ik heb Orlando beloofd dat ik de boel klaar zou hebben. Ik bedoel, het is toch...'

Kate zuchtte vermoeid en draaide zich met een veelzeggende blik weer om naar het scherm. 'Er gaat iemand ontploffen. Ik moet gaan.'

'Natuurlijk. De plicht roept. Tot gauw.'

'*Love you*.' Kate wierp haar een kus toe.

'*Love you too*.'

Chloe verbrak de verbinding en zakte weer achterover tegen haar kussen, met haar bord nog op haar schoot. De plotselinge stilte verbreidde zich als een bloedvlek nu Kates chaotische wereld van haar eigen werd gescheiden en ze weer alleen was. Ze stelde zich haar moeder thuis in Northumberland voor, waar ze op haar schuimrubber kniebeschermer met madeliefjesmotief verwoed het onkruid tussen de begonia's zat te wieden, met de radio naast zich, het beddengoed wapperend aan de waslijn en de Cheviot Hills als wachtposten aan de horizon.

Het voelde heel ver weg van hier – zelfs de wind daar was anders: koel en fris met een vleugje klaver en mos, koeien die graasden in hat naburige veld, hun trage stappen zwaar op het bedauwde gras, terwijl Chloe hier 's ochtends wakker werd van getoeter en geschreeuw en het geratel van winkelluiken die omhoog werden getrokken. Het was niet per se minder fijn, gewoon anders – want ze had het hier zeer naar haar zin. De cadans van de stad gaf haar een energie die samenviel met haar eigen ritme, zodat ze weer lichtpuntjes in haar leven had ontdekt op het moment dat ze die zo nodig had. Maar ze had zich nooit voorgesteld dat haar leven zich ooit zou afspelen in deze drukke massa licht en lawaai. Ze had natuurlijk wel altijd geweten dat ze niet in Alnwick zou blijven – haar ambitie en nieuwsgierigheid reikten verder – maar zes maanden geleden had haar toekomst er nog heel anders uitgezien: een ander decor, andere accenten, een andere afloop.

Ze pakte de afstandsbediening en begon net te zappen toen de FaceTime-beltoon weer klonk.

'Kate?' vroeg ze, terwijl ze verstrooid naar de muteknop zocht.

'Nou, nee,' zei een mannenstem.

Ze keek verbaasd naar het scherm. Híj was het. Hij zat in zijn werkkamer thuis, een smal vertrek met een vintage filmposter van *The Leopard* aan de muur achter hem en een rode verstelbare lamp op het bureau. Het licht gaf zijn gezicht een onflatteuze gloed en accentueerde de kringen onder zijn ogen, waardoor hij vijftien jaar ouder leek.

'Alsjeblieft!' zei hij toen hij zag dat ze met een vastberaden trek om haar mond de verbinding wilde verbreken. Ze wilde niet dat hij iets van haar zou zien. Soms was het natuurlijk onvermijdelijk, maar hij mocht niet zien hoe ze in haar T-shirt op het bed had zitten eten. Alleen. Dat gunde ze hem niet. 'Hang alsjeblieft niet op! Ik moet je iets vertellen!'

Ze wachtte en zag dat hij meteen de ruimte achter haar bekeek, de pomponslinger met lichtjes die ze over de spiegel had gedrapeerd, de bakstenen muur, de oudroze fluwelen kussens aan haar hoofdeinde.

Zijn ogen richtten zich weer op haar en hij had in elk geval nog het fatsoen beschaamd te kijken. 'Is er nieuws over Poppy?'

'Hoe moet ik dat weten? Jack zal jou eerder wat toevertrouwen dan mij,' zei ze bruusk.

Er viel een korte stilte. 'Staat je trouwens goed, dat korte haar. Wanneer heb je het laten knippen?'

Ze gaf geen antwoord. Moest hij dat echt vragen? Haar kastanjerode lange lokken – die hij zo prachtig had gevonden – in een pittig korte coupe laten knippen was het eerste wat ze had gedaan nadat ze hier was aangekomen.

'Ik had al eerder willen zeggen hoe goed dit kapsel je staat, maar het was nooit… het juiste moment.'

Ze keek hem wrevelig aan. Goh.

Zijn ogen gleden over haar heen, namen haar in zich op. 'Ik heb me je gewoon nooit kunnen indenken… Ik kende je niet anders dan als een vrouw met lang haar…'

'Ja, nou, ik had behoefte aan verandering.' Het sarcasme droop van haar woorden. Ze wisten allebei dat dit het understatement van het jaar was. Een ander kapsel? Eerder een ander leven.

Hij knikte. 'Je ziet er geweldig uit.'

'Je zei dat je iets te vertellen had? Dat gaat niet over mijn haar, neem ik aan.'

Hij leek in verlegenheid gebracht. Zijn jongensachtige gelaat vertrok bij de hardheid van haar woorden. 'Eh, ja. Ik wilde het jou het eerst laten weten – ik kom die kant op. Waarschijnlijk begin volgende week.'

Ze voelde haar bloed stollen. 'Waarom?' De vraag was scherp, de eis van een verklaring, en er verscheen een diepe frons in haar voorhoofd. Ze wilde hem hier niet. Hij moest daar blijven, ver weg, met de oceaan tussen hen in. Dat was de deal die ze eenzijdig had opgesteld en namens hen beiden had getekend. Hij daar, zij hier. Het was de enige manier waarop ze verder kon.

'Voor het moreel? Om me nuttig te maken? We moeten allemaal ons steentje bijdragen in deze moeilijke tijd. Ik vind het vreselijk om hier te zijn in de wetenschap dat jij... dat jullie dit alleen moeten doorstaan.'

'We zijn niet alleen.'

'Je weet best wat ik bedoel.'

Ze reageerde niet en de stilte tussen hen groeide. Ja, ze wist wat hij bedoelde en ze voelde een golf van woede door zich heen gaan. Hij had het niet over 'jullie'. Hij had het over haar. Zíj was alleen en dat wist hij. Dit was maar een voorwendsel, een manier om zijn voet tussen de deur te krijgen, om haar te zien, oog in oog met haar te staan, terwijl zij juist van continent was veranderd om hem die kans te ontnemen. Hoe dúrfde hij hier te komen! Ze boog zich voorover en zag de paniek in zijn blauwe ogen weer verschijnen.

'Chlo...'

Een fractie van een seconde voelde ze het gouden draadje dat hen ooit verbond weer aanspannen. Ze had gehoopt dat het inmiddels wel zou zijn doorgeknipt, maar nu zag ze dat het al die tijd alleen maar slap had gehangen, en dat hij hier gewoon naartoe zou komen en haar terug zou winden als op een klosje waar hij aan kon draaien wanneer hij maar wilde... Nee. Dat zou ze niet laten gebeuren. Hij had misschien de controle gehad over hun relatie, zíj had nu de controle over hun breuk. Die invloed had ze tenminste. 'Kom hier niet naartoe. Dat meen ik. Dag, Tom.'

Parijs

Het licht van de stompe kaarsen gaf de tafels een honingachtige gloed, werd glinsterend weerkaatst door de kristallen glazen en verleende de met juwelen omhangen gasten een flatterende glans. Boven hun hoofden hingen lila, suikerspinroze en witte orchideeën in volle trossen aan het plafond, als een omgekeerde border. De zuilen in de zaal waren zo dik bedekt met tienduizenden roomkleurige rozen dat de ruimte was getransformeerd tot een groot pastoraal prieel. In het midden zat het gelukkige paar. De bruid, gehuld in een creatie van Dior, deed niet eens alsof ze van haar kreeft at, en de bruidegom luisterde naar een lid van zijn team, dat vooroverboog en iets in zijn oor fluisterde.

Elodie nam voorzichtige slokjes van haar dure champagne – ze dronk tegenwoordig niet veel, ze wist uit ervaring wat er gebeurde met mooie jongedames die schielijk dronken – en deed alsof ze aandachtig luisterde naar de man rechts van haar. Deze Albanees van zevenenvijftig met een onderkin als een sintbernardshond was nog een van de interessantste gasten op het diner, met zijn verhaal over die keer dat zijn diamantmijn in Angola was bestormd door een militie toen hij een tour maakte met de Russische minister van Handel.

'Dat is overigens een bijzondere steen die u draagt,' zei hij, en hij pakte haar rechterhand om haar verlovingsring te bestuderen, een zeven karaats emerald geslepen gele diamant.

'Dank u. Mijn echtgenoot heeft oog voor mooie dingen.'

'Dat is een noodzakelijke eigenschap als je een mooie vrouw hebt.'

'U vleit me,' protesteerde ze beleefd, en ze onderdrukte de eerste oprisping van onpasselijkheid. 'Wat hebt u uw echtgenote gegeven toen u zich verloofde?'

'Welke echtgenote?' Hij lachte.

Elodie handhaafde haar glimlach en zweeg. Zette haar gereserveerde gezicht op.

'Een robijn met diamantjes, geloof ik.' Hij wierp haar een vertrouwelijke blik toe. 'Maar pin me er niet op vast.'

Elodie keek naar zijn huidige echtgenote, nummer vier, aan de overkant van de tafel, en ze besefte dat deze vrouw en zij qua uiterlijk niet veel van elkaar verschilden: allebei superslank met lang donker haar en bruine ogen die bijna te groot leken voor hun gezicht. Ze wist dat ze voor een man als hij inwisselbaar waren. Wegwerpartikelen.

Ze keek naar haar eigen echtgenoot tegenover haar, tussen zijn eigen soort mensen in deze verzameling machtsspelers, hoewel hij hun spelregels niet volgde. Voor hem was het huwelijk voor het leven. Hij zou voor altijd van haar zijn, en zij van hem.

Hij luisterde naar iets wat de vrouw links van hem zei. Daarbij bleef hij neutraal kijken, maar zelfs van de andere kant van de tafel zag Elodie dat hij het oneens was met elk woord dat over haar lippen kwam. Het was de stand van zijn mond, de manier waarop hij zijn hoofd schuin hield, onzichtbaar voor iedereen, behalve voor haar. Ze las zijn lichaamstaal als een open boek, zoals een hond de non-verbale hints van zijn baasje.

Hij keek op alsof hij voelde dat haar blik op hem gericht was. Hun ogen maakten contact en ze ervoer die plotselinge kriebel in haar buik die haar inmiddels zo vertrouwd was, maar haar toch nog elke keer weer overviel. Zijn lippen vormden een glimlach en ze wist wat dat betekende, welke belofte ervan uitging. Hij was speciaal voor de bruiloft hierheen gevlogen – de bruid was tenslotte een van haar beste vriendinnen – maar hij zou weer weg zijn tegen de tijd dat ze morgen wakker zou worden, hun tijd samen zo vluchtig als een regenboog.

De Albanees naast haar raakte haar hand aan terwijl hij haar glas bijvulde, en ze verstarde in een standbeeldachtige pose, want het gebaar had een zekere intimiteit, een ongewenste vertrouwelijkheid die ze angstvallig had getracht te vermijden. Alleen haar ogen bewogen – terug naar de blik van haar echtgenoot – en ze zag de kleine beweging van zijn vinger op het tafellinnen.

Ze wist ook wat dát betekende.

7

New York

'Hoe gaat het met je, Steven? Fijn je weer te zien,' zei Chloe glimlachend, en ze gaf de manager een hand terwijl ze even stilstond, op weg naar de bar. Ze was misschien nieuw in de stad, maar toch al een van de beste klanten van deze club.

'Welkom terug, Miss Marston,' antwoordde hij.

'Ik hoop dat ik eerder ben dan mijn gast?' vroeg ze, rondkijkend in de weelderige ruimte. De bar van Rarities betreden was als teruggaan in de tijd – de inrichting was donkerpaars met een mahoniehouten lambrisering en een fluwelige vloerbedekking, marmeren bustes bij de ramen en levensgrote portretten aan de muur. Chloe had deze gelegenheid speciaal uitgekozen – een bar alleen voor leden, die een jaarlijkse bijdrage van tienduizend dollar betaalden. Ze had uitgebreid navraag gedaan om erachter te komen of Alexander er ooit was geweest. Tot haar genoegen leek dat niet het geval te zijn, wat het de ideale locatie maakte voor hun eerste ontmoeting. Het was niet eenvoudig om voor de steenrijken iets nieuws te vinden. Ze waren meestal overal al geweest en hadden alles al gedaan, en hoewel tienduizend dollar kleingeld was voor een man als hij, was ze blij dat ze in elk geval deze kleine voorsprong had. Daarmee liet ze zien dat zij kennis en contacten had die hij nog niet kende, en dat de diensten van Invicta de moeite waard bleven voor een vermogend man als hij.

Ook was het gegarandeerd rustig in deze club – er werd nooit meer dan twee derde van de capaciteit gebruikt, zodat leden altijd de zekerheid hadden dat er een plaats vrij was – en waren ze er discreet. Beroemdheden kwamen hier vaak om wat te drinken zonder te worden lastiggevallen door fans die om selfies en handtekeningen vroegen. Ook werden tussen deze muren grote deals in de financiële wereld gesloten.

'Waar wil je zitten? Er zijn twee tafels vrij bij het raam.'

Chloe schudde haar hoofd. Ze had in Poppy's aantekeningen gelezen dat Alexander op zijn reizen voor de veiligheid nooit ergens in het volle zicht wilde zitten. 'Een rustiger plek graag, liefst ergens in een hoek.'

'Uitstekend, kom maar mee.'

Hij ging haar voor door de ruimte en een lange gang, waar hij een aangrenzende salon binnenliep. 'Is dit naar wens?' vroeg hij, met een gebaar naar twee grote leunstoelen in de hoek. Het was er schemerig verlicht. Er zaten drie mannen in pak op de banken voor de haard – dichtbij maar niet té dichtbij – en ze zag een Americanfootballster aan de andere kant van de salon in een diep gesprek verwikkeld met een vrouw die overduidelijk niet zijn echtgenote – een bekende nieuwslezeres – was.

'Perfect.'

'Ik zal de menukaarten brengen. En je gast wanneer hij arriveert.'

Chloe liep naar de hoek en vroeg zich af in welke stoel ze zou plaatsnemen. Zou hij er de voorkeur aan geven met zijn gezicht naar de ruimte toe te zitten, zodat hij hun buren en eventuele mensen die binnenkwamen goed kon zien? Of zou hij juist liever met zijn rug ernaartoe zitten om zijn privacy te beschermen en zijn identiteit te verbergen?

Ze besloot dat hij vast voor het laatste zou kiezen – hoewel ze altijd nog kon verhuizen als ze het bij het verkeerde eind had – en nam plaats in de stoel die naar de ruimte toe gekeerd was.

Terwijl ze deed alsof ze haar telefoon checkte, keek ze heimelijk naar de Americanfootballspeler die zijn hand op een knie legde van de vrouw die niet zijn echtgenote was. Ze probeerde niet te luisteren naar het gesprek van de zakenlieden op de banken, die zo te horen in de grondstoffensector werkten en plannen hadden om later nog naar een privéclub te gaan. Hun conversatie ging over in een laag, aangenaam gemurmel terwijl er tien minuten voorbijgingen. Vijftien. Ze belde naar kantoor om te controleren of ze misschien een bericht had gemist, en Xan onthaalde haar op weer een vrijwel onmogelijk verzoek dat hij had gekregen toen ze nieuwe stemmen hoorde en opkeek.

'Hij is er,' onderbrak ze fluisterend zijn relaas over hoe moeilijk het was om de havenautoriteiten zover te krijgen dat ze MARRY ME LISA op het Vrijheidsbeeld zouden beamen. 'Sorry, Xan, ik moet ophangen.'

Er stonden twee mannen in de gang – vanaf haar plek kon ze ze via een spiegel zien – en eerst dacht ze dat ze beiden bodyguard waren, vanwege hun lichaamsbouw. Maar toen maakte ze oogcontact met de iets kleinere man – als je iemand van ongeveer één meter vijfentachtig al 'klein' kon noemen – en leek het vertrek, de stad, alles om haar heen weg te vallen.

Hij had diepliggende grijsgroene ogen die zomaar van een wild dier zouden kunnen zijn – een sneeuwpanter misschien, of een lynx – en kort, dik lichtbruin haar. Hij was gespierd, had het lichaam van een rugbyspeler, maar op de een of andere manier leek hij nog meer ruimte in te nemen dan daadwerkelijk het geval was, alsof hij een aura had dat iets aan zijn gestalte toevoegde. Ze had natuurlijk wel foto's van hem gezien, maar daarop was zijn energie niet weergegeven. Op papier oogde hij behoedzaam en minder dynamisch. Hij keek altijd argwanend naar de camera, maar in het echt hadden zijn bewegingen een vlijmende scherpte en had hij een intensiteit die alle blikken naar zich toetrok.

Hij liep naar haar toe en bleef voor haar staan. Het voelde alsof er een Lamborghini met driehonderd kilometer per uur op haar afkwam en met zijn bumper vlak voor haar knieën tot stilstand kwam. Ze was verrast toen ze zich realiseerde dat ze inmiddels was opgestaan. 'Miss Marston.'

Ook als dat haar naam niet was geweest zou ze ja hebben gezegd. Macht was bijna tastbaar, veranderde mensen, had een verlammende uitwerking. 'Meneer Subocheva, het is me een genoegen.' Ze hoopte maar dat hij niet kon zien hoe nerveus ze was. Hij schudde haar hand en hield zijn ogen strak op haar gericht, waardoor ze het gevoel had dat hij dwars door haar heen keek. 'En noemt u me alstublieft Chloe.'

'En ik ben Alexander.' Zijn zware accent gaf de woorden een verrukkelijke rijkdom. Hij hield haar hand een moment langer vast dan ze had verwacht, bleef haar onderzoekend aankijken, en die fractie van een seconde bracht haar uit evenwicht. Het was een bevestiging van zijn macht.

'Ik hoop dat het een goed idee was om hier af te spreken?' vroeg ze met een gebaar naar de intieme hoek waar ze was gaan zitten. 'Het leek mij privé genoeg maar toch ook sfeervol.'

'Ik vind het een uitstekende plek.' Hij wachtte tot ze weer ging zitten voor hij zelf plaatsnam. Zijn bodyguard liep naar de dichtstbijzijnde lege stoel, een klein stukje bij hen vandaan, en deed alsof hij een tijdschrift over sigaren las. 'Ik dacht dat deze stad nog maar heel weinig geheimen voor me had, maar dat had ik kennelijk mis.'

Achter hem zag ze de zakenlieden met onverholen nieuwsgierigheid naar hem kijken. Er was een predator binnengekomen, dat wisten alle aanwezigen.

Steven kwam de menukaarten brengen en Chloe deed alsof ze die van haar bestudeerde terwijl hij aan Alexander uitlegde hoe uniek de hier geserveerde drankjes waren, vandaar de naam van de club: Rarities. Vaak, vertelde hij, ging het om de laatst overgebleven partijen eersteklas maltwhisky en sterkedrank ter wereld.

'Ik neem wat Chloe neemt,' zei Alexander, en hij gaf de kaart terug zonder ernaar te kijken. 'Dat is een goede test om te kijken of ik op haar oordeel kan vertrouwen.'

Chloe's lippen openden zich in een verbaasde glimlach. Ze zag het gespannen lachje op Stevens gezicht. 'Nou, in dat geval graag de Black Tot,' zei ze zelfverzekerd. 'Hou je van rum?'

'Ik ben een Rus, ik hou van alle sterkedrank.'

'Nou, dit is een heel speciale,' zei ze glimlachend. 'Van oudsher geloofde men dat het delen van een *tot* – een scheut – rum hielp om kameraadschap tussen matrozen in de Britse marine te bevorderen. Dit gebruik hield meer dan drie eeuwen stand, tot de laatste voorraden in 1970 werden opgeslagen in pakhuizen van de overheid. Tegenwoordig worden ze alleen nog tevoorschijn gehaald voor speciale gelegenheden – zoals de bruiloft van prins William.'

Zijn ogen wendden zich geen moment van haar af. 'Ik ben benieuwd,' zei hij met zijn ellebogen gespreid en zijn vingers in een punt tegen elkaar gedrukt. 'Maar voor we verdergaan, hoe gaat het met Poppy?'

De glimlach op Chloe's lippen werd breder. Hij was de enige cliënt – op Pelham na – die het genoeg kon schelen om nog eens naar haar te vragen. Greenleve leek haar te zijn vergeten. Die was vanochtend plotseling weer bereikbaar geweest, en hij had vandaag al drie keer gebeld met verschillende idiote verzoeken, maar hij had niet één keer naar Poppy gevraagd. Voor Proudlock gold hetzelfde: die had twee minuten lang meelevend gereageerd tijdens hun eerste gesprek, maar sinds die dag had hij met geen woord meer over haar gerept, niet gevraagd hoe de operatie was gegaan, of ze al was bijgekomen uit haar coma. En Rosaria, met haar op haar tablet getypte eisen, had zich drukker gemaakt over Chloe die op de poot van haar hondje was gestapt dan over Poppy die een operatie moest ondergaan. 'Nou, we hebben reden voor voorzichtig optimisme. Elke dag die ze verder komt is een dag van meer hoop. Ze hebben maandag een bloedpropje uit haar hersenen verwijderd.'

Hij kijkt oprecht bezorgd. Ze was op zaterdagavond door die auto geschept en inmiddels was het donderdag. 'Maar ze is nog niet bijgekomen?'

'Nee, ze houden haar ten minste tot het weekend in een kunstmatige coma, en ze monitoren de zwelling.'

'En haar familie is bij haar?'

'Ja, de hele tijd. Haar ouders zijn zaterdagnacht meteen overgevlogen.'

Hij keek haar aandachtig aan. Zijn vlugge blik leek al haar kleine eigenaardigheden op te merken, zoals de manier waarop ze haar haar naar achteren streek als ze zich zenuwachtig voelde, of hoe ze haar wijsvinger en duim in cirkeltjes over elkaar wreef als ze gespannen was. In de paar minuten dat ze in zijn gezelschap verkeerde, voelde ze zich meer 'gezien' dan op elk ander moment sinds haar verhuizing hiernaartoe. 'Krijgt ze de best mogelijke zorg? Wie zijn haar artsen? Zijn die nagetrokken? Mijn motto is altijd vertrouwen – en dan verifiëren.'

'Ik heb van Jack – mijn baas – begrepen dat ze uitmuntende zorg ontvangt. Ze hebben daar naar verluidt een uitstekend traumateam.'

'Ik hoop dat het voor zich spreekt dat als er iets nodig is... Wat dan ook...'

'Dat is ongelooflijk genereus. Bedankt. Ik zal het aan haar familie laten doorgeven.'

Alexander zuchtte en ging iets achteroverzitten. 'Ik geloofde het eerst niet toen Anjelica het me vertelde. Ik was ervan overtuigd dat het een grap moest zijn.' Hij keek haar aan met licht geloken ogen. 'Maar je bent er vast al achter dat Anjelica geen grappenmaakster is.' Hij sprak de zin uit op vlakke toon, maar er lag toch iets van geamuseerdheid in.

'Nee, die indruk heb ik niet.' Haar telefoongesprek met de dame in kwestie – toen die eindelijk had teruggebeld om deze ontmoeting te regelen – was zo kortaf geweest dat Chloe half had gedacht dat ze in morse communiceerde.

Hij fronste en perste zijn lippen op elkaar. 'Ik... vind het vreselijk dat ik niets kan dóén. Hulpeloosheid is een gevoel waar ik niet goed mee overweg kan.'

'Ik weet het, dat is het ergste eraan. Dat je alleen maar kunt afwachten. Verder is er letterlijk niets wat we kunnen doen. De artsen zeggen dat hun werk erop zit en dat het nu een kwestie van tijd is.'

Er viel een lange stilte terwijl hij haar weer aankeek – opmerkzaam, zich een oordeel vormend. 'Dus nu neem jij de teugels in handen.'

Ze haalde diep adem. Het voelde alsof ze zichzelf aan het pitchen was. 'Ja, en ik hoop dat het niet te ontwrichtend voor je is. Dit zijn uitzonderlijke omstandigheden. Ik begrijp dat je verstandhouding met Poppy zeer goed is en dat het vervelend is dat je tijdelijk met iemand anders te maken hebt.' Ze had deze woorden de afgelopen dagen op verschillende manieren uitgesproken, maar ze was nog steeds het vleugje bitterheid dat ermee gepaard ging niet kwijt. Alsof het ongemak van de cliënten ook maar enigszins in verhouding stond met de rampspoed die Poppy was overkomen.

'Ik had inderdaad mijn reserves. Er zijn maar weinig mensen die ik vertrouw en ik kijk de mensen met wie ik werk graag recht in de ogen.' Hij knikte en zijn oogopslag was als een houdgreep die haar op haar plaats hield. 'Ik neem aan dat je al een en ander over me gelezen hebt, dus vertel maar eens wat over jezelf. Wie is Chloe Marston, mijn nieuwe lifestylemanager? En laat vooral niets weg. Je weet ongetwijfeld dat mijn researchers er toch wel achter komen.'

Daar was die blik weer – geamuseerdheid die zich schuilhield in de schaduwen van zijn ogen. Of was het iets anders? Het was onmogelijk dat te weten te komen.

'Nou, ik ben zesentwintig, ik kom uit Alnwick in Northumberland in het noordoosten van Engeland. Ik ben de jongste van twee dochters, mijn zus Kate is vier jaar ouder dan ik en woont in Londen. Ze is een paar jaar geleden getrouwd en ze heeft een zoontje, Orlando, dus ik ben tante en ik ben hard op weg expert te worden op het gebied van locomotieven.' Het was een luchthartig grapje, maar misschien begreep hij het niet, want zijn gezichtsuitdrukking veranderde niet. 'Ik heb op hoog niveau gehockeyd, ik hou van de meeste sporten, vooral van skiën, waterskiën en tennis. Ik heb Spaans en Frans gestudeerd aan Warwick University. Wat nog meer? Eh, ik heb een paar jaar gewerkt voor een skiverhuurbedrijf in Verbier voordat ik een baan bij Invicta kreeg. Sterker nog, ik heb Tom en Jack, de oprichters, daar ontmoet. Ze verbleven in het chalet waar ik werkte en we konden het goed met elkaar vinden. Ze hadden een aantal jaren alles zelf gedaan vanuit hun appartement in Fulham, en ik was hun eerste medewerker toen ze hun financiering rondkregen en het bedrijf begon te groeien...'

'En moet je kijken hoe goed het nu loopt. Tweeëndertig kantoren wereldwijd, vijfhonderdvierentachtig medewerkers en een jaarlijkse omzet van twaalf miljoen pond.' De cijfers rolden als het alfabet uit zijn mond en ze ving een glimp op van het zakenbrein dat hem zoveel succes had gebracht. Maar de Invicta-cijfers, hoe indrukwekkend ook voor een jong bedrijf, waren niets vergeleken met de omvang van zijn imperium, dat van mijnbouw in Zuid-Afrika via luxueuze hotelketens in Europa en Azië tot kabeltechnologie in Amerika reikte.

'Ik weet het, het is ongelooflijk wat ze binnen zo korte tijd hebben opgebouwd.'

'Vind je je werk leuk?' vroeg hij.

'Jazeker, ik geniet van de afwisseling en de dagelijkse uitdagingen. Geen dag is hetzelfde. Normaal ben ik hier hoofd corporate partnerships; ik ben vijf maanden geleden vanuit Londen hiernaartoe verhuisd.'

'En waarom ben je hiernaartoe gekomen?'

Goeie vraag. Ze grinnikte ongemakkelijk en vroeg zich af wat ze kon zeggen. 'Nou, ten eerste had Jack hulp nodig om dat aspect van de onderneming hier vorm te geven. Het was niet praktisch om al onze contacten vanuit Londen te managen. Er is hier big business waar we nog geen aansluiting bij hadden gevonden, en de leden hier maken deel uit van een andere cultuur. We moeten ervoor zorgen dat we de service zo goed mogelijk matchen met de behoefte van de clientèle terwijl we toch een mondiaal bereik handhaven. Dus dat is mijn taak.'

Zijn ogen vernauwden zich nadenkend. 'En ten tweede?'

Ze had het gevoel dat hij geen woord had gehoord van wat ze zojuist had gezegd. 'Sorry?'

'Je zei dat ze hier ten eerste hulp nodig hadden om dat aspect van de onderneming vorm te geven. Wat was je tweede reden om naar New York te komen?'

Haar mond ging wel open maar het duurde even voor er geluid uit kwam. 'Nou, ik heb natuurlijk altijd in de Big Apple willen wonen,' zei ze, haar duim en wijsvinger over elkaar wrijvend. 'De ultieme droom voor een meisje van het platteland.'

'Oké.' Zijn blik veranderde en het was alsof er een poolwind door de deuropening kwam waaien. Ze voelde zich plotseling koud. Hij stond op. 'Miss Marston, het was prettig u te ontmoeten.'

'W... wacht!' Ze sprong op en keek hem geschrokken aan. Wat had ze verkeerd gedaan? 'Waar ga je naartoe?'

'Ik geloof dat ik heel helder heb aangegeven dat ik niet kan werken met mensen die ik niet vertrouw. En het lijkt erop dat ik je niet kan vertrouwen.'

Wat? 'Dat kun je wel,' protesteerde ze vertwijfeld. Het kon haar niet schelen dat de mannen op de bank hun gesprek hadden gestaakt om openlijk naar dat van hen te luisteren. De bodyguard was ook opgestaan. 'Alsjeblieft...'

'Nee, je liegt tegen me. En als je ervoor kiest om me om de tuin te leiden in zo'n triviale kwestie als deze, hoe kan ik je dan ooit vertrouwen bij belangrijke dingen?' Hij keek haar boos aan. De ogen die zojuist nog warm en benaderbaar hadden gekeken waren nu onpeilbaar, afstandelijk.

De bodyguard stond nu naast hem en keek naar haar alsof ze een potentieel gevaar voor haar cliënt was. Ze staarde Alexander aan en in haar lijf schoot de paniek als een balletje in een flipperkast alle kanten op. Hij zou weggaan, ze had het weer verknald. Eerst Rosaria, nu hij.

Hij draaide zich om naar de deur.

'Ik... Mijn hart was gebroken. De man van wie ik hield heeft zich met een ander verloofd,' flapte ze eruit. Haar ogen brandden en werden vochtig. Ze voelde zich vernederd dat ze het hardop had moeten zeggen, dat haar zwakheid en schaamte voor hem bloot werden gelegd. Uitgerekend voor hem! 'Daarom ben ik hiernaartoe gekomen. Ik kon daarna niet in Londen blijven.'

Alexander stond stil en stak zijn kin geïnteresseerd schuin omhoog.

'Het spijt me...' stamelde ze. 'Ik had het meteen moeten zeggen, maar het leek me niet...' Ze slikte. 'Het leek me niet interessant of... of gepast zelfs, om je zoiets persoonlijks toe te vertrouwen. Het hoort niet over mij te gaan.'

Hij zette een stap in haar richting. 'Natuurlijk wel,' zei hij op krachtige toon. 'Snap je dat niet? Deze relatie ís persoonlijk. Als we met elkaar in zee gaan, weet je straks meer over mij dan mijn echtgenote. Dan mijn moeder. Denk je dat dat gaat werken als je een vreemde voor me bent? Denk je dat het niet relevant is dat jij je leven hebt omgegooid vanwege die man, dat je helemaal opnieuw bent begonnen?'

Ze slikte en schudde gespannen haar hoofd terwijl zijn ogen haar strak aankeken. 'Het spijt me.'

'Ik moet van je eerlijkheid op aan kunnen. Ik verlang – nee, ik sta op – volledige openheid over alles, hoe onbelangrijk je het zelf ook vindt. Ik bepaal wel wat ertoe doet.'

'Absoluut. Natuurlijk.'

'Ik ben een man met vele vijanden, Chloe Marston. Het is onmogelijk om te komen waar ik ben zonder vijanden te maken. Het maakt deel uit van het proces en dat accepteer ik. Maar dat betekent dat mijn vrienden nog belangrijker worden. Vertrouwen is essentieel.'

Ze knikte en knipperde met haar ogen om haar tranen terug te dringen.

Hij staarde haar een lang ogenblik aan en het was alsof de winter op een weide wegsmolt: vanonder de bevroren deken verschenen schoonheid, kleur en zachtheid. 'Dus je bent helemaal naar New York gekomen om de man die je hart heeft gebroken te ontlopen?' Hij knikte. 'Dat zegt me dat je impulsief bent, en sterk en onafhankelijk…'

Hij gaf haar een tweede kans, de mogelijkheid om het goed te maken, om zich uit deze situatie te redden. 'Ja. Het was een soort nu-of-nooitmoment,' zei ze vlug. 'Ik kwam er op een donderdag achter. En op maandag was ik hier.'

'Een vrouw die zich door moedige overtuiging laat leiden, daar hou ik van.' Hij leek onder de indruk te zijn en had zijn onbuigzame houding laten varen. 'Maar zeg eens, is New York ver genoeg bij deze man vandaan?'

'O, zeker,' reageerde ze snel. 'Het is voorbij. Klaar.'

Steven kwam eraan met hun drankjes en aarzelde toen hij zag hoe ze tegenover elkaar stonden, met de bodyguard ernaast. Alexander gaf een bijna onmerkbaar knikje en de bodyguard nam een paar passen afstand, waarop Alexander zijn arm uitstrekte om zijn drankje aan te nemen.

‘Dan toosten we daarop,’ zei hij terwijl zij haar glas ook in ontvangst nam. ‘Weet je, we hebben in Rusland een gezegde: je mist de koe pas als de stal leeg is.’

Chloe hield haar glimlach op zijn plaats. Hè? Joe Lincoln had haar min of meer met haar labrador vergeleken en nu vergeleek Alexander Subocheva haar met een koe?

‘Wat die Engelsman van je ook heeft gedaan, hij zal nu wel weten dat hij iets heel kostbaars is kwijtgeraakt.’

Was dat zo? Ze dacht terug aan haar gesprek met Tom gisteravond. Hij wilde hierheen komen, achter haar aan jagen.

‘Daarentegen heb ík uitgesproken veel waardering voor de koe. Ik heb mijn carrière opgebouwd door mogelijkheden te zien waar anderen moeilijkheden ontwaren. Ik laat mijn koeien de stal niet verlaten.’ Hij glimlachte. ‘Ik bedoel, Chloe, je weet nooit hoe een koe een haas vangt. Dus laten we toosten op afwezige vrienden…’

‘Op afwezige vrienden,’ zei Chloe instemmend.

‘Maar ook op ons. Volgens mij is dit het begin van een mooie werkrelatie.’

Hun glazen klonken tegen elkaar met een diepe, weldadige klank. Ze kon weer ontspannen nu de overwinning uit de kaken van de nederlaag was gegrist. ‘Op ons.’

8

'Luister, die gast ziet natuurlijk overal spoken,' zei Xan, die op zijn geliefde skateboard naast haar bureau heen en weer stond te wiebelen. 'Ik heb gehoord dat het Kremlin, de FBI én Lorenzo Gelardi hem laten volgen.'

'O, heb jíj dat gehoord?' Chloe ging grijnzend achteroverzitten op haar – Poppy's – stoel en naam een slokje koffie. 'Ik wist niet dat jij connecties had bij de FBI,' zei ze plagerig. 'Waarom heb je dat niet gezegd? Kan heel nuttig zijn.'

Xan trok een pruillip. 'Hij is een man van betekenis en het is goed dat je hem voor ons hebt weten te behouden, wil ik alleen maar zeggen.'

'Fijn dat het gewaardeerd wordt,' zei Chloe op hetzelfde moment dat haar telefoon ging. 'Met Chloe Marston.' Ze keek hoe Xan wegrolde op zijn skateboard, op zoek naar meer achterklap en misschien een zak M&M's. 'O, hallo Mike, hoe gaat het? Hoe lopen de opnamen voor het album?' Als Mike eenmaal weer in contact met de wereld stond, dan was hij ook niet meer te stuiten. Hij belde om de paar uur en Chloe had het gevoel dat ze meer greep op zijn week had dan op die van haarzelf.

'Verdomd langzaam, kan ik je zeggen,' zei hij met raspende stem. 'Die fijne leadzanger van ons heeft zich een ongeluk gefeest en een vette druiper opgelopen – ballen als kokosnoten en pus uit zijn... Nou ja, ik wil niet in al te onsmakelijke details treden, maar je ziet het wel zo'n beetje voor je, denk ik.'

'Getver, dat klinkt niet best,' antwoordde Chloe. Ze legde haar handen voor haar ogen en probeerde niet te kokhalzen.

'Nee, en hij voelt zich beroerd, rolt kreunend over de vloer, hoewel dat waarschijnlijk ook komt door het afkicken.'

'Afkicken?'

'Van de smack. We hebben hier snel een arts nodig, iemand die zijn mond kan houden. Ik kan niet iemand van hier vragen, dan gaat het sneller rond over het eiland dan een hitsige hond.'

Chloe trok een vies gezicht. 'Ik begrijp het.'

'Regel het, oké? We hebben nog maar twee weken te gaan in de studio en als we zo doorgaan, hebben we nog niet eens een B-kant. Morgen moet hij kunnen doen wat-ie moet doen.'

'Absoluut. Komt goed. Ik app je zodra ik weet hoe laat er iemand kan zijn.'

'Dank je, babe.' En hij had alweer opgehangen.

Chloe rilde. Alleen al door het gesprek voelde ze zich goor. 'Juist, een arts op Hawaï,' mompelde ze bij zichzelf, en ze opende het bestand voor de West Coast. 'Arts, Hawaï...'

Achter haar nam het geruis van gesprekken toe terwijl ze scrolde om te kijken wie het team op het kantoor in LA leidde. Ze ving het geluid op van stoelpoten die over de vloer naar achteren schraapten, van hartelijke begroetingen. Ze koos het nummer, drukte de telefoon tegen haar oor en luisterde naar de beltoon terwijl haar ogen naar het spiegeltje op de hoek van haar scherm gleden. Jack kwam zijn kantoor uit. Ze strekte haar hals en zag waarom.

'Kijk nou, daar hebben we de verloren zoon!' zei Jack droogjes. Hij leunde tegen de deuropening en keek hoe Tom als een filmster over een rode loper langzaam door de ruimte schreed.

Haar mond viel open. Dit gebeurde niet echt. Niet alleen had hij haar wens – dat hij niet zou komen – genegeerd, hij had zo ongeveer de eerstvolgende vlucht hierheen genomen nadat ze de verbinding had verbroken. En ze herinnerde zich dat hij het had gehad over begin volgende week! Had hij geweten dat ze hem weer zou proberen te ontwijken? Dat ze verlof zou opnemen of zich een tijdje in de Hamptons zou schuilhouden als hij toch naar New York kwam? Ze dook in elkaar en keek heimelijk toe. Haar hart bonsde hevig, want ze was niet op zijn komst voorbereid, had zich niet kunnen wapenen. In het spiegeltje zag ze dat haar wangen rood waren. Ze vervloekte zichzelf dat ze zo op hem reageerde.

Ze keek hoe Tom naar zijn oude vriend toe liep, op een paar meter afstand bleef stilstaan en zijn armen spreidde. Na een moment kwam Jack naar hem toe en omhelsde hem. De twee mannen klopten elkaar vol oprechte genegenheid als broers op de schouder. Ze waren al vrienden sinds de middelbare school en ze deelden veel herinneringen.

'Hoe gaat het, kerel?' vroeg Tom.

'Ach, het gaat. Zoals te verwachten valt.'

'Ja, man. Je ziet er niet best uit.'

Er brak een lachje door op Jacks gezicht en hij streek met een hand door zijn springerige haar. 'Wat doe jij hier? Heb ik een memo gemist?'

Tom greep Jack bij zijn schouder en gaf er een kneepje in. 'Ik wilde alleen maar mijn gezicht laten zien en jullie steunen. Het is een rotweek geweest, toch? Ik dacht dat je wel een helpende hand zou kunnen gebruiken. Ik durf te wedden dat je amper hebt geslapen.' Jack haalde zijn schouders op, maar de donkere kringen onder zijn ogen logen niet. 'Hoe gaat het met haar, onze Pops? Nog nieuws?'

'Hetzelfde. Ze houdt vol.'

'Shit, man, wat een ellende, ik weet wat ze voor je betekent. Voor jullie allemaal,' zei hij met een zwaaigebaar waarmee hij het team als het ware in een omhelzing nam terwijl hij zijn blik door de ruimte liet gaan.

In het spiegeltje zag ze dat zijn ogen haar – althans haar rug – vonden. Ze had de telefoon nog steeds in haar hand, hoewel de verbinding was verbroken. Zijn blik bleef even op haar rusten en het zelfvertrouwen in zijn ogen flakkerde even als lamplicht bij een elektriciteitsstoring.

‘De kranten in Engeland worden helemaal gek,’ zei hij, en hij richtte zijn blik weer op Jack.

‘Dat heb ik gezien. En ik krijg al de hele week telefoontjes van reporters.’

‘Nog even. Die interesse neemt wel af.’

Er viel een stilte. ‘Hm.’

Tom fronste, maar Jack maakte alleen maar een hoofdgebaar naar zijn kantoor en liep er naar binnen. Tom keek achterom naar de collectieve vragende blik van de aanwezigen. ‘Beste mensen, om zes uur vanavond doen we een borrel bij het Howard op mijn kosten. Ik hoop jullie allemaal te zien en even bij te praten. We kunnen wel wat ontspanning gebruiken na de afgelopen week.’

Zijn ogen gleden weer naar haar rug – die was nog steeds onbeweeglijk en nog steeds het enige wat hij van haar zag – voordat hij Jack het glazen kantoor in volgde en de deur sloot.

De rest van het team verspreidde zich weer, en het vertrouwde geroezemoes weerklonk door de ruimte terwijl de twee leiders met gekruiste armen en een diepe frons in hun voorhoofd stonden te praten. Chloe, die het tweetal via haar make-upspiegeltje bestudeerde, vroeg zich af waar ze het over hadden. Ze keek hoe Tom begon te ijsberen. Hij zag er goed – veel te goed – uit in zijn steenrode skinny broek en zijn lichtblauwe overhemd. Zijn golvende haar met zijscheiding was langer en hij was wat dunner geworden sinds ze hem voor het laatst had gezien; beide veranderingen stonden hem verdomme ook nog eens goed. Zijn toch al geprononceerde jukbeenderen en zijn levendige blauwe ogen werden erdoor geaccentueerd.

‘Nou, dát klinkt gezellig,’ zei Xan tegenover haar met ondeugende ogen.

Ze keek op. ‘Hè?’

‘Wat drinken met onze knappe baas uit Londen. Hij vereert ons niet vaak met zijn aanwezigheid hier. Ga je ook?’

'O...' Ze trok een spijtig gezicht. 'Ik kan niet. Ik heb al plannen.'

'Echt?' Hij keek beteuterd. Zonder Poppy voelde hun groepje toch al incompleet. 'Zelfs niet even één drankje?'

'Sorry, ik ga eten met Elle.' Ze vond het niet prettig om te liegen, maar leugens waren nu eenmaal met Tom verweven. Dat was altijd zo geweest. Ze bezoedelden alles om hem heen.

Xan glimlachte bij het horen van Elles naam. 'Hoe gaat het met haar?'

'Super. Ze zingt nu vaak in dat variététheater in Midtown. Hoe heet het ook weer?'

'Toch niet Feinstein's/54 Below?'

'Ja, dat is het.'

Xan floot door zijn tanden. 'Dan gaat ze het nog ver brengen. Als ze daar optreedt, krijgt ze moeiteloos een platendeal.'

'Laten we het hopen,' verzuchtte Chloe. 'Ze is zo goed, ze verdient een groot publiek.'

'Met dat fantastische haar en lijf zie ik de albumhoes nu al voor me,' zei Xan met een zucht. 'Glitteroogschaduw, glanzend satijn...'

'We zullen jou voor de styling aanbevelen.' Ze kauwde op haar pennendop en keek hem aan. 'Dus jij gaat vanavond wel naar die borrel?'

'Natuurlijk. We vinden het súperleuk als Tom er is.' Xan gaf haar een knipoog.

'"We" in de zin van pluralis majestatis?'

Hij haalde opgewekt zijn schouders op.

'Je bent zijn type niet,' zei ze grijnzend.

'Hoe weet jij dat nou?'

'Ik ken zijn verloofde.'

'Spelbreker.' Xan trok zijn neus op en verdween weer achter zijn scherm.

Chloe staarde een moment naar haar eigen scherm, waarin

ze niet haar eigen spiegelbeeld zag, maar Toms verloofde Lucy, met haar symmetrische glimlach en perfecte gebit, haar steile blonde haar altijd zonder uitgroei, nooit sliertig door de regen, haar fraaie figuur en voorkeur voor ballerina's die haar leken aan te moedigen om sierlijk door het leven te dansen. Tom had haar verteld dat hij het met haar zou uitmaken, dat had hij haar beloofd. Hij had gezegd dat hij dat alleen nog niet eerder had gedaan omdat ze zo breekbaar was...

Ze knipperde met haar ogen om haar overpeinzingen te onderbreken. Wat maakte het uit wat hij had gezegd? Het was erg genoeg dat ze hem zo lang had geloofd. Maar hij had zijn keuze uiteindelijk gemaakt – en zij de hare. Haar leven was nu hier en ze had een cliënt die een cliënt met een druiper had. Ze moest aan de slag!

Ze pakte de telefoon weer, belde LA en sloeg aan het regelen.

Het was een warme avond, zo'n avond waarop de muren van de stad leken te zweten en de inwoners van de stad de straat op gingen. Overal waren mensen: op de trapjes voor de *brownstones*, geleund tegen de muren van bars, met blote voeten over de balustrades van balkons en kleine veranda's. Ze slenterde naar huis, nog met enige tegenzin etend van de inmiddels koude popcorn die ze in de bioscoop in haar eentje niet had opgekregen. Om de paar passen stak ze haar hand in de kartonnen bak die ze tegen haar borst klemde. Het gaf haar iets te doen. Ze voelde zich rusteloos, als een nachtvlinder die niet stil kon zitten en zich met verwoed fladderende vleugeltjes naar het lamplicht wierp.

Toen ze de hoek om sloeg, Perry Street in liep en hem op de trap naar het bordes voor haar appartementengebouw zag zitten, was ze niet verbaasd. Diep vanbinnen had ze al geweten dat hij haar zou komen opzoeken, zoals hij waarschijnlijk had geweten dat ze niet op de borrel zou komen. Ze kenden elkaar te goed. De enige keer dat hij haar ooit had verrast was op die donderdag tussen de middag geweest, toen ze hem – nee, hén – uit juwelierszaak Asprey aan Bond Street had zien komen, met stralende ogen en een liefdevolle kus, terwijl zij stil en verbijsterd langszoefde in een taxi, haar gezicht bleek achter het glas alsof ze via een televisiescherm naar haar eigen tragedie zat te kijken.

Tegen de tijd dat hij besefte dat ze in de gaten had hoe de vork in de steel zat, was ze al in New York, waar ze de nieuwe functie bekleedde die ze voor zichzelf had gecreëerd. Jack was natuurlijk van zijn stuk gebracht door de snelheid waarmee het ging, maar Tom – die de waarheid niet kon vertellen – had zich gedwongen gezien om haar verhaal te bevestigen, zodat de overstap zonder ongemakkelijke vragen verliep. Jack probeerde haar sowieso al jaren naar New York te krijgen.

En haar vlucht had grotendeels gewerkt. Ze had eerder deze week dan wel per ongeluk zijn FaceTime-oproep beantwoord, maar verder had ze hem behoorlijk goed weten te vermijden. Ze had ervoor gezorgd dat ze bij online teamvergaderingen nooit met z'n tweeën waren en zijn e-mails en apps naar haar persoonlijke account geblokkeerd. Wat viel er te zeggen? Een andere vrouw ten huwelijk vragen deed je niet per ongeluk. En als Chloe eerlijk was, moest ze toegeven dat het er altijd al aan zat te komen, ze had het gewoon niet willen zien. Ze had de beloftes die hij in haar oor fluisterde willen geloven – dat Lucy eerder een goede vriendin was, dat het aannemen van haar vaders financiering bij de start van de firma het moeilijk maakte om zich uit haar familie terug te trekken, ook al omdat er vooralsnog geen winst uit de investering voortvloeide tijdens hun snelle wereldwijde expansie. Chloe had zichzelf – als ze de kerst of zijn verjaardag weer zonder hem doorbracht – wijsgemaakt dat ze simpelweg probeerde zich eervol te gedragen tegenover een vrouw en een familie die hem aan zich bonden alsof er al een trouwring aan te pas was gekomen. Hij zat in de knel, had zich tegen de tijd dat hij Chloe leerde kennen al verplicht aan een vrouw van wie hij niet echt hield. In de loop der jaren had Chloe het al meermalen uitgemaakt omdat ze niet 'het liefje' wilde zijn. Hij liet het ene na het andere ultimatum verstrijken en bleef bij Lucy. Maar hij wist Chloe altijd terug te winnen. Het was onmogelijk om hem te ontlopen, aangezien ze hem op het werk elke dag zag. Ze kon zijn smachtende blikken aan de andere kant van de ruimte gewoonweg niet weerstaan, al nam ze zich telkens weer voor deze keer sterk te zijn.

Maar nu was alles anders, want hij had de situatie met Lucy niet alleen laten voortslepen, maar actief een besluit genomen terwijl Chloe naast hem in bed lag te slapen. Dus hoe wilde hij dat nu uitleggen? Dacht hij nou echt dat hij hun verhouding kon herstellen, dat ze überhaupt vrienden konden zijn? Nee, ze had de vicieuze cirkel eindelijk doorbroken en zich van hem bevrijd. Ze had het land ervoor moeten verlaten, maar het was haar gelukt.

Ze stapte achter een boom en sloeg hem gade zoals hij daar in het licht van een lantaarn op het trapje zat, met zijn ellebogen op zijn knieën en zijn telefoon in zijn handen. Steeds als er een auto voorbijkwam of een stelletje langsliep, keek hij op met die vertrouwde hoopvolle uitdrukking op zijn gezicht. Ze kon hem met geen mogelijkheid ongezien passeren. Hij zorgde ervoor dat ze hem niet kon ontwijken en ze besefte dat ze het verkeerd had ingeschat toen ze tegen Alexander had gezegd dat New York ver genoeg bij hem vandaan was. Dat was niet zo.

Haar telefoon ging en ze haalde hem uit haar tas terwijl ze Tom in de gaten hield. Hij kon haar zomaar te vlug af zijn als ze niet zou opletten.

'Ja?' vroeg ze verstrooid en half fluisterend terwijl ze hem diep en vermoeid zag zuchten. Hij had een lange dag achter de rug – een trans-Atlantische vlucht, een dag op kantoor met Jack, een borrel na het werk... Hij zou wel moe zijn en zich afvragen waarom zij zo vlak na middernacht nog niet thuis was, met wie ze samen was...

'Chloe?'

'Ja.'

'Met Pelham.'

Ze liet zich tegen de boom zakken en deed haar ogen dicht. 'Hallo, hoe gaat het?'

'Ik bevind me in een wat lastig parket. Ik zit in een suite in het Carlyle – of dat zat ik...'

Hij was in New York? Die man was net een trekvogel. Hij was al in de zestig, maar zat vaker in een vliegtuig dan de meeste mannen van sokken verwisselden.

'... maar ik dacht dus dat ik er misschien niet meer omheen moest draaien en... het wat directer moest aanpakken.'

Chloe fronste. Wat vertelde hij haar nou eigenlijk?

'Niets anders heeft gewerkt, snap je? En ik dacht dat ze misschien wilde dat ik me... mannelijker zou gedragen.'

O jee. Chloe kromp in elkaar en zette zich schrap voor wat er zou komen.

'Dus ben ik zo vrij geweest haar kamer binnen te gaan nadat we vanavond afscheid hadden genomen.'

'En dat kon ze niet waarderen?'

'Dat is nog zwak uitgedrukt. Ze nam aanstoot aan mijn "aanmatiging", zoals zij het uitdrukte, en heeft me eruit gegooid. Dus nu zit ik in de gang. In mijn adamskostuum. Zonder sleutel.' Hij klonk alsof hij op het punt stond in tranen uit te barsten. 'Ik heb het niet goed overdacht.'

Chloe keek hoe Tom zijn schoenveter losmaakte en weer strikte. Hij was een gaatsjesschoenenman.

'Pelham, geen zorgen, ik regel het. Ik stap nu in een taxi,' zei ze terwijl ze een hand opstak toen ze er toevallig eentje met verlicht bordje aan zag komen rijden. 'Ik ben er over vijf minuten. Blijf waar je bent.' Ze kon een Engelse edelman niet laten zitten in zo'n compromitterende situatie – de pers zou hem niet sparen, maar ook de firma niet. Ze hing op toen de taxi naast haar stilstond. 'East 76th, alstublieft.' Ze stapte in en sloeg het portier dicht.

De ramen stonden open en ze hoorde haar naam.

'Chloe!' riep Tom, die overeind kwam en in de richting van de wegrijdende taxi holde. 'Chloe, wacht!'

Ze zag de ogen van de chauffeur naar de achteruitkijkspiegel glijden en een blik werpen op de Engelsman die achter hen aan rende.

'Gewoon doorrijden,' zei ze zonder om te kijken. 'Het Carlyle, alstublieft.'

9

Provence

Elodie liep snel over de markt. De extra brede rand van haar strooien zonnehoed beschaduwde het grootste deel van haar gezicht en ze hield haar blik strak op de keitjes gericht. Er liepen in sandalen gestoken voeten langs haar kleine gezichtsveld, en de geruite kleedjes van de kraampjes flapperden lichtjes in de bries, die de geur van lavendel en rozen door de lucht verspreidde. Ze liep doelbewust van de grote avenue het netwerk van smalle zijstraatjes in. De schaduwen op de grond tekenden zich scherp af en ze liep er haastig in en uit, zonder te stoppen om de etalages te bekijken of een van de vele boetiekjes in te gaan, zich niet bewust van de blikken die op haar bleven rusten en haar smalle gestalte volgden alsof ze wisten dat zij niet een van hen was.

Het hoge, smalle pand met de wat grauwe citroenkleurige muren en afbladderende zachtblauwe luiken was onopvallend: het ging perfect op in het rijtje. Naast de deur prijkte een oud, gladgepoetst koperen plaatje.

Ze liep op haar tenen het stenen trapje op, liep naar binnen en sloeg rechts af, de ontvangstruimte in. De receptioniste – een nieuwe, want hij wisselde ze opzettelijk vaak af – keek op terwijl ze over de terracotta tegels naar haar toe liep, langs de yucca waarvan de bladeren onder het stof zaten. Bij de balie zag ze drie paar voeten wachten – een in teenslippers, een in bruine suède veterschoenen en een in leren Avarca-sandalen van verbleekt rood leer.

'*Le médecin*, half elf,' zei ze met haar zachte stem.

De receptioniste keek op haar scherm. 'Dank u, madame. Neemt u plaats.'

Elodie ging in de stoel zitten die ze altijd koos: die met de harde lattenleuning in de hoek, het verst van de deur en ramen, waar ze haar hoofd gebogen hield, zodat de slappe brede rand van de hoed voor haar gezicht hing en alleen haar kaak en mond te zien waren. Ze negeerde tijdschriften op de salontafel, de kleine televisie aan de muur en de berichtjes op haar telefoon. Ze sloeg haar benen over elkaar en wachtte; alleen de snelheid in die handeling verraadde hoe rusteloos ze was.

Het duurde nog acht minuten voor de deur openging en ze opkeek – waarbij een deel van haar gezicht voor het eerst tevoorschijn kwam – terwijl de verpleegkundige naar buiten kwam.

'U kunt naar binnen,' zei ze na een kort moment, haar blik op Elodie gericht.

Elodie stond in een vloeiende en beheerste beweging op. Ze liep zwijgend door de wachtruimte naar de spreekkamer. Ze sloot de deur achter zich en de dokter keek op van zijn bureau. Hij had nog een pen in zijn hand om de laatste hand aan wat aantekeningen te leggen. Zijn donkere krullen waren langer dan bij hun vorige afspraak, bijna warrig, en zijn huid was gebruinder nu de zomer vorderde.

'Elodie.'

Langzaam reikte ze omhoog om de hoed af te zetten. Ze liet haar donkere haar naar voren vallen om haar gezicht als een beschermend schild te omlijsten. Te laat.

De pen viel uit zijn vingers en zijn mond viel open. 'Mijn god, wat heeft hij gedaan?'

10

New York

Chloe volgde de lijnen van de hinkelbaan op de grond met haar voet terwijl Elle achter het gordijn aan het worstelen was. 'Heb je het al aan?'

'Bijna!' hijgde Elle. Het gordijn bewoog naar buiten over een uitstekende elleboog, gevolgd door het geluid van een rits die met een diepe kreun werd dichtgetrokken. 'Ja!' Het gordijn vloog open en Elle nam een modellenpose aan met een overdreven heup opzij en haar lippen getuit. 'Wat vind je ervan?'

'Wauw!' zei Chloe bij het zien van het indrukwekkende zigzagsilhouet van een vrouw wier amazoneachtige lengte toch al ieders aandacht trok.

'Mooi, hè?' zei Elle instemmend. Ze schreed het pashokje uit, zette een hand op haar heup en draaide rond voor de spiegel. Chloe keek naar hun spiegelbeeld en bedacht hoe verschillend ze eruitzagen: Elle torende boven haar uit, haar ebbenzwarte huid glansde in de middagzon en haar haar was vandaag samengebonden in een afroknot. Haar rondingen waren in een klein strapless rood jurkje met stippen en ruches geperst dat waarschijnlijk voor het laatst was gedragen op een schoolbal in 1984. En dan zijzelf: bleek en afgetobd met restjes van de mascara van gisteren nog rond haar ogen en praktisch onzichtbaar in een zwart hesje, slippers en een korte spijkerbroek. Chloe likte aan haar wijsvinger en probeerde de restjes mascara weg te vegen.

'Kun je erin zitten?' vroeg ze.

'Niet nodig,' oordeelde Elle. 'Ik kan erin lopen en ik kan…' Ze haalde moeizaam en ondiep adem. 'Ik kan ademhalen. Maar nét.'

'Dan zou ik het maar kopen,' zei Chloe, en ze nam een slokje van haar sap terwijl ze met een schuin hoofd keek hoe Elle de ene na de andere houding aannam. 'Je ziet er fantastisch uit. Je figuur komt er geweldig in uit.'

'Maar waar zou ik het moeten dragen?' Elle pruilde, hoewel ze allebei zeker wisten dat Elle het jurkje hoe dan ook ging kopen.

Chloe dacht er even over na. 'Kom maandag anders naar de besloten opening van de Basquiat-expositie. Kan ik voor je regelen.'

'Echt?' Elles ogen lichtten op. 'Daar is dit perfect voor.' Ze nam weer een andere pose aan en keek naar Chloe. 'Wat trek jij aan?'

'Niet zoiets schitterends als jij. Voor mij is het werk, weet je nog?'

'Dat wil niet zeggen dat je er als een non uit moet zien,' zei Elle, die haar een por gaf en het hokje weer in paradeerde om zich weer om te kleden. 'En het wordt ook tijd dat je ophoudt als een non te léven trouwens. Heb je die leuke vent gebeld van wie ik je het nummer heb gegeven?'

Chloe kromp ineen. Ze had gehoopt dat Elle het inmiddels vergeten zou zijn. 'Nee.'

'Nee?'

'Nog niet, bedoel ik.'

Het gordijn schoof open. Elle keek verbolgen en leek helemaal niet bezorgd dat de rest van de rommelmarktbezoekers haar in haar ondergoed kon zien staan. 'Chlo! Waarom niet?'

'Omdat het niet het juiste moment is.'

'Bullshit. Wanneer is het ooit niet het juiste moment om af te spreken met een knappe kerel?'

'Er is te veel aan de hand. Het werk is een gekkenhuis – ik heb net een helse week gehad nu ik Poppy's cliënten heb moeten overnemen. Het was nogal wat om ze te leren kennen en tevreden te houden.'

Elle, die net weer achter het gordijn wilde verdwijnen, wachtte en keek haar achterdochtig aan. 'En? Er is nog iets anders.'

'Nee hoor.'

'Jawel. Er hing een "en" in de lucht. Dat hoorde ik duidelijk.'

Chloe beet op haar lip. Elle was net een speurhond, ze wist elke geur op te vangen. 'En Tom is in New York.'

'Dat meen je niet!'

'Toch wel. En hij zat gisteravond op het trapje voor mijn portiek, dus ik kon niet eens naar huis.'

'Wat een brutaliteit! Wat heb je gedaan?'

Chloe haalde haar schouders op. 'Uiteindelijk heb ik in het Carlyle geslapen. Een van mijn cliënten was daar, en ik moest er sowieso naartoe. Ik ken de conciërge goed, dus heb ik gejokt en gezegd dat ik mijn sleutels kwijt was. Toen heb ik een kamer gekregen voor de rest van de nacht.'

Elle trok een wenkbrauw op, zowel verontwaardigd als onder de indruk. Ze knipte met haar vingers. 'Zomaar?'

'Onze cliëntenopbouw overlapt vrijwel helemaal,' zei Chloe schouderophalend. 'Een kwestie van dienst en wederdienst.'

'Jeetje, ik had een ander vak moeten kiezen,' zei Elle hoofdschuddend, en ze deed het gordijn weer dicht.

Chloe draaide zich om en liep weer over de lijnen van de hinkelbaan. Ze bekeek alle andere stalletjes op het schoolplein. Boven haar hoofd maakte de High Line een bocht en er dreven stemmen als rook door de lucht.

Hier rondneuzen op een zaterdagochtend was een van haar lievelingsbezigheden geweest sinds ze in deze stad was komen wonen. Ze hield van de bedrijvigheid, het geschuifel, de jacht op kostbare schatten. Helaas was haar appartement zo klein dat ze zich minder aankopen kon veroorloven dan ze zou willen.

De wekelijkse markt stond bekend om het vintage meubilair, maar één Marokkaanse poef zou al ongeveer alle ruimte die ze op de vloer overhad in beslag nemen. Sieraden en oude boeken konden echter wél, en ze vond het heerlijk om de antieke Franse stoffen te bekijken die netjes opgevouwen en opgestapeld op de schragentafels lagen. Steeds weer was ze gecharmeerd van de oude geuren, gedragen texturen en verbleekte kleuren. Het was allemaal zo anders dan de glanzende perfectie waar ze door de week mee te maken had: peperdure auto's en luxueuze stoffen, bloemstukken van honderden dollars en diamanten kroonluchters. Consumptie was alles in het wereldje waarin ze werkte, en wat je bezat bepaalde wie je was. Maar op deze markt, die elke zaterdagochtend als bij toverslag op dit schoolplein in Chelsea verscheen, bracht haar terug bij haarzelf. Hier koesterde ze wat persoonlijk, verloren, uniek was.

'En wat ga je nu doen?' riep Elle.

Chloe draaide zich om en liep terug. Ze legde een hand op een oude zwart-wittelevisie die op een Ercol-tafel naast een rek met vintage bontjassen stond. 'Wat ik steeds heb gedaan: hem negeren.'

'Maar hij is nu hier. Hij is helemaal hiernaartoe gekomen. Je kunt hem nu niet ontwijken, je bent weer in hetzelfde land, in dezelfde stad. En zelfs jíj kunt niet elke nacht in het Carlyle slapen.'

'Dat hoeft ook niet, dit gaat niet om mij. Hij is hier alleen maar vanwege wat er met Poppy is gebeurd.'

'O, kom op, dat geloof je toch zelf ook niet!' spotte Elle.

'Jawel. Ik heb erover nagedacht en als dit echt om mij draaide, zou hij al eerder deze kant op zijn gekomen. Ik ben hier al vijf maanden, Elle. Hij is hier om het moreel van het team op te peppen, heeft hij me verteld. En ik geloof hem.'

'Ja hoor, en daarom zat hij gisteravond op de trap voor je portiek.'

'Twee vliegen in één klap, meer niet. Geloof me maar, hij

houdt van efficiëntie. Maar hij leert ook snel, en ik heb hem heel duidelijk gemaakt dat ik absoluut niet met hem wil praten.' Ze bestudeerde haar nagels en vroeg zich af of ze hierna nog naar de manicure zou moeten gaan. 'Hij zal me niet weer komen lastigvallen,' mompelde ze.

Elle slaakte een zucht en stapte uit het pashokje met het jurkje over haar ene arm terwijl ze haar andere arm om Chloe heen sloeg. 'Dat geloven we geen van tweeën. Wat je ook zegt, je zult er toch een keer met hem over moeten praten, dat weet je. Je kunt niet vierenhalf jaar met iemand samen zijn en de relatie vervolgens beëindigen zonder er ooit nog een woord over te zeggen. Ik bedoel, dat is niet normaal, hoor.'

'Nou, híj heeft zich met iemand anders verloofd zonder er ooit een woord over te zeggen, dus...' antwoordde Chloe sarcastisch.

Elles donkere ogen werden groot en glansden bezorgd. 'Hij is hiernaartoe gekomen om je terug te winnen, dat weten we allebei.'

'Nee.' Chloe zei het op dusdanig ferme toon dat daarmee de kous af was. Althans, dat was de bedoeling.

'Hij heeft tijd gehad om na te denken, dat is het. Hij beseft nu wat hij kwijt is,' zei Elle met een wijs gezicht.

'O mijn god, begin jij nu ook al? Ik ben geen koe die de stal heeft verlaten.'

'Een koe?' vroeg Elle verwonderd.

'O...' Chloe herpakte zich. 'Laat maar. Alexander zei van de week zoiets.'

'Alexander?' Elle trok een wenkbrauw op en vergat Tom meteen. 'En wie mag dat wel zijn?'

'Rustig maar. Alexander Subocheva. Hij is nu een van mijn cliënten.'

Elles met roze gloss omlijste mond viel open. 'Dé Alexander Subocheva?' zei ze buiten adem.

'Sst!' zei Chloe met een vinger tegen haar lippen en om zich heen kijkend om zeker te weten dat niemand het gehoord had. 'Het is geen openbare info.'

'Shit, dan heb je het helemaal gemaakt, *baby*! Een en al glamour, glamour, glamour. Die man is... miljardair!'

'Ja. En ook een persoon van vlees en bloed, net als jij en ik.'

'Maar als híj zich snijdt, bloedt hij goud.'

Chloe grinnikte hoofdschuddend terwijl Elle een twintigdollarbiljet uit haar portemonnee trok en het overhandigde aan de eigenares van de kraam, die – amper opkijkend van haar telefoon en met een sigaret wiebelend op haar onderlip – het jurkje in een bruine papieren zak propte en haar die ongeïnteresseerd in de handen duwde. Elle tuitte haar perfecte mond afkeurend en keek van de vrouw naar Chloe. 'Zie je wat ik bedoel? Alexander Subocheva hoeft zo'n shitbehandeling niet te pikken.'

Ze slenterden nog een stukje door, bekeken oude koralenkettingen, asbakken van onyx, een rek donkerblauwe wollen jassen en iets verderop een kleine verzameling haarbanden met veren, ooit helemaal hip in de jaren twintig.

'Wat vind je hiervan?' Chloe glimlachte en opende een zwarte maraboewaaier, die ze met een kokette blik op en neer wapperde voor haar gezicht.

'Olala, Lady Marmalade.' Elle lachte, pakte een kleiner wit exemplaar en deed haar na. Ze neuriede met haar fluwelige, ietwat hese stem en ook Chloe schoot in de lach. Samen begonnen ze in de maat te wiegen, draaiend met hun polsen, en probeerden ze de waaiers in één enkele beweging te openen en te sluiten. 'Poeh, dat is nog moeilijker dan het eruitziet,' zei Elle.

De veren kriebelden in Chloe's neus en ze niesde vier keer achter elkaar. 'Hm, misschien toch maar niet,' zei ze, en ze legde de waaier met een verontschuldigende glimlach naar de kraamhouder terug op zijn plek.

Een meisje dat langsliep nam een hap van een falafelwrap.

'O mijn god, wat ruikt dat lekker,' zei Elle smachtend. Ze stak haar neus genietend in de lucht en leek zo achter het meisje aan te willen lopen.

'Zullen we dan maar iets gaan eten?' vroeg Chloe, die Elle inmiddels kende en wist dat ze nu onbedwingbare trek had.

'Absoluut! Maar waar?'

'Ik heb wel een idee,' zei Chloe met een glimlach. Ze ging Elle voor en liep de rommelmarkt af, terug naar de straat. In de paar uren die ze over de markt hadden gedwaald was Chelsea vol in de weekendmodus gegaan – de stoepen werden bevolkt door stelletje die hand in hand wandelden, gezinnen met baby's in kinderwagens, joggers met paardenstaart en oortjes die via dunne kabeltjes met de veelal op hun arm gebonden iPhone verbonden waren.

'Ik weet een plek die je geweldig zult vinden,' zei ze terwijl ze door de menigte liepen. 'Ik ben er de afgelopen week met een cliënt geweest. Anders had ik er nooit van geweten.'

Elle trok een bedenkelijk gezicht. 'Er geldt toch geen kledingvoorschrift, hoop ik? Ik weet wat voor gelegenheden jouw cliënten over het algemeen bezoeken en geloof me, ik ben er niet op gekleed.'

'Ik wel dan?' Chloe grijnsde en gebaarde naar haar blote benen en afgeknipte broek terwijl ze stevig doorliepen met slingerende tassen, zich door de mensen heen wevend. De streetfoodmarkt was maar zes straten verderop en toen ze er aankwamen, was het er al druk.

'O jee,' zei Elle verbluft om zich heen kijkend. 'Heb je een cliënt mee híérnaartoe genomen?'

'Nou, nee, hij nam míj mee.' Ze greep Elle bij haar arm. 'Kom, je moet de chilaquiles van de Mexicaan hier proeven.'

'Chila-wat?' riep Elle uit. 'Is dat een chique naam voor een taco?'

Chloe lachte. Ze had zelf precies zo gereageerd. 'Vertrouw

nou maar op mij. Ze maken hier ook taco's, maar de gerechten hier zijn anders dan het Mexicaanse eten dat je gewend bent. Je zult er verbaasd van staan. Ze doen zelfs granaatappelpitten in de guacamole. Zo mooi dat het bijna zonde is om op te eten.'

Ze liepen langs foodtrucks waar zuurdesemdonuts, olijfbrood, broodjes met kreeft of pastrami werden verkocht; Chloe ging in de rij staan bij de Chimichanga Taqueria. De geuren die hun tegemoetkwamen waren verrukkelijk en Elle sloot haar ogen en legde haar handen op haar maag in een gekweld gebaar. Op eten wachten was niet haar sterkste kant.

De rij schuifelde voorwaarts en al snel stonden ze vooraan.

'Wat mag het zijn, dames?' vroeg de vrouw met de zwarte krullen die Joe en haar een aantal dagen geleden had bediend. Ariane, toch? Ze leek Chloe niet te herkennen.

'Het schijnt dat ik de chila-dinges moet bestellen,' riep Elle haar toe.

'Twee keer, graag,' voegde Chloe eraan toe.

'Twee chilaquiles,' riep de vrouw naar een paar werknemers achter haar, die met hun rug naar de markt razendsnel chilipepers en paprika's sneden en avocado's prakten. 'Iets te drinken erbij?'

'Een paar biertjes,' antwoordde Elle.

'Zestien dollar, alsjeblieft.' De vrouw stak haar hand uit.

'Ik betaal,' zei Chloe, en ze gaf haar de briefjes voordat Elle haar portemonnee kon pakken. 'Ik ben aan de beurt.'

'Oké, dank je.' Elle kneep dankbaar in haar arm – ze was voortdurend blut. Het weinige geld dat ze had, besteedde ze aan haar geliefde vintage spulletjes. Samen keken ze rond terwijl ze watertandend stonden te wachten. Bijna alle schragentafels waren bezet.

'Is het een idee dat jij hier wacht en dat ik een plekje voor ons zoek?' vroeg Chloe.

Elle wierp haar een geamuseerde blik toe. 'Jij? Het Engelse

meisje? Dan zijn we de hele dag kwijt, omdat jij steeds "sorry" zegt als iemand een plek voor je neus wegkaapt.' Ze gaf Chloe lachend een klopje op haar arm. 'Nee lieverd, wacht jij maar op ons eten, dan zoek ik wel een plek om te zitten. Laat het maar aan mij over.'

Chloe grijnsde en keek hoe haar doortastende vriendin zich in het gewoel begaf, de papieren tassen bungelend aan haar hand. Zij zou binnen een minuut een plek voor hen bemachtigd hebben, nadat ze een paar mensen die hun eten al ophadden maar desondanks bleven hangen, veelbetekenend zou hebben aangekeken.

Chloe keek belangstellend rond over de markt terwijl ze wachtte. Er was geen tijd geweest om de details in zich op te nemen toen ze hier met Joe was. Toen ze het er naderhand op kantoor met Xan over had, had die haar verteld dat er ook zo'n markt op Union Street was. Ze bleef zich afvragen of ze er iets mee zou kunnen voor hun leden... maar hoe dan? De aantrekkingskracht van een plek als deze lag juist in de toegankelijkheid. Ze dacht niet dat de kraamhouders erom zouden staan te springen om speciale deals te sluiten voor een toch al overgeprivilegieerde elite – maar dat maakte het in haar ogen alleen nog maar aantrekkelijker. Om met de grote Groucho Marx te spreken: haar leden wilden vast júíst bij een club horen die hen niet wilde hebben.

'Alstublieft.'

Ze draaide zich om om het eten aan te pakken, ze kon het al bijna proeven...

'Jóé?'

Hij keek haar verrast aan en bevroor ter plekke, de borden in zijn handen. 'Chloe.' Hij keek net zo verbluft als zij.

'Wat... wat doe jij nou hier?' Ze kon haar lachen niet inhouden. Niet te geloven! Zijn gezicht was onbetaalbaar. Hij zag er nu helemaal niet zo superieur of arrogant uit. Hij leek zelfs zijn tong verloren te hebben.

11

Zelfs met hoge hakken was de jurk aan de lange kant. Elle zou hem perfect kunnen dragen met een paar teenslippers, maar bij haar zwierde de korenbloemblauwe zijde over de vloer.

‘Verdomme, waar zijn die zilveren pumps…’ mompelde ze bij zichzelf. Dat waren haar enige schoenen met hakken van een hoogte die haar ervan zou weerhouden over de zoom te struikelen. Ze hurkte zo goed en zo kwaad als het ging in de jurk om de schoenendozen onder haar bed te bekijken. Ze was er nog steeds niet aan gewend zo weinig ruimte te hebben. Haar schoenen stonden allemaal onder het bed, haar jassen hingen aan een droogrek boven het bad en de planken die hoog aan de muren van het hele appartement hingen – en die ze als louter fraaie versiering had beschouwd toen ze het huurde – kreunden onder het gewicht van dozen waarin ze van alles bewaarde, van ondergoed tot haarbanden tot pollepels.

Ze vond de pumps in een verkeerde doos, die met haar belastingpapieren, en liep terug naar de spiegel. Achter haar in het spiegelbeeld kwam de chaos in beeld die haar tot dit punt had gebracht: het bed bezaaid met jurken, verschillende beha’s (voor verschillende halslijnen) hangend over het hoofdeinde, schoenen kriskras door elkaar als omgevallen kegels, gemorst gezichtspoeder, blusher en oogschaduw op de toilettafel… Ja. Ze draaide rond om zichzelf goed te bekijken. De jurk had niet zo’n spectaculaire uitwerking op haar figuur als het Cyndi Lauper-jurkje bij Elle, maar de brede, gedraaide bandjes van chiffon en het lijfje met wikkeleffect deden wonderen om haar taille-heupverhouding te benadrukken. Chloe bewonderde haar spiegelbeeld. Met een tiara op haar hoofd zou ze zomaar voor een prinses kunnen doorgaan! Ze dofte zich nooit zo op. In haar werk maakte ze dingen mogelijk voor anderen, niet voor zichzelf.

Ineens schaamde ze zich. Háár werk? Het was Poppy's werk. Zíj zou hier moeten staan, piekfijn gekleed en klaar om te sprankelen. Maar Poppy lag...

Ze schrok van het geluid van de buzzer. Ongetwijfeld zijn chauffeur. Ze haastte zich naar de intercom. 'Ik kom er zo aan!' riep ze opgewekt. Ze probeerde kalm, beheerst en professioneel te klinken.

Het was precies zes uur en eigenlijk had ze nog een kwartier nodig voor ze echt klaar zou zijn. Ze moest haar haar nog touperen, de eyeliner nog een beetje corrigeren en ze had nog niet besloten welke oorbellen ze zou dragen. Maar hij was een man die je niet kon laten wachten. Ze ging op het bed zitten en gespte de bandjes van de pumps zo goed mogelijk vast, maar het lijfje van de jurk zat zo strak dat het een wonder was dat ze nog kon ademen, laat staan vooroverbuigen.

De buzzer ging weer. 'Jaja, ik kom eraan, ik had het al gehoord,' mopperde ze hardop tegen niemand in het bijzonder, en ze hobbelde weer naar de deur.

'Hallo. Een moment nog, dan kom ik eraan,' zei ze weer vrolijk door de intercom. Wist die chauffeur niet dat het onbeleefd was om precies op tijd te komen? En dat vrouwen niet tot haast gemaand moesten worden als ze zich klaarmaakten voor een avondje uit? 'We zijn als schilderijen,' peinsde ze terwijl ze de oorknopjes die op haar nachtkastje lagen indeed en zichzelf nog eens bekeek. De zilveren pumps waren – zoals ze had gehoopt – net hoog genoeg om de zoom van de vloer te houden. 'We zijn pas klaar als we klaar zijn.'

Ze tuitte haar lippen en draaide nog eens rond. Ze overwoog een foto op Instagram te zetten; Jack moedigde medewerkers altijd aan om hun volgers flarden te laten zien van de glamour die ze bij Invicta te bieden hadden, maar daar was nu geen tijd voor, aangezien de buzzer opnieuw klonk. Misschien na aankomst.

Zonder nog een keer te antwoorden trok ze de deur van haar appartement achter zich dicht en liep zo snel als de jurk het toeliet naar beneden, waar ze de voordeur van het gebouw zwierig en met een glimlach opengooide. Bijna had ze 'Tada!' geroepen.

Het was maar goed dat ze dat niet deed, want tot haar verbazing stonden er twee mannen nogal ongemakkelijk op het bordes voor het portiek naast de intercom te wachten.

'Tom!'

'Chloe...' Hij nam een houding aan als een soldaat bij een appèl en had een uitbundig boeket gele fresia's – haar lievelingsbloemen – in zijn armen.

De man rechts van haar, in chauffeursuniform, knikte met een neutrale uitdrukking op zijn gezicht. 'Miss Marston?'

'Ja.'

Bent u zover?' vroeg hij met een gebaar naar de zwarte limousine met verduisterde ramen die op straat stond te wachten.

'Zeker,' zei ze, en ze trok de rok van haar jurk bevallig op om haar voeten te kunnen zien bij het afdalen van de traptreden. Ze maakte aanstalten hem achterna te gaan alsof Tom er niet was.

'Chloe, wacht,' zei Tom vol ongeloof, en hij stak een hand naar haar uit. De bloemen dreigden uit zijn armen te vallen.

'Nee,' snauwde ze fluisterend terwijl ze zijn greep ontweek. 'Ik moet weg.'

'Waarheen?' Zijn ogen gleden vertwijfeld over haar heen, en ze wist dat ze er goed uitzag. Als Elle hier was geweest, had ze haar met een por aangespoord om uitdagend een heup opzij te steken. 'Waar ga je naartoe?' Hij leek het boeket te zijn vergeten, dat nu als een slapende baby in zijn armen lag.

'Dat gaat je niets aan,' antwoordde ze koeltjes.

'Wie is dat? Wie zit er in die wagen?' vroeg hij, vergeefs naar de verduisterde ramen turend. Chloe had hem kunnen vertellen dat die kogelvrij waren en dat zijn jaloerse blik er met geen mogelijkheid doorheen zou kunnen boren.

'Zoals ik al zei, het gaat je niets aan.' Laat hem maar sudderen, dacht ze, verheugd om de gekwelde blik op zijn jongensachtige gelaat.

'Chloe, wacht nou...' Hij liet de bloemen vallen en pakte haar bij de elleboog vast. Zijn aanraking brandde op haar huid en ze verbleekte. 'Geef me dan een tijd en een plaats. Morgen? Een zondagse brunch? Alsjeblieft, we moeten praten.'

'Ik zou niet weten waarom.'

'Dit is waanzin. Je kunt me niet eeuwig blijven vermijden.'

Ze trok haar arm los, maar ze deed het langzaam, alsof ze centimeter voor centimeter een pleister verwijderde. 'O nee, Tom? Zoals nu, bedoel je?' Ze liep met ijzige waardigheid de traptreden af. 'O nee?'

'Heel fijn dat je zo snel kon inspringen,' zei Alexander toen de limo wegreed en de achterlichten van de auto voor hen een rode gloed over hen wierpen. Haar hart ging nog steeds tekeer.

Had hij het tafereel met Tom voor de deur gadegeslagen? Dat kon toch niet anders? Hij was gewoon te zeer een gentleman om er iets over te zeggen. Zag ze er net zo verward uit als ze zich voelde? Ze wierp een blik achterom en zag dat Tom de bloemen opraapte, hun kopjes hangend in zijn machteloze arm nu hij haar de avond in zag verdwijnen.

'Ik doe het graag! Een avond naar het Met? Wie wil dat nou niet?' jokte ze met een montere glimlach terwijl ze probeerde haar ademhaling onder controle te krijgen. De adrenaline joeg door haar heen en de leugens volgden elkaar op, eerst tegen Tom, nu tegenover hem. Ze vroeg zich af wat Alexander zou zeggen als ze hem vertelde dat de man die bij haar voor de deur had gestaan de reden was voor haar vlucht over de oceaan.

'Je ziet er mooi uit, mag ik dat zeggen?'

'Dank je, dat is aardig van je.' Ze had de jurk geleend van haar contact bij Barneys. Het prijskaartje zat er nog in, want ze zou hem maandag terugbrengen. Het plakte tegen haar huid. Het zou haar niets verbazen als ze bij thuiskomst een afdruk van een omgekeerd Elie Saab-logo op haar rug zou hebben.

'Heb je zin in een glas champagne?' vroeg hij met een gebaar naar de fles Krug die in een emmer ijs tussen hen in stond.

'Graag.' Ze kon wel wat alcohol gebruiken. Ze voelde Toms hand nog op haar huid. Het was hun eerste aanraking geweest sinds hun laatste nacht samen in februari.

Ze keek hoe Alexander de goudkleurige folie verwijderde en de fles moeiteloos ontkurkte. Zijn kracht bleek uit elke beweging, hoewel hij niet eens veel bewoog. Misschien juist daarom.

'Heb je *La traviata* al eens eerder gezien?' vroeg ze. Het ging haar tegenwoordig makkelijk af, de smalltalk, het kletsen over ditjes en datjes zonder grote onderwerpen aan te roeren. Zo bracht ze haar meeste New Yorkse avondjes uit door.

'Diverse malen, maar dit schijnt een bijzonder mooie uitvoering te zijn. En jij?' Achter hem was de stad te zien, donker door de extra dikke verduisterde ramen. Hij gaf haar een glas en zette de fles terug in het ijs. Chloe aarzelde. Dronk hij niet met haar mee?

'Eh, het is een van mijn lievelingsopera's. Er zitten van die heerlijke meezingers in voor onder de douche.'

Hij knikte, blijkbaar geamuseerd door het idee.

'Hoelang blijf je deze keer in de stad?' vroeg ze, met een klein slokje van de champagne, waarvan ze nu wilde dat ze het aanbod had afgeslagen. Kwam het onprofessioneel over? Keurde hij het inwendig af? Was ze gezakt voor een test?

'Ik blijf nog een paar dagen hier, dan ga ik terug naar Europa, hopelijk tot tegen het eind van de zomer. Mijn vrouw vindt het niet prettig dat ik zoveel reis.'

'Het zal wel moeilijk voor haar zijn dat je zakelijke leven zoveel aandacht vraagt. Reist ze weleens met je mee?'

'Nee, ze heeft geen zin om in een hotelkamer te zitten terwijl ik aan het vergaderen ben, en eerlijk gezegd zou ik haar niet willen blootstellen aan zo ongeveer de helft van de lieden met wie ik te maken krijg. En natuurlijk heeft ze een druk eigen bestaan. Ze is betrokken bij diverse liefdadigheidsprojecten.'

Hoe voorspelbaar, dacht Chloe achter haar beleefde glimlach. Het was te verwachten dat zijn echtgenote haar dagen aan liefdadigheidswerk en waarschijnlijk ook winkelen besteedde.

'Anjelica is er erg goed in onze programma's zo goed mogelijk op elkaar af te stemmen. We proberen nooit langer dan een week gescheiden te zijn, maar de laatste tijd is het op zakelijk gebied eh... nogal complex geweest.' Hij zuchtte vermoeid.

'Ja, dat heb ik gezien. Wat vervelend,' zei ze, zich verwonderend over zijn understatement. Ze had het vorige weekend bij Invicta een omvangrijk dossier doorgenomen over zijn zakelijke belangen, als onderdeel van het profiel dat ze over hem bijhielden, maar los daarvan hadden zijn bedrijven de krantenkoppen van de financiële bladen gedomineerd, en niet in gunstige zin: er waren beschuldigingen van seksueel grensoverschrijdend gedrag in zijn hotelgroep uitgelekt, met als gevolg het opstappen van een aantal vrouwelijke stafmedewerkers. Daar kwam bij dat de geplande fusie ter waarde van 12,2 miljard dollar van zijn One Stop-snelweghotels (een Amerikaanse dochteronderneming van zijn Black Pearl-hotelketen) met de budgetmotelgroep Traveller's Rest was voorgelegd aan de Federal Trade Commission.

Hij keek haar aan. 'Lees jij het financiële nieuws?'

'Natuurlijk. Ik probeer het globaal bij te houden. Veel van onze cliënten zitten in die wereld, dus het is goed om op de hoogte te zijn van recente ontwikkelingen.'

Dat beviel hem zo te zien maar niks. Hij wendde zijn lichte

grijsgroene ogen af en keek recht voor zich uit. Hij had wat Kate een 'sterk profiel' zou noemen: dikke wenkbrauwen, een vrij brede neus en een krachtige kaak. 'Dan weet je dus dat de verkoop van een van mijn ondernemingen wordt tegengehouden door de mededingingsautoriteiten?'

Ze had gelezen dat het ministerie van Justitie trachtte de deal te voorkomen omdat het nieuwe bedrijf tweeënzestig procent van de reisaccommodatiemarkt in negen staten zou domineren. 'Ja. Dat zal wel een tegenvaller zijn. Er zal vast enorm veel werk in de voorbereiding van de deal zijn gaan zitten.'

'Ja. Vijftien maanden van gesprekken en onderhandelingen. Het is een interessante week geweest,' zei hij rustig. 'Mijn juristen hadden het van alle kanten bekeken voordat we ermee in de openbaarheid traden. Ze zijn buitengewoon verbaasd – en ik ook – dat dit is gebeurd. Er is ons door relevante partijen verzekerd dat onze dominantie in die handvol staten geen probleem zou vormen. Het gaat tenslotte om slechts negen van de vijftig staten. In mijn ogen is er geen sprake van een monopolie. De formele grens voor die kwalificatie is vijfentwintig procent van de markt.'

Chloe deed een snel rekensommetje. Negen van de vijftig staten was nog niet eens een vijfde. Al wist ze natuurlijk niet hoe het zat met de percentages in de overige staten, maar de juristen hadden zich ongetwijfeld over het complete plaatje gebogen. Dus waarom werd de overeenkomst geblokkeerd? Impliceerde hij dat er opzettelijke sabotage in het spel was? En door wie dan? 'Kan er niets worden gedaan om de deal te redden?'

'Alleen in structurele zin.' Toen hij zag dat ze het niet begreep, voegde hij eraan toe: 'Het afstoten van een deel van onze andere bedrijven. Ik heb het "advies" gekregen om mijn belangrijkste hotelketen te verkopen. Dat zou de deal aanmerkelijk vergemakkelijken.'

'En ga je dat doen?'

'Nee. Nooit. Ik heb heel duidelijk gemaakt dat ik dat niet zal overwegen.' Zijn ronde Russische accent werd sterker door zijn verontwaardiging, als een volle, rijke jus die over de woorden werd uitgegoten. Ze was verbaasd toen hij een laag lachje liet horen en zijn hoofd schudde bij het idee alleen al. Het klonk zowel spottend als vol ongeloof.

'Mag ik vragen waarom niet?' Haar gedachten draaiden op volle toeren. Ze probeerde zijn positie te begrijpen. Ze wist dat hij klein begonnen was in de mijnbouw in Rusland, waar hij een startkapitaal had vergaard, en dat hij het al tot multimiljonair had geschopt toen hij begin twintig was. Zijn tweede vermogen had hij verdiend in de consumentenelektronica, waarna hij tien jaar geleden zijn status als miljardair had bestendigd met de aankoop van de Black Pearl-groep. Volgens Poppy's aantekeningen – gemaakt met haar vertrouwde rode balpen – was de luxueuze hotelketen de kroon op zijn imperium, met een belangrijk vijfsterrenhotel in elke Europese hoofdstad. Daarmee had hij internationale klasse en het nodige aanzien verworven. 'Zo te horen zijn de hotels zeer speciaal voor je.'

'Ja,' zei hij langzaam. 'Als ik alles zou verliezen en weer met niets begon, zou ik al mijn energie stoppen in het terugkrijgen ervan. Die hotelketen is het enige wat er voor mij toe doet.'

'Omdat het winstgevend is?'

'Het is mijn minst winstgevende onderneming,' grinnikte hij. 'Daarom vindt het ministerie van Justitie mij een dwaas dat ik hun voorstel niet aanvaard. Want One Stop levert juist achterlijk veel winst op. Ook mijn eigen adviseurs zeggen dat ik gek ben dat ik deze deal erdoor probeer te krijgen en het wil afstoten.'

'Waarom wil je het dan toch doen?'

'Omdat er met de verkoop genoeg kapitaal vrijkomt om Black Pearl uit te breiden zonder externe investeringen.'

Ze dacht even na. 'Maar was de gedachte achter je ijsbergdiner niet dat je interesse bij investeerders wilde kweken?'

Zijn ogen vernauwden zich. 'Poppy heeft kennelijk haar mond voorbijgepraat.'

'Nee, nee,' zei ze snel. 'Ze heeft er niets over gezegd, maar ik zat naast haar. Van tijd tot tijd kreeg ik dingen mee.' Ze haalde haar schouders op.

'Dat is een optie om achter de hand te houden. Zodra ik begon te vermoeden dat mijn concurrenten de fusie wilden voorkomen, heb ik een ander plan bedacht, maar ik zou daar liever niet voor kiezen. Ik werk beter in mijn eentje. Ik ben geen teamspeler. Bestuurders mogen mij niet, en dat is geheel wederzijds.' Hij schonk haar een sluwe glimlach.

'Oké,' zei ze aarzelend. 'Maar wat ik nog steeds niet begrijp is waarom je een van je succesvolste ondernemingen wilt verkopen om de minst succesvolle uit te breiden.'

Hij grijnsde geamuseerd. 'Dat is onlogisch, dat ben ik met je eens, en het is voor het eerst in mijn leven dat ik mezelf toesta om me op een project te storten dat niet gericht is op maximale winst. Maar ik vind misschien wel dat ik dat recht heb verdiend. Als ik het nu niet doe, wanneer dan wel?' Hij gebaarde om zich heen, naar het weelderige leer van de limo, de geüniformeerde chauffeur, de stad zelf: dit was zijn wereld. 'Maar weet je, die hotels staan voor alles wat ik vroeger niet had: comfort, warmte, overvloed, veiligheid. Toen ik een jongetje was in Novokoeznetsk, stond mijn moeder vijf uur in de rij voor brood, zeep of worst... En als ze niet in de rij stond, werkte ze als schoonmaakster voor drie werkgevers. En het was nog niet genoeg. Soms had ik zoveel honger, had ik zo erge buikkramp dat ik niet eens rechtop kon staan.'

'Mijn god.' Ze fronste vol afschuw. 'En je vader dan? Waar was hij?'

'Hij werkte in de staalfabriek, maar verliet ons toen ik zes was en mijn jongste broer werd geboren. Hij had hersenverlamming en in die tijd rustte er een groot stigma op handicaps, waardoor ons leven veel moeilijker zou worden, maar in een tehuis zou hij wegkwijnen. Mijn moeder wist dat, en mijn vader ook, maar toch wilde hij dat zij tussen hen zou kiezen. Dus ze koos voor mijn broer.'

'Ze moet wel een bijzondere vrouw geweest zijn,' zei Chloe zacht. Ze zag dat er nog steeds woede in hem huisde, een stille pijn die nog niet was verslagen.

'Dat was ze zeker.' Hij kneep zijn ogen tot spleetjes. 'En ik heb gezworen dat ik haar zou wreken toen mijn vader haar – en ons – in de steek liet.'

'En heb je dat gedaan?'

'Ja. De fabriek waar mijn vader werkte was het eerste bedrijf dat ik kocht. Ik heb hem hoogstpersoonlijk ontslagen.'

Chloe voelde zich koud worden. Dit was een uit steen gehouwen man – hij was vanbinnen net zo hard als vanbuiten, gevormd door krachten die hij niet beheerste. 'Dat zal wel… bevredigend zijn geweest.'

'Ja, maar ik heb het voor mijn moeder gedaan, om haar eer te verdedigen. Ik wilde haar leven beter maken.' Hij keek even voor zich uit en er verstrakte een spiertje in zijn kaak. 'Op een keer, toen ze nog een uur in de rij moest staan, zakte ze in elkaar en moest ze worden weggedragen. Ze had artritis in haar knieën en de pijn was te erg. Ze verloor haar plekje en moest weer achteraan sluiten.'

Chloe hapte naar adem. 'Maar er had toch wel iemand kunnen helpen – het brood voor haar kunnen halen? Of haar meenemen naar voren?'

Hij wierp haar een sombere glimlach toe. 'Jij denkt als een westerse vrouw. Je begrijpt niet hoe het was. We hebben het over het communistische Rusland, alles was op rantsoen. De mensen probeerden alleen maar te overleven. Goedheid was een zwakte. Wat een ander zou krijgen, kreeg je zelf niet.'

'Wat afschuwelijk om zo op te groeien.' Ze kon zich er amper iets bij voorstellen. Haar eigen kindertijd, hoe gewoontjes ook vergeleken met die van Tom of Poppy – die elke winter gingen skiën terwijl zij logeerde op het boerderijtje van haar grootouders in Schotland, die pony's hadden terwijl zij katten had, die een landgoed hadden terwijl zij een tuin had – was paradijselijk geweest in al zijn normaliteit. Ze had het warm gehad, zich bemind gevoeld en het had haar aan niets ontbroken.

Hij haalde zijn schouders op. 'Ik weet hoe het is om te lijden, om te gaan slapen met pijn in de maag, maar ik kan er niet om treuren. De honger die ik had werd een ander soort honger – en zo ben ik geworden wie ik nu ben. Mijn honger heeft me dit allemaal gebracht.' Hij gebaarde weer naar de glimmende wagen, zijn chique kostuum, de flonkerende lichtjes van Manhattan. Ze reden langs de indrukwekkende gevel van het Waldorf Astoria – dat niet een van zíjn hotels was. Nog niet.

'Dus als er wordt gezegd dat ik het symbool van mijn levensreis zou moeten afstoten, doe ik dat niet, ook al is het hotelwezen niet echt winstgevend. Het is vooral een kwestie van ijdelheid.'

'Echt?' Ze was geboeid. Niemand had haar ooit zo'n eerlijk inkijkje gegeven.

Hij knikte. 'Als ik een gevestigd hotel in een voorname stad koop, betaal ik daar een hoog bedrag voor. Met een nieuwe bedrijfsvoering kunnen we de opbrengst meestal wel met vijf procent opkrikken, of als we heel hard ons best doen zeven procent.' Hij haalde zijn schouders op. 'Dat stelt dus niets voor. Maar toch ga ik niet verkopen.'

'Ik begrijp nu waarom die keten zoveel voor je betekent.'

'Black Pearl is mijn erfgoed. Het is het imperium dat ik mijn toekomstige zonen zal nalaten – als God het wil. Die fusie mag dan zijn gedwarsboomd, er is altijd een andere manier.' Hij keek haar recht aan. 'Ik zeg altijd maar dat tegenslag een kans in vermomming is.'

'Dat vind ik mooi,' zei ze glimlachend. 'Ik zal het toepassen als ik weer eens denk dat het universum zich tegen me heeft gekeerd.'

Hij knikte en ze zag nu oprechte warmte in zijn ogen. Het was een open en verhelderend gesprek geweest en ze had het gevoel dat ze elkaar beter begrepen. Ze had ook het gevoel dat hij haar begon te vertrouwen. Tijdens deze ene korte rit had ze eindelijk betekenisvol contact gelegd met haar belangrijkste cliënt en een van de machtigste mannen op aarde. Ze had gelijk gehad toen ze tegen Elle had gezegd dat hij géén goud zou bloeden als hij zich sneed. Hij was gemaakt van vlees en bloed én zweet en tranen, een man die was voortgekomen uit een hongerig jongetje.

De limo stopte voor het Lincoln Center Plaza en de bewakers haastten zich om de portieren te openen. Ze stelde zich Elles gezicht voor als zij zou zien hoe ze in een prachtige avondjapon uit de limousine stapte, met een miljardair aan haar zijde. Ze liepen samen de trap op en de schitterende lobby in, waar het wemelde van de mensen. De grote ronde trap en de galerijen waren altijd imposant, maar vanavond nog meer dan anders. De kluisjes van de grandes dames van Manhattan waren opengemaakt en de gasten glinsterden nog uitbundiger dan de kroonluchters: saffieren manchetknopen, kettingen met robijnen, ringen met flonkerende stenen, zelfs tiara's... Chloe voelde zich bijna sober gekleed in vergelijking. Het waren hier niet de jurken die ertoe deden, maar de sieraden. Zij droeg haar diamanten oorknopjes, maar die waren zo klein dat zelfs haar nieuwe korte coupe eroverheen viel. Haar hand gleed automatisch naar haar decolleté, want haar hals voelde ineens erg bloot.

Alsof hij haar gedachten kon lezen keek Alexander om zich heen en vervolgens naar haar. 'Altijd die overdaad. Wanneer beseffen deze mensen dat zelfs diamanten niet kunnen wedijveren met de schoonheid van een jonge huid?' Chloe was enigszins van haar stuk gebracht door het compliment, maar ze liet haar hand zakken en rechtte haar rug. 'Mijn echtgenote heeft meer sieraden dan ze kan dragen, maar in mijn ogen is ze nooit mooier dan wanneer haar huid onbedekt is.'

Chloe glimlachte naar hem. Dat was een romantische uitspraak en ze vond het prettig dat hij dol was op zijn vrouw en dat zij ondanks zijn rijkdom zo belangrijk voor hem was.

Er hadden zich wel wat hoofden omgedraaid bij hun binnenkomst, maar het duurde even voordat Chloe zich realiseerde dat ze niet met enthousiasme werden begroet. Hoewel Alexander rijker was dan bijna iedereen hier, wilde dat niet zeggen dat hij ook geliefd was, en ze vermoedde dat veel van de 'vijanden' aan wie hij in Rarities had gerefereerd hier aanwezig waren: zakenmensen en bankiers die hij bij deals te slim af was geweest en die onder die dure avondkostuums de nodige wrok koesterden.

Ze bleven even staan, een eiland in een zee van glamoureuze gasten – alleen, geïsoleerd, gemeden. Chloe voelde haar wangen gloeien. Iedereen keek...

Ze zag hoe Alexanders bodyguards – de een hield hen in de gaten, de ander de menigte – hun voorgingen, de trap op, waarbij de gasten uiteenweken als het kielzog van een speedboot. Alexander stak een arm opzij, een verrassend hoffelijk gebaar, en ze haakte haar arm door de zijne. 'Laten we naar mijn loge gaan, er wordt altijd te veel gepraat bij zulke gelegenheden. De mensen nemen elkaar de maat, ze willen zien en gezien worden. Maar wij zijn hier voor de kinderen, nietwaar?'

Er klonk laatdunkendheid door in zijn stem, maar niet alleen vanwege de sociale uitsluiting. Hij stond bekend om zijn filantropie, en via de liefdadigheidsinstelling die zijn naam droeg had hij verschillende scholen en ziekenhuizen gesticht. Het doel van de voorstelling van vanavond was tien miljoen dollar bijeenbrengen voor een kinderwelzijnsproject in Syrië. Terwijl ze samen de trap op liepen en de mensen fluisterend opzijgingen, vroeg ze zich af hoeveel van de aanwezigen hier eigenlijk wisten – of het kon schelen – welk goede doel ze vanavond steunden. De meesten waren meer bezig met hun eigen zichtbaarheid in de juiste kringen.

Dankzij de spierbundels die ruim baan maakten, verliep hun weg naar de loge ongehinderd. Ze namen plaats boven de massa. De zaal liep snel vol en de lucht vulde zich met gelach en geestdriftige begroetingen. Alles was rood met goud, weelderig en luxueus. In de orkestbak waren de musici hun instrumenten al aan het stemmen en hun standers aan het afstellen.

Chloe zag wat mensen die ze kende – prominente cliënten van Invicta – en wuifde vriendelijk, maar zodra ze haar gezelschap voor vanavond herkenden, wendden ze hun gezicht afkeurend af. Ze voelde zich opnieuw verontwaardigd. Hij was een nietsontziend zakenman, daar twijfelde ze niet aan. Maar zou niet iedereen dat zijn, na een jeugd zoals de zijne? Hoeveel mensen hier zouden zo'n kindertijd hebben overleefd? Wie van de andere aanwezigen had dezelfde armoede en ontberingen meegemaakt als de kinderen voor wie ze vanavond geld inzamelden?

Niet één van hen. Ze vroeg zich af hoe hij de kritische blikken kon verdragen die hem telkens weer ten deel vielen. Hij leek de aandacht niet op te zoeken en toch werd er overal waar hij naartoe ging op hem gelet. Ze had het zelf ervaren toen ze hem de afgelopen week voor het eerst in Rarities had ontmoet. Naast haar had Alexander rustig en kalm plaatsgenomen, maar toch was hij het onbetwiste zenuwcentrum van de ruimte, de bron van alle energie. Hoe meer hij wegkeek, hoe meer er naar hem werd gestaard. Hij was des te interessanter vanwege zijn weigering deel te nemen aan hun spelletjes, gebruiken en sociale omgangsvormen. En hoewel ze hun collectieve dedain voelde, nam ze ook hun afgunst waar. Ze wilden hebben wat hij had. Ze wilden hem zíjn.

Het licht in de zaal dimde en het geroezemoes verstomde. De

mensen gingen klaarzitten voor het komende uur. De orkestleden hielden hun instrument in de aanslag, maar de dirigent maakte geen aanstalten te beginnen. In plaats daarvan werd er een schijnwerper gericht op een kleine vrouw in zwart kant die over het podium liep.

'Dames en heren, voordat de opera begint, wil ik graag een korte mededeling doen,' zei ze. 'Zoals u weet, komt de opbrengst van deze voorstelling ten goede van Rebuild, een organisatie die is opgericht ten behoeve van de ontwikkeling van scholen en speelplaatsen voor kinderen in oorlogsgebieden wereldwijd. Vanavond willen we graag tien miljoen dollar inzamelen voor een basisschool in Raqqa, en alleen al met uw aanwezigheid hier levert u een grote bijdrage.'

Ze keek rond met haar handen ineengeklemd voor haar borst. 'Maar met immens genoegen mag ik u allen meedelen dat het resterende bedrag is gedoneerd door een weldoener die zowel vriend van Rebuild als van het Met is...'

Er ging een zucht door de rijen, een zoemend gefluister als van cicaden in de schemering.

'En hoewel de donateur anoniem wil blijven, is het niet meer dan vanzelfsprekend dat we diegene met een applaus bedanken voor zijn of haar enorme generositeit...'

Ze hoefde niets meer te zeggen, het applaus barstte meteen los. Iedereen ging staan en klapte en juichte. Tien miljoen dollar was geen kleinigheid, zelf niet onder de rijken van Manhattan.

Alexander stond ook op en klapte. Chloe keek opzij en hij haalde zijn schouders op en knikte, zogenaamd onder de indruk en verrast.

Maar ze wist het. Als hij zich sneed, zou hij bloeden. Want ergens onder die keiharde buitenkant zat een groot kloppend hart.

12

Piepjes en bliepjes. De soundtrack van het ziekenhuis. En het kleurenpalet was blauw – blauwe uniformen, blauwe stoelen. Het rook naar ontsmettingsmiddel en angst.

Chloe bleef bewegingloos zitten kijken naar het komen en gaan van mensen via de eeuwige carrousel van de draaideuren: tranen, paniek en pijn waren de universele tickets die toegang boden, ongeacht ras, religie, geslacht of leeftijd. Ze zat er nu bijna twee uur en ze had al gezien hoe er een klein meisje werd binnengereden met een hulpverlener die op haar borst drukte; ze had een man gezien – door twee vrienden aan weerszijden ondersteund – met een kogelwond die een spoor van bloed achterliet; ze had een krijsend jongetje gezien met plasticfolie om zijn rode bovenlijf gewikkeld. Ze had meer gezien dan haar lief was, maar haar vriendin nog niet.

Ze probeerde zich weer op haar kruiswoordpuzzel te concentreren. Tot haar frustratie was vijf verticaal haar een raadsel.

Wikken en wegen.

Ze kauwde op haar pen, probeerde haar geest lenig te houden en niet te denken aan Poppy zoals ze hier acht dagen geleden was binnengereden. Wie moest daarmee leren leven, de aanblik van haar gebroken lijf, haar bloedende hoofd die avond?

De liftdeuren pingden weer open en ze keek automatisch op, ook al verwachtte ze opnieuw teleurgesteld te worden door een onbekend gezicht. Maar deze keer herkende ze de gelaatstrekken van de vrouw die naar haar toe liep: een hoog voorhoofd en brede wangen, en ook de slanke handen en elegante enkels hadden iets bekends. Het was een opvallend mooie vrouw van het type dat er net zo goed uitzag met rubberlaarzen of een schort als in een galajurk. Ze had een kort bobkapsel en ze zag er met een paar parelknopjes in haar oren verzorgd uit, hoewel haar broek gekreukt was en er een kleine theevlek op haar blouse zat – ongetwijfeld met trillende handen gemorst. Haar teint was bleek onder haar make-up en het kostte haar moeite om te glimlachen, alsof haar mondhoeken mechanisch bediend werden.

Chloe stond met ingehouden adem op.

'Jij zult Chloe wel zijn. Ik ben Rosalind, de moeder van Poppy.' Haar stem klonk helder maar zacht, alsof haar woorden niet meer helemaal te vertrouwen waren.

Chloe wilde zeggen dat het een genoegen was om kennis met haar te maken, maar de zin bleef in haar keel steken. De aanleiding was immers bepaald geen genoegen.

'Poppy heeft ons veel over je verteld.'

'Is ze wakker?' Chloe's lichaam stond ineens stijf van de plotselinge hoop.

Rosalind aarzelde. 'Nog niet.' De woorden leken van staal te zijn, zo moeizaam kwamen ze tevoorschijn. 'Maar de artsen zijn begonnen met het afbouwen van de medicatie die haar in coma houdt. Ze kan de komende uren elk moment bijkomen.'

'O god.' Chloe voelde een golf van paniek. Ze nam Poppy's moeder in beslag terwijl ze zomaar uit haar coma zou kunnen ontwaken. 'En u bent voor mij naar beneden gekomen? Ik zal u niet langer ophouden.'

'Ik had het duidelijker moeten zeggen. Ze kan elk moment ontwaken in de komende uren tot dagen,' zei Rosalind vriendelijk. 'Die paar minuten maken niet uit.'

Chloe keek naar de bloemen die ze had meegenomen en wist ineens niet meer wat ze moest zeggen. Ze voelde zich opgelaten dat Rosalind degene was die het gesprek gaande hield, die háár troostte.

'Het spijt me dat je haar nog niet mag zien. Ze zijn heel strikt met het toelaten van bezoek,' ging Rosalind verontschuldigend verder, alsof zij persoonlijk verantwoordelijk was voor het ziekenhuisbeleid. 'Maar als alles volgens plan gaat, hopelijk volgende week...'

'Natuurlijk. We leven allemaal enorm mee, op het werk bedoel ik. Iedereen is dol op Poppy. Ze is een verbindende factor. We vragen Jack elke dag of er nog nieuws is.'

'Ja, hij is een geweldige steun voor ons geweest, heeft het hotelverblijf geregeld, het vervoer, alles eigenlijk. Hij heeft zelfs gezorgd voor warme maaltijden.'

Chloe kromp ineen. Warme maaltijden. Waarom had zíj daar niet aan gedacht?

Rosalind keek haar aan en zag het zelfverwijt, het schuldgevoel en de schaamte op haar gezicht. Ze gebaarde naar de stoelen achter hen en ze gingen allebei zitten. 'Het is voor ons een hele troost te weten dat Poppy wordt omringd door zoveel mensen die om haar geven. Het is lastig om dat in te schatten als je kind zo ver weg woont.' Ze glimlachte. 'Jouw ouders zullen wel ongeveer hetzelfde voelen, denk ik?'

Chloe knikte. 'Ik ben hier nog naar vijf maanden. Mijn moeder belt nog elke week om te vragen of ik genoeg fruit eet.'

'Kinderen worden te snel groot, dat is het probleem,' zei Rosalind weemoedig. 'Het ene moment was Pops nog elf en deed ze dansjes in de salon en huppelde met onze labrador Rollo rond in de tuin, het volgende woonde ze hier en vloog ze rond in privévliegtuigen...' Ze schudde verbluft haar hoofd. 'Het is allemaal zo snel gegaan. We waren bang dat deze levensstijl haar naar het hoofd zou stijgen. Ze was altijd zo'n nuchtere meid, en uiteindelijk brengt geld niet het beste in mensen naar boven, hè? We hebben het met vrienden van ons zien gebeuren. Ik denk steeds maar dat dit nooit zou zijn gebeurd als ze een normale baan had gehad.'

Chloe wist dat Poppy's familie weliswaar rijk was qua bezittingen en erfgoed, maar dat ze krap bij kas zaten vergeleken met de rijke elite waar ze mee omgingen. 'O, zo moet u niet denken,' zei Chloe, die haar arm aanraakte bij het zien van de wanhoopsgolf die over haar gezicht spoelde. 'Het is gewoon afschuwelijk dat ze op het verkeerde moment op de verkeerde plaats was. Het was een ongeluk.'

'Maar dat was het dus niet.' Rosalinds blauwe ogen kregen een nog blauwere glans door de opwellende tranen.

'Wat?' Chloe's stem klonk hol en ze voelde een steek van angst door de blik waarmee Rosalind haar aankeek.

'Heeft Jack je dat niet verteld? De bewakingscamera laat zien dat de bestuurder met opzet op haar inreed.' Rosalind schudde verbijsterd en vol ongeloof haar hoofd. Het ging haar verstand te boven. 'Hoe is het mogelijk?' fluisterde ze. 'Dat iemand dat mijn dochter heeft aangedaan?' Haar stem sloeg over en ze liet haar hoofd stilletjes huilend in haar handen vallen terwijl Chloe werktuiglijk, zonder erover na te denken haar armen om haar heen sloeg. Rosalinds woorden beukten als hamerslagen tegen haar ribbenkast en haar schedel, maar ze sloegen nergens op. Het was ópzet geweest?

'Weten ze wie het heeft gedaan? En waarom?' vroeg Chloe toen Rosalind zich herpakte. 'Hebben ze aanwijzingen?'

'Nee, niets,' zei ze schouderophalend. 'Het nummerbord was gestolen en ze zijn het spoor van de auto aan de andere kant van de Brooklyn Bridge kwijtgeraakt. Het schijnt dat er een paar camera's kapot waren.'

Er viel een lange stilte terwijl Chloe tot zich liet doordringen wat ze te horen had gekregen. Er liep een koude, klamme rilling over haar huid. 'Maar is ze nu dan wel veilig? Wat als... Stel dat...' Ze kon de zin niet afmaken: stel dat ze terugkomen?

'Er zit een politieagent voor haar kamer,' zei Rosalind, die met gekromde vingers haar ogen depte en haar zelfbeheersing terugvond. 'Daarom zijn ze ook zo streng met bezoek.'

Chloe knipperde met haar ogen en voelde haar ademhaling

versnellen, de paniek toeslaan. Ze had geen moment gedacht, niet één keer tijdens deze idiote afgelopen week, waarin ze zichzelf zo nuttig had gemaakt door Poppy's werkzaamheden over te nemen, waarin ze een dure jurk had gescoord, naar de opera was gegaan en een naakte oudere man uit zijn benarde situatie in een hotelgang had gered, niet één keer was het in haar opgekomen dat dit iets anders was dan een tragisch ongeluk. Ze nam gewoon zolang waar tot haar vriendin terug zou komen. 'Dus ze hebben helemaal geen aanknopingspunten?'

'Nee. Geen namen, geen motieven,' zei Rosalind met angstige ogen. 'We weten alleen maar dat er ergens iemand rondloopt die heeft geprobeerd onze dochter te vermoorden.'

'Doe open!' Haar vuist deed zeer, maar ze bleef bonzen. Het kon haar niet schelen of de bewaking zou komen, of de politie. Ze zou niet stoppen tot...

De deur ging open en Jack, gekleed in een korte pyjamabroek, trok een T-shirt over zijn hoofd en keek haar verward aan. 'Jezus, wat is er, Chlo?' Hij keek of er nog iemand bij haar in de gang stond.

'Hou toch op!' Ze drong met een boos gezicht langs hem zijn hal in. Haar complete appartement zou erin passen. 'Wanneer wilde je me vertellen wat er écht aan de hand is?'

Hij knipperde beduusd met zijn ogen. 'Waar heb je het over?'

'Waar héb je het over?' herhaalde ze vol ongeloof. 'Poppy! Ik ben net in het ziekenhuis geweest.'

'Fuck, is ze bijgekomen?' Ze had nu zijn volle aandacht.

'Nee, Jack!' riep ze. 'Ze is niet bijgekomen! Ik heb het over het feit dat het geen ongeluk was, zoals jij zei. Dat de politie het als een poging tot moord beschouwt!'

'Shit.' Hij zuchtte en liet zijn schouders hangen. 'Kom binnen.'

Ze gooide haar armen in de lucht als gebaar dat ze al binnen wás.

'Ik bedoel voor een glas wijn. We kunnen wel wat wijn gebruiken,' mompelde hij terwijl hij haar voorging.

Ze volgde hem een open kamer in met aan twee kanten ramen van vloer tot plafond, die uitzicht boden op de boomtoppen van de westkant van Central Park. Er stonden grote vierkante banken in een U-vorm opgesteld, er lagen verbleekte kleden op de vloer en daarachter was een matzwarte keuken met een betonnen aanrechtblad. Zijn interieurontwerper had kennelijk besloten om vooral het uitzicht te laten spreken.

Hij haalde een fles rosé uit de koelkast terwijl zij, zoals iedereen die er kwam, naar het raam liep en naar beneden keek. Als relatieve nieuwkomer in de stad was ze nog niet gewend aan de imposante hoogten die voor de echte Manhattanites dagelijkse kost waren. Jacks appartement, dat op de drieënvijftigste verdieping lag, werd nog niet eens als uitzonderlijk hoog beschouwd.

'Hier.' Hij reikte haar een glas aan en gebaarde met zijn hoofd naar de banken. 'Kom. Laten we gaan zitten.'

Met tegenzin, nog steeds woedend, deed ze wat hij vroeg. Ze keek hem nijdig aan over haar wijnglas en nam een slokje. Hij schoof nerveus heen en weer.

'Luister, ik begrijp waarom je boos op me bent, maar geloof me, ik heb gedaan wat mij het beste leek. Voor het team, de firma en onze cliënten. Als bekend wordt dat het om een mogelijk misdrijf gaat en dat de politie er onderzoek naar doet...'

'Dat wordt toch wel bekend, Jack! Zoiets hou je echt niet lang geheim.'

'Ik weet het. En het was ook niet zozeer mijn bedoeling om het geheim te houden. Ik wilde gewoon...' Hij zuchtte verslagen. 'Ik wilde alleen maar tijd winnen. Het is zo'n idiote week geweest en iedereen is van slag door het ongeluk. Kun je je voorstellen wat het met het moreel zou doen als bekend werd dat het géén ongeluk was, maar dat iemand het op Poppy gemunt had?'

Chloe kromp ineen bij het horen van de woorden. Het idee

alleen al was afschuwelijk. 'Ze zullen bij de politie toch wel íéts weten?'

'Dat denk ik ook, maar momenteel doen ze geen mededelingen.' Hij haalde zijn schouders op. 'Ze hebben me vorige week zondag verhoord, gewoon routine. Ze wilden weten of ik iets wist over eventuele problemen in haar persoonlijke leven, en of ze via haar werk misschien vijanden had gemaakt...'

'Vijanden via haar werk?' Ze lachte droogjes. 'Weten ze wel wat voor werk wij doen? Wij maken het leven van mensen beter, fijner, mooier en leuker.' Ze schudde haar hoofd. 'Hoe kan ze nou vijanden hebben gemaakt?'

'Dat is precies wat ik ze ook verteld heb.' Hij zuchtte en dronk zijn glas in één teug leeg. Hij keek haar aan. 'Heeft ze ooit iets tegen jou gezegd? Iets over een boze ex? Een cliënt die meer van haar wilde? Jullie zaten naast elkaar.'

Ze fronste nadenkend. Werkte haar brein maar als een virusscanner. Maar nee, ze was vergeetachtig, soms gestrest en vaak vooral bezig met haar eigen problemen, waarbij Tom ook nog eens als een screensaver in haar hersens gegrift stond. 'Nee... Ik kan niets bedenken.'

'Weet je het zeker?'

'Zo goed als. Ik ben er zeker van dat ik me zoiets zou herinneren.'

Hij zuchtte. 'Ja. Dat lijkt me ook.'

Ze zag hoe hij over de beroemde skyline van de stad uitkeek. 'Jack...'

Hij wierp een blik opzij. Haar stem klonk zachter en milder nu de woede van een paar minuten daarvoor was afgezakt. 'Ja?'

'Als we niet weten waarom dit met haar is gebeurd, hoe kunnen we er dan zeker van zijn dat degene die dit heeft gedaan niet zal terugkomen om het nog een keer te proberen? Diegene is nog op vrije voeten en wacht misschien wel af... of ze zal ontwaken of niet. En als ze dat doet...'

'Zo mag je niet denken,' zei hij op scherpe toon. 'Ze is nu trouwens veiliger dan ooit; er staat een gewapende beveiliger voor haar deur.'

'Dat weet ik wel, maar...' Haar stem trilde en haar ogen glinsterden. 'De enige troost die ik deze week had, was het idee dat het ergste al was gebeurd. Dat Poppy met elke dag die voorbijging een beetje beter en sterker werd. Maar stel dat dit nog maar het begin was? Niemand lijkt enig idee te hebben waarom dit met haar is gebeurd of wat de dader van haar wil...' Ze hoorde dat haar stem schril klonk.

'Chloe, begrijp je nu waarom ik het jullie niet heb verteld? Waarom ik het zo lang mogelijk voor iedereen achterhou? Het geeft alleen maar paniek, angst en verwarring.'

Ze knikte, keek de andere kant op en probeerde haar tranen in te houden. Het zou niet helpen als ze nu instortte. Daar zou Poppy niets aan hebben.

'Op dit moment moeten we het hoofd koel houden en... kalm blijven,' zei hij met een diepe, vermoeide zucht. 'We moeten kalm blijven.'

Ze veegde met de rug van haar hand haar tranen weg. Het kon haar niet schelen dat ze waarschijnlijk de restjes van de mascara van gisteravond uitsmeerde. Ze staarde naar haar handen. 'Weet Tom het ook? Is hij daarom hiernaartoe gekomen?'

'Ja. En nee...'

Ze fronste verward.

'Ik bedoel ja, hij weet van het politieonderzoek, maar nee, ik denk niet dat hij alleen daarom hiernaartoe is gekomen.'

Ze nam nog een slok wijn om haar gezichtsuitdrukking achter het glas te verbergen. 'Waarom dan nog meer?'

'Om persoonlijke redenen.'

Haar hartslag versnelde.

'Persoonlijke redenen? Is er wat gebeurd?'

Jack slaakte weer een diepe zucht. 'Het gaat om hem en Lucy.'

Hij rolde met zijn ogen. 'Ik geloof dat het uit is.'

'Uit?' herhaalde ze beduusd. Ze kon het niet goed bevatten; het was allemaal te veel tegelijk. Ze staarde in haar glas en voelde dat hij naar haar keek in de stilte die volgde. 'Maar ze hebben zich toch onlangs verloofd?'

'Ja. Maar luister, heb het hier met niemand over, het laatste wat hij kan gebruiken is dat er op kantoor over zijn persoonlijke leven wordt geroddeld. Ik vertel het jou alleen maar omdat ik weet dat jullie elkaar al lang kennen; jullie hebben de vestiging in Londen van het begin af aan opgebouwd.' Hij keek haar even zwijgend aan. 'Het verbaast me eigenlijk dat hij het jou niet heeft verteld.'

'Nou, we... We hebben nog niet echt de kans gekregen om bij te praten,' mompelde ze. 'Het is nogal chaotisch geweest.'

'Dat is waar.'

Ze liet een vinger over de rand van haar glas glijden. Het verwonderde haar dat Jack nooit iets gemerkt had van de relatie tussen haar en zijn zakenpartner. Haar eerste maand hier had ze gewacht tot hij het initiatief zou nemen voor een gesprek waarin hij zijn vermoeden zou uiten. Maar dat had hij nooit gedaan. In de jaren dat Jack in New York zat, en Tom en zij in Londen zaten, was het natuurlijk relatief gemakkelijk voor hen geweest om heimelijk samen te zijn. Ze hadden er altijd voor gezorgd dat het team hen nooit samen zag, dat ze niet tegelijkertijd op kantoor kwamen of samen weggingen, dat ze geen koosnamen gebruikten, dat ze nooit zomaar in zijn kantoor zat en dat ze elkaar geen persoonlijke mails stuurden. 'Weet jij waarom?'

'Geen idee, hij houdt zijn mond stijf dicht. Maar iedereen is er verbaasd over. Zoals je weet, zijn ze al samen sinds hun studietijd. Lucy maakt zo ongeveer deel uit van het meubilair. Het is al "Tom en Lucy" sinds ik me kan herinneren.'

'Klopt.' Ze kon zich ook niet anders herinneren. Lucy was haar voor geweest – daar kwam het op neer. Het deed er simpelweg niet toe dat hij meer van Chloe hield, dat ze beiden wisten dat ze bij elkaar hoorden, dat hun liefde een vuurtje was dat haar warm hield zelfs als hij niet in de buurt was. Lucy was kwetsbaar, een mooie maar broze jonge vrouw die nooit geloofde dat ze goed genoeg was voor haar ouders, die een druk sociaal leven hadden geleid en altijd veel afwezig waren. Ze had een laag zelfbeeld dat zich in haar tienertijd had geuit in een eetstoornis en dat zich inmiddels, nu ze in de twintig was, uitte in een rookverslaving en een hang naar chianti. Tom gedroeg zich eerder als een bezorgde vader dan een geliefde. Hij wist nooit of het wel veilig was om haar langere tijd alleen te laten.

Jack haalde zijn schouders op. 'Lucy schijnt enorm van streek te zijn.'

'Wat naar,' murmelde ze.

'Ja, hoewel… Ik weet het niet. Soms denk ik dat zo'n lange relatie… kan doodbloeden, snap je? Je bent zo lang samen dat je je niet kunt voorstellen niét samen te zijn. Maar dat hoeft niet altijd te zeggen dat je blijvend de beste match voor elkaar bent. Het leven gaat door en mensen veranderen.'

Chloe wierp hem een blik toe om na te gaan of er een vraag in zijn statement besloten lag. Wat wist hij eigenlijk van langetermijnrelaties? Hij beschouwde alles wat langer duurde dan een weekend al als lang. 'Dat is zo.'

Hij keek haar belangstellend aan. 'En jij? Heb jij eigenlijk iemand?'

'Ik? God, nee zeg.' Ze schudde haar hoofd en verstopte haar gezicht weer achter haar glas. 'Wat is er?' vroeg ze terwijl hij haar bleef aankijken.

'Niets.' Hij haalde zijn schouders op. 'Je bent een beetje moeilijk te peilen. Je vertelt nooit wat over jezelf.'

'Omdat er niet veel interessants te vertellen valt.'

'O, dat betwijfel ik,' weersprak Jack haar galant. 'Ik denk dat je jezelf onderschat, Chloe Marston.' Hij wierp een blik op de verlichte skyline. 'Ik vraag het alleen maar omdat Tom zei dat hij dacht dat je in Londen met iemand samen was.'

'Heeft hij dat gezegd?' Ze probeerde niet al te geïnteresseerd over te komen, hoewel haar hart een paar keer oversloeg. 'Ik weet niet hoe hij daarbij komt.'

'Dus er was geen sprake van een breuk? Dat was niet de reden waarom je eindelijk toegaf en hier zo snel naartoe kwam?'

Dat was precies de reden. 'Nee, zo dramatisch was het niet, ben ik bang.'

'Oké,' zei hij knikkend toen ze er niet op doorging. Er strekte zich een stilte tussen hen uit, als een kat. 'Nou, hoe dan ook, Tom zit er enorm mee, het is heel vervelend,' zei hij ten slotte terwijl ze allebei over de stad uitkeken. 'Ik denk dat hij hiernaartoe is gekomen om wat afstand tussen hem en Lucy te creeren en zijn gedachten op een rijtje te zetten, snap je?'

'Ja.' Maar ze vroeg zich af of het waar was. Wilde hij verder bij Lucy vandaan zijn? Of dichter bij háár? 'Hoelang blijft hij, denk je?'

'Een week, misschien twee weken? Het hangt voor een groot deel af van hoe het met Poppy zal gaan, natuurlijk.'

'Waar logeert hij?' Ze vroeg het zo luchtig als ze kon.

Jacks keek haar weer aan. 'Het Howard.' Er verscheen een vragende rimpel in zijn voorhoofd. 'Hoezo?'

'Ik vroeg het me alleen maar af. Ik was niet lang geleden in het WestHouse en heb daar contact gelegd met de conciërge. Ik was onder de indruk van de renovatie. Ze willen graag bij ons op de lijst en ze hebben me goede voorwaarden toegezegd. Ik dacht dat Tom het misschien voor ons zou kunnen uittesten nu hij hier toch is...' Ze haalde opzettelijk nonchalant haar schouders op.

'Goed om te weten. Ik zal het hem zeggen. Misschien is volgende week een optie.'

Ze zwegen even en richtten hun blik weer op de stad. Er werden steeds meer lichten aangeknipt, waardoor de wolkenkrabbers steeds meer begonnen te twinkelen.

'Oké, ik ga maar eens, dan heb je nog wat aan de rest van je zondag,' zei ze, zich vooroverbuigend om haar lege glas op de salontafel te zetten. 'En... het spijt me van zojuist. Ik had niet onaangekondigd binnen mogen vallen, maar...'

'Het is al goed, Chloe, ik begrijp het. Het was voor mij ook een grote schok.'

Ze stond op en staarde nog een keer nietsziend naar buiten over de stad. Het was bijna groter dat ze zich kon voorstellen, meer dan ze kon verdragen – te bedenken dat de bestuurder van die auto daar nog ergens vrij rondliep...

'Maar luister, Chlo, het lijkt me nog steeds beter om het nieuws over het politieonderzoek stil te houden tot er een dringende reden is om dat niet te doen. Het is niet wenselijk als er geruchten rondgaan of als cliënten worden afgeschrikt. Hoe minder mensen er op dit moment van weten, hoe beter.'

'En wie zijn dat eigenlijk?'

'Jij, Tom en ik.'

Ze knikte, maar vroeg zich af of ze het voor Xan verborgen kon houden. Hij had het onfeilbare vermogen het aan te voelen als zij iets voor hem verborgen hield. 'Oké, prima.'

Ze liep langzaam naar de deur.

'Van nu af aan gaat het beter, dat zul je zien. Het ongeluk is al een week geleden en Poppy heeft het overleefd. De operatie is achter de rug en ze wordt elke dag sterker. Voor je het weet is alles weer normaal.'

Ze knikte, maar ze betwijfelde het. Zij handelden in het spectaculaire, het buitengewone, het zeldzame. Ze bezorgden hun cliënten unieke ervaringen waar geen grenzen aan zaten. Eerlijk gezegd was ze er niet zeker van of zij eigenlijk nog wel wisten wat 'normaal' was.

13

'Doe het niet, Chlo,' zei Kate op waarschuwende toon. 'Ik meen het. Je hebt net je leven weer een beetje op orde. Laat hem niet binnen.'

'Dat doe ik ook niet, maar...'

'Geen gemaar!' zei Kate. Ze porde met een vinger naar het scherm, haar ogen groot en ernstig.

De twee zussen staarden naar elkaar vanaf hun plek aan weerszijden van de oceaan.

'Maar stel dat Jack gelijk had over hem en Lucy?' De woorden regen zich opstandig aaneen, rolden te snel naar buiten om ze tegen te houden. De vraag had een antwoord nodig; zíj had een antwoord nodig.

'Waarom heeft hij er dan vijf maanden over gedaan om haar te dumpen? Waarom deed hij dat niet op het moment dat hij jou kwijtraakte?'

Chloe's mond ging open, maar er kwam niets uit. Zo ging het altijd. Ze had nog nooit een discussie met haar zus gewonnen. Ze wilde iets zeggen over de koe die werd gemist, maar ze kon de woorden niet in een zinnige volgorde zetten. Had ze maar geen espresso martini moeten drinken.

'Omdat hij een stomme idioot is.' Kate porde weer met haar vinger. 'Bovendien weet je niet of hij háár heeft gedumpt, toch? Voor hetzelfde geld heeft zij hém gedumpt! En dan richt hij nu zijn aandacht weer op jou, een gemakkelijk doelwit. Gegarandeerd succes.'

Chloe's gezicht betrok bij de wrede eerlijkheid van haar zus.

'O!' Kates gezicht bewoog dichter naar het scherm toe. 'O lieverd, sorry, zo bedoelde ik het niet. Alsjeblieft, niet huilen.'

'Nee, nee, je hebt gelijk, dat weet ik best,' snufte ze. Ze bracht haar handpalmen naar haar ogen om haar mascara niet te laten uitlopen. Ze was nog steeds dronken en ze droeg nog steeds de elegante Zimmermann-jurk die ze had aangetrokken nadat ze bij Jack was geweest en met Elle naar een bar was gegaan. Ze had willen ontsnappen, willen doen alsof alles piekfijn in orde was, al was het maar voor een paar uurtjes – de gesprekken met hem en met Poppy's moeder hadden haar van haar stuk gebracht en ze moest echt even stoom afblazen. Ook durfde ze niet in haar appartement te blijven, voor het geval Tom weer zou komen. Ze vertrouwde zichzelf niet, vooral niet nu ze wist dat de situatie veranderd was. Het duizelde haar. De wereld voelde gekanteld en ze kon niet meer logisch nadenken. Ze probeerde te doen wat juist was, dat wílde ze ook... Maar de verpletterende teleurstelling die ze had gevoeld toen ze thuiskwam en hij níét voor de deur zat, had alleen nog maar bijgedragen aan haar verwarde toestand.

Ze wist dat ze nu zou moeten slapen. Het was twee uur 's nachts en ze kon haar nieuwe week niet beginnen na slechts vier uur slaap. Ze moest in topvorm zijn voor het geval Pelham of Rosaria of Alexander of een van de anderen zou bellen. En toch had ze de uren sinds haar thuiskomst lopen ronddolen in haar appartementje, met een wodka in de hand alsof ze in *Blue Jasmine* speelde. Zo ging het altijd: zij probeerde zich te verzetten en Tom maakte haar murw, ook al was hij afwezig.

Kate was daarentegen niet dronken en emotioneel na een avondje stappen. Ze zat in haar ochtendjas met gezwollen ogen van weer een nacht met minimale slaap. In haar haar zat een legoblokje verstrikt. Het was daar zeven uur in de morgen, maar ze was al anderhalf uur op met Orlando en ze had aan de beltoon kunnen horen dat haar zusje in een crisis verkeerde.

'Je hebt gelijk. Ik moet hem vergeten. Verder met mijn leven,' zei Chloe met een beverige, lijzige stem. 'Wat er tussen hem en Lucy is gebeurd gaat mij niets aan.'

'Precies. Je bent te goed voor hem, lieverd. Verspil je tijd niet aan een idioot die niet weet hoeveel geluk hij met je had. Je verdient beter.'

'Ja. Ik ben een sterke, onafhankelijke vrouw,' zei ze als een mantra, maar zonder de bijbehorende overtuiging. 'Ik heb een nieuw leven opgebouwd...'

'Nou ja, min of meer.' Kate trok haar neus op.

'Hè? Ik ben naar een ander land verhuisd,' zei ze verontwaardigd. 'Hoezo is dat geen nieuw leven?'

'Je werkt nog steeds voor zijn bedrijf.'

Chloe keek haar boos aan. 'D... Dat is een opmerking waar ik n... niets mee kan.'

'Ik zeg alleen maar dat het daardoor lastig is om hem buiten je leven te houden. Als je verder wilt met je leven, moet je een andere baan zoeken.'

'Maar ik hou van mijn werk,' riep ze uit. 'Waarom zou ík moeten vertrekken? Híj is de leugenaar! Híj is de vreemdganger! Is het niet genoeg dat ik mijn geboorteland heb verlaten? Mijn familie?' zei ze dramatisch. 'Híj mag vertrekken! Dat is het minste wat hij kan doen!'

'Eh... Het is zijn bedrijf... Luister nou, ik ben het in principe helemaal met je eens, maar dit gevecht kun je niet winnen,' merkte Kate op. 'Ga naar een van jullie concurrenten. Als je ergens anders hetzelfde werk gaat doen, zit je hem ook lekker dwars,' zei ze, zich verkneukelend. 'En dan maak je je pas echt van hem los, dat weet je.'

Dat wist Chloe inderdaad – en het was precies waarom ze het niet had gedaan. Op de een of andere manier was ze niet in staat geweest dat laatste draadje door te knippen. Het was één ding om het land te verlaten, om van continent te wisselen om aan hem te ontsnappen, het was iets heel anders om alle contact te verliezen. Ze kon zich geen leven voorstellen waar hij geen deel van uitmaakte, al was het maar op de achtergrond of via een scherm of als naam onderaan een memo. Haar woede en gekrenktheid hadden haar de afgelopen maanden staande gehouden, haar aangespoord om een zonnige lach op haar gezicht te toveren en het andere mensen naar de zin te maken. Dat was haar redding geweest, want ze had zich niet met haar eigen levenskwesties hoeven bezighouden. Maar nu was hij hier, was Lucy van het toneel verdwenen en werd het lastiger om de woede voorturend te blijven voelen.

'Ik kan hem wel aan op het werk,' mompelde ze.

'Hm, dat hoop ik maar.' Kate trok een bedenkelijke wenkbrauw op. 'Vergeet niet wat voor gevoel hij je gaf, oké? Want geloof me, ik herinner me nog heel goed hoe je klonk toen je me vanuit die taxi belde. Je was gebróken. Dat mag niet weer gebeuren, zus van me. Sta hem niet toe je dat nog eens aan te doen.'

Ze knikte. Vastbesloten. 'Nee.'

Op de achtergrond liep Orlando rond met zijn luier in zijn hand, wat een gilletje bij haar zus veroorzaakte, en ze namen snel afscheid op hun gebruikelijke manier: ze wierpen elkaar over de oceaan een kus toe. Chloe ging achteroverzitten op haar bed, met Marmalade – haar teddybeer van vroeger, die met haar mee was gegaan van haar ouderlijk huis naar de universiteit, vervolgens naar Londen en nu naar New York – in haar armen, en ze staarde naar de ene enkele fresia die Tom door de brievenbus had weten te duwen nadat ze gisteravond naar de opera was vertrokken. Hij was een beetje verfrommeld, of eigenlijk platgetrapt door iemand die er per ongeluk op had gestaan. Maar als ze haar ogen dichtdeed, voelde ze haar arm nog gloeien waar hij haar had aangeraakt. En dat was precies het probleem – want wat haar grote zus ook zei, ze wist nog heel goed wat voor gevoel hij haar had gegeven.

'O mijn god, is de kat dood?' vroeg Xan met een verschrikte blik toen ze naar haar bureau kwam lopen.

'Welke kat?'

'Of je oma?'

'O, haha.' Chloe stak haar tong naar hem uit en liet haar tas met een plof op de grond vallen. Ze had gedacht dat het roomkleurige vintage Valentino-mantelpakje – een koopje op de zaterdagse rommelmarkt – zou afleiden van haar vermoeide bleekheid. 'Jij ziet er ook stralend uit, darling.' Ze nam nog een flinke slok koffie en zakte neer op de bureaustoel. Ze begon heen en weer te draaien, een rustgevende beweging, en ze zou willen dat ze haar ogen kon sluiten en weer in slaap kon vallen.

'Wat heb je gedáán dat je zo uitgeput bent?' hield Xan vol, en hij bleef haar met zijn kin in zijn handen aankijken. Hij hapte theatraal naar adem. 'Heb je een vent aan de haak geslagen? Vertel!'

Ze deed haar mond open om hem terecht te wijzen – was zij soms het type om een vent aan de haak te slaan? – toen ze vanuit haar ooghoeken een vertrouwde gestalte zag lopen. Tom liep een paar meter verderop van zijn tijdelijke kantoor in de vergaderkamer, achter haar bureau, naar de keuken. Ze wist dat hij zoals altijd rond tien uur 's ochtends een mok thee – sterk, zonder suiker, met een klein scheutje melk – ging halen. Zijn aanwezigheid hing bijna tastbaar in de lucht.

Haar mond vormde een klein glimlachje. Ze had vannacht misschien alleen maar door haar dertig vierkante meter grote appartement geijsbeerd, maar ze kon natuurlijk best suggereren dat ze geen oog had dichtgedaan om een interessantere reden.

'Nee hoor,' zei ze uitdagend.

'Jawel, je hebt iemand versierd!' Xan veerde op. 'Ik zie het aan je.'

'Ik heb geen idee waar je het over hebt,' antwoordde ze nuffig, zonder hem aan te kijken. Ze ging à la Miss Moneypenny stijf rechtop zitten en zette haar computer aan. Zoals te verwachten viel, werd Xan nu helemaal gek.

‘Was hij hot?’

‘Geen commentaar.’

Ze zag dat Tom inmiddels stond te treuzelen bij de bureaus niet ver van hen vandaan, waar hij een tijdschrift oppakte en erin begon te bladeren.

‘Geef me dan in elk geval een naam. Iets waar ik wat mee kan. Toe nou. Dit is groot nieuws.’

Maar ze keek Xan aan en drukte een vinger tegen haar lippen, met een discreet hoofdgebaar in Toms richting. ‘Niet nu,’ fluisterde ze bijna onhoorbaar.

Xan ging verrukt achteroverzitten en liet het onderwerp – voorlopig – rusten.

‘Nou, ík ben naar Cape Cod geweest.’ Hij zette het gesprek op gemoedelijke toon voort, maar erg overtuigend was hij daarin niet. ‘Caleb had het er al vier weken over, dus we zijn eindelijk gegaan, maar weet je, zó geweldig was het ook weer niet.’ Hij rolde met zijn ogen, maar Chloe’s aandacht lag ergens anders. Tom, die had gehoord dat haar sociale leven niet langer onderwerp van gesprek was, maar dat van Xan, had het tijdschrift teruggelegd en liep verder naar de keuken. Chloe merkte onwillekeurig op dat een paar van de jongere meiden hem enkele ogenblikken later volgden en dat zich een groepje rond de waterkoker verzamelde als paarden rond een voederbak. De hoofdbewegingen en wapperende manen waren niet van de lucht. Wisten ze dat zijn verloving was verbroken? Hij was een aantrekkelijke, begerenswaardige man. Ze wist dat hij niet lang single zou blijven als het nieuws eenmaal rond zou gaan.

Hij betrapte haar maar één keer op haar spiedende blik. Zijn ogen vonden die van haar moeiteloos vanaf de andere kant van de kantoortuin, waar hij met kop en schouders boven de hem omringende meiden uitstak. Ze glimlachten geen van beiden, ze keken allebei eerder treurig, en ze maakte nadrukkelijk aanstalten een telefoontje te plegen toen hij een paar minuten later weer achter haar langsliep.

Ze kon wel huilen.

Ze hoorde de deur van zijn glazen kantoor dichtgaan en zag dat Xan keek hoe hij weer ging zitten.

'Oké, de kust is veilig.' Hij stond op en liep naar haar kant van het bureau, waar hij neerplofte in wat eigenlijk haar stoel was, naast die van Poppy. 'Ik wil alles horen. Inclusief de pikante details.'

Het was precies zo'n ochtend geweest waar ze géén behoefte aan had – dankzij het Carlyle-debacle van vorige week hingen Pelham Hungerfords verlovingskansen aan een zijden draadje, en nu achtte hij het nodig om een groots liefdesstatement te maken. Ze waren momenteel in Wenen, dus na twintig minuten naar de muur gestaard te hebben, had Chloe een avondlijke privécruise over de Donau geopperd, met bloemblaadjes die vanaf de bruggen werden gestrooid wanneer zij eronderdoor voeren. Pelham had het een uitmuntend idee gevonden, en ze had net de boot geregeld en was bezig een topchef in te huren om een menu voor het paar samen te stellen toen Rosaria Bertolotti belde. Zij was in Argentinië, maar het hotel had geen San Pellegrino meer. Ze had Perrier aangeboden gekregen, maar haar hondjes dronken alleen San Pellegrino. Bovendien moest het water uit glazen flessen worden geschonken, niet uit plastic. 'Dat merken ze,' had ze gezegd voordat ze had opgehangen en het aan Chloe had overgelaten om leveranciers van glazen flessen San Pellegrino te vinden binnen een straal van drie kilometer rondom het hotel. Toen had Proudlock bedacht dat de winterbanden van zijn Maserati nog niet vervangen waren door zomerexemplaren terwijl hij volgende week terug in het land zou zijn – kon zij dat regelen? Dus dat had ze gedaan.

En nu was ze hier, in een vergaderruimte op de tweeënzeventigste verdieping van een wolkenkrabber, waar ze wachtte op de CEO van het projectontwikkelingsbedrijf dat een contract had binnengesleept voor de realisatie van vijftien super-de-luxe chalets, een vijfsterrenhotel en twee gebouwen met twaalf appartementen in het Zwitserse Andermatt. Een zeldzaam besluit van de Zwitserse Bondsraad maakte het mogelijk voor niet-Zwitsers om er een woning aan te kopen – een unieke kans voor Invicta's cliënten.

Ook was het fijn om even weg te zijn van kantoor. De hele ochtend had ze aan de telefoon gehangen, contacten te woord gestaan en bronnen aangeboord terwijl ze ondertussen via haar spiegeltje aan het computerscherm had gezien dat Toms ogen vaak op haar gericht waren. Hij zag niet dat zij hem kon zien, maar dat maakte het bijna erger. Ze wist niet hoelang ze het nog kon verdragen. Het voelde alsof de zuurstof langzaam uit de ruimte werd gezogen, waardoor ze licht in het hoofd werd en adem tekortkwam.

De deur ging open en er verscheen een roodharige vrouw in een donkerblauw pak, met een dunne MacBook Air onder een arm. 'Chloe, fijn dat je er bent.'

'Fijn dat je me wilde ontvangen, Helen,' zei Chloe, en ze stond op om haar de hand te schudden. 'Ik ben erg benieuwd wat je voor ons in de aanbieding hebt. Het klinkt buitengewoon.'

'Ja, wij zijn er zelf ook buitengewoon enthousiast over,' antwoordde Helen stralend. Ze nam tegenover haar plaats in een van de turquoise fluwelen stoelen. 'De locatie is spectaculair en het komt zelden voor dat er zoiets voor de internationale markt beschikbaar komt. Zwitserland is top, maar niet erg toegankelijk.'

'Dat is precies de reden waarom onze cliënten geïnteresseerd zouden kunnen zijn.'

'Je hebt er goed aan gedaan om als eerste aan te kloppen. We verwachten dat er veel vraag naar zal zijn,' zei Helen. 'Ik heb

Quintessentially de afgelopen twee weken twee keer per dag aan de lijn gehad. Ze zijn er niet blij mee dat we geen afspraak met ze maken voordat wíj elkaar hebben gesproken.'

'Tja, hadden ze maar beter moeten opletten.' Chloe glimlachte. Ze had meteen geweten dat dit een mooie kans voor hun cliënten was, dus was ze meteen uit de startblokken gekomen om te onderhandelen over een exclusieve deal. Het was haar taak om ervoor te zorgen dat Invicta's leden het complex als eerste mochten bezichtigen en eerste keus kregen. Ze was verdomd goed in haar werk en het stak haar nog steeds dat Kate had gesuggereerd dat ze haar baan zou moeten opgeven om aan haar ex te ontsnappen. 'Laat maar zien wat je voor ons hebt.'

Helen opende haar MacBook en pakte een afstandsbediening van de tafel. 'Hoe gaat het bij jullie op kantoor?' vroeg ze terwijl er een scherm vanuit het plafond omlaagschoof en er een overheadprojector begon te zoemen. 'Ik heb gehoord dat een van je collega's een ongeluk heeft gehad. Wat afschuwelijk.'

Chloe knikte. Ze werd er niet graag aan herinnerd, wilde er liever geen beleefde woorden aan wijden terwijl ze eigenlijk zou willen schreeuwen dat het geen ongeluk was. 'Dank je. Het is moeilijk, maar ze houdt vol. De vooruitzichten zijn goed.'

'Dat is goed om te horen.'

Op het scherm verscheen de afbeelding van een schitterend alpenlandschap met grillige bergtoppen die afstaken tegen de lucht, toen er op de deur werd geklopt. Ze keken allebei op.

'Ene meneer Elliott van Invicta voor jou?' zei een assistent die zijn hoofd om de deur stak. 'Hij verontschuldigt zich dat hij te laat is.'

Helen fronste. 'Oké. Ik dacht dat we met zijn tweeën zouden zijn.' Ze wierp Chloe een blik toe, maar die kon alleen maar haar schouders ophalen – het lukte haar niet helemaal om haar schok te verbergen. 'Maar het is prima. Laat hem maar binnenkomen.' De assistent verdween weer en Helen keek Chloe weer aan.

'Het spijt me, ik had me niet gerealiseerd dat Tom ook zou komen,' zei Chloe gegeneerd. Door Toms spelletjes kwamen ze nu incompetent en onprofessioneel over. Het was één ding dat hij een paar keer bij haar thuis voor de deur had gestaan, maar dacht hij nou echt dat hij zomaar kon binnenwandelen bij haar afspraken? 'Hij is een van de medeoprichters en heeft de leiding over onze Londense vestiging. Hij is een tijdje hier en wil zich graag van dichtbij op de hoogte stellen van enkele van onze projecten hier.'

'O, dat is alleen maar gunstig vanuit ons oogpunt,' zei Helen. 'Steun van bovenaf is altijd goed.'

De deur ging weer open en Tom kwam binnen in een fraai donkerblauw pak en een lichtroze overhemd zonder stropdas. Hij zag er zoals altijd fit uit, alsof hij net had gejogd en gedoucht, zijn huid stralend, zijn golvende haar glanzend. Chloe wendde haar blik snel af toen zijn ogen meteen de hare zochten. Ze baalde ervan dat haar hart automatisch op hol sloeg als ze hem zag.

'Mijn excuses, ik hoop dat ik niet te laat ben?' vroeg hij terwijl hij Helen de hand schudde.

'Geen probleem. We zijn blij dat je erbij kunt zijn.'

'Nou, heel graag. Ik weet zeker dat we in Londen verschillende leden hebben die zeer geïnteresseerd zullen zijn in dit project.' Hij wreef in zijn handen. 'Hoi, Chlo.'

'Hallo, Tom.' Ze schonk hem een formeel glimlachje.

'Ga zitten, alsjeblieft,' zei Helen. 'Je hebt niets gemist. We stonden op het punt te beginnen. Wil je iets te drinken – thee, koffie, water?'

'Nee, bedankt.' Hij nam met een vergenoegde zucht plaats op de stoel naast Chloe. 'Ik ben helemaal voorzien.'

'We houden contact,' zei Tom, die Helens hand krachtig schudde terwijl de liftdeuren opengleden. Hij volgde Chloe naar binnen.

Chloe keek hoe de deuren weer dichtgingen. Het werd stil in de kleine ruimte. Er stonden nog twee andere mensen in de lift: een man met wit haar in een pak met krijtstreepjes en een jonge vrouw met een paardenstaart in een jurk van Banana Republic – dat wist Chloe omdat het labeltje in de nek omhoogstak. Het kostte haar veel zelfbeheersing om het niet terug te duwen.

Niemand zei iets, ze hielden alle vier hun ogen gericht op de blauwe ledcijfers die met ijzingwekkende snelheid terugtelden. Eenenzeventig, zeventig, negenenzestig...

'Nou, dat was beslist interessant,' mompelde Tom zacht. 'Ze hebben een geweldige spa gecreëerd. En het kleurenpalet vond ik super. Wat vond jij ervan?'

'Mee eens,' antwoordde ze, eveneens met gedempte stem.

'Het is een aantrekkelijke mix van stijlen. Luxueus Aziatisch met een rustieke vibe.'

'Ja.'

De man in het krijtstreeppak kuchte en verplaatste zijn gewicht naar zijn andere voet.

'En de nachtclub ziet er goed uit. Niet ordinair. Ze hebben echt nagedacht over de verlichting.'

'Dat is belangrijk.'

Ze voelde zijn blik op haar rusten. 'Het enige puntje van kritiek dat ik zou hebben is dat de garages misschien wat te laag zijn – dat kan lastig worden met een Range Rover. We kunnen het voor de zekerheid beter laten nameten. En de dichtstbijzijnde helipad ligt op een half uur afstand, wat ongunstig is. Het is de moeite waard om daar even navraag naar te doen,' peinsde hij hardop.

'Zeker.'

'Er is in deze fase nog tijd.'

'Absolute.'

De deuren gingen weer open en de man stapte de lift uit. Verdieping zesenvijftig.

Vijfenvijftig, vierenvijftig, drieënvijftig…

'Ik vond de bar trouwens wel mooi, jij niet?'

'Mm-hm.'

Het meisje voor hen draaide zich voor een kwart om, duidelijk om een blik te werpen op de twee mensen die dit eenzijdige gesprek voerden. Tom glimlachte naar haar met die ongedwongen, onbekommerde grijns waarmee hij iedereen altijd voor zich innam. Het meisje glimlachte terug – ze was ongetwijfeld ook gecharmeerd van zijn accent – voordat ze haar paardenstaart strakker trok en met tegenzin weer naar de deuren keek. Chloe staarde weer naar het Banana Republic-labeltje.

'En de hotellobby was spectaculair. Mijn god, heb je die kroonluchter gezien?'

'Die valt niet over het hoofd te zien.'

'Die heeft echt de wowfactor. Ja.' Hij haalde diep adem. 'Onze cliënten zullen er weg van zijn. Ik kan nu al wat mensen bedenken die belangstelling zullen hebben.'

'Mooi.'

Haar ogen staarden naar het display. Twaalf, elf, tien… Toe. Laat de lift niet stoppen om dat meisje eruit te laten voor ze de begane grond bereikten. Ze kon niet alleen met hem zijn. Echt niet.

Vijf, vier, drie…

Tot haar schrik gingen de deuren open en stapte het meisje – met nog een spijtig glimlachje naar Tom – uit de lift. Chloe voelde haar kaak verstrakken en haar benen verslappen terwijl ze de gang in staarde en overwoog om zelf ook hier uit te stappen. De deuren begonnen te sluiten en ze voelde dat Tom verheugd was dat hij haar eindelijk had waar hij haar hebben wilde: in de val, gedwongen om hem aan te kijken, naar hem te luisteren. Hij was al van houding veranderd, draaide zich al naar haar toe...

Er sprong een man naar binnen, die plotseling was verschenen in de zich versmallende rechthoek van licht die door de deuren viel. Het ene moment was hij er niet, het volgende was hij zeer aanwezig. 'Godzijdank,' hijgde hij, en hij wierp hun een grijns toe voordat hij zijn jasje rechttrok en op de knop voor de begane grond drukte.

Godzijdank inderdaad.

Met een koel knikje, nu zonder een spoor van zijn glimlach, zette Tom weer een stap achteruit. Chloe deed haar ogen dicht en was nog nooit zo blij geweest met het gezelschap van een onbekende.

Een paar seconden later waren ze beneden. Chloe liep als eerste de lift uit en beende met lange passen door de marmeren lobby, haar ogen gericht op de drukke straat. Tom kwam vlak achter haar aan, met een blik van ongeloof op zijn gezicht – dat wist ze gewoon – om haar enorme koppigheid.

'Chlo... Ik dacht dat ik deed wat juist was.'

De zin had geen context, er was geen samenhang, maar ze hoorde aan zijn stem wat hij haar wilde vertellen. Het was het gespreksonderwerp dat steeds tussen hen in hing, de muur waar hij overheen probeerde te klimmen.

Ze stond niet stil.

'Het was Burns Night en iedereen van vroeger was er...'

Haar hartslag versnelde bij het horen van zijn verdediging, zijn excuses. Ze wilde er niet aan denken. Het kennen van de bijzonderheden zou het er niet beter op maken. Als ze nou maar een taxi kon aanhouden...

'Ze trouwen allemaal, krijgen kinderen. De mensen begonnen vragen te stellen, ze vroegen zich af waarom Lucy en ik niet...'

Ze deed met een harde, woedende duw de glazen deur open zonder die voor hem vast te houden, maar hij volgde haar op de voet. Ze hield haar hoofd gebogen en zag vanuit haar ooghoeken aan de neuzen van zijn schoenen dat hij haar met lange stappen bijhield.

'Je weet hoe het was met haar, je weet dat ik geprobeerd heb het haar te vertellen. Maat het ene moment gaat het prima met haar en het volgende vertelt ze me dat niemand ooit van haar heeft gehouden, dat ze zo bang is en zo gespannen...'

Chloe sloot haar ogen en probeerde hem uit haar gedachten te bannen. Blablabla, hetzelfde liedje. Hij had haar dit praatje de afgelopen vier jaren steeds opnieuw verkocht en ze kende Lucy's problemen maar al te goed – haar eigen leven was in de wacht gezet vanwege de zorg om die arme ziel. Ze had getracht oog voor haar te hebben, wilde er zeker van zijn dat ze een breuk zou aankunnen voordat Chloe samen kon zijn met de man van wie ze hield. Zij had al die tijd haar eigen behoeften ondergeschikt gemaakt, zich verscheurd gevoeld door schuld omdat Lucy de eerste rechten had gehad, wat natuurlijk iets was om rekening mee te houden. Maar het was genoeg. Op een gegeven ogenblik moest zij toch ook aan bod komen. Dus had ze na zijn verloving met Lucy uiteindelijk besloten hiernaartoe te gaan om een nieuwe start te maken.

Ze liep met zwaaiende armen en opstandig geheven kin verder.

'Je weet hoe ze is...'

Dit hielp bepaald niet, dat had hij toch wel door?

'Ik kon gewoon niet helder nadenken, Chlo, ik wist niet wat ik moest doen om de situatie recht te trekken. Ik wilde jou, maar ik kon het niet verdragen haar pijn te doen.'

'Nou, kennelijk was een aanzoek aan Lucy de perfecte oplossing voor je dilemma,' zei ze sarcastisch, nog net zo hard doorlopend. 'Geniaal. Geweldig plan. Goed gedaan, Tom.'

'Chloe, wacht.'

Het was de plotselinge zachtheid in zijn stem die haar stopte.

Het was geen gekwelde kreet, geen grote passie of een uitbundige bos bloemen, dit was slechts een man die een vergissing had gemaakt. Hij stond nu stil en keek haar met een gebroken blik aan, zo vol verlangen dat haar geest bijna uit haar lichaam in zijn armen sprong.

'Ik heb het verkeerd aangepakt, dat weet ik. Maar geloof me als ik zeg dat ik op het moment dat ik haar vroeg werkelijk dacht dat ik iets goeds deed. Het gewicht van alles in mijn leven sloeg naar die kant door. We waren al zo lang samen en iedereen verwachtte het van ons: onze familie, onze vrienden... Ik dacht dat ik dat pad moest volgen, ook al voelde ik het diep vanbinnen niet zo.' Hij haalde zijn schouders op. 'Ik zweer je dat ik het je zelf wilde vertellen. Ik heb het een paar keer geprobeerd, maar op de een of andere manier waren de woorden zo verschrikkelijk als ik aanstalten maakte...' Hij fronste. 'Om jóú te vertellen dat ik met een ander ging trouwen? Dat kon helemaal niet. Ik was wanhopig, ik zag geen uitweg – ik wilde haar beschermen maar jou behouden. En toen kwam het in een stroomversnelling. Ik had de vraag nog niet gesteld en het ging een eigen leven leiden, alsof het niets meer met mij te maken had en ik slechts een bijrol speelde in die hele schertsvertoning.'

'Nee, ik speelde de bijrol, Tom!' riep ze vol ongeloof uit. Vond hij nou dat híj het slachtoffer in dezen was? 'Ik! Ik ben een fucking voetnoot, meer niet. Je zei steeds weer dat ik vertrouwen moest hebben, dat we samen zouden zijn. Vier jaar lang heb ik gewacht tot je de juiste keuze zou maken – voor ons allemaal! Maar dat deed je niet, je was te laf. En weet je? Ik denk dat je nooit de intentie hebt gehad om haar voor mij te verlaten. Je hebt me alleen maar gebruikt.'

'Nee, niet gebruikt! Nooit!' zei hij met een vertwijfelde blik in zijn ogen. 'Jezus, ik zou willen dat het anders was gegaan. Ik zou willen dat ik jou het eerst had leren kennen, of in elk geval meteen met haar had gebroken toen ik jou leerde kennen.

Maar toen je mijn kantoor binnenliep, was dat twee weken nadat haar vader de cheque had getekend. Ik zat al vast. Hij investeerde niet in Invicta omdat hij in míj geloofde, hij investeerde in het bedrijf waarvan hij dacht dat de financiële toekomst van zijn dochter ervan afhing. Hij was ervan overtuigd dat ik zijn schoonzoon zou worden. Dat was de onuitgesproken overeenkomst. Dat wist hij, dat wist ik – en dat wist jij ook. Ik ben eerlijk tegen je geweest!'

'Ja, dat klopt – totdat je naar Asprey ging en een ring voor haar kocht.'

'Ik was ten einde raad, Chlo!' Hij haalde zijn handen door zijn haar, zo te zien gepijnigd door de herinnering. 'Elke keer dat ik het probeerde uit te maken begon ze te huilen, zette ze me emotioneel onder druk. En je hebt gelijk, ik was laf – ik durfde niet door te zetten. We waren al zo lang samen en ze gaf me het gevoel dat ik haar in de steek liet.' Hij schudde zijn hoofd, een verwilderde blik in zijn ogen. 'Ze wilde me niet laten gaan, ook al was het tussen ons veranderd en deed de relatie ons duidelijk geen van beiden goed. Ik had me helemaal teruggetrokken, emotioneel, fysiek... Ik wilde niet bij haar zijn, ik werd zelfs... ongevoelig, hard. Ik had een hekel aan wat ik als haar zwakte beschouwde.' Hij keek beschaamd. 'Ik dacht dat ze wel genoeg zou krijgen van mijn onverschilligheid en dat ze me zou dumpen. Daar bleef ik op hopen, maar ze deed het niet.' Zijn mond vertrok van bitterheid. 'Ze wilde die stomme bruiloft en dat ene detail – dat ik niet van haar hield – was geen reden om de handdoek in de ring te gooien.'

Chloe knipperde met haar ogen, stond te trillen om wat hij zei. Ze sloeg haar armen om haar middel alsof ze zich tegen een poolwind beschermde.

'Ik zag geen uitweg.' Hij zette twee stappen in haar richting. 'Pas toen ze de ring uitkoos, besefte ik hoezeer zij het allemaal al voor zich zag. Welke ring, welke schoenen, de namen van onze toekomstige kinderen... Ons leven was al compleet uitgestippeld. Dat was het moment waarop ik me eindelijk realiseerde dat ik het niet langer kon laten voortduren, ook niet om te voorkomen dat zij zou instorten.' Hij streek weer met zijn handen door zijn haar, zijn gezicht vertrokken van ongeloof. 'Het kon me niet meer schelen. Ik ging het uitmaken, ik zweer het je. Ik ben dat weekend naar je appartement gegaan om je te vertellen wat er was gebeurd. Ik wilde een nieuw begin en ik wist dat ik eerlijk tegen je moest zijn. Over hoe stom ik was geweest, hoe ik het bijna allemaal had verpest. Maar je deed niet open en antwoordde nergens op en toen hoorde ik van Jack dat je híér was...' Hij trok zijn haar strak naar achteren terwijl hij het moment herbeleefde. 'Ik zweer je dat het me verpletterde. Ik was in paniek. Wanhopig. Ik had geen idee hoe ik je moest bereiken of contact met je kon opnemen. Je blokkeerde mijn telefoontjes, mijn appjes. Ik vond het ondraaglijk dat je erachter was gekomen en dat ik niet eens een poging kon doen om het uit te leggen.'

Ze slikte bij de gedachte hoe efficiënt ze de communicatielijntjes tussen hen had doorgesneden, hoe ze hem had genegeerd.

'En... naarmate de weken verstreken en het duidelijk werd dat je niets meer van me wilde weten, maakte ik mezelf wijs dat je misschien wel de juiste stap had gezet, dat het voor ons allebei gemakkelijker zou zijn om verder te gaan als jij hier was, dus heb ik geprobeerd die lijn te volgen. Ik heb het verdomme echt geprobeerd! Ik was vastbesloten je te vergeten, Chlo. En ik dacht dat het me zou lukken. Ik bereikte het punt dat ik je naam kon horen zonder het gesprek vervolgens voortijdig te moeten afbreken. Je werd langzamerhand een... een droombeeld, een fata morgana.' Hij schudde zijn hoofd en liet zijn schouders hangen. 'Althans, dat dacht ik tot ik je zag bij dat gesprek, de dag na Poppy's ongeluk. Met je nieuwe kapsel zag je er zo sterk, zo mooi uit... En toen begreep ik dat ik nooit over je heen zou komen, dat ik alles had verprutst en dat mijn leven zonder jou nooit meer oké zou zijn.'

Hij zette weer een stap dichterbij. Ze zou hem nu kunnen aanraken.

'Daarna heb ik twee nachten niet geslapen en op de derde dag heb ik het eindelijk gedaan: ik heb Lucy verteld dat ik niet met haar kon trouwen, dat ik van iemand anders hield. Ik heb de eerstvolgende vlucht hiernaartoe genomen – en hier bijna elk verrekte moment geprobeerd om tot jouw levenssfeer door te dringen.' Hij kreunde even.

Ze glimlachte onwillekeurig, maar was tegelijkertijd bang dat ze daardoor helemaal zou bezwijken. Ze kon geen weerstand meer bieden. Hij had haar pijn gedaan, ja. Ze was er kapot van geweest. Maar hij had er ook onder geleden. Misschien zelfs meer in bepaalde opzichten.

Kate en Elle zouden er niets van snappen. Zijn familie en vrienden niet. Jack niet. Het zou ingewikkeld worden, dat wist ze.

Hij dichtte het laatste stukje afstand tussen hen. Beiden merkten ze niets meer van het drukke verkeer, de toeterende claxons, de stoplichten die versprongen, de mopperende voetgangers die voor hen uitweken, op weg naar een vergadering of afspraak in de zinderende julihitte. 'Zeg me dat er nog hoop voor ons is.'

Ze knipperde met haar ogen, kon de woorden amper verstaan boven het gonzen van haar hartslag in haar oren. Maar ach, ze had het altijd al heerlijk gevonden om naar die mond te kijken. Die mond te zoenen...

'Misschien een beetje,' mompelde ze, want ze wilde het hem niet te gemakkelijk maken.

'Echt?' Zijn gezicht lichtte op, zijn spieren ontspanden zichtbaar. 'Maar...' Zijn stem stierf weg.

'Maar wat?'

'Nou, ik hoorde je praten over je date van afgelopen weekend,' zei hij zacht, met haar handen in de zijne en zijn blik op haar gericht. Zijn blauwe ogen keken haar trouwhartiger dan ooit aan. 'Ik bedoel, ik luisterde jullie niet bewust af of zo, maar ik ving iets op en ik vraag me af... of het ging om de man die jou ophaalde met die limousine... Ik bedoel, ik weet dat ik niet het recht heb om ernaar te vragen...'

Ze voelde een golf van opluchting bij de aanblik van zijn gekwelde gezicht, heimelijk blij dat haar rollenspel met Xan zo goed had gewerkt. Ze glimlachte. 'Ik ben dan wel helemaal naar New York gegaan om aan jou te ontsnappen, Tom Elliott, maar je bent niet iemand om zomaar te vergeten.'

'Godzijdank,' murmelde hij, en hij trok haar naar zich toe om haar te zoenen alsof ze op een zandstrand aan de Indische Oceaan stonden in plaats van op de hoek van East 40th Street en Park Avenue.

'Ga nooit meer bij me weg, Chloe,' fluisterde hij.

'Nee.'

'Beloof je dat?'

'Dat beloof ik.'

14

Provence

Het water stroomde met veel lawaai in het bad, versterkt door de rozenkwartsmuren. De geur van lotusolie hing in de lucht ondanks de hoge openstaande ramen. Ze keek naar de perfect verzorgde tuinen beneden. Er waren rond het hele landgoed smalle cipressen geplant, telkens op exact vijf meter van elkaar, de lavendelborders hadden geometrische vormen en de sinaasappel- en citroenbomen hingen vol kleurig fruit. Er was een team van acht tuinlieden nodig voor het onderhoud. Ze waren er altijd als ze uit de ramen keek: ze liepen er heen en weer met een kruiwagen of droegen als burgersoldaten een spade of schoffel over hun schouder, en soms, als het heel erg was, had ze het gevoel dat ze de taak hadden haar in toom te houden. Dat ze haar bespioneerden, rapport over haar uitbrachten.

Dat was natuurlijk een belachelijke gedachte. Ze waren gewoon tuinlieden. Maar verwonderden ze zich nooit over haar? Vroegen ze zich niet af waarom ze zich verschool, waarom ze altijd achter het raam naar hen stond te kijken? Ze ontving amper nog bezoek. Hadden ze het onderling weleens over het grind op de oprijlaan dat bijna nooit geharkt hoefde te worden omdat er zo weinig auto's overheen reden? Of merkten ze het niet op? Ze zat weggestopt in haar paleis, een vergeten vogeltje in een gouden kooi.

Het bad was bijna volgelopen, dus ze liep ernaartoe en draaide de kranen dicht. Ze zag zichzelf in de spiegel. Haar in een katoenen nachthemd gehulde silhouet werd zichtbaar in het tegenlicht van de zonnige tuin, en haar lange donkere haar gleed over een schouder. Een ogenblik lang werd ze getroffen door haar eigen schoonheid. Het was geen ijdelheid, maar een objectieve observatie: de aangename symmetrie van haar gelaatstrekken, de gracieuze lengte van haar ledematen, haar grote bruine bambi-ogen. Maar ze ontleende er geen vreugde aan; die schoonheid was de reden waarom ze hier vastzat.

Ze liet het nachthemd van haar schouders glijden en draaide haar haar in een knot, waarna ze in het bad stapte en haar ogen dichtdeed terwijl het warme, geurige water zich om haar heen sloot. Ze liet zich erin zinken tot aan haar oren en voelde hoe haar spieren ontspanden. Die waren tegenwoordig altijd zo hard als steen, alsof ze zich steeds schrap zetten... Haar masseuse – die ze bezocht op de dagen dat het mocht – begreep er niets van.

Ze haalde diep adem, want ze wist dat ze het niet langer kon uitstellen. Met bovenmenselijke inspanning draaide ze haar hoofd opzij en dwong zichzelf te kijken naar het kleine stickje dat ze op de rand van het bad had laten liggen. In de afgelopen twee minuten waren er twee streepjes in het venstertje verschenen.

Ze wendde haar blik weer af en voelde de koude kronkel in haar ingewanden die ze altijd voelde als ze bang was. Duizelig boog ze een been om zich in evenwicht te houden, met de voet op de bodem van het bad en haar knie omhoog boven het water. Haar vingers streken over de bloedrode striem op haar bovenbeen. De kneuzing trok alweer weg; als het blauw overging in geel, ging het meestal behoorlijk snel. Ze kon al bijna niet meer zien dat het een week geleden nog een voetafdruk was.

Ze keek weer naar het stickje – de twee streepjes waren er nog.

Dat was niet iets wat zo gemakkelijk zou verdwijnen. Dat zou ze niet kunnen verbergen.

Laat staan beschermen.

Xan keek verbaasd op toen ze haar tas pakte. 'Ga je alweer weg?'

'Is dat een probleem?' vroeg ze schalks terwijl ze zichzelf in het make-upspiegeltje bekeek en snel even een blik op Tom wierp. Hij zat te telefoneren, maar er zat een losheid in zijn houding die er vanochtend nog niet was, en ze vroeg zich af of voor haar hetzelfde gold, of iemand het aan haar kon zien. Ze voelde zich anders sinds hun zoen eerder op de dag. Wakker. Levendig.

Ze zocht naar de getinte lipgloss in de la. Die was van Poppy, maar ze hadden hem altijd gedeeld.

'Je bent nog maar een uur terug en we hebben om vijf uur die opfriscursus eerstehulpverlening. Ik ging ervan uit dat wij partners zouden zijn. Jij bent de enige die ik toesta om me mond-op-mondbeademing te geven.' Zijn ogen gleden even naar Toms kantoor. 'Hoewel ik nog wel iemand kan bedenken.'

Chloe giechelde en haalde haar vingers door haar korte haar om het mooier in model te krijgen. 'Ik zou willen dat ik kon blijven. Er is natuurlijk geen fijner vooruitzicht dan door jou gereanimeerd te worden, maar het is niet anders. Ik heb een afspraak met Helen Fletcher om het papierwerk voor de Andermatt-deal te tekenen. Ze heeft er vaart achter gezet bij de juristen, en Quintessentially zit ons op de hielen, dus ik wil dit graag in kannen en kruiken hebben.'

'Mag ik met je mee?' zei hij zuchtend met zijn hoofd op zijn kin en zijn ellebogen op zijn bureau. 'Ik ben al het grootste deel van de middag bezig met pogingen om toegang te krijgen tot de Royal Collection van Buck House.'

'Buckingham Palace?' vroeg ze. 'Waarom?'

'Er gaat volgende week een cliënt van me naar Londen en hij heeft zich ten doel gesteld om tijdens zijn leven elk van Vermeers overgebleven zesendertig schilderijen te zien.'

‘Bijzondere ambitie.’

‘Ja. En twee van die doeken zijn eigendom van jullie geliefde koningin.’

‘Aha.’ Ze had moeite het potje lipgloss open te draaien.

Hij keek haar hoopvol aan. ‘Jullie hebben zeker geen connecties met de koninklijke hofhouding?’

Ze dacht even na terwijl ze met twee vingers wat gloss op haar lippen aanbracht. ‘Nou, ik ken toevallig de president van de Royal Academy; die heeft connecties met de Royal Collection. Laat het maar aan mij over, ik bel wel,’ zei ze. Ze checkte haar haar en streek haar wenkbrauwen glad met een bevochtigde vinger. Ze keek naar de strik op haar blouse. Zat die een beetje te strak? Ze trok eraan en de zwarte linten van chiffon vielen mooi over haar crèmekleurige jasje. Veel beter. Ze zag er nu minder uit alsof ze naar een vergadering ging. Haar blik gleed weer even naar Tom, via het spiegeltje. Zijn ogen waren op haar gericht en ze voelde zich zwellen van geluk. Ze ging rechtop zitten. ‘Nou, veel plezier met de cursus dan maar.’

‘Waar heb je die afspraak trouwens?’ vroeg Xan met een argwanende blik op haar ‘lossere’ look en blozende wangen. Hij draaide rond op zijn stoel terwijl zij opstond en om de bureaus heen naar de liften begon te lopen.

‘Het Howard.’

Zijn ogen werden groot. ‘O! Dus met “papierwerk tekenen” bedoel je eigenlijk “cocktails drinken in The Blond”.’

‘Is dat zo?’ Ze grinnikte.

‘Ja. Dat zou ook deze nieuwe… vibe van je verklaren.’

‘Vibe? Ik?’ zei ze spottend, maar ze durfde hem amper aan te kijken.

‘Hm.’ Hij keek weer naar Toms kantoor en Chloe vroeg zich af of Xan hem misschien op een steelse blik had betrapt. Maar ze kon zich natuurlijk niet omdraaien om het te checken. ‘Het Howard is toch het hotel waar Tom logeert?’ vroeg hij op suggestieve toon. Hij had een supergoede neus voor samenzwering en misleiding.

'O ja?' vroeg ze achteloos, en ze benutte de mogelijkheid om achterom te kijken. 'Nou, nu is hij daar in elk geval niet,' zei ze schouderophalend met een gebaar naar Tom, die stond te telefoneren in zijn kantoor. 'Ik ga. *Toodlepip*!'

'Toodlewat?' riep Xan opgetogen uit. Hij vergat Tom en holde haar achterna naar de liften. 'Is dat weer iets uit het Cockneydialect?'

Het had zo zijn nadelen om de conciërge van elk luxehotel in de stad te kennen op het niveau van 'Hoe gaat het met je vrouw?' wanneer je een verhouding geheim wilde houden, peinsde Chloe terwijl ze in The Blond van het 11 Howard zat te doen alsof ze haar Instagramfeed bekeek. Ze was hier al een uur. Haar gesprek met Helen had ze in twintig minuten afgerond: in die tijd hadden ze getekend, een watermelon mojito gedronken en even gekletst over de opening van de Basquiat-expositie van vanavond – waarvoor Chloe haar met plezier op de gastenlijst had laten zetten.

Ergens zou ze willen dat ze nog naar huis had kunnen gaan om iets verleidelijkers aan te trekken dan haar crèmekleurige pak, want een rendez-vous met haar ex stond toen ze zich vanochtend aankleedde nog niet in de sterren geschreven. Maar er was geen tijd meer om nog even heen en weer te wippen naar haar appartement. Tom had om negen uur een dinerafspraak met Jack en een van hun investeerders, bovendien moest zij haar gezicht laten zien bij de Basquiat-expositie, dus hun tijd samen was sowieso al beperkt.

Ze ging achteroverzitten op de fluwelen bank met de tweede watermelon mojito koud in haar handpalm. Eindelijk had ze tijd om te zwelgen in de gebeurtenissen van vanmiddag: het was net een droom geweest, alles wat hij had gezegd. Ze had de woorden de afgelopen vijf maanden honderden keren voor hem bedacht, maar ze had nooit gedacht dat hij ze ooit daadwerkelijk zou uitspreken, dat ze wáár konden zijn.

Ze keek weer op haar horloge – vijf voor half zeven – en zuchtte. De tijd ging tergend langzaam. Hij had gezegd dat hij hier tegen zevenen zou zijn. Dan hadden ze dus twee uur als hij bereid was om iets te laat te komen voor dat diner. Ze dacht dat ze hem wel kon overhalen...

Ze dronk haar glas leeg, staarde ernaar en overwoog een derde te nemen. Er fladderden nerveuze vlinders in haar buik, haar huid tintelde en haar ogen gloeiden. Ze was rusteloos. Misschien dat nog een drankje de scherpe kantjes eraf zou kunnen schaven?

Ze liep naar de bar. 'Nog een mojito, alsjeblieft,' zei ze, en ze zette het lege glas neer.

'Komt in orde,' zei de barkeeper, en hij ging meteen aan de slag.

Ze leunde tegen de bar en keek om zich heen. Hoewel de piek nog lang niet bereikt was, werd het al drukker: groepjes vrienden zaten op de petrolblauwe banken, aarzelende stelletjes op date praatten met elkaar in de leunstoelen. De muren zagen eruit als door de getijden geribbeld goudkleurig zand en er hing verlichte zandkleurige vitrage van het plafond tot op de vloer. De verweerde spiegels, die het licht niet zozeer reflecteerden maar eerder absorbeerden, creëerden een stemmige en tegelijk levendige sfeer. Alles voelde heel stads, mondain, verleidelijk... Zoals zijzelf.

'Een watermelon mojito,' zei de barkeeper enkele minuten later terwijl hij het glas op een onderzetter plaatste. Ze draaide zich om en wilde teruglopen naar de plek waar ze had gezeten, maar die was inmiddels ingenomen door een groepje. O.

Ze legde haar hand op de barkruk naast haar. Ze kon hier ook zitten wachten.

Maar toen kwam ze op een idee.

'Eh, ik neem dit drankje mee naar mijn kamer, is dat oké?' vroeg ze de barman.

'Natuurlijk. Welke kamer? Dan zet ik het op de rekening.'

'Honderdzesenveertig. Elliott.'

'Prima,' zei hij met een knikje.

Ze pakte glimlachend haar cocktail en liep met wiegende heupen en een glinstering in haar ogen door de bar. Ze had met de lift kunnen gaan, maar ze was in vele opzichten nog steeds een Londense – ze liep het liefst – en beklom de industriële wenteltrap, haar plannetje overdenkend.

Dit was goed, beter dan wachten tot hij haar kwam halen. Hij hield van verrassingen. Ze wist nog dat hij het geweldig had gevonden toen hij op een avond bij haar zou komen eten en hij haar naakt voor het fornuis aantrof, met alleen een schort voor. 'Tegen de hete spetters,' had ze lachend gezegd toen hij haar had omgedraaid om het meteen los te maken.

Ze liep de met tapijt beklede gang in en keek op de bordjes waar ze naartoe moest. Haar vrije hand zocht al in haar tas naar de keycard die hij haar eerder vandaag had gegeven –hij wist zelf hoe problematisch het kon zijn als je de conciërge kende.

Ze nam een slokje terwijl ze verder liep en voelde zich sexy en stoutmoedig. Zij! Chloe Marston, voor de verandering een waaghals.

Ergens op de achtergrond hoorde ze een deur opengaan en er zweefde een vrouwenstem als een mistflard door de gang. De stem klonk zacht. 'Tot de volgende keer.' Nog een rendez-vous. Dit hotel was gemaakt voor minnaars.

Waar had ze die keycard? Ze had hem in het zijvak met rits gestopt. Met een zucht stond ze stil om haar tas te doorzoeken: pepermuntjes, een sudokupuzzelboekje, haar telefoon, lipgloss, honderd bonnetjes (zo leek het althans), een pen… Verdomme. Ze kon haar glas nergens kwijt, dus hurkte ze om het op het tapijt te zetten. Gelukkig droeg ze hoge hakken, dat maakte het makkelijker om in evenwicht te blijven.

'Absoluut. Je zult er geen spijt van krijgen...'

Chloe's hoofd kwam met een ruk omhoog toen ze de mannenstem hoorde. Op dat moment zag ze een onberispelijke brunette uit een deuropening verderop komen. Nee. Nee. Wat deed zíj hier? Zonder te aarzelen, zonder zelfs maar op te staan, rolde Chloe vanuit haar gehurkte positie het halletje naar de hotelkamer aan haar linkerkant in, haar tas met zich mee grissend. Daar zat ze met haar knieën tegen haar kin, haar blouse verdraaid, haar mond open en haar ogen zo groot alsof ze werd gewurgd. En ze wist dat iemand dit ergens zou zien via een bewakingscamera, iemand die getuige was van haar tragedie.

'Je kunt me altijd bellen. Overdag, 's nachts, maakt niet uit...'

De mannenstem weer. Die hakte op haar in, sloeg de grond onder haar voeten weg – want een Engels accent in New York City viel op als een rode roos in de sneeuw, en ze wist precies van wie dat accent afkomstig was.

'Dank je, dat zal ik onthouden,' fleemde de vrouw. Haar stem kwam nu dichterbij. Ze liep door de gang Chloe's kant uit.

Te laat zag Chloe haar cocktail in het midden van de gang staan: een watermelon mojito op het tapijt, klaar om per ongeluk te worden omgeschopt door een voorbijganger. Maar Serena zou het glas zien staan, zij merkte zulke dingen op. Ze zou hiernaartoe komen – en hoe moest Chloe dan uitleggen waarom ze ineengedoken voor de hoteldeur van een onbekende zat, een paar deuren van Toms kamer verwijderd?

Ze kneep haar ogen stijf dicht, wilde op *rewind* drukken en teruggaan naar een paar minuten eerder, toen ze zich sexy, onbevangen, vrij en gelukkig had gevoeld. Dit gebeurde niet echt. Niet weer. Ze was terug in die taxi in Bond Street, zag haar leven weer stilstaan en verpletterd worden door krachten van buitenaf die groter waren dan zij. Ze wilde het uitschreeuwen.

Huilen. Hem slaan, haar schoppen. In plaats daarvan kroop ze verder in elkaar en luisterde ze hoe Serena's zachte voetstappen over het dempende tapijt dichterbij kwamen. Straks zou ze ook haar waardigheid kwijt zijn. Ze kon zich nu al Serena's superieure blik voorstellen, haar leedvermaak wanneer ze haar hier ineengedoken zou zien zitten…

Maar de voetstappen stopten en de 'ping' van een lift halverwege de gang werd een paar ogenblikken later gevolgd door het openschuiven van de deuren. Chloe fronste en hield haar adem in nu ze de stiletto's van haar collega op de aluminium vloer van de lift hoorde tikken. Er gingen een paar seconden voorbij – al leek het een leven lang te duren – en toen gingen de deuren weer dicht, waarmee Serena weg was, samen met Chloe's hoop, vertrouwen en toekomst.

Even was ze dankbaar voor de kleine zegen dat ze niet ontdekt was. Haar waardigheid was in elk geval onaangetast gebleven. Ze rolde op haar knieën en wachtte in de hernieuwde stilte. Er bewoog niets in de hotelgang en alles leek weer te zijn hoe het een paar minuten geleden was: haar wens was uitgekomen en Tom zat verderop in die kamer op haar te wachten.

Maar zij was niet degene op wie hij zojuist had gewacht. Hij had haar verteld dat hij hier pas om zeven uur zou zijn. Ze kwam dus weer op de tweede plaats en alles wat hij daar op straat had gezegd was gelogen. Er was geen woord van waar geweest. Dat was duidelijk.

Ze wist niet hoelang ze daar al zat, op haar knieën met een hart dat klopte als een boksershandschoen tegen een stootzak, maar uiteindelijk kwam het in haar op om in beweging te komen. Langzaam duwde ze zichzelf overeind, haar handen tegen de muren, waarna ze even trillend bleef staan terwijl de vragen als stekende wespen op haar af kwamen schieten. Hoelang had hij al iets met Serena? Waren er ook anderen?

Eigenlijk zou ze het liefst zijn kamer willen binnenstormen

om die vragen op hem af te vuren en hem te slaan, met haar vuisten te bewerken, hem pijn te doen zoals hij haar pijn had gedaan. Maar de tranen stroomden stilletjes over haar wangen omdat ze wist dat de antwoorden er niet toe deden. Niets wat hij kon zeggen zou ongedaan maken wat ze zojuist had gezien. Het waren zijn daden die telden, niet zijn woorden. En zij was ontzettend stom geweest te denken dat haar lot anders zou zijn dan dat van de vrouw die haar was voorgegaan. Hij had Lucy bedrogen met háár (of was het andersom geweest?), dus natuurlijk zou hij haar ook met een ander bedriegen. Zo zat hij in elkaar. Hoe ging dat beroemde citaat ook alweer? Als je met de maîtresse trouwt, creëer je een vacature? En dat was een uitspraak van een man die heel goed tot hun clientèle zou kunnen behoren. Een miljardair, zo een die de normale regels niet op zichzelf van toepassing achtte. Had Rosalind niet in het ziekenhuis tegen haar gezegd dat geld niet het beste in mensen naar boven bracht? Nou, dat gold kennelijk ook voor Tom. Hij was altijd bezig om het rijke, ijdele, oppervlakkige mensen naar de zin te maken en had zich te veel ondergedompeld in een wereld van steeds meer extravagant vertoon. Hij wist niet meer beter. Het was zijn nieuwe normaal om meer waarde te hechten aan bezit dan aan mensen. Nee, het had geen zin om met hem te gaan praten. Hem vragen te stellen. Ze had genoeg gezien om te weten wat voor leven ze zou hebben met een man als hij.

Langzaam, wankelend alsof de vloer zou kunnen kantelen, begon ze terug te lopen in de richting vanwaar ze gekomen was en schopte per ongeluk tegen het vergeten glas dat nog midden op het tapijt stond. Ze wist dat ze het zou moeten oppakken. Als er iemand op zou gaan staan, kon het breken. Diegene zou zich zomaar kunnen bezeren.

Maar zij zou diegene niet zijn. Ze liep door.

De receptie was nog maar amper een uur gaande, maar het was al druk en het wemelde van de gasten, zowel in de expositieruimte als op straat. Het leek meer op de opening van een club dan van een kunsttentoonstelling: er klonk pompende muziek uit de boxen en het lukte de behendige obers om hun volle dienbladen al navigerend buiten het bereik van zwaaiende ellebogen en zwiepende haren te houden. Misschien was het de perfecte zonsondergang of de mengeling van gasten, misschien was het de playlist of waren het de cocktails, maar dit feest had gewoon de 'it-factor'.

Elle was er al en ze zag er sensationeel uit in haar jurkje van de rommelmarkt. Ze trok de aandacht, de mensen keken hoe ze midden in de ruimte stond te lachen en uitdagend bewoog op de muziek, een kop groter dan de rest, zelfs de meeste mannen. Chloe had echter precies gedaan wat ze had beloofd niet te doen en droeg nog haar crèmekleurige pak, waarin ze er hier zo ongeveer als een non uitzag. Hoewel ze niet dacht dat nonnen whisky recht uit een fles dronken.

Ze keek naar de bedrijvigheid vanaf haar uitkijkpunt en zag elk gefluister, elke verleidelijke glimlach. Het leven – de liefde – ging door zonder haar alsof er niets was gebeurd. Wat kon het deze mensen schelen dat haar wereld weer was ingestort? Dat al haar maanden van zorgvuldige plannen en dappere voornemens in minder dan een week door hem teniet waren gedaan?

Er liep een druppeltje zweet over haar ruggengraat naar beneden – het was alweer een klamme avond – en ze trok boos haar jasje open, waarbij de knoop eraf vloog. Ze zag hem op zijn zij landen en ronddraaien in steeds tragere cirkeltjes tot hij uiteindelijk omviel. Als ze na die bespreking in het Howard toch de tijd had genomen om naar huis te gaan, had ze zich in elk geval omgekleed en zou ze er nu goed uitzien, erbij horen zoals Elle. En die knoop zou nog aan haar jasje zitten.

Ze nam nog een heimelijke slok uit de fles, duwde de rug van haar hand tegen haar mond en sloot haar ogen een moment terwijl de ruimte om haar heen pulseerde en ze haar tranen inhield. Niemand zag haar hier. Ze wist niet eens goed waarom ze was gekomen, alleen maar dat ze het niet kon verdragen – niet durfde – naar huis te gaan. Hij zou haar daar weer opzoeken, dat wist ze. Hij zat daar nu waarschijnlijk op de trap voor het portiek om te vragen waarom ze niet was komen opdagen in het hotel.

'Dus hier hou je je schuil.'

Ze deed haar ogen open en keek verbaasd om, recht in Joe Lincolns knappe, stoere gezicht met stoppelbaard. Ze was vergeten dat ze hem had uitgenodigd.

'J... Joe!' stamelde ze met een geforceerd glimlachje. 'Je bent er.'

'Ik ben de tentoonstelling drie keer rond geweest om je te zoeken.'

Voorzichtig, met haar linkerschouder nog achter de hoek van de scheidingswand, stak ze haar linkerarm naar achteren en zette de fles whisky terug op de drankentafel van de obers. 'Echt? O, nou, ik had net even een rustig plekje opgezocht. Deze gelegenheden kunnen behoorlijk... hectisch zijn.'

Hij knikte, maar ze had het gevoel dat hij haar doorzag. Had hij gezien hoe ze die whisky naar binnen gulpte? 'Het is een leuk feest,' riep hij over de muziek heen.

'Ja hè?' schreeuwde ze terug. Ze weerhield zichzelf ervan hem erop te wijzen dat hij had gezegd niet geïnteresseerd te zijn in privileges als deze. 'Dit is wat wij als bedrijf doen. Waar je ook naartoe wilt, wij zorgen dat je toegang krijgt.'

Zijn ogen vernauwden zich even, hoewel ze niet wist of dat was om haar vlakke toon of haar voortdurende weigering te geloven dat hij niet onder de indruk was. 'Dank voor de uitnodiging. Het is een geweldige expositie.' Hij maakte een vaag gebaar naar de muur, waar sommige doeken voorzien waren van een rode stip.

'Graag gedaan!' zei ze luid, en ze tikte een langslopende ober met een dienblad espresso martini's – dé cocktails van deze zomer – op de schouder. 'Wil je ook een?'

Hij reikte haar een glas aan en nam er zelf ook een. Ze dronken beiden hun glas vlot leeg. 'Maar… Ben je hier al lang?'

'Nee, valt wel mee,' jokte ze.

'Maar je bent eerst nog ergens anders geweest?'

Het was eerder een constatering dan een vraag. Zag hij dat ze dronken was? Zijn ogen waren gericht op de losse linten van haar blouse, die de zijde naar beneden trokken en een deel van haar decolleté onthulden. Ze vroeg zich af of ze er net zo verloren uitzag als ze zich voelde. 'Ja, dat klopt. En jij?'

'Ik ben er net.'

'Zeg nou niet dat je weer een dienst hebt gedraaid bij Chimichanga.' Ze lachte een beetje te hard.

'Jazeker wel,' antwoordde hij met een uitgestreken gezicht.

'Dat was zo gek, om je daar zo te zien. Ik bestierf het bijna.' Ze legde haar hand over haar borst.

'Hoe denk je dat ik me voelde?' Zijn ogen glinsterden – bijna. Hij had een gortdroog gevoel voor humor. Dat vond ze zowel een tikje verontrustend als aantrekkelijk.

'Het is mijn nieuwe favoriete eetgelegenheid. Als het kon, zou ik er elke dag gaan eten.'

'Wat houdt je tegen?'

Ze zuchtte. 'Werk. Verplichtingen. Niet al onze cliënten zijn zo… flexibel als jij.'

Ze keek hem door haar waas van whisky aan in het gedempte licht en herinnerde zich de flits van aantrekkingskracht – het gevoel dat er een andere wereld openging – die zaterdag op de streetfoodmarkt even tussen hen was opgeflakkerd. Ze voelde er nu weer vonkjes van, als een stroompje dat af en toe onderbroken werd. Het werd haar benauwd om het hart. 'Mijn vriendin is trouwens weg van je. Zij is de reden waarom ik je heb uitgenodigd.' De woorden rolden als dominostenen uit haar mond.

Ze wist niet goed waarom ze het had gezegd, alleen maar dat ze zich overvallen voelde door een paniekgevoel. O god, hoe dronken was ze wel niet? Ze probeerde te bedenken wat ze had gedronken: de mojito's in het hotel, meerdere slokken whisky in de twintig minuten dat ze hier was, zojuist een martini... Behoorlijk dronken dus.

Hij leek even van zijn stuk gebracht te zijn. 'En dan te bedenken dat ik dacht dat het een van de privileges van mijn lidmaatschap was.' Die droge toon weer.

'Nou ja, ik bedoel, ik had je er sowieso wel op attent gemaakt,' antwoordde ze snel. 'Kijk, daar is ze,' zei ze, wijzend naar Elle, die nu stond te praten met Julien Sacramento, een van de *bad boys* uit het kunstwereldje van New York. 'Is ze niet prachtig?' verzuchtte ze.

'Zeker.' Hij knikte, maar keek Chloe meteen weer aan.

'Ik kan je haar nummer wel geven, als je wilt.' Nee! Waarom zei ze dit? Waarom kwamen deze woorden uit haar tevoorschijn?

'Hoort dat ook bij jullie service?' vroeg hij op kille toon en met een directe blik. Ze zag weer een flard van de kortaangebondenheid van hun eerste ontmoeting.

'Nee, zeg!' Chloe klopte met de rug van haar hand speels tegen zijn buik in een poging een luchtiger sfeer te creëren.

Maar ze had de situatie klaarblijkelijk opnieuw verkeerd beoordeeld, want een verschrikkelijk moment lang stond alles stil – althans in haar beleving – terwijl hij omlaagkeek naar zijn overhemd. Ze besefte geschrokken dat ze een grens had overschreden. Ze had hem op een ongepaste manier aangeraakt, een man die ze amper kende! Haar cliënt! Kon het erger?

Ze wachtte af en voelde haar hart luider in haar oren bonken dan de beat van de muziek. Ze zag dat hij ademhaalde alsof hij een resetknop indrukte. Hij boog zich naar haar toe om zich verstaanbaar te kunnen maken en zei in haar oor: 'Luister, het kan me niet schelen waarom je me hebt uitgenodigd, ik ben hier alleen omdat ik met je over Griekenland wil praten. Ik heb er haast mee.'

'Griekenland?' herhaalde ze, opgelucht dat hij haar niet berispte om haar faux pas van zojuist. 'Griekenland. O, dat gaat uitstekend.'

Hij keek haar aan en ze zag aan zijn oogopslag dat hij heus wel doorhad dat ze dronken was. 'Dus je hebt iets gevonden?'

'Absoluut, ja.' Ze knikte. 'Er zijn verschillende opties.'

'Des te beter. Ik heb dus keuze?'

'Zeker. Mannen schijnen het fijn te vinden om keuze te hebben,' mompelde ze onverstaanbaar terwijl ze in gedachten Serena en Tom voor zich zag. Whisky. Ze had meer whisky nodig.

Hij fronste. 'Sorry?'

'Laat maar,' zei ze met een zucht en een wegwuivend gebaar. Ze leunde met haar hoofd tegen de scheidingswand. Ze wilde nu toch naar huis. Ze voelde zich plotseling uitgeput. Verslagen.

'Wanneer kan ik ze bekijken? Kun je me nu iets laten zien?'

Ze trok een wenkbrauw op en keek hem aan alsof hij haar zojuist had gevraagd een paaldans uit te voeren. 'Nu? Nu meteen?'

'Ja. Nu meteen. Laat maar zien op je telefoon.'

'Dat kan niet. Ik moet het goed omkleden – je weet wel, lunch bij Sant Ambroeus, een presentatie op de laptop. De hele vipbehandeling,' zei ze ironisch met haar ogen rollend.

'Chloe, ik heb je al een aantal keren gezegd dat ik daar niets mee heb. Ik hoef niet te worden vertroeteld. Ik wil verdomme die huizen zien.' Hij keek haar streng aan.

'Echt?' Ze beet op haar lip.

'Echt.'

'Nou, als je dat zeker weet...' zei ze met een diepe zucht. Ze haalde haar telefoon tevoorschijn en zocht de bestanden op in haar mailbox, wat haar een paar minuten kostte. De telefoon functioneerde niet goed of het bereik haperde. Of het lag aan haar vingers.

'Ah, kijk, dit huis bijvoorbeeld,' zei ze ten slotte, en ze gaf hem de telefoon zodat hij het beter kon zien. Ze tuurde mee over zijn schouder en moest zichzelf ervan weerhouden haar hoofd erop te laten rusten. Ze wilde alleen nog maar slapen. 'Schitterend uitzicht op zee, vijf hectare. Maar nog niet op het elektriciteitsnet aangesloten en het sanitair is… nogal basic.'

'Vijf hectare is te klein. En ik heb elektriciteit nodig.'

Ze nam niet eens de moeite om haar zucht te onderdrukken. 'Oké, nou, het volgende huis is echt heel mooi.' Ze reikte voor hem langs en swipete naar links. 'Het oude gemeentehuis. Het heeft misschien geen land en het ligt in de oude dorpskern…'

'Het moet een landelijk huis zijn, Chloe, met veel grond. Ik heb gezegd dat ik privacy nodig heb.'

Ze vond het niet prettig dat hij haar zo afkapte. 'Natuurlijk is het heerlijk om rust en ruimte te hebben,' zei ze. 'Maar misschien vind je het toch ook wel fijn om daarginds buren te hebben.'

'Ik heb hier al buren.'

'Maar daar is het anders,' wierp ze tegen. Ze begon chagrijnig te worden. Hij deed zo móéilijk. 'Daar heb je heel andere buren.'

'Hoe bedoel je?'

'Je weet wel,' zei ze schouderophalend en met grote ogen. 'Boeren en geiten en keutels…'

'Boeren en geiten en…' Hij zuchtte en begon overduidelijk geërgerd te raken. 'Chloe, het hele punt van dit huis is afzondering. Ik dacht dat ik dat duidelijk had gemaakt.' Hij gaf haar de telefoon terug.

'Maar ik heb je de foto nog niet eens laten zien,' pruilde ze. 'Het is echt heel mooi.'

'Het voldoet niet aan mijn wensen,' zei hij beslist.

Ze klakte afkeurend met haar tong en tikte fel met haar vinger op het schermpje om het volgende huis op te zoeken. 'O, hier is er nog een, maar dat lijkt me niet zo geschikt. Een oude boerderij met een ommuurde tuin en olijfgaarden. Zo'n anderhalve kilometer van de dichtstbijzijnde weg, maar...'

Hij nam de telefoon weer van haar over en ze zag hem aandachtig door de foto's scrollen. Hij had een krachtig profiel. Mannelijk. Ze vroeg zich af of hij zijn vriendin ook bedroog... Deden alle mannen dat of alleen Tom? Of lag het aan haar? Was zíj het probleem, schoot ze op de een of andere manier tekort?

'Dit huis bevalt me.' Hij stak haar de telefoon weer toe en ze scheurde met moeite haar blik los van zijn profiel om te kijken.

'O ja?'

'Lijkt me een bezichtiging waard. Heb je nog vergelijkbare huizen in de aanbieding?'

'Een hele hoop,' zei ze zelfverzekerd, hoewel ze zich haar eigen telefoonnummer op dit moment niet eens kon herinneren.

'Oké. Maar we moeten ze dus wel gaan bezichtigen.'

Ze knipperde met haar ogen. En nog eens. Ze vond het lastig te focussen. 'We?'

'Ja, natuurlijk. Ik heb het oordeel van een vrouw nodig.'

'Maar... Maar...'

'Maar wat? Dat is toch wel oké? Je mag toch zeker wel met een cliënt ergens naartoe reizen als dat nodig is?'

'Absoluut. Ik realiseerde me alleen niet dat je dat van me verwachtte.'

'Nou, wel dus. En ik heb niet veel tijd. Ik wil er deze zomer graag al gebruik van maken en het is nu al half juli. Hoe snel kun je vertrekken?'

'Ik zal mijn agenda moeten raadplegen,' zei ze beduusd. Kón dit zomaar? Ze zou het Jack moeten vragen. En stel dat Alexander haar nodig had? Of Pelham? Stel dat Poppy zou bijkomen? Waar was Elle eigenlijk?

Joe kwam met de handen in de zakken recht voor haar staan, zodat ze geen zicht meer had op de zaal. Ze zag alleen hem nog maar – bepaald geen straf. 'Ik neem aan dat vanavond niet meer lukt?'

'Vana...' sputterde ze. 'Je wilt nú zomaar naar Griekenland vliegen?'

Hij haalde zijn schouders op alsof hij niet begreep wat daar zo gek aan was. 'Ja.'

Hij was niet goed wijs. 'Maar het lukt nooit om nog een vlucht te boeken.'

'Misschien geen lijnvlucht. Maar je kunt toch wel een jet regelen?'

'Een privéjet?' Dat had ze vast niet goed gehoord.

'Ik meen me te herinneren dat jij me binnen drie minuten door een riksja zou kunnen laten ophalen als ik in Bangkok was. Nou, nu vraag ik je om een vliegtuig te organiseren waarmee ik naar Griekenland kan reizen, en wel nu.' Hij keek haar weer aan met die intense, onderzoekende blik, alsof hij haar aan een kritische analyse onderworp. 'Wat is het probleem? Heb je besprekingen die niet kunnen worden uitgesteld?'

'Nou nee, maar...' Afgezien van Poppy kon ze eigenlijk geen dringende redenen bedenken om deze week in New York te blijven. En er was wél een overweldigend goede reden om te vertrekken.

'Nou, ga dan je koffer maar pakken, dan kunnen we gaan.'

'Het is gewoon zo... plotseling,' stamelde ze.

'Ik vraag je om met me mee te gaan naar Griekenland, Chloe. Niet om met me te trouwen.' Op zijn gezicht brak een geamuseerde lach door, die zijn gelaatstrekken verlevendigde. Ze zag dat hij erg witte tanden had. 'Grapje,' voegde hij eraan toe toen ze niet reageerde.

'O. O ja, natuurlijk. Dat snapte ik echt wel,' wist ze uit te brengen. Maar een grap over een huwelijksaanzoek, daar zag ze de humor momenteel niet van in.

'Luister, spontaniteit is het grootste geschenk dat geld je kan geven, Chloe.' Hij keek haar aan. 'Denk er niet te veel over na. Laten we gewoon gaan.' Ze legde een hand tegen de wand om overeind te blijven. Ze voelde zich onder druk gezet. 'Je kunt slapen in het vliegtuig en als je morgen wakker wordt, zijn we op een ander continent. Je kunt beter een kater op een Grieks eiland hebben dan in New York.'

'Denk je dan dat je een kater zult hebben?' vroeg ze met opengesperde ogen.

Zijn ogen glinsterden van een ingehouden lach. 'Ik niet. Jij wel.'

'Ik?'

'Geen zorgen. Van een frisse duik in zee knap je wel op.'

'Waarom denk je dat ik een kater zal hebben?' vroeg ze verontwaardigd.

Hij gooide zijn hoofd achterover en lachte. 'Gewoon, daarom!' Zijn ogen lachten, zijn humeur was opgefleurd. 'Nou, wat dacht je ervan? Ga je mee?'

Chloe leunde tegen de wand en keek hem aan. Tegen de ochtend op een ander continent zijn dan Tom? Ze kon eigenlijk niets beters bedenken. 'Nou en of.'

15

Het gedreun was constant, een geluid dat paste bij de druk op haar hoofd, en ze fronste zonder te proberen haar ogen open te doen. Ze trok het kussen dichter naar zich toe en vlijde zich weer neer. Nog vijf minuten. Ze bleef slapen tot haar wekker zou gaan. Ze peinsde er niet over om eerder op te staan...

Plotseling zwenkte de aarde en leek het bed onder haar vandaan te zakken. Ze kromp ineen, haar ogen vlogen open en even was ze verbijsterd door wat ze zag: overal waar ze keek ivoorkleurig leer – op de muren, de stoelen, het plafond zelfs. Een buisvormige ruimte...

Ze ging snel rechtop zitten en er maakte zich een paniekgevoel van haar meester terwijl ze probeerde na te gaan waar ze was – wat was er gisteravond gebeurd? Maar haar hoofd was niet blij met de onverwachte beweging en ze boog zich voorover. Ze was misselijk en vreesde dat ze moest overgeven.

Ze uitte een kreun van zelfmedelijden. Nu kwamen de flashbacks van gisteravond als tableaus voorbij: de fluwelen stoelen in The Blond. Serena in Toms deuropening. De mojito op de vloer. Whisky op een tafel. Elle in het midden van de zaal. Martini's op een dienblad. Joe...

'Goedemorgen.'

Ze richtte zich op – weer te snel – en keek onthutst recht in het glimlachende gezicht van de man zelf. Hij stond bij de schuifdeur die de slaapruimte waar zij zich bevond scheidde van een zitgedeelte achter hem, waar ze een glimp van opving.

Een vliegtuig. Ze zat in een vliegtuig.

'Ik dacht al dat ik je in beweging hoorde komen. We hebben wat turbulentie gehad. Ben je daar wakker van geworden?'

'Eh...' Haar stem klonk een octaaf lager dan normaal. Ze bracht haar handen naar haar haar, naar haar gezicht. O god, hoe zag ze eruit? En – ze keek omlaag – hoe was ze in godsnaam in deze pyjama terechtgekomen?

'Rustig maar, je hebt jezelf omgekleed... Dat lukte nog net,' zei hij toen hij haar paniekerige blik zag. 'Het leek mij beter om jou het bed te geven.'

'Waar heb jij dan geslapen?' wist ze met krakerige stem uit te brengen. Water, ze had dringend behoefte aan water.

Alsof hij haar gedachten kon lezen kwam hij binnen en schonk een glas in uit de fles die op het walnoothouten nachtkastje stond.

'Dank je,' mompelde ze, en ze nam een paar lange, gulzige slokken.

'Ik heb daar geslapen,' zei hij met een hoofdgebaar naar de hoofdcabine terwijl hij neerstreek op de leuning van een stoel tegenover het bed. 'Heel comfortabel, hoor.'

'Nou, dank je,' zei ze. Gelukkig was hij galant genoeg geweest om haar een plat bed te gunnen, zodat ze fatsoenlijk had kunnen slapen. 'Heb ík hiervoor gezorgd?' vroeg ze, verwonderd rondkijkend. Ze had in de loop der jaren vaak genoeg een privéjet geregeld, maar ze had er zelf nooit in gevlogen.

'Ja, heel efficiënt. Ik had het idee nog niet geopperd en je pleegde wat telefoontjes. Het was in tien minuten in kannen en kruiken. Indrukwekkende service, Miss Marston.'

Haar ogen ontmoetten de zijne en ze zag het medelijden op zijn gezicht. 'Hm, vandaag voel ik me een stuk minder indrukwekkend,' mompelde ze. Ze streek met haar vrije hand weer over haar haar. Het was beschamend dat ze in deze toestand verkeerde tegenover een cliënt. 'Het spijt me.'

Hij keek haar neutraal aan. 'Waarom? Het was een feestje. Je hebt feestgevierd.'

Ze wierp hem een blik toe. Dacht hij dat ze zo in elkaar stak?

Dat ze een of andere partygirl was die erop los leefde? 'Ik weet het, maar meestal ben ik niet… Ik had… Ik had slecht nieuws gehad. Ik was van streek.'

Hij knikte en keek haar aan. Ze vroeg zich af of hij haar geloofde of dat hij dacht dat het een slap excuus was.

'Waar gaan we naartoe?' Het was vernederend om het te moeten vragen.

'Weet je dat niet meer?'

Ze schudde haar hoofd.

'Griekenland. Om precies te zijn de Saronische Eilanden.' Hij zag de verschrikte blik op haar gezicht. 'Je zei dat je je afspraken wel kon verzetten, dat je deze week niet per se in de stad hoefde te zijn.'

'Eh… Oké,' stamelde ze. 'Ja.' Had ze dat echt gezegd? Ze was stomdronken geweest. Ook nu nog kon ze zich niet voor de geest halen welke verplichtingen ze deze week had. Was de Andermatt-deal al beklonken?

'Weet je zeker dat het oké is?' vroeg hij.

En Pelham dan – was het goed gegaan met die riviercruise? En wat als Alexander belde? 'Nou ja, ik neem aan dat het te laat is om de piloot te vragen om te keren,' zei ze met een flauw glimlachje.

'Om eerlijk te zijn, inderdaad. We hebben drie uur geleden bijgetankt in Londen. We landen over ongeveer veertig minuten in Athene.'

Had ze al die tijd geslapen? Tijdens de oversteek van een oceaan en een continent? Ze vroeg zich af wat Tom zou denken nadat ze gisteravond niet was komen opdagen. Had hij gebeld?

Haar telefoon lag op het nachtkastje en het blauwe lampje knipperde. Ze wendde haar blik snel weer af.

'Veertig minuten… Juist ja.' Ze dronk het glas water leeg en boog zich over het bed heen om de rolluikjes te openen. De dag kwam zonder pardon binnen. Buiten speelde zich een symfonie van blauwschakeringen af: een heldere hemel en azuurblauwe zee met daarin jachten als witte speldenknopjes. 'En hoelang blijven we hier?'

Hij haalde zijn schouders op. 'Zo lang als nodig is. Misschien een paar dagen, misschien de hele week. Dat hangt af van de huizen die we gaan bezichtigen.'

'Oké.' Ze probeerde haar frustratie over die onzekerheid te verbergen. Hoe had ze dit nou kunnen doen – met een man die ze amper kende zomaar in een privéjet stappen om voor onbepaalde tijd naar een eiland te gaan? Kate zou helemaal gek worden als ze erachter kwam. Haar moeder zou...

Hij keek naar haar alsof haar gedachten zich als op een televisiescherm in haar gezicht afspeelden. 'Nou, ik zal je alleen laten, dan kun je je omkleden. Je zei gisteravond dat je geen koffer hoefde te pakken, je zei dat je gewoon wilde gaan, dus ik heb je pak in de kast gehangen.' Hij keek haar verontschuldigend aan. 'Maar je kunt wel wat luchtigers kopen als we er eenmaal zijn.' Hij droeg zelf een jeans en een grijs gemêleerd T-shirt. Had hij dat gisteravond ook al aan?

'Natuurlijk, geen probleem,' zei ze, en ze probeerde weer te glimlachen, hoewel ze zich het liefst tot een bal wilde oprollen bij het idee dat ze haar lichaam in dat pak moest persen. Ze kon wel huilen. Ook om Tom en wat hij had gedaan...

Joe trok zich terug in de cabine en ze keek weer naar het mediterrane uitzicht: de paarsachtige bergketens van de Peloponnesos als rimpelingen op de huid van de aarde, eilanden in de Griekse zeeën als een puntjestekening, de horizon verblindend helder. Het was niet alleen een nieuw landschap voor haar, het leek een geheel andere wereld – het open gebied met struikgewas en krijtachtige rotsen was het tegenovergestelde van de hoog in de lucht gestoken, door mensenhanden gemaakte, stalen intensiteit van Manhattan.

Ze voelde een kleine huivering in haar ziel bij de aanblik. Wat vreemd. Ze was hiernaartoe gekomen in een bedwelmend waas van alcohol, maar iets vertelde haar dat dit de plek was waar ze moest zijn: een eenvoudige omgeving, rustig en helend, terug bij de elementen van de natuur.

Uiteraard zou ze het fijner hebben gevonden om hier met Elle te zijn in plaats van met Joe (hoewel de reis dan niet zo genadig zou zijn geweest). Ze zou willen dat dit een vakantie was om haar over haar gebroken hart heen te helpen. Uitslapen tot laat in de morgen, 's middags op het strand liggen en 's avonds uitgaan om met mooie Griekse mannen te flirten. Dat was de manier, waarschijnlijk? Ze moest alle banden met haar oude liefdesleven verbreken, deze keer helemaal. Geen halve maatregelen meer.

Maar of ze het nou leuk vond of niet, ze was hier met Joe, en aangezien ze hier voor niets naartoe was gevlogen, kon ze hem nu moeilijk van zich afschudden. Ze had zowel de morele als professionele plicht om te doen wat ze had toegezegd toen ze in dat vliegtuig stapte – ze moest hem helpen een huis te vinden.

Maar... als ze dat snel voor elkaar zou krijgen, hield niets haar tegen om hier een tijdje te blijven, zonder hem, en haar volgende stap te bepalen. Tom was een tumor die ze uit haar leven moest snijden. Ze moest een nieuw pad gaan bewandelen.

Ze legde haar hand op het glas.

En dit was de perfecte plek om te beginnen.

Hydra

Ze bleek uit te blinken in haar werk, zelfs als ze ladderzat was. De helikopter stond op het asfalt te wachten toen ze van boord gingen, klaar om hen rechtstreeks naar het eiland te brengen, zodat ze nog geen kwartier in Athene doorbrachten. Het dreunen door de ruisonderdrukkende koptelefoon heen – heel wat luider dan dat van het vliegtuig – was niet gunstig voor haar hoofdpijn, maar daar kon ze alleen maar zichzelf de schuld van geven. En het bracht haar bovendien naar de vrijheid.

Ze bracht de korte tocht door met haar voorhoofd tegen het koele glas, omlaagstarend naar de eilanden, die ze veel gedetailleerder kon zien nu ze veel lager vlogen. Het beeld dat ze van de Griekse eilanden had, was grotendeels gebaseerd op de gestileerde perfectie van Santorini en Mykonos, met hun wit-met-blauwe gebouwen in dichte clusters boven de zee, maar de rustiekere eilanden hier zagen er vriendelijker en vertrouwder uit, met terracottakleurige dakpannen, lichtgrijze stenen en heldergekleurde raamkozijnen en deuren. Naast haar zat Joe op zijn telefoon te scrollen, zo te zien niet al te geïnteresseerd in het uitzicht, wat best vreemd was voor iemand die van plan was hier een huis te kopen.

Ze begonnen in steeds kleinere cirkels te dalen en landdden uiteindelijk niet op Hydra zelf maar een rotsformatie net buiten de kust. Ze had erover gelezen bij haar research: niet alleen mochten helikopters en vliegtuigen alleen bij noodsituaties op het eiland landen, maar er mochten ook geen auto's of scooters komen. Kennelijk werd alles op ezels vervoerd, hoewel ze dat nog moest zien. Was het een marketingtruc? Ze kon het eigenlijk niet geloven.

'Meneer Lincoln?' vroeg een man in een donkerblauwe korte broek en een grijs poloshirt, die hen begroette toen ze uit de heli sprongen.

Joe knikte en keek achterom alsof hij wilde checken of zij er nog was. Zonder de koelte van de airco in de helikopter begon ze al te zweten in haar pak. En ze stond hier nog maar een paar minuten.

'Deze kant op, alstublieft. Uw bagage wordt nabezorgd.'

Ze werden naar een steiger gebracht waar een kleine rubberspeedboot lag, en binnen enkele minuten snelden ze over de zee waar ze zojuist nog vanuit de lucht naar had gekeken. Nu waren ze zelf zo'n stipje op de watervlakte. Chloe bracht haar kin omhoog, liet haar korte haar door de wind naar achteren blazen en genoot van de zeelucht die om haar heen raasde. Ze had het gevoel dat alle duisternis uit haar wegwaaide nu de zilte waterdruppeltjes in haar gezicht stoven en haar bevrijdden van de groezeligheid van de grote stad. Ze waren hier nog maar zo'n vijf minuten, en nu al voelde ze zich lichter, ook al zag ze nog steeds in een flits het beeld van Serena in die deuropening voor zich, elke keer als ze met haar ogen knipperde.

Het was maar een kort tochtje naar de haven, en daar aangekomen strekten Joe en zij beiden hun hals, onder de indruk van de prachtige ligging en schilderachtige aanblik. De haven lag in een halvemaanvorm rondom de baai en werd omringd door hoge, robuuste huizen. Er lagen witte vissersboten voor de cafés en taveernes aan de kade aangemeerd, terwijl de luxejachten verderop in dieper water lagen.

Ze sprongen van boord en namen met grote ogen de bedrijvigheid in zich op. De meeste tafeltjes voor de cafés waren bezet, de luifels van de boetieks waren uitgetrokken als bescherming tegen de middagzon. De mooie blauw-met-witte Griekse vlag wapperde aan de masten van zeilboten en overal stonden inderdaad ezels met zadeltassen, hun kop soezerig knikkend in de hitte.

'Ja, dat is een van de eerste dingen die je over dit eiland moet weten,' zei ze in een poging zich van haar taak te kwijten en niet alleen een toerist met een kater te zijn (niet dat ze er als een toerist uitzag in haar Manhattanse pak, dat in deze warmte steeds kreukeliger en smoezeliger werd; ze moest echt nodig douchen en zich verkleden). 'Er zijn geen auto's, geen scooters, geen busjes, niets van dat alles. Als je ergens heen wilt of er moet iets bezorgd worden, dan moet dat te voet, per ezel of met een boot.'

Hij fronste. 'En als je bijvoorbeeld een bank voor in je huis nodig hebt?'

'Ezel of boot.'

'Interessant.' Hij leek er niet erg blij mee te zijn.

'Blijven hangen in het verleden, vrees ik,' zei ze glimlachend. 'Het drinkwater wordt hier ook vanuit Athene gebracht.'

Er gleed een licht paniekerige blik over zijn gezicht.

'Je zei dat je een afgezonderde plek wilde,' zei ze schouderophalend.

'Ja, dat is waar,' gaf hij toe. 'En wat nu?' vroeg hij, vragend rondkijkend. 'Eerst de huizen bekijken of eerst inchecken?'

Er sloeg een golf van paniek door Chloe heen. Inderdaad, wat nu? Ze was er zo mee bezig geweest om hier te komen – of in haar geval New York te verlaten – dat ze niet had nagedacht over hun verblijf hier. Wat een regelrechte ramp was, dacht ze terwijl ze eveneens om zich heen keek. Dit was geen groot eiland en het gelijknamige Hydra was, voor zover ze zich kon herinneren, de grootste plaats. Als ze al een hotel of bed and breakfast zouden vinden, was dat hier. Het binnenland was nauwelijks bewoond en wat er wél te vinden was, zou particulier eigendom zijn.

Ze zag de flanerende toeristen en de bezette tafeltjes… Het was hoogseizoen, het was druk in de haven. Er zouden amper kamers te vinden zijn, zelfs als geld geen rol speelde. Je kon niet krijgen wat er gewoon niet wás.

Ze stak een vinger in de lucht om hem ervan te weerhouden nog iets te zeggen. Haar benevelde, uitgedroogde brein begon op volle toeren te werken en hun opties na te gaan. Ze had toegang nodig tot hun database, maar ze wilde het team in New York niet bellen om om hulp te vragen. Ze gunde het Tom niet dat hij zou weten waar ze was. Nog niet in elk geval. Hij mocht best even in de rats zitten.

Ze sloot haar ogen en concentreerde zich. Jack had haar de naam gegeven van zijn contactpersoon in Athene, maar hun dichtstbijzijnde kantoor zat in Rome. 'Geef me een paar minuten,' zei ze, waarop ze haar telefoon pakte en begon te scrollen. 'Of... zullen we eerst wat gaan drinken om even rustig te acclimatiseren? Misschien kun je een tafel voor ons regelen bij een van de cafés hier – tenzij je prijs stelt op iets deftigers?' vroeg ze vertwijfeld. O god, als hij nu maar geen viersterrenmaaltijd wenste.

Zijn mondhoeken krulden een tikje omhoog. 'Een snack is prima. Ik zorg wel voor een tafel. Doe jij maar wat je moet doen.'

Met een zucht van opluchting keek ze hem na terwijl hij met een grijns in het voorbijgaan een van de ezels op zijn rug klopte. Twee Scandinavisch uitziende meisjes bekeken hem belangstellend, hun gebruinde benen paraderend onder korte bloemenjurkjes, maar als hij het al merkte, liet hij dat niet blijken. Ze vroeg zich af of ze konden zien dat hij anders was, dat hij zich onderscheidde van de rest? Dat hij helemaal vanuit New York in een privévliegtuig hiernaartoe was gevlogen? Niets aan hem straalde uit hoe rijk hij was: niet zijn jeans, niet zijn horloge (want hij droeg er geen), niet zijn afgetrapte Adidas-schoenen. Hij liep niet gewichtig te doen, maakte zich niet breed, maar was toch onmiskenbaar wat je een echte man zou kunnen noemen. In al zijn rust en kalmte straalde hij mannelijkheid uit. Chloe vermoedde dat hij zijn zelfbeheersing nooit verloor, dat hij nooit dronken werd...

'*Invicta, sono Maria.*'

'O, hoi Maria, met Chloe Marston van het kantoor in New York.'

'Ha, Chloe, hoe gaat het met je?'

'Prima, dank je wel. Luister, zou je mij misschien ergens mee kunnen helpen?'

Het was hem gelukt om een tafeltje te bemachtigen in een café halverwege de haven. Er lagen blauw-met-wit geruite kleedjes op de tafels, en de houten stoeltjes waren roodgeverfd. De grote potten met roze geraniums die ter afscheiding op de grond stonden, vloekten er vreselijk bij, maar dat maakte niet uit. Ze ging op het stoeltje naast hem zitten en was verheugd te zien dat hij al een grote fles water en een karaf rosé had besteld.

'Vind je het goed als ik...' vroeg ze, en ze schonk een groot glas water voor zichzelf in, dat ze meteen leegdronk en weer vulde. 'Ik heb zo'n dorst.'

'Dat verbaast me niks. Ook trek, denk ik?'

Ze had de koffie en broodjes die de hostess haar in het vliegtuig had aangeboden niet aangeroerd, daarvoor was ze te misselijk geweest, maar nu zou ze een moord doen voor een bord pasta.

'Enorm,' gaf ze met een verontschuldigende blik toe. 'Heb jij nergens last van? Niet eens een klein katertje?'

'Jij had al het nodige op tegen de tijd dat ik gisteren arriveerde. Ik geloof dat je zei dat je eerst nog ergens anders was geweest?'

Er klonk belangstelling door in zijn stem, maar Chloe slikte en dronk nog wat water. Alexander mocht haar dan hebben gedwongen om over haar liefdesleven te praten, maar dat ging ze niet herhalen bij Joe.

'God, wat een uitzicht, hè,' zei ze met een vastbesloten blik op de zee. Ze kon nog bijna niet geloven dat ze hier was. Gisteren rond deze tijd had ze zichzelf voor schut gezet, had ze als een tiener op een straathoek in New York met Tom staan zoenen en hun rendez-vous in zijn hotel gepland...

Een meeuw op het kraaiennest van een mast krijste luid en verschoof op zijn zwemvliespoten om te zien of er tussen de mensen wat eetbaars te halen viel. Een cyperse kat sprong van een muurtje en wandelde met geheven staart in de richting van de grote vissersboten die verderop aanlegden. Er gleed een stel eenden in het water vanaf de buitenboordmotor van een houten bootje. Dit waren meer dieren dan ze gedurende een maand in Manhattan had gezien (tenzij onder de arm meegedragen schoothondjes meetelden).

'Wil je een glaasje rosé? Of kan ik dat maar beter niet vragen?'

Ze glimlachte. Eigenlijk was het laatste waar ze zin in had nog meer alcohol, maar ze had de plicht goed gezelschap te zijn en haar best voor hem te doen zolang ze hier waren. Hij had haar in zekere zin gered, al zou hij dat nooit weten, en ze was hem dankbaar. En een drankje tegen de nadorst deed het altijd goed, had de ervaring haar geleerd. 'Een klein glaasje, alsjeblieft.'

Hij nam de rosé uit de emmer ijs en schonk in. 'Dus je hebt wat kunnen regelen voor ons verblijf?'

'Komt goed. Ons team is ermee bezig. Ik kan elk moment worden teruggebeld.'

'Mooi.' Hij tikte met een vinger tegen zijn glas en keek haar aan. 'Ik moet toegeven dat ik begin te begrijpen waarom mensen voor dat lidmaatschap gaan. Ik was er niet van overtuigd, maar ik zie nu wel in dat het handig is om op elk gewenst ogenblik te kunnen gaan waar ter wereld je maar wilt, en dat het dan gewoon allemaal in orde komt. De hele logistiek voor elkaar, geen gedoe.'

'Zo is het.' Ze glimlachte flauwtjes en zou willen dat het voor de verandering allemaal eens voor háár werd geregeld. 'Dat is het magische eraan.'

'Vind je het leuk?'

'Dit?' grapte ze met een gebaar naar hun idyllische omgeving. 'Welnee! Wie zou dit nou leuk vinden?'

'Er zullen wel meer voordeeltjes aan je werk kleven.'

'Ja, dat is ook zo.' Ze zuchtte. 'Ik zou vrijwel elke avond naar een feest kunnen gaan als ik dat wilde, en overal korting kunnen krijgen.'

Hij trok een wenkbrauw op. 'Ik voel een "maar" aankomen.'

Was haar ontgoocheling zo merkbaar? 'Ik hou gewoon goed in de gaten waar de grens ligt. Het is niet míjn werkelijkheid. Ik zie jullie wereld en soms pik ik er een graantje van mee – zoals nu – maar ik weet dat ik hier alleen maar uit hoofde van mijn functie ben. Het zou verleidelijk zijn te denken dat ik er deel van uitmaak omdat ik er toegang toe heb, maar dat is niet zo. Ik zal nooit voor mezelf een privévliegtuig boeken of goudvlokjes over mijn ontbijtgranen strooien. En ik heb de dalai lama zelf gelukkig ook niet nodig om me te leren hoe ik moet mediteren.'

Er viel een stilte. 'Ik krijg de indruk dat jij al die dingen een beetje... belachelijk vindt.'

'Nee! Helemaal niet,' zei ze snel, want ze wilde hem niet beledigen. 'Het is oneindig fascinerend om te zien waar mensen die alles bezitten wat hun hart begeert nog behoefte aan hebben. De trek wordt niet minder als de honger is gestild. Het hoort bij het mens-zijn dat we altijd méér willen. Op welk niveau we ook zitten, er is altijd nog iets om naar te streven en ik vind het interessant om te weten wat mensen gelukkig maakt als alle barrières verwijderd zijn. In jouw geval dus het vinden van een schitterend landelijk toevluchtsoord op een plek als deze.'

Hij knikte, met zijn ogen samengeknepen tegen het felle zonlicht. 'Het is hier inderdaad prachtig.'

'Is het wat je wilde?'

Hij keek haar aan. 'Tot nu toe wel.'

'Voel je de behoefte om te ontspannen omdat je werk zoveel vergt?'

'Ja. Dat is het precies,' zei hij kalm met zijn blik op de zee gericht. 'Ik wil ergens zijn waar niemand me kan bereiken – geen e-mails, geen appjes, geen FaceTime.' Hij keek weer naar haar. 'Geen mensen die wat van me willen.'

'... Maar wel een hoop ezels?' vroeg ze hoopvol toen er een rijtje langs kwam lopen, waarvan er eentje nog geen drie meter van hun tafel zijn staart ophief en wat dampende keutels op de grond liet vallen.

Hij lachte. Het was een heerlijk geluid, sonoor en royaal. De huid om zijn ooghoeken rimpelde en zijn gebit glansde wit tegen de donkere tint van zijn stoppelbaard. Hij knikte en trommelde geamuseerd met zijn vingers op de tafel. 'Ja, wel een hoop ezels.'

16

Tussen de huizen door liepen oude grijze stenen trappen en smalle straatjes omhoog die glansden in de hete zon. Hier waren al generaties bewoners, reizigers en lastdieren langs naar boven en naar beneden gelopen. Aan weerskanten van de straatjes waren potten met bloemen geplaatst en er stonden houten stoeltjes klaar voor de koelere uren. Er was op het eiland geen overeenstemming over het kleurenpalet – sommige deuren waren fuchsiaroze, andere goudsbloemoranje, zonnebloemgeel of kobaltblauw – maar al met al was het effect fleurig en helder, warm en levendig. De meeste huizen waren witgeverfd, maar sommige grotere panden waren gebouwd van vierkante stenen en hadden boogramen en balkons. Dat van hen, althans voor de komende drie nachten, was zo'n *archontikó*, wat Grieks is voor herenhuis. Het was een achttiende-eeuwse woning van een zeekapitein en een van de voornaamste gebouwen op het eiland. Voor de kamers werd geen reclame gemaakt. Er verbleef doorgaans een elitair publiek dat elkaar op de accommodatie attent maakte. Aangezien het voor deze week al was volgeboekt, had Maria de twee kamers alleen maar kunnen reserveren door de gasten die er verbleven een transfer aan te bieden naar een van hun luxueuze partnerhotels op het nabijgelegen Spetses. Ze hadden geluk gehad dat het aanbod was geaccepteerd, zelfs Chloe had anders niet geweten wat ze had moeten doen.

Ze leunde tegen het muurtje van het dakterras en keek omlaag naar de terracottakleurige daken die bijna leken te gloeien in de opkomende schemering. In de verte klonk de halsbel van een ezel door de wirwar van steegjes terwijl de kerkklokken begonnen te luiden.

Hoewel de zon al begon onder te gaan, was het om negen uur nog negenentwintig graden. Na hun late lunch hadden ze kort gewinkeld, wat haar de kans had gegeven om wat kleding te kopen die geschikter was dan haar crèmekleurige kreukelpak. Joe was geduldig geweest en had gezegd dat ze gerust de tijd kon nemen, maar ze had niet geluisterd. Ze was hier niet om te winkelen, ze waren hier om hém van dienst te zijn, niet háár, en ze had wat items gekocht in de eerste de beste boetiek waar ze binnen waren gegaan: een witte linnen broek, wat chambray shorts, een lichtblauwe gestippelde katoenen blouse, twee T-shirts, een topje en een donkerblauwe jurk van tricotzijde met een lage rug, die ze nu droeg.

Ze had zich niet gerealiseerd dat de rug zo laag uitgesneden was toen ze de jurk kocht. Om zo doelmatig mogelijk te werk te gaan had ze niets gepast, maar alles op het oog gekocht. Tot haar schrik was een beha dragen onder deze jurk geen optie. Aan de andere kant dacht ze dat het niet zo lastig zou zijn om met haar gezicht naar hem toe te blijven staan of zitten, en zo niet, nou ja... Hij had heus weleens eerder een vrouwenrug gezien. Een rug was een rug.

'Ah, hier ben je.' Hij liep met in elke hand een glas de buitentrap op. 'Je stelt je echt graag verdekt op, hè.'

'Ik wilde de zonsondergang graag zien,' zei ze met een glimlach. Ze pakte een van de glazen aan en hij kwam naast haar zitten.

'Daar is het een goede plek voor.' Hij knikte en hief zijn glas.

Ze proostten. 'Cheers.'

'Cheers. Op een succesvolle huizenjacht morgen.'

'Ik heb de makelaars gesproken. Alles is gereed voor de bezichtiging – de deuren zijn niet op slot, dus we kunnen op elk gewenst tijdstip gaan.'

'Makelaars? Maar...' Hij fronste.

'Geen zorgen, alles wat wij gaan zien is nog niet op de markt of onbewoond.'

'En de makelaars zijn er niet bij?'

'Nee, ik heb uitgelegd dat jij prijs stelt op je privacy.'

'En dat was oké?'

'Het wijkt af van de standaard, maar omdat we dit via Invicta hebben geregeld is het prima,' zei ze schouderophalend. 'Veel van onze cliënten willen graag in de anonimiteit blijven.'

Hij knikte en keek naar het uitzicht. De hemel leek een gesmolten, vloeibaar vuur dat werd uitgegoten over een donkere, slapende zee. 'Morgen is het dus eindelijk zover.'

'Nou, we hebben de beschikking over een boot die vanaf negen uur klaarligt. Maar er is geen haast bij, slaap zo lang als je wilt. De jetlag gaat je vast parten spelen.'

'Ik heb niet veel slaap nodig.' Hij keek haar weer aan en zijn blik viel even op haar blote armen. 'Heb jij tussendoor nog geslapen?'

'Nee. Ik heb het wel geprobeerd, maar...' Ze haalde haar schouders op. Ze had de tijd doorgebracht met het luisteren naar haar voicemails. Elle had een keer gebeld. '*Waar ben je, meid? Ik zag je staan kletsen met die knappe cliënt van je. Heb je hem mijn nummer gegeven?*' Rosaria had een bericht ingesproken en haar verzocht terug te bellen – wat ze niet had gedaan. Tom had drieëndertig keer gebeld en veertien berichten achtergelaten tot haar voicemail vol zat, zodat hij – of wie dan ook – niets meer kon inspreken.

'*Waar ben je, baby?*'

'*Bel me terug.*'

'*Chlo, wat is er aan de hand?*'

'*Gaat het wel goed? Is er iets gebeurd?*'

'*Ik begrijp er niets van.*'

'*Jezus, neem nou op.*'

'*Waar ben je in godsnaam?*'

Ze hoorde de groeiende verwarring in zijn stem, de toenemende gekwetstheid, de stijgende woede. Hij klonk zo overtuigend als verbijsterde geliefde dat ze hem zo zou geloven als ze niet met eigen ogen had gezien wat ze had gezien. Maar dat had ze wél, en ze had gehoord wat hij tegen Serena zei: *Je kunt me altijd bellen. Overdag, 's nachts, maakt niet uit.* Er was geen weg terug meer, hoeveel pijn dat ook deed. Een ezel stoot zich in 't gemeen niet tweemaal aan dezelfde steen.

'Chloe?'

'Hè?' Ze keek op. Joe sloeg haar gade met een kleine frons in zijn voorhoofd. 'O, het spijt me, ik zat ergens anders met mijn gedachten.'

'Dat zag ik. Je ziet bleek.'

'Echt?' Haar handen vlogen naar haar wangen, haar hals, maar ze kon zich nergens achter verschuilen met haar korte coupe; de kastanjebruine lokken die Tom zo prachtig had gevonden waren nu opstandig androgyn gekortwiekt. 'Het zal de jetlag wel zijn. Mijn biologische klok speelt op. Die gigantische kater helpt natuurlijk ook niet.'

'Wil je je graag terugtrekken in je kamer? Ik vind het geen probleem als je liever een tijdje alleen wilt zijn. Morgen wordt een drukke dag.'

'Nee, het gaat best. Prima zelfs.' Ze zette een glimlach op en nam nog een slokje.

Joe leek niet erg overtuigd, maar haalde zijn schouders op. 'Nou, als je het zeker weet.'

Er viel een lange stilte waarin ze allebei naar een watertaxi keken die met een rood flitslicht om de landtong heen tufte.

Chloe keek hem zijdelings aan en voelde zich ineens ongemakkelijk. Ze had zoveel haast gehad om New York – en dus Tom – achter zich te laten, en de kater en het organiseren van hun verblijf hadden zoveel energie gekost dat ze tot nu toe nog niet had stilgestaan bij het feit dat ze in feite met een onbekende op vakantie was. Hij was natuurlijk haar cliënt, dus ze wist wel veel over hem – vierendertig, Ram, geboren in Vermont, oudste zoon, linkshandig, medium rare, allergisch voor pleisters – maar een feitenlijstje over iemand bijhouden was niet hetzelfde als iemand kennen, en hij wist niets over haar, afgezien van haar naam. Smalltalk was leuk en aardig, maar het was in gunstige omstandigheden al moeilijk om het langer dan een paar uur vol te houden, laat staan vierentwintig uur nadat de liefde van haar leven haar hart opnieuw aan diggelen had geslagen.

Ze dacht aan Poppy, die dit een makkie zou vinden – cocktails drinken op een Grieks eiland en haar cliënt entertainen met een reeks anekdotes en grapjes. Zij zou hem de service kunnen bieden waar hij voor betaalde… En in plaats daarvan zat Joe met háár opgescheept: stil, defensief, compleet van slag, terwijl ze hem gebruikte om haar tweede intercontinentale ontsnapping in zes maanden te realiseren. Het was een sneue vertoning. Zij was sneu.

'Dus…'

Ze keek op en zag dat Joe haar weer gadesloeg. Ze glimlachte.

'Misschien kun je me wat over jezelf vertellen?' opperde hij. Hij veranderde van houding alsof hij alle tijd had. 'Ik weet dat je heel wat whisky kunt verstouwen en dat je door onweer en het landen, tanken en weer opstijgen van een vliegtuig heen kunt slapen. Wat valt er nog meer te over je te weten?'

Ze lachte met tegenzin. 'O god, er valt niet veel te vertellen,' zei ze snel, en ze stopte nerveus een plukje haar achter een oor.

'Dat geloof ik niet. Ik durf wel te stellen dat ik veel mensenkennis heb, en jij bent… raadselachtig. Je hebt iets van de maan die constant achter de wolken glijdt.'

Ze wist niet wat ze moest zeggen, niemand had haar ooit zo beschreven. 'Tja, wat wil je weten?' Ze haalde haar schouders op.

'Nou, je bent dus Engelse. Vertel anders eens waarom je eigenlijk naar New York bent gekomen?'

Haar mond viel open. Het was een onschuldige vraag, maar van alle vragen die hij had kunnen stellen!

'Of niet...' zei hij toen hij na een lange stilte zag dat ze de woorden niet kon vinden.

'Sorry,' stamelde ze, starend in haar glas.

'Nee, mijn fout,' zei hij meteen, en ze dacht onwillekeurig hoe anders hij was dan Alexander, die alles moest weten en in de hand hebben voordat hij vertrouwen in haar kon stellen. 'En...' poogde hij, op zoek naar iets veiligers dan de onverwacht explosieve kwestie waarom ze naar een ander land was vertrokken. '... je familie. Heb je broers of zussen?'

'Ja.' Ze glimlachte opgelucht en dankbaar. 'Een zus, Kate. Ze is vier jaar ouder dan ik, maar je zou denken dat ze nog tien jaar ouder was, als je ziet hoe ze me soms de les leest.'

'Ze is dus gek op je?'

'We zijn heel close. Hoewel zij nog in Londen woont, dus... niet fysiek.'

'Nee.' Hij drong niet aan, maar ze zag dat hij haar bij elke reactie die ze gaf probeerde te peilen. 'En je ouders?'

'Die genieten van het goede leven in Northumberland, het noorden van Engeland. Ik ga zo vaak als ik kan naar ze toe. Ze komen niet zo vaak naar Londen omdat ze veel bezigheden hebben – mijn moeder leidt de gidsen van de scoutingvereniging, en mijn vader is betrokken bij de dorpsraad en coacht op zaterdagochtend de pupillen van de voetbalclub.'

Er speelde een glimlach om zijn mond. 'Hebben ze je al opgezocht in New York?'

'Nog niet. Maar het zal er binnenkort vast wel van komen. Naar Londen gaan is voor hen al heel wat, dus New York is helemaal een onderneming.'

Hij knikte belangstellend, zijn glas losjes in zijn hand. 'En je bent niet getrouwd.' Het was eerder een constatering dan een vraag, maar voor ze kon reageren wees hij naar haar hand. 'Geen ring.'

'O, juist ja. Ik bedoel nee, niet getrouwd.'

‘Heb je een vriend?’

‘Nope,’ zei ze vrolijk. Te vrolijk.

Haar toon was plotseling zo anders dat hij eventjes zweeg. ‘Laat me raden. Dat was het slechte nieuws van gisteravond, en je valt op de verkeerde mannen?’

Ze kon niet anders dan grijnzen. Als het zo droog werd verwoord… Ze was een wandelend cliché, het was tragisch maar waar. ‘Ja. En ja. Hoe wist je dat?’

‘Ik heb die afwezige blik, starend in de verte, veel vaker gezien.’ Hij schudde zijn hoofd een tikje verwonderd. ‘Meestal bij vrouwen met wie ik uitging.’

Nu moest ze lachen. Zelfspot had hij dus ook. ‘En jij?’ vroeg ze om de aandacht van zichzelf af te leiden.

‘Val ik ook op de verkeerde mannen, bedoel je?’ herhaalde hij met twinkelende ogen.

Ze lachte opnieuw.

‘Ik ben vrijgezel. Mijn bedrijf heeft de laatste tijd te veel energie gevraagd. Ik heb amper tijd gehad om dagelijks te lunchen, laat staan een relatie te onderhouden.’

‘Ah. Het bekende excuus.’ Ze nam nog een slokje.

Er viel weer een stilte en ze voelde dat hij even naar haar keek en zijn blik meteen weer afwendde. In de verte hoorden ze nog een halsbel door de straten klinken.

‘Vertel eens, op wat voor foute mannen val je dan? Zijn het van die types met vlinderstrik?’

Ze verslikte zich bijna. Wie had ooit gedacht dat hij zo grappig kon zijn? ‘O, dat wil je niet echt weten, toch?’

‘Waar moeten we het anders over hebben?’

Hij zocht oogcontact en eventjes vergat ze bijna dat hij haar cliënt was, dat dit een professionele klus was en dat ze niet gewoon ergens op een dakterras onder een schemerende hemel wat zat te drinken met een knappe onbekende.

Heel even maar.

'Tja, vlinderstrikken,' zei ze uiteindelijk met een zucht. 'Wat zal ik zeggen? Daar heb ik nu eenmaal een zwak voor.'

Nu moest hij glimlachen, maar ze zag dat hij haar terugtrekkende beweging waarnam, dat de deur naar gedeelde vertrouwelijkheden werd gesloten. Ze was Poppy niet, ze kon de grenzen niet laten vervagen zoals zij dat kon. Joe was haar cliënt, niet een vriend, en ze moest er alleen maar voor zorgen dat hij in deze contreien een huis zou kopen, waarna ze weer terug zouden vliegen. Hoe sneller ze met hem klaar was, hoe sneller zij in haar eentje kon instorten.

Ze richtte haar blik op de zee, waar ze nog net het laatste streepje zon achter de horizon zag wegzinken. Haar telefoon, die ze op het muurtje had gelegd, trilde. Ze had hem op mute gezet om niet te worden gestoord door Toms onophoudelijke belpogingen, maar haar hart maakte toch een sprongetje en ze keek snel op het scherm.

Haar hart duikelde meteen terug toen ze zag dat het Jack was.

'Moet je niet opnemen?' vroeg Joe toen hij zag dat ze zich afwendde.

'Nee. Het is mijn baas maar.'

'O. Je baas máár,' herhaalde hij ironisch.

'Hij wil waarschijnlijk alleen een update over de ontwikkelingen hier. Hoe het staat met jouw huizenjacht.' Hij wilde eerder weten waar ze in godsnaam uithing. In haar korte e-mail aan Jack van gisteravond had ze alleen maar verteld dat ze met Joe huizen ging bezichtigen, maar de precieze locatie had ze er niet bij vermeld. Ze wilde niet dat Tom haar zou kunnen vinden.

'Of ik tevreden ben over de service, bedoel je?' Die licht sarcastische toon klonk weer door in zijn stem.

'Ja, zou kunnen.'

Even later trilde de telefoon weer. Er kwam een appje van Jack binnen, dat ze meteen las. Haar mond viel open. *Ik dacht dat je het wel zou willen weten…*

'Wat is er?'

Ze keek hem aan met een verheugde blik, de eerste oprechte lach die vandaag op haar gezicht verscheen. 'Het is Poppy,' zei ze stralend. 'O mijn god, ongelooflijk. Ze is bijgekomen!'

17

'Xan, met mij,' fluisterde ze. Ze zat in bed met haar ellebogen op haar knieën. Het was nog donker buiten, maar de jetlag deed zijn werk, waardoor ze nog volgens de tijd in New York leefde: hier was het vijf uur 's ochtends, maar daar was het nog maar tien uur 's avonds. Hij zou nog wakker zijn.

'Chlo! Waar ben je in godsnaam?' Hij gilde het bijna uit en ze moest even de telefoon een stukje van haar oor houden.

'In Griekenland.'

'Gríékenland?' Nog een gil. 'Wat moet je daar?'

'Ik ben hier met die cliënt, Joe Lincoln.'

Er viel een stilte. 'Dat lekkere ding?'

Ze rolde met haar ogen. Waarom had iedereen het over zijn uiterlijk? 'Ja. Hij wilde dat ik met hem meeging om de huizen te bezichtigen die ik voor hem heb geselecteerd.'

'Aha. En er was niemand anders die dat met hem kon doen? Bijvoorbeeld, eh, nou ja... een makelaar?'

'Het is werk, Xan.'

'Ja hoor. Ga met me mee naar een Grieks eiland, mooie dame, maar mondje dicht.'

Ze moest lachen. 'Zo is het niet gegaan.'

'O nee?'

'Nee. Luister, hij kwam naar de Basquiat-expositie en liet me eigenlijk geen andere keus. En ja, ik had wat gedronken, dus het leek op dat moment eigenlijk niet zo'n idioot idee. Maar ik kom snel terug, beloofd.'

'Nou, dat is maar goed ook, want het management flipt helemaal. Jack loopt rond alsof hij Zeus is, er komen bliksemschichten uit zijn ogen, ik zweer het je. Zo heb ik hem nog nooit gezien.'

'Waarom dan?'

'Weet ik veel. Hij maakt zich de laatste tijd sowieso ontzettend druk om het minste of geringste.'

Ze deed haar ogen dicht, wilde eigenlijk niet vragen wat ze op het punt stond te vragen. 'En Tom? Hoe gaat het met hem?'

'Nou, je kent hem. Altijd een fijne vent, maar zelfs hij doet anders dan anders. Ik zweer je dat hij hele dag aan het raam heeft gestaan terwijl wij allemaal zaten te wérken voor ons geld.'

'O jee, dat spijt me.'

'Hoezo spijt het jou? Het is jouw schuld toch niet dat ze het met elkaar aan de stok hebben? Sandy van de administratie ging vandaag matcha's halen en hoorde ze ruziemaken in de lift. Toen de deuren opengingen, waren ze ineens een en al glimlach en koek en ei, maar vlak daarvoor sloegen ze elkaar zowat de hersens in, zei ze. Iedereen in de lobby heeft ze gehoord. Het was echt heel awkward.'

Chloe fronste. 'Waar zouden ze dan ruzie over hebben? Het zijn oude vrienden.'

'Pf, de hoogte van hun dividend? Wat maakt het uit?' zei hij misprijzend. 'Luister, veel belangrijker: heb je het góéde nieuws gehoord?'

'Over Poppy? Ja, daarom bel ik je. Het is dus waar? Ze is bijgekomen?'

'Ja! Geweldig hè? Een lichtpuntje te midden van de chaos en neerslachtigheid.'

'Heb je haar al bezocht?'

'Nee, er mag nog steeds alleen familie bij haar, hoewel Jack zich op de een of andere manier wél toegang heeft weten te verschaffen. Volgens hem ziet ze er vreselijk uit. Ze weegt bijna niks, is zo wit als een vampier – echt blóédeloos, zei hij – en heeft aan beide kanten een blauw oog. Haar jukbeen en kaak zijn gebroken en gefixeerd met draad, en dan heeft ze nog een gebroken arm én een gebroken been... Eh, wat zei hij nog meer?

O ja, ze hebben wat van haar haar moeten wegscheren voor de operatie, wat natuurlijk ook niet helpt. Ze klinkt als een soort Frankenstein. Ik geloof dat ze alleen met haar ogen naar hem geknipperd heeft.' Hij haalde diep adem. 'Maar hij dacht dat ze hem herkende, dus dat is tenminste iets. Die arme kerel, hij was behoorlijk van slag toen hij terugkwam.'

'Misschien dat zijn lichtgeraaktheid daar iets mee te maken heeft,' zei Chloe zacht. 'Hij heeft zich haar ongeluk erg aangetrokken.'

'Ja, nou... Dat is nóg een ontwikkeling – en het is geen goed nieuws, vrees ik.'

'Jeetje, ik ben nog maar één dag weg! Wat is er nog meer gebeurd?' Er ontstond een knoop in haar maag.

'Het ongeluk blijkt geen ongeluk te zijn geweest. Het was een opzettelijke aanrijding. De politie behandelt het als poging tot moord.'

Ze leek een echo waar te nemen. Het woord 'moord' weerklonk in haar hoofd als een reflectie in een spiegelzaal. Dus het was nu in de openbaarheid. Was de politie naar het kantoor gekomen? Ondervroegen ze collega's? Moesten ze haar ook spreken?

'Chlo...' vroeg Xan toen ze niet reageerde – althans niet snel genoeg. 'O mijn god, wíst jij dat al?'

'Ik... eh...'

'Je wist het al!'

'Ja, sorry. Ik ben er afgelopen weekend achter gekomen. Ik ben in het ziekenhuis geweest en heb haar moeder gesproken.'

'Jezus, Chlo, en je vond het niet nodig het mij te vertellen?'

'Sorry! Ik wilde het wel, maar Jack vroeg me niets te zeggen. Hij zei dat hij liever niet had dat het bekend zou worden, voor het geval de cliënten erdoor zouden worden afgeschrikt en het moreel van het team nog verder zou dalen.' Ze beet op haar lip. 'Weet de politie al meer?'

‘Nou, ze zijn hier geweest en hebben al haar mappen meegenomen, als je dat bedoelt,’ zei hij stekelig.

Chloe fronste. ‘Haar mappen? Waarom zouden ze die nodig hebben?’

‘Nou, wellicht dat ze onderzoeken of de aanslag met haar werk te maken had? Ik raad maar wat, hoor.’ Ook nog sarcasme. Geweldig.

‘Xan, het spijt me, oké?’ zei ze zacht. ‘Ik probeerde te doen wat juist was.’

‘O? En het land op stel en sprong verlaten, de rest van het team in de shit achterlatend, nu met twéé man minder en een politieonderzoek boven ons hoofd, is dat dus doen wat juist is?’

Ze zuchtte. Hij had een punt. ‘Vanavond. Ik stap vanavond op een vliegtuig en ben morgen tegen brunchtijd terug. Ik maak het goed, dat beloof ik.’

‘Je hoeft tegenover mij niets goed te maken, hoor. Het gaat om de mensen die jouw taken hebben moeten overnemen – je moet uitkijken, Chloe. Serena komt als een vlieg op jouw stroop af. Toen ik vanochtend binnenkwam, zat ze door jóúw telefoon te kletsen met Rosaria Bertolotti, alsof ze oude vriendinnen waren. God weet hoelang ze daar al zat. Als ik jou was, zou ik hier sneller terugkomen dan voor de brunch. Anders heb je misschien niet eens meer een baan om naar terug te keren.’

Chloe verstijfde bij het horen van Serena’s naam. Dat serpent was overal – eerst had ze zich op haar vriend gestort en nu ook haar baan? ‘Ik doe wat ik kan.’

Ze kneep haar tranende ogen samen en liet haar haar uit haar gezicht waaien terwijl de speedboot over de rustige zee zoefde. Ze waren al uren onderweg, deden het ene na het andere naburige eiland aan: Poros, Agistri en Aegina, waar ze diverse landhuizen hadden bezichtigd die allemaal verschillende dingen te bieden hadden – een spectaculair uitzicht op zee, vele hectares grond, historische kenmerken – maar er bleek niet één huis bij te zijn dat precies had wat hij zocht.

Boven hen liepen vliegtuigsporen kriskras over de verder vlekkeloze hemel, en ze vroeg zich af hoeveel mensen naar beneden keken en alleen witte stipjes zagen waar ze zich hun eigen verhaal bij voorstelden – vakantievierders op een boot – zonder enig idee te hebben van de complexe werkelijkheid die haar hier had gebracht: een brute aanrijding, een geliefde die vreemdging, een eigenzinnige, ongeduldige zakenman.

Joe zat naast haar met een arm over de leuning van de stoel, zijn gezicht naar de zon gekeerd. Hij had zijn leesbril verruild voor een Wayfarer-zonnebril en aan zijn ingezakte houding zag ze dat de jetlag hem inmiddels ook te pakken had. Hij was al sinds de vroege ochtend wakker, met als zij.

'Oké, terug op Hydra. Dit wordt onze laatste bezichtiging, ben ik bang,' zei ze terwijl de schipper een lus om een lage bolder wierp en ze bij een kleine steiger aanlegden. Ze waren nu aan de andere kant van het eiland. Dit huis had ze met een reden als laatste ingepland. Als hij echt totale afzondering wilde, zou hij die hier aantreffen...

Een gammel ogende houten trap zigzagde over het klif naar boven. 'Ga jij maar voor,' zei ze met een glimlach en een gebaar naar Joe.

'Is dit de enige toegang?' vroeg hij met een hand op de balustrade.

Ze keek veelzeggend naar de hoge rotsblokken aan weerszijden. Er was hier duidelijk maar één weg omhoog. 'Vanaf de zee wel. Maar er is een ruig pad over de heuvels als je naar de bewoonde wereld wilt. Dat is wel een behoorlijk lange wandeling.'

Hij keek achterom naar de zee, zag de brede, lege horizon en knikte. 'Heel goed.'

Ze beklommen de steile trap langzaam – dat kon ook moeilijk anders in deze hitte. Hun huid gloeide en ze hijgden tegen de tijd dat ze boven waren. Daar bleven ze met hun handen op de heupen op de zanderige grond staan om op adem te komen. Er was amper een grassprietje te zien. De kale, roodachtige aarde was bezaaid met rotsen en er stonden oude, knoestige olijfbomen die met hun grillige kruinen onregelmatige schaduwen op de grond wierpen. Het land glooide lichtjes naar boven, weg van de zee, en hoewel er geen duidelijk pad was, begonnen ze door de gestippelde schaduwplekken heen te lopen, dankbaar voor elke beschutting tegen de felle zon. Op de achtergrond sjirpten cicaden en er fladderde een vlinder voorbij.

Ze liepen door de grote olijfgaard en langs de overblijfselen van een oude waterput tot het landschap zich opende en zich een verwaarloosde tuin voor hen uitstrekte, met twee oude stenen muren met een trapje ertussen dat naar een hoger gelegen gedeelte leidde. Joe stond stil en keek weer om zich heen. De zee was hier net achter de bomen uit het zicht verdwenen. Ze vingen een glimp op van de dikke schoorsteen van het huis, dat van hieraf ook nog grotendeels onzichtbaar was. Hij knikte weer, zo te zien verheugd. Hij was overduidelijk geen type voor de vormsnoei van de Franse Rivièra, en ze hoopte maar dat hij ook niet op zoek was naar een pastelkleurige achttiende-eeuwse villa zoals je ze daar wel aantrof, want die zou hij hier niet vinden.

Chloe zei geen woord terwijl ze verder liepen, maar ze sloeg hem nauwlettend gade en voelde een prikkeling van succes over haar huid trekken op het moment dat hij het huis voor het eerst zag. Zijn ogen lichtten op en zijn mond viel aangenaam verrast een stukje open. Ze keek er vervolgens zelf naar en vroeg zich af wat hem er dan zo in aantrok. Het was niet het statigste huis dat ze vandaag hadden gezien, verre van zelfs. Ook was het bij lange na niet het duurste (hoewel de prijs nog bepaald moest worden; hun contact in Athene had gehoord dat het recentelijk was verlaten, maar het was officieel nog niet te koop). Ze was ervan uitgegaan dat hij met zijn open budget zou kiezen voor de duurste en waarschijnlijk ook beste optie, maar dit huis zou vergeleken met de eerder bezichtigde huizen aan de lage kant zitten. De afgelegen ligging, met in de wijde omgeving geen enkel ander huis, was voor de meeste potentiële kopers een nadeel, en was ook de reden geweest waarom de recent vertrokken bewoners zich gedwongen hadden gevoeld te verhuizen. Zij naderden de tachtig en moesten voor medische zorg geregeld in het stadje zijn.

Ze keek naar het huis terwijl Joe er nu met lange passen naartoe liep. Het had een laag dak, een beetje als een iets te grote hoed. Het zag er solide en vrij klassiek uit, maar niet bijzonder mooi. De oude boerderij stond nog maar een paar maanden leeg, maar het had best wat langer geweest kunnen zijn – er leek een sfeer van ongetemde eeuwigheid omheen te hangen, alsof het huis er altijd al had gestaan, alsof het land eromheen nooit gecultiveerder kon worden dan dit. Het was breed, laag en gedrongen en leek zich in het landschap te hebben genesteld als een grote kei die van een rots was gevallen en in het gras tot stilstand was gekomen. Niets zou het nu nog van zijn plaats halen – wind noch regen, sneeuw noch droogte. De dikke muren waren witgeverfd en de leien onder de genadeloze Egeïsche zon verbleekt tot een zachte perzikkleur. Het huis had grote boogramen, en op de begane grond leidden enorme dubbele deuren naar een woonruimte die waarschijnlijk ooit een stal was geweest – sommige boerderijen waren gebouwd met de stallen onder de woning van de boerenfamilie. Chloe kon zich voorstellen hoe het licht binnen zou stromen als de deuren opengingen.

Haar voetstappen bleven achter bij die van hem. Ze gaf hem de ruimte terwijl hij met zijn gebruikelijke kordate tred door de vele kamers liep, maar hij had nu een energie over zich die er niet was toen hij het nog veel grotere, duurdere admiraalshuis op Poros had laten zien, of de luxevilla in Atheense stijl op Aegina.

Alle vier de slaapkamers waren heel eenvoudig ingericht, met steeds slechts één stopcontact en een draad uit het plafond, maar ze waren groot en zonnig met meerdere ramen, witte muren, oude houten vloeren (met hier en daar een gat waar ze haar hand doorheen zou kunnen steken) en luiken met latjes voor elk raam. Ze hadden een hoog plafond en er waren boven twee badkamers, weliswaar geen van beide en suite, maar een ervan zou desgewenst gemakkelijk aan de grootste slaapkamer kunnen worden gekoppeld als er een tussenwand zou worden gesloopt. Ook de badkamers waren sober – douches met ruwe muren en groene tegels in de ene, en blauwe in de andere. De wastafels waren oude stenen bakken op een betonnen voet, en de toiletten hadden ouderwetse spoelbakken met een kettinkje. Er was geen natuursteen, geen glas, er waren geen bronzen kranen, maar het had allemaal de rustieke charme die vooraanstaande designers in Manhattan probeerden te imiteren met veel te dure vintage items.

De ruimte beneden was inderdaad oorspronkelijk voor het vee bestemd geweest. De stenen vloer was oneffen en versleten – en daarom des te mooier – en er was iets te voelen van een voorbije vitaliteit binnen deze dikke muren, alsof de generaties dieren die hier waren gevoerd en hadden geslapen in de structuur van het gebouw waren gesijpeld. De keuken, rechts van de trap, was enorm groot, maar duidelijk een praktisch vertrek dat later van de open ruimte was afgescheiden. Er waren rustieke handgemaakte olijfhouten units tegen de muren geplaatst, hun oppervlakken zo glad gepoetst als marmer. Het slagersblok had donkere vlekken van het gebruik en er stond een lang keukenblok tegen de zijmuur, met aan het ene uiteinde een stenen gootsteen en een kraan erboven. Er stond een elektrisch fornuis dat er vijftig jaar oud uitzag en niet in beste staat leek te zijn, maar dat kon gemakkelijk worden vervangen en zou zijn eis van 'meteen bewoonbaar' niet ondermijnen. Persoonlijk vond zij de stenen trap die tussen de keuken en oude stal naar boven leidde het mooist. Die was robuust met brede treden vol deukjes en butsen die getuigden van meer dan honderd jaar gebruik.

Ze had de deuren van de oude stal geopend terwijl Joe boven was, en ze sloeg hem gade toen hij naar beneden kwam en in het midden bleef staan van wat zijn woonkamer zou kunnen worden. Hij zette zijn handen op zijn heupen, draaide rond en keek naar de dakbalken hoog boven zijn hoofd, de achtermuur en de zijmuren, zo ruw als de rotsen buiten en simpelweg witgeverfd. Als hij kasten wilde hebben, moesten die vrijstaand zijn, bedacht ze, hoewel de vloer hier en daar wat scheef was. Maar de drie enorme open deuren boden toegang tot het kleine terras vol scheuren en het schrale gazon, en er stroomde inderdaad licht en warmte binnen, zoals ze al had voorspeld. Als hij hier glazen openslaande deuren zou laten plaatsen, misschien met zwarte stalen kozijnen, zou het een prachtige ruimte worden.

'Het grote nadeel van dit huis is dus dat het geen uitzicht op zee heeft,' zei ze voorzichtig, want ze wilde zijn gedachten niet verstoren.

'Dat maakt me niet uit,' mompelde hij.

'Echt niet?' Het leek haar nogal zinloos om hier een huis te kopen, op een Grieks eiland, en dan geen uitzicht op zee te hebben. Dat was nog een reden waarom ze dit huis voor het laatst had bewaard.

'Nee. Ik kan zo naar de zee lopen als ik die wil zien. Ik wil privacy, privacy, privacy!'

'Ja! Nou, goed.' Ze haalde haar schouders op. Híj was tenslotte degene die het huis ging kopen. 'En je kunt er natuurlijk altijd een bankje laten plaatsen om er bij zonsondergang te kunnen zitten. Of misschien kan er een pergola of zoiets komen te staan, met een tafel en stoelen.'

'Ja, misschien wel.' Hij knikte. 'En hoe zit het met de wifi? Het mobiele bereik?'

'Niet zo best. Bovenaan de trap bij de zee en op sommige plekken in de tuin is soms 4G-bereik, maar dat is het dan ook.'

Hij knikte tevreden en keek haar aan. 'Je hebt goed werk geleverd, Chloe. Wanneer heb ik je ook alweer ingehuurd? Acht dagen geleden?'

'Ik heb ons netwerk ingeschakeld, zo gaat dat bij Invicta.'

'Hoe dan ook heb je het goed gedaan.'

Het voelde als die keer dat ze geprezen werd door de schooldirecteur toen ze de spellingwedstrijd had gewonnen. Ze was belachelijk trots en tevreden over zichzelf. Ze bleef staan terwijl hij de keuken in liep, waar hij met zijn handen over de brede stenen vensterbanken gleed. Ze zag dat zijn ogen zich vernauwden toen hij de houten raamkozijnen bestudeerde. Ze bleef staan waar ze stond toen hij de trap weer op ging om nog een keer naar de slaapkamers te kijken. Hij moest het huis maar even op eigen houtje verkennen, dit zou immers zíjn optrekje worden. Ze had gezien dat hij er weg van was, en hoe onvoorspelbaar hij ook kon zijn – het ene moment charmant, het volgende kortaf – ze mocht hem des te meer om het feit dat hij zich niet liet verleiden door de super-de-luxe appartementen of vorstelijke villa's die hij zich kon veroorloven. In haar ogen sprak het voor hem dat hij de voorkeur gaf aan iets authentieks en passends. Wat zou een vrijgezelle dertiger als hij moeten met een villa met tien kamers? Ze vond hem sympathiek omdat hij rust verkoos boven een statussymbool, omdat hij liever oude kronkelbomen had dan keurig gesnoeide exemplaren, omdat hij het liefst wilde geiten als buren had. Dat zei iets over hem, althans in haar beleving: hij bezat integriteit, inhoud, een ziel.

Toen hij alles nog eens goed had bekeken, liep hij naar de vensterbank waar zij was gaan zitten. 'Het is perfect. Ik neem het.'

‘Als we de eigenaren kunnen overhalen het te verkopen,’ zei ze. Ze kon niet anders dan zijn enthousiasme temperen met wat realiteitszin. Hij had erop gestaan om alleen huizen te bezichtigen die niet officieel te koop stonden, en dat bracht een zeker risico met zich mee.

‘Dat komt wel goed. Ze zullen heus instemmen. Geef me hun gegevens maar,’ zei hij met een zelfvertrouwen dat grensde aan arrogantie.

‘Ik kan ook voor je onderhandelen. Ik ben het gewend. Gewoonlijk ben ik hoofd van onze afdeling corporate partnerships, dus ik...’

Hij schudde zijn hoofd en keek achterom naar het vertrek. ‘Nee. Ik doe het zelf.’

Ze voelde zich beledigd. Geloofde hij niet dat ze een goede deal voor hem kon regelen? Ze zette zich af en kwam overeind. ‘Nou, als je dat voor elkaar krijgt, kunnen we het papierwerk gaan opstellen. Hier is het zo dat je tien procent moet aanbetalen als een bod eenmaal is geaccepteerd. Dan wordt het pand voor je gereserveerd tot het definitieve koopcontract is getekend.’

‘Dat is niet nodig. Ik betaal gewoon meteen de vraagprijs.’

‘Nou, zo simpel is het misschien niet. Het bedrag moet worden vrijgegeven en worden geaccepteerd door de Bank van Griekenland. Maar wij hebben een jurist die je daarbij kan ondersteunen als je wilt, tenzij je je eigen team wilt gebruiken?’

‘Niet nodig.’ Hij haalde zijn schouders op, draaide zich om en liep terug naar de keuken. ‘Dat geld is al waar het moet zijn.’

Ze fronste. ‘Echt?’

Hij draaide zich nu weer om naar haar en knipperde afwezig met zijn ogen. Ze zag dat hij aan andere dingen dacht dan aan de financiële uitvoerbaarheid. ‘Natuurlijk. Ik heb overal ter wereld zakelijke belangen,’ mompelde hij. ‘Maar er is wel iets anders wat je voor me kunt doen.’

Ze onderdrukte een zucht en legde haar armen over elkaar, gefrustreerd dat hij haar hulp niet nodig had, maar ook weer wel. ‘En wat mag dat zijn?’

De brede glimlach die langzaam op zijn gezicht verscheen was charmant en zelfs enthousiast. ‘We hebben weer een vliegtuig nodig.’

18

Provence

Haar been lag als een wijnrank om het zijne, en zijn dijbeenspieren voelden zelfs in rust krachtig aan. Zijn handen, polsen, enkels en hals staken bruin af bij de rest van zijn lichaam. Ze legde een hand op zijn borst en keek omhoog naar zijn slapende gezicht. Zijn donkere lippen waren iets geopend, zijn wimpers wierpen ragfijne schaduwen over zijn wangen en zijn donkere haar krulde op het kussen.

Het dunne katoenen gordijn voor het open raam wiegde heen en weer en de geluiden van de markt beneden rezen omhoog als een opkomend getij. Een van de lichtblauwe luiken was niet goed vastgemaakt en tikte in de bries af en toe tegen de muur. Er streken mussen neer op de gietijzeren balkonbalustrade, waar ze even bleven zitten tot ze weer ergens anders naartoe fladderden, op zoek naar kruimels. Boven het bed zoefde de ventilator zoemend rond, een gelijkmatig snorren dat de warme lucht liet rondwervelen, ongeveer op dezelfde manier als de wirwar aan gedachten in haar hoofd.

Ze liet haar hoofd weer op zijn borst rusten. Waarom kon het niet altijd zo zijn?

Zijn hand spande zich om haar schouder. 'Waar denk je aan?' murmelde hij, zijn stem loom van de slaap. Ze wist dat hij moe was. Hij was de afgelopen nacht twee keer opgeroepen en zijn kliniek had vanochtend weer vol gezeten. Zij was niet de enige persoon die hij had gered.

'Waarom kan het niet altijd zo zijn?' fluisterde ze.

'Dat kan wel.'

Ze sloot haar ogen en er druppelde een hete traan van haar huid op de zijne. 'Nee.'

Ze zwegen allebei. Het was een discussie die ze maar al te vaak hadden gevoerd. Soms begon zij, soms begon hij, maar de uitkomst was altijd dezelfde: deze momenten waren uitzondering op de regel – gestolen, zeldzaam, een fantasie. Liefde was niet de oplossing, was niet genoeg, kon de werkelijkheid die als een laag cellofaan over hen heen lag niet wegnemen. Ze konden elkaar zien, maar niet bij elkaar komen.

Hij zuchtte bij het geluid van het rolluik van de apotheek aan de overkant die openging. Dit was het moment waar ze allebei tegen opzagen, dat ze hadden gehoopt af te wenden met hun zoenen en aanrakingen. Maar ze konden de voortgaande mars van de klok niet tegenhouden en zijn middagspreekuur zou al snel van start gaan. Er begonnen al patiënten binnen te druppelen, hun langzame voetstappen op de stenen treden waren hoorbaar.

Hij plantte een kus op haar kruin, en even bleven zijn lippen tegen haar haar liggen, zijn buikspieren hard onder haar hand. Toen stond hij op van het houten bed en liep naakt door de kamer naar de plek bij de deur waar hun kleren op een hoop lagen.

Ze trok het laken tegen zich aan en keek hoe hij in zijn boxershort stapte en met neergeslagen ogen zijn overhemd aandeed. Zijn lichaam was slank en niet overmatig gespierd, daarvoor bracht hij te veel tijd achter zijn bureau door. Hij had een rustige elegantie: lange benen en armen, smalle handen, een ovaal gezicht achter een bril met metalen montuur. Hij was drie jaar jonger dan zij, maar hij was haar reddingsboei in de storm geweest, haar enige veilige anker, en ze had zich als een drenkeling aan hem vastgeklampt. Ze verfoeide zichzelf dat ze hem haar wereldje in had getrokken. Hij stond nog fris in het leven – open en kalm, optimistisch, hoopvol, en ze wist dat hun liefde haar weliswaar zou redden, maar hem zou breken. Hoe kon ze beweren zielsveel van hem te houden en toch doorgaan met hem in gevaar te brengen? Maar alleen al de gedachte hem te moeten missen... Ze was niet sterk genoeg om dit alleen te doen. Hij had haar in meerdere opzichten gered.

Hij knoopte zijn witte jas dicht, haakte zijn bril over zijn oren en keek haar aan met die vertrouwde mengeling van verlangen en berusting. Er zou niets veranderen, maar het kon zo ook niet doorgaan. Hoeveel langer konden ze dit nog geheimhouden? Maar één iemand hoefde het te merken, er hoefde maar een gerucht te ontstaan, en als haar echtgenoot er ooit achter zou komen... Het werd haar koud om het hart. Hij was deze week weg, maar hij zou in het weekend terugkomen. Hij wist nog niet dat er dingen waren veranderd. 'Donderdag?'

Hun dag. Ze knikte. 'Natuurlijk.'

Een laatste verlangende blik en de deur klikte achter hem dicht. Nog een paar minuten lang staarde ze naar het schilderij aan de muur – een tafereel van rotsen en een turquoise zee met bootjes met witte zeilen aan de horizon. Ze voelde zich leeg, uitgehold, zoals altijd als hun tijd samen weer onvermijdelijk voorbij was. Hun samenzijn was het enige wat haar op de been hield, het enige wat oprecht was in een leven dat op leugens was gebouwd, maar de uren hier waren te kort en voelden altijd zo broos als de vleugels van een vlinder. Ze zou op elk moment verpletterd kunnen worden...

Ze voelde de bekende angstkriebel, stond op en kleedde zich snel aan, waarbij ze zich als een veertje over de vloerplanken bewoog. Zijn spreekkamer lag hier precies onder. Ze hoorde het geluid van zijn stem en het schrapen van een stoel door het plafond heen.

Ze ging op haar knieën zitten om te kijken of er niets onder het bed was gerold – geen oorring of sleutel, geen bewijs dat ze hier was geweest. De deur van de kliniek ging nu vaker open en dicht en ze hoorde wat stemmen in de wachtkamer. Maar ze nam niet de hoofdtrap naar beneden. Ze liep door het keukentje en deed de deur naar de brandtrap open. Met haar schoenen in haar handen sloop ze op blote voeten over de ijzeren treden omlaag. Het gevoel van de hete tegels onder haar voetzolen was een opluchting, maar terwijl ze haar voeten in haar sandalen stak, wist ze dat ze in de achterafstraatjes op weg naar Place Bonnet, driehonderd meter verderop, nog niet veilig zou zijn. Nee. Pas als de mensenmassa haar zou opslokken en ze een van de vele anonieme gezichten was, kon ze weer ademhalen en weten dat ze de dag van morgen nog zou meemaken. En donderdag.

Hydra

Ze liepen te hijgen toen ze vanuit de pijnbomen tevoorschijn kwamen. De combinatie van het woeste, heuvelachtige landschap en de genadeloze zon was ideaal voor de fanatieke bootcamper – Joe had tijdens hun mars hiernaartoe eerder een drilsergeant dan de baas van een ingenieursonderneming geleken – en ze stopten allebei om het uitzicht te bekijken. De baai was klein en rond, het water zag er uitnodigend turquoise uit en was zo helder dat ze van hieraf de rotsen en stenen kon zien. Er lagen zonaanbidders op felgekleurde handdoeken op de kiezels – er waren hier geen brede zandstranden. Er stond een gebouwtje vlak achter het strand, met lichtblauw geverfde houten stoelen en tafels in de schaduw van een rieten luifel. Ze zag dat daar al mensen naar de zee zaten te kijken, hun glazen bedekt met druppeltjes condens. Sommige zwemmers spatten in het rond en speelden *beachball* in het ondiepe gedeelte, anderen dreven met gespreide armen en benen rond. Een stuk verderop deinden wat motorbootjes op de golven op en neer.

Joe keek haar aan en grijnsde. Hij had zijn T-shirt halverwege de weg omhoog uitgetrokken en het zweet druppelde omlaag over zijn gebruinde, atletisch gebouwde lichaam. Ze had zelf niet hetzelfde kunnen doen – ze had geen zwemkleding bij zich en ze droeg simpel grijs ondergoed van Calvin Klein onder haar nieuwe topje en shorts.

'Lunch?'

'O ja, heerlijk,' kreunde ze. Ze hadden een groot deel van de ochtend 'op verkenningstocht' doorgebracht. Toen ze naar beneden was gekomen voor het ontbijt, was hij al naar de haven geweest en had hij 'alles geregeld' met het oudere paar dat de boerderij bezat. Ze had geen idee hoe hij het had gedaan, maar haar tussenpersoon had haar een bericht gestuurd met de bevestiging dat de koopakte halverwege de middag gereed zou zijn. Vandaar zijn idee voor dit uitstapje terwijl ze wachtten.

Ze begonnen over het rotsige pad de helling af te lopen, voorzichtig om een verzwikte enkel te voorkomen. 'De locals hier moeten wel superfit zijn,' mompelde ze, blij dat ze hem dankzij haar bokslessen aardig kon bijhouden.

Binnen een half uur kwamen ze aan bij de baai van Limnioniza en liepen ze rechtstreeks naar de kleine taveerne, gelokt door de heerlijke geur van vers gegrilde vis.

'Een tafel voor twee, alstublieft.' Joe stak een paar vingers omhoog toen er een serveerster naar hen toe kwam.

Ze ging hun voor langs een groot aquarium waar kreeften met samengebonden scharen in rondkropen, hun sprieten wanhopig tastend langs het glas. Ze namen plaats aan een tafel in de hoek met uitzicht op het strand. Er waren slechts vijf tafels in totaal en de rest was al bezet door stellen die gedempt met elkaar spraken. Alles in de lichte schaduw – uit de felle hitte –leek getemperd en mild. Er speelde een zacht muziekje op de achtergrond en vanuit de keuken klonken gekletter van pannen en het plotselinge sissen van de vis die erin werd gelegd.

'Het laatste tafeltje? Wat een gelukje,' zei hij tegen haar terwijl de serveerster hun de menukaarten aanreikte.

'Ik heb de indruk dat jij voor het geluk geboren bent,' grapte Chloe. Ze ging achteroverzitten en koesterde zich in de weelde van de schaduw. Ze controleerde haar schouders en armen op tekenen van verbranding. Anders dan hij kleurde zij niet snel goudbruin. Als ze al een beetje bruin werd, was dat een kleurtje dat langzaam was opgebouwd onder honderden lagen zonnebrandcrème.

'Ik denk dat je geluk afdwingt. Wie zei dat ook alweer? Hoe harder ik werk, hoe meer geluk ik heb?' Hij keek haar kort aan en richtte zijn ogen daarna weer op de menukaart. 'Zullen we bier en de vis van de dag nemen?' vroeg hij toen de serveerster papieren servetjes en bestek voor hen neerlegde.

'Ja, prima.' Ze knikte en hij bestelde.

Ze checkte haar telefoon. Ze had een telefoontje van Pelham gemist. Ze belde haar voicemail en luisterde, zich verwonderend over het feit dat ze hier überhaupt bereik had.

'*Chloe, darling.*' Zijn stem klonk als warme karamel. '*De riviercruise was fantastisch! Heel speciaal. Het régende bloemblaadjes. Rissa was verrukt. Nou ja, behalve dan van het bloemblaadje dat recht in haar oog vloog toen ze opkeek. We waren bang dat het haar hoornvlies had beschadigd, maar de dokter heeft haar oogdruppels gegeven en zei dat het over een dag of twee hersteld zou moeten zijn. Maar afgezien daarvan, darling, echt prachtig. Hoe bedénk je toch zulke dingen!*' Chloe onderdrukte een glimlach. Die arme Rissa. Pelhams verleidingstactieken zouden met een waarschuwing gepaard moeten gaan. '*Hoe dan ook, we zijn op weg naar Washington – de staat, niet de stad. De kleindochter van vrienden van ons gaat trouwen en ze zijn zo vriendelijk ge-*

weest om ons uit te nodigen. Zou jij zo lief willen zijn om een cadeau voor de jongedame te bedenken? Ik geloof dat ze tweeentwintig is... Ja toch? Ja, volgens mij wel. Ze heeft in elk geval bruin haar.' Chloe trok een wenkbrauw op. Dat was alles? Ze werd geacht een bruidsgeschenk te vinden op basis van die informatie? '*We zijn nu op het vliegveld, maar ik stuur je het adres in Seattle waar we zullen verblijven. Alvast veel dank – je bent een schat. Toodlepip.'*

Ze slaakte een zucht en legde de telefoon neer. Joe keek haar aan. 'Ze zijn nogal veeleisend hè, die verwende cliënten van je,' zei hij ironisch, en hij schonk wat water in hun glazen uit de karaf die de serveerster had gebracht, samen met een schaaltje olijven, brood en olie.

'Ze?' Ze wierp hem een veelzeggende blik toe. 'Je rekent jezelf er niet toe?'

Hij gebaarde naar de kleine taveerne. 'Vind je mij verwend?'

'Nou, we zijn hier met een privéjet gekomen. En ook nog op stel en sprong. Dat is op z'n minst veeleisend, in elk geval niet normaal.'

'Wat is "normaal"?' zei hij, en hij scheurde een stukje van het nog warme brood en doopte het in de olijfolie.

'Voor mensen als ik?'

Hij haalde zijn schouders op, stopte het brood in zijn mond en keek haar afwachtend aan. Hij had zijn T-shirt weer aangetrokken toen ze het terras op waren gekomen, wat zij persoonlijk wel jammer vond.

'Oké dan. Nou, ik zou zeggen dat het voor de meeste mensen normaal is om elke ochtend hetzelfde te eten bij het ontbijt. Om te moeten kiezen tussen een festival of een vakantie. Om een tweedehands auto te kopen en te leven naar een bepaald budget. Om je vaker iets niet te kunnen veroorloven dan wel. Om te werken tot je rond de vijfenzestig bent.'

'Dat klinkt heel aantrekkelijk,' grapte hij.

'Spot er maar mee! Jij vraagt ernaar en ik vertel je wat normaal is.'

'Ik ben het met je eens,' zei hij schouderophalend.

'O ja?' Er klonk weifeling door in haar stem.

Hij keek haar belangstellend aan. 'Natuurlijk. Maar als je het mij vraagt, is normaal niet zo afgezaagd als jij het doet voorkomen. Je zou kunnen zeggen dat het een luxe is om te wonen in een huis dat een thuis is en niet een bezit, om elke avond naast je vrouw in bed te stappen in plaats van weer ergens naartoe te moeten vliegen. Normaal is ook een maaltijd te eten die met liefde door een dierbare is bereid in plaats van een sterrenchef. Huisdieren hebben. Kinderen. Die je zelf naar school brengt. De wekelijkse boodschappen doen. De hele santenkraam.'

Ze keek hem aan. 'Precies.'

'Precies.'

Er verscheen een frons in haar voorhoofd. Ze was de draad van zijn betoog kwijt: wat was voor hem nu normaal en aan welke kant van 'normaal' stond hij eigenlijk? Dit was toch een discussie, niet een gezamenlijke opvatting? 'Maar zo ziet jouw leven er dus niet uit. Het is niet jouw werkelijkheid.'

'Tja, zo hebben we allemaal wel iets om naar te streven.' Hij haalde zijn schouders op en nam een olijf.

Ze wist niet of ze moest lachen of niet. Meende hij dat nou? Zijn gevoel voor humor was zo droog, zo sober, dat ze hem soms niet kon peilen. Soms voelde het zelfs heel even alsof de rollen werden omgedraaid en zíj de veeleisende en verwende cliënt was...

De serveerster bracht hun eten – gegrilde zeebaars, geroosterde tomaten, gebakken aardappeltjes en kortgekookte spinazie.

'Verantwoorde keuze,' zei ze met een blik op haar bord.

'Jammer hè.' Ze keek verrast op. 'Grapje!' zei hij met zijn handen verontschuldigend in de lucht.

Ze grinnikte. De grenzen tussen hen waren aan het verschuiven, zoals ze al had voorzien. Het was simpelweg onmogelijk om zo ongeveer vierentwintig uur per dag met iemand door te brengen en steeds op je hoede te blijven.

Ze checkte haar telefoon weer op berichten. Het bereik was niet zo best. 'Goed, het vliegtuig is volgens plan een uur geleden in Athene geland. De boot zal nu wel bijna bevracht zijn en die komt hier dan snel naartoe...' zei ze, en ze prikte met haar vork in een tomaat. Er spoot heet sap uit, recht op haar witte topje. 'O mijn god!' steunde ze, verwoed deppend met haar servet, maar het kwaad was al geschied. 'Dit is toch niet te geloven!'

Ze keek op en zag dat Joe grijnsde. Hij lachte meer met zijn ogen dan met zijn mond. 'Jawel hoor.'

'Ik zie er verdorie uit als een peuter,' klaagde ze. Ze stak de hoek van het servet in haar glas water en probeerde nog eens de vlek te verwijderen. Maar die viel alleen nog maar meer op nu de stof ook door het water werd doordrenkt. 'O, geweldig. En nu lijkt het ook nog alsof ik ben neergeschoten!' Ze ging achteroverzitten in haar stoel en liet haar armen langs haar lichaam vallen.

'Trek het dan uit.' Hij haalde zijn schouders op en nam een hap.

Ze keek verschrikt. 'Dat kan niet.'

'Waarom niet?' Hij wierp een blik achter haar. 'Iedereen draagt zwemkleding.'

Ze keek om naar de andere gasten. Sommige vrouwen droegen alleen een bikini en hadden hun papieren servet onder hun benen gelegd zodat ze niet aan hun stoel bleven plakken.

'Ja, maar ik heb geen zwemkleding aan,' mompelde ze. Ze ging hier echt niet in haar beha zitten.

Hij zuchtte. 'Chloe, het is een strand. Een bikini is gewoon waterproof ondergoed. Het maakt niet uit. Het kan niemand wat schelen.'

Niemand? Nou, als hij er zo tegen aankeek... En haar smaak

neigde naar sportief. Ze zou hier niet in een kanten niemendalletje zitten.

Aarzelend trok ze het natte hemdje uit. Ze merkte dat hij zijn blik galant op zijn bord gericht hield terwijl ze het over de reling te drogen hing, en ze aten een paar minuten zwijgend verder.

'Dus, wat zei je ook alweer – de boot verlaat Athene straks. Hoe zit het met het tijdschema?' vroeg hij.

'Nou, vanwege de hoeveelheid vracht konden we geen snelboot krijgen. De tocht duurt drieënhalf uur, hebben ze gezegd. En dan moeten ze de boel nog uitladen en naar het huis overbrengen.'

'Heb je de ezels geboekt?' Hij pakte zijn glas bier.

'Zo ongeveer alle ezels op het eiland,' zei ze.

Hij keek tevreden. 'Dus dan hebben we het over, laten we zeggen… zes uur vanavond? Ongeveer?'

'Ja, zoiets. Het hoofd van het ezelbedrijf stuurt me een berichtje.'

'Nou, wat zullen we de rest van de dag eens gaan doen?' peinsde hij hardop met een blik op de zee.

Alsjeblieft, niet meer wandelen. 'Op het strand liggen? Slapen? Slapen klinkt mij als muziek in de oren.'

'Ja, dat kan,' zei hij met zijn ogen op het water. 'Of we huren een boot.'

'Een boot? Wat voor boot?' O god, wat nu weer?

'Ik zag vanochtend dat er in de haven een jacht te huur lag.'

'O ja?' vroeg ze. Dat had zij ook gezien. Een schitterend glanzend donkerblauw exemplaar met een lichthouten dek en een mast die nog hoger leek te zijn dan de heuvel aan de baai.

'Ja, ik heb het nummer zelfs genoteerd,' zei hij, tastend in de broekzak van zijn shorts. Hij schoof het papiertje over de tafel naar haar toe. 'Zullen we die boot voor vanmiddag huren? Ze kunnen hiernaartoe komen varen om ons op te halen.'

'Nou, dat is in elk geval een manier om de wandeling terug

te vermijden,' grapte ze, waarop hij glimlachte en weer een hap nam. 'Zoals ik al zei,' murmelde ze terwijl ze het nummer intikte. 'Niet normaal.'

Het veertig meter lange jacht, de Olympia, baarde nogal wat opzien toen het rond de landtong kwam aanvaren. Chloe hoorde de verrukte reacties van strandgangers die rechtop op hun handdoek gingen zitten, zich op hun luchtbed omdraaiden of in het ondiepe water gingen staan toen duidelijk werd dat het hier zijn anker zou uitwerpen.

'Daar komt het al aan,' zei Joe een paar meter hogerop. 'God, wat een schoonheid.'

Binnen enkele ogenblikken klauterde Chloe ook over de rotsen naar boven om zelf het jacht te kunnen zien (aangezien ze nu alleen nog haar ondergoed droeg, had ze erop gestaan dat hij vooruit zou gaan). Dit verstond Joe onder 'het rustig aan doen' tot de Olympia zou komen: de rotsen beklimmen alsof ze kinderen waren. Het was een onverwacht leuke bezigheid voor een ingenieur die vele miljoenen bezat. Aan de andere kant leek hij elke conventie en verwachting steeds te tarten. Ze kreeg geen eenduidig beeld van hem. Op sommige momenten leek hij heel normaal – als hij at op streetfoodmarkten en in kleine tavernes, en een jeans met een T-shirt droeg zoals de meeste mensen. Op andere momenten smeet hij met geld, huurde vliegtuigen en jachten alsof het waterfietsen waren.

'O wauw,' zei ze ademloos toen ze de slanke rondingen van de ranke Olympia in zich opnam. Joe had het jacht online opgezocht toen Chloe het boekte: het had twee dekhuizen, meerdere luxueuze hutten en het was van alle gemakken voorzien.

Ze zaten op de rotsen en keken samen met de andere mensen op het strand hoe het jacht statig keerde en met de voorsteven naar zee gedraaid voor anker ging.

'We moeten maar eens teruggaan naar het strand,' zei ze met

een blik naar hun hoopje kleren dat nog op het zand lag. Ze hadden geen handdoeken bij zich. Joe had gezegd dat hij van de rotsen wilde duiken. Zij sprong liever gewoon, met haar neus dichtgeknepen – dan kon ze haar onderbroek ook niet verliezen. 'Ze sturen iemand met een bootje om ons op te halen, en dan moeten wij er wel zijn.'

'Oké. Maar we kunnen er ook zelf naartoe zwemmen.'

Ze keek hem aan. 'Wat?'

'Waarom niet? We wilden toch gaan zwemmen en zo ver is het ook weer niet.'

'Wat is "niet zo ver"?' Het zou weer net zo'n discussie worden als over wat ze "normaal" vonden.

Hij wierp haar grijnzend een blik toe. Zijn tanden staken extra wit af tegen zijn donkere baardje en goudkleurige huid. God, wat was hij…

'Maar onze kleren dan?' vroeg ze, zichzelf tot de orde roepend. 'Die kunnen we niet op het strand laten liggen!'

'Dat komt wel goed. De bemanning kan ze wel halen.'

'Ja hoor.' Hij had ook overal een antwoord op. Ze kwam hier niet onderuit. Ze keek weer naar het jacht. Dat lag ruim driehonderd meter verderop, schatte ze in.

'Kom,' zei hij, en hij kwam overeind, liep naar de rand van de rots en keek naar beneden. Hij spande zijn spieren, stak zonder er nog eens over na te denken zijn armen boven zijn hoofd en zweefde door de lucht. Het was alsof ze naar een adelaar in duikvlucht keek: beheerst, strak en in een perfecte hoek. Hij dook het water in met een minimale plons, kwam een seconde later weer boven en gooide zijn hoofd achterover, waarbij de druppeltjes door de lucht vlogen als een kristallen regenboog. 'Kom erin!' riep hij als een zeegod naar boven. 'Het water is heerlijk.'

'Chloe?'

'Hoi!' Ze voelde een golf van opluchting bij het horen van

Alexanders stem. Hij had haar dus kunnen bereiken. Ze had gisteren zo snel als ze kon de berichten van Tom gewist, maar ergens knaagde de angst dat ze misschien ook een telefoontje van hem had gemist en dat ze niet bereikbaar was geweest. Hij belde gewoonlijk wel om de paar dagen en het was nu vier dagen geleden dat ze elkaar voor het laatst hadden gesproken. En na wat Xan haar gisterochtend had verteld, maakte ze zich ook nog zorgen over de vraag of Serena zich misschien op Poppy's terrein had begeven en haar belangrijkste cliënt had geprobeerd binnen te hengelen. 'Hoe gaat het met je?'

'Waar ben je? De beltoon is anders.' Zijn toon was bruusk.

'In Griekenland.'

'Op vakantie?' Hij klonk gestrest.

Ze keek naar Joe. Hij lag op zijn buik op het zonnedek een Robert Harris-thriller te lezen in een nieuwe kaki zwembroek met een regenboog over zijn billen gestikt.

Ze stond op van haar beschaduwde plek op de verzonken bank, liep naar de reling en keek omlaag naar het water. Het zonlicht weerkaatste van het oppervlak, flonkerend als elektrisch geladen elfjes, en er zwommen scholen kleine zilveren visjes langs. Een rimpeling van schuim oogde als kant tegen de romp terwijl de Olympia als een mes in warme boter door de zee gleed. Ze stak een been uit en doopte een blote teen in de zonneschijn. 'Nee, ik help een cliënt, maar ik sta ook voor jou klaar. Waarmee kan ik je van dienst zijn?'

'Ik ben in India.'

'Oké.'

'Ik heb hier een van de investeerders waar ik je over heb verteld mee naartoe genomen. Hij wil de Taj Mahal zien, maar die achterlijke conciërge van het hotel hier heeft me net verteld dat die in de steigers staat.'

Op de achtergrond hoorde ze een mannenstem. 'Hij wordt schoongemaakt, meneer. Dat duurt achttien maanden.'

‘Hoorde je dat?’ vroeg Alexander. ‘Achttien maanden! Ik kan toch geen achttien maanden wachten? Ik heb die man verteld dat ik hem de Taj Mahal ga laten zien.’

‘Natuurlijk niet,’ beaamde Chloe kalm. ‘Het idee alleen al is krankjorum.’

‘Krankwat?’ snauwde hij.

‘Laat maar. Luister, ik kijk wat ik kan doen. Kun je daar nog een nacht blijven? Ik snap dat dat niet de bedoeling was, maar ik zorg dan dat het morgen in orde is, oké?’ Ze duwde met één gespreide hand op haar slapen. Wat zei ze in godsnaam?

‘Prima.’ Hij klonk nog mopperig. ‘Maar zeg ze dat de palen en alles uit het zicht moeten worden gehaald. Ik wil niet dat ze op de grond blijven liggen, dat staat zo slordig.’ Zijn accent was vandaag in volle glorie aanwezig.

Ze rolde met haar ogen. ‘Maak je geen zorgen. Ik bel je over een uur terug ter bevestiging.’

Hij hing op en ze kreunde geërgerd. ‘Gódsamme,’ mompelde ze bij zichzelf.

Althans, dat dacht ze.

‘Dat hoorde ik.’

Ze keek op en zag Joe over het dek naar haar toe lopen met een geamuseerde blik op zijn gezicht. ‘Een cliënt met onredelijke eisen?’

‘Nee,’ zei ze snel. Te snel.

Hij grijnsde, overduidelijk zonder haar te geloven, en slenterde naar de bar. ‘Wil je er iets over kwijt?’

Ze keek hem na. Het werd steeds normaler om hem halfnaakt te zien. ‘Nope. Geheimhoudingsplicht.’

‘Aha. Die neem je dus behoorlijk serieus?’ Hij opende een fles Watenshi-gin en wierp haar een blik toe.

‘Uiteraard,’ zei ze, bijna beledigd dat haar professionele integriteit in twijfel werd getrokken.

Hij zweeg en ze keek hoe hij de gin over wat ijsblokjes in twee tumblers goot, tonic toevoegde, gevolgd door een partje roze grapefruit. Het was hun derde vandaag – naast het bier bij de lunch – en het was nog maar net drie uur geweest. Ze lagen nu voor de kust van Poros.

'Goed,' zei hij ten slotte, en hij reikte haar haar drankje aan, waarbij zijn blik eventjes over haar heen leek te glijden voordat hij over het dek terugliep naar zijn boek.

Ze keek zelf ook even snel omlaag naar de olijfgroene bikini. Haar zwemkleding had al klaargelegen op het jacht – net als zijn nieuwe, droge shorts. Ze had kunnen kiezen uit een lade vol Melissa Odabash, Heidi Klein, Manuel Canovas, Princesse Tam Tam... Allemaal nieuw met de labels er nog aan.

Ze keek nog eens naar Joe en werd even in verwarring gebracht toen ze zag dat hij al naar háár keek, zijn blik ondoorgrondelijk achter zijn zonnebril terwijl hij een slokje nam. Zonder een woord te zeggen begon hij weer te lezen.

Met een hart dat harder klopte dan ze zou willen in de niets verhullende bikini nam ze haar mobiel mee de salon in. Anders dan hij was zíj hier voor haar werk, niet voor haar plezier. Ze moest de nodige telefoontjes plegen.

Hij was op zijn buik in slaap gevallen toen ze drie kwartier later naar buiten kwam. Zijn zonnebril lag op zijn boek en zijn linkerwang was tegen zijn handen gedrukt. Hij zag er anders uit als hij sliep – die behoedzame terughoudendheid die hij meestal over zich had, was afgeworpen als een slangenhuid. Ze keek naar zijn lange wimpers, de kleine opening tussen zijn bruinroze lippen, de plooi tussen zijn schouderbladen waar de spieren tegen elkaar aan lagen... Hij had het baardje bijgewerkt, zodat het weer stoppels waren. Hij was echt superknap. Elle had niet voor niets zijn nummer willen hebben, en dan wist zij nog niet eens wat hij naast dat mooie uiterlijk belichaamde – het vliegtuig, dit jacht, geld als water, een levensstijl waarin niets te dol was... Het was hemeltergend jammer dat hij haar cliënt was, dacht ze terwijl ze naast hem op haar buik op de wit-met-blauwe badstof kussens ging liggen en de warmte op haar rug voelde. Een minuut maar, dacht ze toen ze haar ogen sloot...

Toen ze haar ogen opendeed, wist ze even niet wat ze zag. Een ander oog, van dichtbij, ziet er niet hetzelfde uit als van een afstandje, en ze zag de pupil krimpen en uitzetten, waardoor de cacaokleurige iris leek te wiegen en te dansen. Hij keek naar haar, zijn handen nog gevouwen onder zijn wang alsof ze geliefden in een bed waren, oog in oog, de benen verstrengeld...

Ze voelde dat ze een kleur kreeg.

'De jetlag,' mompelde ze verontschuldigend als verklaring, en ze bewoog naar achteren en omhoog op haar ellebogen om het oogcontact te verbreken.

'Vertel mij wat.'

'Ben je al lang wakker?' Ze wist niet zeker of ze het antwoord wilde horen.

'Een poosje.' Hij rolde op zijn zij en liet zijn hoofd in zijn linkerhand rusten. 'Wie is Tom?'

'Wat?' Het woord ontschoot haar in volle vaart.

Hij keek haar aan. 'Die naam noemde je in je slaap.'

'Echt?' Hij knikte. 'O... Nou, niemand.'

Hij trok een wenkbrauw op en sloeg haar gade terwijl ze ging zitten en naar de grillige kustlijn aan stuurboord keek. 'Draagt hij een vlinderstrik?'

Ze negeerde de vraag. Het ging hem niets aan en dat wist hij. Die drankjes waren naar hun hoofd gestegen en hij overschreed een grens. Kijken hoe ze lag te slapen, vragen stellen over haar ex, wat dacht hij wel niet? Dacht hij dat zijn lidmaatschap hem daar het recht toe gaf? 'Hoe laat is het?'

Er viel een stilte. 'Bijna vier uur.'

Ze zag dat ze inmiddels in een kleine baai, grotendeels omcirkeld door lichte rotsen, voor anker lagen. De zon was een witte schittering die de hemel bleekte. Het water was hier groen-met-blauw gevlekt en op de bodem ver onder hen lagen ronde stenen met daartussen grasachtig zeewier. Het zag er aanlokkelijk uit. Ze zou graag een duik willen nemen. Ze moesten allebei afkoelen.

Hij leek haar gedachten te kunnen lezen. 'Zwemmen?'

'O, ik moet mijn berichten nog checken,' zei ze gereserveerd. Ze moest zeker weten dat ze in India precies deden was ze had gevraagd en dat het geschenk dat ze voor Pelham had besteld in Seattle was bezorgd. Bovendien kon ze het zich niet veroorloven nog meer telefoontjes te missen. 'Het is momenteel erg druk en ik mag niemand teleurstellen.'

'Nou, je stelt míj teleur als je niet met me gaat zwemmen,' zei hij toen ze haar telefoon pakte en begon te scrollen.

'Ik heb óók andere cliënten, dat weet je,' zei ze met een blik vanonder haar wimpers.

'Maar ik ben de belangrijkste.'

Er vormde zich een spottend lachje om haar lippen. Hij moest eens weten wie haar andere cliënten waren: niemand, maar dan ook niemand, kon de macht van Alexander Subocheva in de schaduw stellen. 'O, dacht je dat?' schamperde ze luchtig.

'Ik wéét het.' Hij trok de telefoon uit haar hand en gooide hem op de bank, buiten haar bereik.

'Joe!' Ze krabbelde op, maar hij greep haar bij de pols.

'Kom mee, het water in!' Hij trok haar mee naar de rand van het jacht.

'Joe, nee!' riep ze lachend, zich hurkend terugtrekkend. 'Het zou heerlijk zijn, echt waar, maar ik heb ook nog andere cliënten. Ik moet aan het werk.'

'Dit ís werk,' zei hij tot haar stomme verbazing met een knipoog – en hij sprong.

Ze gilde toen ze werd meegetrokken. Het weeë gevoel dat de

val in haar maag teweegbracht werd meteen het zwijgen opgelegd door de koele omhelzing van het water. Toen ze proestend weer bovenkwam en de haren uit haar gezicht streek, zag ze dat hij haar grijnzend aankeek.

'Zie je wel?' Hij draaide zich op zijn rug en dreef onbekommerd door het water. 'Hard werken, toch?'

De rest van de dag 'werkte' ze. Ze sprongen van de rotsen – die hier maar drie meter hoog waren – en zwommen er weer van weg. Het jacht had alle speelgoed aan boord dat je je maar kon wensen, ook simpele snorkels, waar ze meer dan een uur zij aan zij mee rondzwommen door de baai, waarbij hij haar een octopus aanwees en zij een zeester zag. Ze kreeg de slappe lach toen hij het jetpack uitprobeerde en diverse malen op zijn gezicht viel totdat hij eindelijk de slag te pakken kreeg, en à la James Bond op dekhoogte bleef hangen en om wat fruit vroeg – om te bewijzen hoe bedreven hij al was.

'Heb je ooit op zo'n ding gezeten?' vroeg hij later, wijzend op de jetski.

'Nee,' antwoordde ze, en ze wist precies wat er ging komen. Ze had het protesteren opgegeven. Als Joe Lincoln iets wilde, gebeurde het ook.

'Kom op dan.'

Ze keken vanaf het dek toe hoe een van de bemanningsleden de jetski op het water liet zakken en trokken de zwemvesten aan.

'Ik ga eerst,' zei hij met een blik op de flitsende machine, opgetogen alsof het om een Lamborghini ging.

'O ja?' zei ze uitdagend, en ze hoefde het niet eens te zeggen toen hij haar aankeek.

Een tel later lagen ze allebei in het water, spattend en lachend en hoestend, en zwommen ze allebei zo hard mogelijk om er het eerste bij te zijn, geen van beiden erg aquadynamisch in het zwemvest. Uiteraard won hij.

'Alleen omdat jij langer bent. Dat is in je voordeel,' hijgde ze, nog steeds lachend terwijl ze watertrappelde en keek hoe hij op de jetski ging zitten. 'Dus eigenlijk was het een onbesliste finish. En dan geldt: *ladies first*. Als je een gentleman bent, laat je mij eerst gaan.'

Hij keek haar aan. 'Er klopt niets van die redenering,' zei hij met een schittering in zijn ogen. 'En ik heb nooit beweerd dat ik een gentleman was.'

Ze stak haar tong naar hem uit. Niet haar stijlvolste reactie, maar als hij haar aankeek, ontbrak het haar soms aan woorden. Of grond onder de voeten. Of adem.

'Wacht maar, ik zal me als een grootmoedig winnaar gedragen...' Hij stak zijn hand uit om haar omhoog te hijsen. 'Kom. Ruimte genoeg.' Hij schoof een stukje vooruit.

'Nee, het was maar een grapje,' zei ze grijnzend, en ze zwom weer een stukje achteruit, comfortabel drijvend in haar zwemvest. 'Ga jij maar eerst. Ik kijk wel.'

'Kom nou.' Hij hield zijn arm uitgestrekt.

Ze slikte – in de wetenschap dat hij geen nee zou accepteren – en stak haar hand uit. In één beweging was ze uit het water en balanceerde ze op de smalle rand die om de jetski liep. Die was niet bedoeld voor twee personen, en hoewel het zadel lang was voor één persoon, was het nogal krap voor twee.

'Ik weet het niet, hoor...' zei ze nerveus.

'Ga nou maar gewoon zitten,' zei hij over zijn schouder.

Ze beet zenuwachtig op haar lip, zwaaide haar been over het zadel en ging achter hem zitten. Er was net genoeg ruimte als ze zich zo dicht mogelijk tegen zijn rug aan perste. De zwemvesten maakten het er niet gemakkelijker op en er waren geen handgrepen en ze kon haar armen nergens laten.

'Hou je vast.'

Omdat ze geen andere keus had, sloeg ze aarzelend haar armen om zijn middel. Hij rook zilt en gronderig tegelijk, en zijn armen, die de hare vastklemden, waren twee keer zo breed als de hare.

Hij startte de motor en gaf gas en ze verstevigde automatisch haar greep en zette zich schrap voor de plotselinge versnelling van nul naar honderd kilometer per uur. Toen ze ervandoor schoten en ze het uitgilde, voelde ze aan de trillingen in zijn borst dat hij lachte. De wind blies haar haar uit haar gezicht en ze scheurden over het wateroppervlak langs de boot. Ze zag dat de bemanning een tweede jetski op het water liet zakken.

'O!' riep ze uit, en ze stak een hand uit om Joe erop te wijzen.

Maar dat leek hij niet te horen of te zien, want het volgende moment nam hij een scherpe bocht naar links in de richting van de open zee – ze gilde het uit van opwinding – en lieten ze het jacht ver achter zich.

19

Ze had nog nooit zoveel ezels bij elkaar gezien.

'Hoe noem je zo'n grote groep ezels eigenlijk?' zei ze hijgend van de klim via de trap naar boven en door de olijfgaard naar de haveloze tuin bij het huis. 'Een horde of zo?'

'Gewoon een kudde, volgens mij.'

Er stonden er minstens vijfendertig aan verschillende bomen gebonden, hun kleurige leren teugels slap om de hals, hun rug verlost van de last terwijl hun drijvers in plastic verpakte banken, tafels, stoelen en een kleine kast naar het huis droegen. Het kleine terras was vrijwel niet te zien met al het meubilair dat er zolang was neergezet, een complete inrichting die op de drempel wachtte.

Chloe keek vragend naar Joe. Hij wilde dat zij orde in deze chaos zou creëren?

Hij haalde zijn schouders op. 'Het lijkt erger dan het is.'

'O ja?' zei ze met een spottende blik op de opgestapelde meubels en dozen. 'Ik geloof dat je mij verwart met een potige verhuizer.'

Zijn blik gleed vluchtig over haar heen. Het voelde alsof zijn vingers over haar huid streken. 'Nee hoor, daar zou ik je nooit mee kunnen verwarren,' zei hij effen.

Ze liepen naar het huis en ze stak hoor hoofd door de deuropening. Er liepen meerdere mannen met een verweerde bruine huid rond – o god, nog meer dozen, zag ze – die gehaast Grieks met elkaar spraken. Sommigen van hen haalden hun schouders op, anderen schudden hun hoofd.

'Hallo. Hallo. Ik ben Chloe,' zei ze met een hand op haar borst en een glimlach toen ze haar zagen en het gegons van hun stemmen verstomde. ‘Dank.’ Ze gebaarde naar de dozen en meubels die al waren neergezet. ‘Bedankt. Heel fijn.’

De mannen keken haar vol verwachting aan. Toen begreep ze het. ‘O hemel, de betaling. Juist ja.’

Ze klopte op haar shorts, maar terwijl ze dat deed, wist ze al dat ze haar portemonnee niet bij zich had; die zat nog in haar tas op de boot.

‘Laat maar, komt goed,’ mompelde Joe achter haar. Hij trok een portemonnee uit zijn shorts en begon briefjes van vijftig euro uit te tellen. Chloe keek net zo stomverbaasd toe als de mannen die zich om hem heen verzamelden. Hoeveel contant geld had die man wel niet op zak?

Een voor een liepen de ezeldrijvers weg. Het wegstervende geluid van halsbellen begeleidde hun gang over de onverharde weg en de lange, heuvelachtige route terug naar de haven.

Ze keek ze droefgeestig na. Konden ze maar blijven om te helpen. ‘Mijn god, ze hebben alles hiernaartoe gebracht, kunnen ze het die laatste paar meter niet verder dragen?’ vroeg ze toen de laatste mannen over de schrale grond wegliepen.

‘Absoluut niet,’ zei hij, eveneens met een blik op de laatste vertrekkende hulpkrachten. ‘Nu wordt het pas leuk.’

Leuk? Ze stond op het punt te zeggen dat hij overduidelijk niet wist wat dat woord betekende, maar de dag die ze net samen hadden doorgebracht was zo ongeveer de definitie ervan geweest. Ze had de hele tijd gelachen – of gegild – iets waar hij eindeloos genoegen in leek te scheppen. En voor een meisje wier hart net was gebroken – voor de tweede keer – had ze een buitengewoon goede imitatie gegeven van iemand die gelukkig was. Haar eigen leven even verlaten – en het zijne binnengaan – was precies wat ze nodig had gehad.

‘Waarmee beginnen we?’ vroeg ze.

‘Nou, als jij die bank neemt, doe ik deze wel.’ Hij pakte een niet al te grote kartonnen doos op.

Chloe's mond viel open. Dat meende hij toch niet?

'Grapje.' Hij grinnikte, liep naar haar toe en legde de doos in haar armen. Zijn ogen dansten van vrolijkheid en er fladderde weer iets door haar buik toen ze hem aankeek. Zijn plagerijtjes prikkelden en brachten haar van haar stuk.

'Haha.' Ze glimlachte en sloeg haar ogen neer.

Ze bleken een goed team te zijn. Hij was verbazingwekkend ordelijk te werk gegaan toen hij alles in Frankrijk had laten opslaan. De dozen waren allemaal met verschillende kleurstippen gemarkeerd, en elke stip hoorde bij een bepaald vertrek: geel voor de keuken, groen voor de woonkamer, paars voor de hoofdslaapkamer, rood voor de logeerkamer, oranje voor de badkamer, enzovoort. Ze pakte alles uit behalve de dozen met een paarse stip. Die zou hij zelf doen, zei hij.

Met de meubels lukte het ook. De grote stukken die hij zelf niet kon verplaatsen, droegen ze samen, hoewel ze vermoedde dat hij het grootste gewicht voor zijn rekening nam en zij vooral meedeed om de boel in evenwicht te houden. Toch een gentleman dus?

De basis van het huis was al fraai – hoge plafonds, mooie ramen, oude vloeren – dus het leuk inrichten was gemakkelijk. Het deed haar denken aan het spelen met haar poppenhuis van vroeger. Bijna alles leek vintage te zijn en zijn smaak was veel eclectischer dan ze zou hebben gedacht. Ze zetten een verbleekte oudroze linnen bank in de oude stal – nu dus de woonkamer – met hemelsblauwe linnen leunstoelen aan weerskanten, en ze legden een kleurrijk Marokkaans kleed op de stenen vloer. Er kwam een grote geverfde tafel met originele jarenzestigvlinderstoelen in regenboogkleuren in de keuken te staan. Ze brachten het houten bedframe in onderdelen naar boven, waar Joe bijna een uur zat te worstelen met schroeven en bouten, tot groot vermaak van Chloe. 'Nou, van een baas van een ingenieursconcern had ik iets meer... handigheid verwacht,' zei ze grijnzend

– het was haar beurt om te plagen – terwijl hij met een inbussleutel zat te hannesen.

Het was donker toen ze een aantal uren later klaar waren, en aangezien de elektriciteit nog niet was aangesloten – dat moest ze morgenochtend nog regelen – pakten ze de laatste dozen, met onder meer handdoeken en beddengoed, uit bij het licht van een kerkkaars die ze op de vensterbank van een van de slaapkamers hadden gevonden.

'Mooi,' zei Chloe tevreden toen ze om zich heen keek en het bijna voltooide resultaat bewonderde. De inrichting was natuurlijk nog sober en er moest nog meer hiernaartoe worden gebracht, maar het was een goed begin: de kamers hadden nu karakter en het huis had al veel meer sfeer. 'Ik moet je nageven dat je een goede smaak hebt, Joe Lincoln. Maar je had mij hier helemaal niet bij nodig.'

'Au contraire. Jij bent meer waard dan alle potige verhuizers bij elkaar.'

Ze lachte. 'Wat doen we met al dit verpakkingsmateriaal?' De dozen waren wel bijna twee meter hoog opgestapeld en overal lagen verfrommelde vellen verhuispapier en lange stukken plasticfolie. Ze bukte om er wat op te rapen en in een doos te doen zodat ze er niet over konden vallen. Ze pakte een andere doos en ging erop staan in de verwachting dat ze hem plat kon stampen, maar hij bleef stevig staan.

'O.' Ze wiebelde een beetje en sprong een paar keer voordat de doos begon in te zakken. Maar dat ging niet gelijkmatig, één hoek begaf het als eerste, waardoor ze wankelde. 'Ooo!'

Ze viel naar voren en Joe kon haar nog net opvangen alsof ze een turnster was voordat ze op een zijtafel zou neerkomen. Ze voelde zijn armen stevig om haar heen sluiten en heel even was ze te geschokt om iets te doen en staarde ze hem alleen maar met open mond en grote ogen aan. Maar toen ebde de schok weg – en hield hij haar nog steeds vast.

Ze knipperde een keer met haar ogen. Twee keer. Dat vonkje dat tussen hen heen en weer bleef schieten dreigde te ontbranden. Ze zag het aan de manier waarop hij haar aankeek.

'Dat had verkeerd kunnen aflopen,' zei hij ten slotte toen hij haar weer rechtop zette.

'Ja,' zei ze. 'Dank je.' Ze was van slag – niet door de val maar door de redding. Het moment dat tussen hen had geflitst toen zijn gezicht vlak boven het hare hing, fonkelend in het kaarslicht, kon niet worden teruggedraaid. Misschien wel genegeerd, maar het was alsof er een zegel was gebroken en de lucht binnen kwam stromen. Het voelde als een momentum, als iets onvermijdelijks. Elk uur, elke minuut die ze in elkaars gezelschap verkeerden, werden er onzichtbare grenzen overschreden.

Er pulseerde een langdurige stilte tussen hen die zo luid was als een beat op de dansvloer. Ze wist niet goed wat ze moest zeggen, waar ze moest kijken, wat ze met zichzelf aan moest zoals hij daar naar haar stond te kijken, alsof wat er nu zou gebeuren háár besluit was.

'We moeten maar eens teruggaan naar de boot om terug te keren naar het hotel,' zei ze uiteindelijk, en ze wendde zich af.

'Ja...'

Hij liep naar de kaars en blies hem uit. De duisternis stroomde over hen heen, maar de lucht knetterde en voelde elektrisch geladen.

Ze zocht de zaklantaarnfunctie op haar telefoon en wachtte op het terras terwijl hij de deur op slot deed. Ze keek achterom naar de trotse boerderij, verborgen voor de bewoonde wereld, het toevluchtsoord waar hij zoveel haast mee had gehad. Hij had het huis gisteren voor het eerst gezien en nu was het van hem en stonden zijn spullen al binnen.

Ze wist nog steeds niet precies hoe hij het allemaal zo snel voor elkaar had gekregen, maar wat had hij op de Basquiat-expositie ook alweer gezegd? *Spontaniteit is het grootste geschenk dat geld je kan geven.* Hij had het oude paar voor het ontbijt in het stadje opgezocht en aan het eind van de dag had hij het huis al ingericht. Zo ging dat in zijn wereld. Waarom zou je wachten? Als hij iets wilde, zorgde hij ervoor dat hij het kreeg.

Deed hij nu hetzelfde met haar?

Bij het licht van hun zaklantaarns liepen ze over het verwaarloosde gazon. Zijn hand streek – per ongeluk – een paar keer tegen de hare bij het ontwijken van de wat grotere keien. Ze liepen langs de afbrokkelende muur en door de olijfbomen, die als verweerde standbeelden in het maanlicht stonden. Zwijgend volgden ze hun eigen lichtstralen over de glooiing naar de zee. Wat zouden ze ook moeten zeggen? Ze had het gevoel dat een gesprek nu alleen maar een afleidingsmanoeuvre zou zijn. Er was een onuitgesproken waarheid ontstaan. Bij het klif aangekomen keken ze omlaag naar het jacht, dat discreet verlicht rustig op de donkere zee lag te deinen, klaar om hen terug naar de haven en hun hotel te brengen, alsof het wist wat daar te gebeuren stond. Hij liet haar voorgaan op de trap en even later stapte ze lichtvoetig – en met een wild kloppend hart – op de boot.

20

Ze stond in haar slaapkamer met haar armen om zich heen geslagen naar de zee te kijken, waar in de verte de lichtjes van een tanker langs de horizon gleden. Ze durfde nauwelijks te bewegen; ze wist precies wat er zou gebeuren als ze zich voor het diner bij hem zou voegen.

De uitnodiging was in principe onschuldig geweest – tenslotte waren ze samen op een buitenlandse zakenreis, althans in zekere zin, maar hun gesprekken hadden nu een onmiskenbare ondertoon, hun stiltes gonsden en er blonk een licht in hun ogen dat alleen maar sterker leek te worden. Ze kon het niet ontkennen. Ook al was hij haar cliënt. Ook al was ze hier met hem naartoe gekomen om haar leven eenvoudiger te maken en niet om het nog complexer te maken. Griekenland had net zo goed haar toevluchtsoord moeten zijn als dat van hem.

Nee, ze kon het beste in haar kamer blijven, dat was het veiligst. Morgen zou ze dan de ferry naar het vasteland nemen en vervolgens de eerste vlucht terug vanuit Athene. Ze kon hem hier in Griekenland achterlaten in de wetenschap dat ze haar taak naar behoren had vervuld. Ze zou terugvliegen naar New York, waar ze Poppy zou bezoeken, Jack onder ogen zou komen en natuurlijk…

Tom. Ze had weer een hele zwik gemiste telefoontjes en berichtjes ontvangen, nu allemaal gefrustreerd en boos. Haar aanhoudende zwijgen was de klap in het gezicht die hem alles vertelde wat hij moest weten, alleen wist hij niet waarom.

Er werd zachtjes op de deur geklopt. Ze draaide zich om en staarde ernaar alsof ze verwachtte dat hij elk moment uit zijn scharnieren kon vliegen. Wat dacht Joe nou? Ze had toch geweigerd om met hem te dineren? Was ze daarmee niet duidelijk genoeg geweest?

Ze voelde het bloed door haar hoofd ruisen. Ze wist niet wat ze moest doen. Zou ze doen alsof ze hier niet was? Dat ze een wandelingetje was gaan maken? Maar met bonzend hart liep ze toch maar naar de deur.

Ze stond stil en overlegde met zichzelf. Ze zou niet moeten opendoen. Dat was geen goed idee...

Maar ze deed het toch.

'O.' Ze was verrast – en teleurgesteld – toen ze een viertal obers zag staan. 'Meneer Lincoln zei dat u graag in uw kamer wilde dineren?'

Ze had nog niets besteld. Was hij zo vrij geweest om vóór haar te bestellen? 'O. Ja.' Ze zette een stap achteruit om ze binnen te laten en keek hoe twee van hen een vierkant tafeltje, een van hen een stoel en de ander een groot dienblad met gerechten onder een zilveren stolp naar binnen droeg. Er kwam een emmer met ijs en een fles sauvignon blanc achteraan.

Ondertussen ging zij op het bed zitten en bladerde ze door een Grieks tijdschrift om zogenaamd de foto's te bekijken terwijl zij alles klaarzetten op het balkon. Ze deed alsof ze haar eigen teleurstelling niet opmerkte, ze weigerde toe te geven hoe ontgoocheld ze zich voelde dat hij haar woorden zo serieus had genomen.

'Uw diner staat klaar, Miss Marston,' zei de hoofdober toen hij een paar minuten later weer de kamer in kwam. 'Zal ik een glas wijn voor u inschenken?'

'Nee, dank u, ik red me wel.'

Nadat ze een fooi had gegeven, vertrokken de vier obers met een zachte klik van de deur.

Nou, dat was het dan, dacht ze bij zichzelf. Ze at dus in haar kamer. Alleen. De hele avond en nacht. De veiligste optie.

Ze dachten er dus toch allebei hetzelfde over.

Met een zucht liep ze het balkon op. De obers hadden het tafeltje gedekt met een grijsbruin linnen tafelkleed, een lichtroze kaars in een glazen windlicht, haar wijnglas een rozegetinte tumbler...

'Goedenavond.'

Ze schrok van de stem rechts van haar. Ze keek opzij en zag Joe op zijn balkon staan, vlak naast dat van haar. Hoewel hun balkons niet aan elkaar verbonden waren, zaten ze slechts een meter van elkaar verwijderd – en hij had een eigen tafel die precies zo gedekt was als die van haar.

'Goed idee om ieder in onze eigen kamer te eten,' zei hij kalm toen ze hem bleef aangapen. 'Heel aangenaam.' Hij hief zijn glas en toostte, zijn blik strak op haar gericht. 'Ga je niet zitten?'

Met een lach vol ongeloof liet ze zich op haar stoel zakken. De tafels waren zo neergezet dat ze met hun gezicht naar elkaar toe zaten.

'Zal ik je een glas wijn inschenken?'

'En hoe wil je dat dan doen?' Ze lachte weer en stelde zich voor hoe hij uit hoffelijkheid over het muurtje van zijn balkon zou leunen en een val van twaalf meter zou riskeren.

Hij grijnsde, ging zitten en pakte zijn bestek. 'Ik wist niet wat je wilde eten, dus ik heb gegokt op lamsvlees. Je bent hopelijk geen vegetariër?'

'Nee. Ik ben geen vegetariër,' antwoordde ze glimlachend. Ze schonk zichzelf een glas wijn in en nam een slokje.

'Godzijdank.'

Ze slikte nerveus. Godzijdank voor die twaalf meter onder hen, dacht ze, en ze nam nog een slok. Aan de andere kant van de smalle kloof die tussen hen in lag, wierp het kaarslicht schaduwen op zijn gezicht, dat toch al voor de helft met een stoppelbaardje bedekt was, waardoor zijn diepliggende, sprekende bruine ogen werden geaccentueerd.

Ook zij pakte haar wapens en begon de kotelet te snijden en

een stukje naar haar mond te brengen – voordat ze in giechelen uitbarstte.

'Dit is belachelijk!' zei ze lachend, en ze liet haar vork weer zakken.

'Hoezo?'

'We hadden gewoon beneden moeten gaan dineren.'

'Maar jij wilde in je kamer eten,' zei hij laconiek.

'Jawel, maar...'

'Maar?' Hij daagde haar met zijn ogen uit het te zeggen: dat ze alleen wilde zijn, dat ze hem niet vertrouwde, of zichzelf niet, als ze nu samen zouden zijn.

'Niets. Dit is leuk. Heel... origineel.'

Hij trok een wenkbrauw op. 'Mag ik het zout?'

'Hè?'

'Het zout?' Hij wierp een blik op het peper-en-zoutstel op haar tafel.

'O, ja...' Ze pakte het zoutvaatje, stond half op van haar stoel en leunde over het stenen muurtje om het hem aan te reiken.

'Dank je.' Hij ving haar op met zijn oogopslag alsof ze anders zou vallen en raakte haar vingertoppen met de zijne aan.

Lag het aan haar of was het nog snikheet buiten? Ze voelde het zweet op haar huid prikken. Tien uur 's avonds en het was achtentwintig graden. Ze zou er nooit aan wennen. Het was echt de hitte die haar parten speelde.

'En heb je die telefoontjes nog kunnen plegen?' vroeg hij.

'De meeste wel,' zei ze knikkend. Het was het perfecte excuus geweest om zich terug te trekken toen ze hier terugkwamen. Alexander had weer gebeld en een boodschap achtergelaten. Zijn vrouw zou een paar nachten op hun jacht doorbrengen voor wat frisse zeelucht, want het was benauwd op het vasteland. Kon zij tweeduizend witte pioenrozen aan boord laten bezorgen en schikken voordat zij er morgenavond zou aankomen? Hij wilde het 'gezellig' voor haar maken. En Mike Greenleve had weer een privéarts nodig die een geheimhoudingsovereenkomst wilde ondertekenen en naar Hawaï kon vliegen. De andere arts die ze had geregeld weigerde zijn artiest nog te behandelen, en zonder methadonrecept zou er geen muziek worden gemaakt. Ook Rosaria had weer gebeld, deze keer met een woedende uiteenzetting waarom Chloe haar beslist moest terugbellen: iemand had zich vergist en lelies in haar kleedkamer gezet. Er moesten koppen rollen.

'Je zult in die functie wel engelengeduld moeten hebben.'

'Nee hoor. Jullie zijn allemaal schatjes.'

Hij hoorde de ironie in haar stem en keek haar licht geamuseerd aan. 'Zo erg kan het ook weer niet zijn. Vandaag was leuk. Eerder ontspanning dan werk.'

'Ik moest zware dingen tillen!'

'Dat kon je gemakkelijk aan.' Zijn ogen veroorzaakten weer gefladder in haar buik. 'En de rest was fijn. Toch?'

De vraag was geladen en ze hield haar ogen afgewend. 'Ja, hartstikke leuk,' zei ze effen, en ze prikte in een worteltje. 'Zoals jij op je gezicht ging in dat jetpack zal me nog weken bijblijven.'

'Wat jou moet bijblijven, is het beeld van mij in dat jetpack, maar dan beheerst recht en op dekhoogte, een en al kracht en mannelijkheid.' Hij keek hoe ze grinnikte en er speelde een glimlachje om zijn lippen. Haar plezier leek hem plezier te doen. Er viel een korte stilte. 'Ik neem aan dat je nog steeds van plan bent morgen te vertrekken?'

De vraag overviel haar. Nog steeds? Suggereerde hij dat er een reden was om van gedachten te veranderen? 'Ja. Ik heb de eerst mogelijke vlucht geboekt.'

'Jammer,' zei hij op een toon die ze niet goed kon plaatsen.

'Nou, er is veel gaande in New York,' zei ze luchtig. 'Ik ben al veel te lang weg. Ze hebben me nodig.'

'En ik niet?'

'Nee, jij niet, mijn taak hier in volbracht!' spotte ze speels, nog steeds zonder op te kijken. Dat durfde ze niet. 'Hoelang blijf jij zelf eigenlijk?' vroeg ze, vastbesloten om het gesprek in een andere richting voort te zetten. 'Je hebt de rest van de zomer tenslotte voor je – zoals je wilde.'

'Nou, ik ga morgenavond naar Frankrijk.'

'Frankrijk?'

Hij haalde zijn schouders op en at zijn maaltijd met dezelfde concentratie als tijdens hun eerste lunch samen.

'En daarna ga je weer terug?' Dat was immers de gedachte erachter, de reden voor zijn haast: hij wilde de zomer hier doorbrengen.

Ze keek hoe hij stopte met eten – alsof hij het opgaf – en achterover ging zitten. Hij nam een slok wijn en liet zijn ogen weer op haar rusten. 'Ja, waarschijnlijk wel.'

Er ruiste een avondbriesje om hen heen dat zijn haar zachtjes uit zijn gezicht blies en zijn overhemd tegen zijn borst drukte. De kaarsen flakkerden vervaarlijk in hun windlicht, maar gingen niet uit. Zijn gezicht danste in het gedempte licht, een en al hoekjes en schaduwen, geheimen en beloftes.

'Wat heerlijk,' verzuchtte ze, uitkijkend over zee. 'Dus voor jou wordt dit allemaal routine.'

'Ik denk niet dat dit voor mij ooit routine zou kunnen worden.' Ze had het uitzicht bedoeld, de warme avondlucht, het eten, deze lichte bries. Maar hij doelde op iets anders. Zijn blik bleef als een aanraking op haar rusten.

Deze keer keek ze terug. In zijn ogen zag ze dat hij begon aan te dringen en ze wist dat ze hem zou moeten vertellen over haar zwak voor de verkeerde mannen. Dat het niets met vlinderstrikken te maken had, maar met verloofdes en goedgelovigheid. 'Joe, luister...'

'Kun je me de wijn aangeven?'

Ze stopte. Wat? 'De wijn?'

'Ja, ik wil de sauvignon graag proberen. Ik kan deze asti niet zo waarderen.'

'O. Oké.' Ze pakte de fles uit de emmer en stond weer half op uit haar stoel. Hij was al aan het muurtje van zijn balkon gaan staan. 'Alsjeblieft.'

'Dank je,' zei hij toen ze hem de fles aanreikte. Maar het was niet de fles die hij vastpakte, maar haar pols. Haar blik viel op haar eigen arm en ze voelde dat hij haar voorzichtig overeind trok, zodat ze nu allebei stonden – zij met de fles in haar hand, hij met haar pols in de zijne.

Het ging niet per ongeluk. Hij gaf uiting aan de knisperende spanning die tussen hen heerste. Geen komedie meer, geen uitstel. De klok tikte door. Morgen rond deze tijd zat zij op het ene continent, hij op een ander. Zo leek het in haar leven altijd te gaan.

Zijn ogen vlamden een lang moment waarin ze beiden zwegen maar alles werd gezegd. Vervolgens boog hij in één beweging voorover, legde zijn andere arm achter haar hoofd en trok haar naar zich toe om haar te zoenen. Hun monden vonden elkaar, hun lichamen waren tergend ver bij elkaar vandaan.

Ze wist niet hoelang ze zo bleven staan. Op een gegeven moment nam hij de fles van haar aan en zette hem in zijn ijsemmer, zodat hun handen vrij waren en ze zijn vingers in haar haar voelde, en de zachte kriebel van zijn baard tegen haar handpalm.

Toen ze zich eindelijk van elkaar losmaakten, was ze buiten adem – niet in de laatste plaats door de inspanning van het vooroverbuigen. Zijn ogen waren nog steeds vol vuur; die van haar ook, vermoedde ze. Het was niet genoeg.

'Waarom hebben we geen kamers op de begane grond?' mompelde hij met een blik naar beneden. Hij haalde zwaar adem en bleef haar in zich opnemen, zo dichtbij en toch te ver weg.

'Nou, er bestaat zoiets als een deur,' zei ze fluisterend, en ze maakte aanstalten haar slaapkamer in te lopen.

Hij keek naar haar als een kat naar een muis, zonder één beweging te missen. 'Nee.'

Nee?

'Nee.' Hij stapte op zijn stoel en zette zijn voet op het muurtje van zijn balkon, alsof hij het testte op stevigheid. 'Wat is daar nou leuk aan?' zei hij grijnzend. En hij sprong.

Ze knipperde naar de nieuwe dag die zich voorzichtig door de latjes van de luiken begon af te tekenen op de vloer. Het vintage laken had zich naar haar naakte lichaam gevormd. Ze draaide zich met een zucht om, en nog eens, in een poging comfortabel te liggen. Het schemerlicht vertelde haar dat het nog veel te vroeg was om wakker te zijn. De jetlag liet haar nog niet met rust en wiegde haar wakker met gedachten aan Tom. Aan Tom en Lucy. Aan Tom en Serena. Aan Toms leugens. Aan Joe.

Joe.

Ze draaide zich meteen om nu ze het zich weer herinnerde, maar het bed was leeg en het laken aan zijn kant was gekreukeld en in elkaar gedraaid. Was hij weg? Ze ging zitten en keek nog eens, alsof het gedempte licht hem voor haar verborg, maar ze was alleen. Dat voelde ze.

O god. Ze boog haar knieën en liet haar hoofd erop rusten. Wat had ze gedaan? Flashbacks van gisteravond begonnen door haar hoofd te spelen – ze waren ongelooflijk en onstuitbaar. Het was zoveel beter geweest dan ooit met Tom. Ze hadden gelachen en nog een fles wijn besteld. Hij had een aardse mannelijkheid, de huid op zijn handen was ruw, zijn baardje had zachtjes tegen haar gezicht geschuurd, zijn lichaam was tegelijk ontspannen en geladen geweest. Hij was zo volledig 'anders' en ze had zich bevrijd en bezield gevoeld. Joe was de eerste man met wie ze seks had gehad sinds Tom – en zíj was in de vier jaar dat ze samen waren altijd trouw aan hem geweest.

En nu was Joe niet eens blijven slapen. En hij was een cliënt.

Ze kreunde vertwijfeld en voelde zich overspoeld door de vernedering. Ze had zich idioot gedragen. Idioot. Wat was ze stom geweest. Hij had haar gebruikt, ze was gewoon iets wat hij had willen hebben of claimen. Of misschien dacht hij echt dat seks met de lifestylemanager bij de service hoorde. Wat had haar bezield? Waarom zou hij dat eigenlijk níét hebben gedacht?

Boos rukte ze het laken van zich af en beende door de kamer. De koele vloer voelde aangenaam onder haar voeten. Haar huid was klam en ze had de indruk dat het vannacht niet onder de vijfentwintig graden was geweest. Ze schonk zichzelf een glas water in uit de karaf en stapte op het kleine balkon om naar het stadje te kijken met zijn cascade van terracotta daken. De haven was nog niet wakker, hoewel de vissersboten – net als hij – al waren vertrokken. Hier en daar hing er wasgoed aan lijnen die tussen kleine dakterrassen waren getrokken. Er lag een kat te slapen op een stenen muurtje, maar er vlogen nog geen vogels door de lucht.

Het was een uitzicht dat haar nog steeds vreemd voorkwam – wat deed ze hier eigenlijk? Ze dacht aan haar kleine appartement in New York en het feit dat de jurk die ze naar de opera aan had gehad – en die op maandag terug in Barneys had moeten zijn – daar nog steeds over een stoel gedrapeerd lag, dat haar ondergoed in de hoek lag om dit weekend mee te nemen naar de wasserette, dat er nog verse melk in haar koelkast stond, dat de bloemen van de zaterdagmarkt waarschijnlijk hun laatste druppels water uit de vaas opzogen. Ze was zomaar uit haar leven weggewandeld alsof het niets te betekenen had en de mensen die erbij hoorden niets te betekenen hadden. *Alweer.* En nu zou ze ernaar terugkeren, alsof haar leven een jeans was die ze naar believen aan en uit kon trekken.

God, was ze echt maar een paar dagen weg geweest? Het was vrijdagochtend en afgelopen maandagavond was ze nog in New York. Het voelde veel langer geleden. Ze was een wrak. Haar leven was een puinhoop.

Ze nam een grote slok water uit het glas – haar mond voelde

aan als leer – en leunde moedeloos met haar ellebogen op de balustrade. Ze keek uit over de zee en zag de glinsterende sporen die de vissersboten op het wateroppervlak achterlieten. In New York was het bijna tien uur 's avonds. Hoe ging het daar nu? Zaten de hechtingen nog in Poppy's kaak? Kon ze al meer dan knipperen met haar ogen? Was Jack al wat gekalmeerd? En Tom… Zou die vermoeden dat zij hem met Serena had gezien? Of had hij het opgegeven en was hij naar huis gegaan, terug naar Lucy?

Zoveel vragen. Sinds die taxirit op Bond Street, toen de waarheid kristalhelder in beeld kwam, was ze vastbesloten geweest om voortaan met overtuiging te handelen, om nooit meer slachtoffer te worden, om het hartzeer dat haar op de hielen zat een stap voor te blijven. En toch was zij altijd degene die achter de feiten aan leek te lopen.

Ze schrok van een geluid en draaide zich om naar de luiken van de kamer van Joe die werden ontgrendeld. Ze sprong snel in de schaduw van haar eigen deuropening, precies op het moment dat hij in zijn boxershort zijn balkon op stapte.

Hun tafels stonden nog op dezelfde plek als gisteravond, op de borden kwamen vliegen af. Ze zag dat hij zijn armen als een kat boven zijn hoofd uitrekte, de spieren van zijn buik en borst net platte, gepolijste kiezels. Hij liep naar het zijmuurtje van het balkon en keek uit over de zee en de haven, net als zij zojuist had gedaan. Hoelang was hij al terug in zijn eigen kamer? Had hij gewacht tot ze in slaap was gevallen en was hij daarna vertrokken?

Hij had zijn mobiel in zijn hand, zag ze. Ze keek hoe hij een nummer koos, de telefoon naar zijn oor bracht en met zijn schouders draaide, waarbij zijn rugspieren goed zichtbaar waren.

'Hoi, ja, met mij.' Zijn stem klonk zacht en was amper verstaanbaar. 'Dat weet ik, sorry, maar de ontvangst hier is niet zo best en ik kan me niet altijd terugtrekken…' Chloe fronste en spitste haar oren. '… niet vaak alleen.'

Het werd stil terwijl hij naar de persoon aan de andere kant van de lijn luisterde en zijn nek strekte door zijn hoofd eerst naar de ene kant opzij te bewegen, en dan naar de andere.

'… al geregeld. Een afgelegen plek. Met een olijfgaard. Je zult het vast mooi vinden. Het is al ingericht.'

Chloe voelde dat haar hart sneller ging kloppen. Hij had het over het huis – maar tegen wie? Hij had haar verteld dat hij ongetrouwd en single was, dus wie was dan deze persoon van wie hij dacht dat hij of zij het mooi zou vinden? Een vriend of vriendin? Een zakenpartner? Een investeerder? Zijn ouders? Maar nee, ze hoorde aan zijn toon dat die het niet konden zijn. Zijn stem klonk te… vertrouwelijk. Dat deed haar denken aan haar begintijd met Tom, toen ze zo hard hadden geprobeerd bij elkaar uit de buurt te blijven, toen ze de hele dag samenwerkten en hun beste professionele toon opzetten, die ze alleen lieten varen in de lift of bij het kopieerapparaat, en als hij dan Lucy belde om te zeggen dat hij moest overwerken. Chloe had zichzelf gehaat op de momenten dat hij die toon gebruikte – die toon die Joe nu toepaste.

Ze deed haar ogen dicht en voelde zich misselijk omdat ze zich realiseerde dat hij een vrouw aan de telefoon had, dat er iemand anders was en dat het haar opnieuw gebeurde. Tom 2.0.

Hij begon over het balkonnetje te ijsberen en ze drukte zich dichter tegen de muur toen hij naar haar kant liep en zijn stem luider werd – '… allemaal volgens plan…' – voordat hij zich omdraaide en zijn woorden als linten op de bries weer wegstierven. 'Moet ervoor zorgen dat ik geen argwaan wek.'

Wat? Haar antenne schoot omhoog en ze veranderde van houding, strekte zich om hem beter te kunnen horen. Over wat voor plan had hij het? En hij wilde geen argwaan wekken? Bij wie niet? Bij haar?

Ze waagde een voorzichtige blik om de deuropening. Hij stond met zijn rug naar haar toe, met een hand op zijn heup, en bleef praten. Wie was deze man die nog geen twee weken geleden haar leven was binnengevallen? Wie had er zo ongeveer op gestaan dat ze New York in een opwelling verliet? Wie was er zo cynisch en stil op het ene moment, en onweerstaanbaar charmant op het andere? Wie sprong er van balkon naar balkon om bij haar te zijn, maar verliet vervolgens haar bed om een andere vrouw te bellen?

Ze leunde verder naar voren en probeerde hem beter te horen. Daarbij legde ze een hand op het scharnier van het luik, dat zo luid kraakte dat hij zich begon om te draaien. Ze dook terug, maar zag nog net het glas water dat ze op het muurtje had laten staan. Dat was ze vergeten toen ze hem naar buiten had horen komen, en nu stond het daar dus – een teken dat zij ook buiten was geweest. Om nog maar te zwijgen van het feit dat het twaalf meter naar beneden zou vallen als de wind er vat op kreeg. Als er dan net toevallig iemand langs zou lopen…

Ze hoorde zijn blote voeten over de tegels lopen en ving een glimp op van zijn hand toen hij zijn arm naar haar balkon uitstak om het glas te pakken. Keek hij haar kamer in? Ze bewoog zo ver mogelijk achteruit en drukte zich plat – nog platter – tegen de muur, maar ook al was ze buiten zijn gezichtsveld, hij zou wel zien dat haar luiken geopend waren, dat zij dus kennelijk ook wakker was. Ze hield haar adem in, want ze was bang dat hij zelfs haar ademhaling zou kunnen horen. Als hij op zijn balkon ver genoeg naar voren leunde – of, God verhoede, weer zou springen – zou hij haar daar zien staan, poedelnaakt, en weten dat ze hem had afgeluisterd, deze man die zojuist had gezegd dat hij een plan had dat argwaan zou kunnen wekken.

Het bleef even stil. Wat was hij aan het doen? Ze kneep haar ogen dicht.

'Ja, sorry, ik ben er nog…' Ze hoorde weer het zachte plofgeluidje van zijn blote voeten op de tegels, het verdwijnen van zijn stem en het schrapen van de klink toen hij zijn luiken weer sloot.

Ze tuurde om de hoek. Zijn balkon was leeg en haar spieren ontspanden.

Kort daarop hoorde ze de klik van een deur op de gang. Ze schoot het bed weer in, trok het laken over zich heen en dwong zichzelf rustig en regelmatig adem te halen. Een moment later ging haar eigen deur weer open en hoorde ze hem zachtjes terug de kamer in lopen, waarna het matras aan zijn kant licht inzakte onder zijn gewicht toen hij weer naast haar kwam liggen. Een paar seconden lang was alles stil. Ze voelde zijn starende blik op haar gezicht terwijl ze deed alsof ze sliep. Toen hoorde ze hoe hij haar waterglas zachtjes terug op het nachtkastje zette; dat had hij blijkbaar veiligheidshalve meegenomen.

Maar ze voelde zich nu allesbehalve veilig bij hem.

21

'Waar ga je naartoe?' Zijn stem klonk zwaar van de slaap en hij kreunde zachtjes toen hij op zijn telefoon keek hoe laat het was, waarna hij zich terug op het kussen liet vallen.

'Ik moet mijn vliegtuig halen,' zei ze half fluisterend. Ze maakte haar beha vast en bedacht verbeten dat ze toch op z'n minst de kans had willen hebben om zich aan te kleden voordat hij wakker werd. Ze wilde hem nooit meer zien. Ze wilde niet dat hij háár ooit nog zou zien, en al helemaal niet halfnaakt.

'Neem anders de volgende vlucht. Kom alsjeblieft terug in bed.'

De intimiteit die van zijn woorden uitging... Ze sloot haar ogen en voelde de verbittering. Hij had een andere vrouw en vond dat hij intussen bevelen aan háár kon uitdelen? Maar het was niet zijn trouweloosheid waarom ze zo snel wilde vertrekken. Hij maakte haar bang. In de drie uur sinds hij was teruggekeerd naar haar bed, waar hij bijna meteen in slaap was gevallen, had ze zelf geen oog meer dichtgedaan. Ze kende deze man niet, ze wist niet wat hij nou eigenlijk wilde of wat hij in zijn schild voerde. Maar dát hij wat in zijn schild voerde, stond vast – ze kon het nu ruiken, als melk die bedorven was – en ze wist dat ze hier zo snel mogelijk weg moest zien te komen. Ze had niet eerder weg kunnen gaan, aangezien ze een ferry nodig had om van het eiland af te komen, en er gingen geen ferry's voor het ontbijt. Bovendien wilde ze niet de indruk wekken dat zij argwaan had gekregen – een perverse wederzijdse leugen dat alles normaal was.

'Dat kan niet. Ik moet de eerste ferry terug naar Athene halen.' Ze durfde hem niet aan te kijken, want dan verraadde ze zichzelf misschien, aangezien de woede en de angst die zich in haar bloed hadden vermengd op haar huid af te lezen waren. Dus deed ze alsof ze zat te klungelen met de knopen op haar gestippelde blouse.

'Chloe.'

Zoals hij haar naam uitsprak... Zowel gebiedend als smekend. Haar vingers verstijfden en er liep een huivering over haar ruggengraat. Even sloot ze haar ogen, verward door de manier waarop ze instinctief op hem reageerde. Hij wond haar op, hij intimideerde haar, hij maakte haar blij en hij maakte haar bang. Het lukte om over haar schouder een neutraal glimlachje tevoorschijn te toveren zonder oogcontact te maken. 'Het spijt me. Ik moet echt gaan.'

Ze liep naar de ladekast en haalde haar kleine hoeveelheid kleding eruit. Ze bleef met haar rug naar hem toe staan terwijl ze alle items oprolde en in haar schoudertas propte. Ze kon op het vliegveld wel een reistas kopen.

'O ja?' Ze hoorde het eerste spoortje achterdocht in zijn stem.

'Ja. Dat heb ik je gisteravond verteld. Dat ik voor vanochtend een ticket had geboekt.'

'Maar waarom krijg ik dan het gevoel dat je op de vlucht slaat? Denk je dat dit een vergissing was?'

Ze sloot haar ogen, blij dat het haar lukte om haar ware reacties te verhullen. Ging hij nu doen alsof hij gekwetst was? Het slachtoffer uithangen? 'Natuurlijk niet.'

'Kijk me eens aan.'

Ze wierp hem weer een halfslachtige blik toe. Hij zat rechtop en het laken was rond zijn heupen gezakt, zodat zijn donkere borsthaar en prachtige lijf goed te zien waren. Hij had een uitstraling die haar enorm aantrok. Ze keek weer weg. Het was meer dan genoeg geweest, veel meer.

'Ik bedoel écht. Kijk me echt aan.'

Ze draaide zich met een zucht om, haar tas in haar handen,

en dwong zichzelf om eindelijk oogcontact met hem te maken. Waarom zag hij er zo aantrekkelijk uit, in weerwil van de spelletjes die hij hier speelde? Waarom was hij niet gewoon blijven slapen? Ze was zo stilletjes mogelijk opgestaan, het had haar twintig minuten gekost om haar voeten op de vloer te zetten en zo zachtjes als ze kon onder het laken vandaan te glijden.

'Wat is er echt aan de hand? Waarom wil je weg? En zeg nou niet weer dat je je vliegtuig moet halen.'

Ze raapte al haar moed bijeen, ze wist dat ze dit kon. 'Joe, je bent mijn cliënt.'

'Dat weet ik.'

'Dus dit… is verkeerd. Het had nooit mogen gebeuren.'

Zijn ogen knepen zich tot spleetjes. Hij geloofde haar niet, weigerde haar verklaring te accepteren. 'Waarom niet? Mensen leren elkaar zo vaak via hun werk kennen. Het zijn misschien niet de ideale omstandigheden. Ik begrijp best dat het een lastige situatie is, met name voor jou, maar als het voor mij geen probleem is, waarom voor jou dan wel? Dit is iets tussen ons. Twee volwassenen. Het heeft niets te maken met de firma waarvoor je werkt.'

'Zo zullen mijn werkgevers het niet zien.' Tom al helemaal niet. Hij zou het heel anders zien. 'Het was heel onprofessioneel van me. Ik geloof bijna niet…' Ze kneep in haar neusbrug en voelde zich overweldigd door emoties. Wat had ze gedaan? Hoe had ze dit kunnen doen?

'Chloe…' Hij stapte uit het bed en kwam naar haar toe.

'Nee!' Haar toon hield hem tegen. 'Dit was een vergissing.' Ze sprak elk woord nadrukkelijk uit. Ze wilde hier geen misverstand over laten bestaan. 'Als ik terug in New York ben, zal ik je overdragen aan mijn collega – haar naam is Serena Witney.'

'Ik wíl Serena niet. Ik wil jou.' Ze hoorde de nukkigheid in zijn stem, de arrogantie van een man die eraan gewend was alles – en iedereen – naar believen te bezitten. In zijn wereld bestond het woord 'nee' niet. Maar hij had hetzelfde over Poppy gezegd: in het begin wilde hij alleen haar – en moest je nu zien.

Hij zag de uitdrukking op haar gezicht, de vastberadenheid in haar ogen. Hij ging weer op het bed zitten. 'Oké dan, draag me maar over aan Serena. Je hebt gelijk. Het zal voor ons eenvoudiger zijn. Want dan ben ik niet meer jouw persoonlijke cliënt.'

En... Dacht hij dat daarmee het probleem van de baan was? Ze keek hem met open mond aan. Hij dacht dat dit een onderhandeling was? Ze wist precies hoe hij wilde dat het zou gaan. Ze zouden een ongecompliceerde affaire hebben: zij zou opnieuw de 'bijvrouw' zijn en de geschiedenis zou zich herhalen.

Ze wendde haar blik met een ruk van hem af en keek in haar tas. Haar paspoort zat erin. Ze kon gaan. Ze keek hem weer aan. 'Joe, we zullen elkaar niet meer zien. Gisteravond was... wat het was. Er komt geen vervolg.'

Het was zijn beurt om verbijsterd te kijken nu hij besefte dat ze dit echt deed. Ze liet hem achter in haar bed. Ze durfde te wedden dat hij het niet kon geloven, dat geen enkele andere vrouw dit ooit had gedaan, en een vluchtig ogenblik lang voelde ze zich onzeker – herinneringen aan gisteren, aan gisteravond, brachten haar kortstondig bij hem terug. Maar toen dacht ze weer aan zijn gedempte telefoongesprek in de vroege uurtjes. Het plán. Een of andere overeenkomst of deal? Het kon haar niet schelen. Ze was naar Griekenland gekomen om van leugens weg te vluchten, om van mannen als Tom en hij af te zijn.

'Dag, Joe.'

'Chloe...'

Ze glipte de kamer uit zonder nog achterom te kijken en liep even later de straat op. Haar voetstappen op de keitjes waren het enige geluid dat te horen was, want zelfs de ezels sliepen verder.

New York

Ze stond op de hoek van Madison Avenue en East 86th en keek de taxi na. Haar lichaam voelde zich overvallen door de muur van herrie, het scherpe staccato van drilboren vermengd met claxons en geschreeuw, piepende remmen en gillende sirenes. Ze voelde zich klein en onbeduidend. Overal om haar heen reikten wolkenkrabbers omhoog, waar ze de lucht in blauwe blokjes verdeelden. Het was allemaal zo anders dan de welvende hemel van Hydra, waar vogels doorheen zweefden – meeuwen die achter de vissersboten aan joegen, duiven die van het ene terracotta dak naar het andere vlogen, mussen die gulzig rond de cafés en op de markt rondhipten.

Het was weer een mooie dag, met een temperatuur van zo'n zevenentwintig graden, maar de warmte was hier intenser, meer alsof je je in een oven bevond. Maar haar kleren vielen hier minder op dan haar Manhattanse outfit in Hydra had gedaan. Een meid in blauwe shorts en een witte stippelblouse? Ze zou op de terugweg kunnen zijn van een lunch met vriendinnen, of op weg naar een informele vergadering, onderweg naar Bergdorf's om te winkelen of naar de Jitney, klaar voor een weekendje in de Hamptons. Niets wees erop dat ze rechtstreeks van het vliegveld kwam; zelfs de tas over haar schouder, amper gevuld met haar vederlichte bundeltje kleding, duidde er niet op dat ze net was teruggekeerd naar de stad die haar toevluchtsoord was geworden.

Ze had zich voorgenomen om nog naar kantoor te gaan en zich nuttig te maken – met nog een paar uur van de werkweek te gaan was dat het minste wat ze kon doen. Maar ze leek haar voeten niet in beweging te kunnen krijgen.

Het kon haar niet zoveel schelen of ze nog een baan had – en het kon haar al helemáál niet schelen of Alexanders investeerder zijn perfecte bezichtiging van de Taj Mahal had gekregen, of de arts die voor Hawaï was geregeld de geheimhoudingsovereenkomst had getekend, en of Rosaria inderdaad koppen had laten rollen. Op dit moment leek vrijwel niets haar te kunnen schelen. Dat kwam niet doordat haar hart was gebroken: met al zijn sexy charme en geld was Joe daar niet toe in staat, simpelweg omdat hij niet iets kon breken wat al aan scherven lág – daar had Tom al voor gezorgd. Maar ze voelde zich anders. Leeg, alsof al het vertrouwen uit haar was gevloeid. Alle hoop.

Ze stuurde Elle een appje. *Ben terug! Tot vanavond?*

Nog geen minuut later antwoordde haar vriendin met emoji's: een dansende vrouw en een cocktailglas.

Daar moest ze van glimlachen. Er kwam weer beweging in haar voeten. Van haar vriendinnen kon ze op aan. Poppy zou er in andere omstandigheden ook voor haar zijn… als ze dat zou kunnen.

Poppy.

Ze begon te lopen, niet naar kantoor, maar naar het Mount Sinai Hospital, dat twintig straten hiervandaan lag. Toen ze door de deuren liep, voelde ze zich op de een of andere manier ontregeld. Was het echt nog maar vijf dagen geleden dat ze hier met Poppy's moeder had gezeten? Drie dagen sinds Poppy was bijgekomen? Het voelde eerder als een maand. Ze had zich in een andere tijdzone bevonden, had een ander leven geleid, met een andere man…

Ze zette hem met een koude vastbeslotenheid uit haar gedachten. Nee. Geen gepieker. Geen getob. Ze was er klaar mee.

Ze wist nog precies waar ze moest zijn en nam de lift naar boven, waar ze zich opgelaten voelde met haar lege handen tussen de andere bezoekers, die bloemen en cadeautjes bij zich hadden… Ze stapte uit op de achtste verdieping en liep naar de intensivecareafdeling.

‘Ik ben hier voor Poppy Langham,’ zei ze met gedempte stem bij de balie, waar ze stapels papierwerk achter uitgestald zag liggen.

Een mollige verpleegkundige met donker haar en bruine ogen keek haar aan. ‘Alleen familie, vrees ik.’

Ze aarzelde niet eens. Hier was ze ook klaar mee. ‘Ja, dat weet ik, ik ben haar nichtje.’

‘En het bezoekuur is net afgelopen.’

‘Alstublieft, ik kom rechtstreeks van het vliegveld. Ik ben van Londen hiernaartoe gevlogen. Al is het maar vijf minuten. Dan kan ik later nog eens terugkomen?’ Ze slikte en loog overtuigend verder. ‘We zijn heel close. Ik weet dat ze blij zal zijn me te zien.’

De verpleegkundige bekeek haar vluchtig: ongeveer dezelfde leeftijd, Engels accent, een vliegtuiglabel aan haar tas… ‘Vooruit dan maar, vijf minuten. Ze ligt in kamer achthonderdtweeëntwintig. Ik breng je wel, want zoals je weet wordt ze nog steeds beveiligd.’

‘Ja.’ De gedachte dat Poppy nog steeds een doelwit was, maakte haar misselijk. Waarom zou wie dan ook haar kwaad willen doen?

Ze volgde de verpleegkundige en wierp bij elk raam een korte blik door de jaloezieën, waarachter patiënten roerloos in hun bed lagen, verbonden aan slangetjes en monitors, met aan het voeteneinde het dossier waarin alles over hun medicatie, vooruitgang en prognose te lezen viel.

Achthonderdtwintig… Achthonderdeenentwintig…

Er zat een politieagent in een zwart uniform op een stoel naast de deur. Hij stond op toen ze hem naderden.

‘Hoi, Charlie,’ zei de verpleegkundige. ‘Dit is Poppy’s nichtje uit Engeland. Ik heb gezegd dat ze vijf minuten bij haar mag.’

De politieagent keek haar aan. ‘Wat is uw naam?’

‘Chloe Marston.’

Hij maakte een notitie en knikte. 'Ik hou jullie vanaf de gang in de gaten.'

Ze slikte. Dacht hij echt dat zij Poppy kwaad zou kunnen doen? Stond iedereen onder verdenking? 'Natuurlijk.'

'Vijf minuten,' zei de verpleegkundige voor ze wegliep.

Charlie deed de deur voor haar open en Chloe voelde dat haar hart een slag oversloeg door wat ze zag. Het was één ding om te weten wat er was gebeurd; ze had de details al te horen gekregen van Jack, via Xan. Maar om Poppy daadwerkelijk zo te zien liggen...

Ze liep aarzelend naar binnen en had al spijt van haar besluit hier te komen – en ook nog eens te liegen om toegang te krijgen. Ze had haar vriendin willen zien, haar in vertrouwen willen nemen, alsof ze verwachtte dat Poppy rechtop in een Jermyn Street-pyjama tegen de kussens zou zitten, omringd door bloemen en chocolade, met een televisie schuin boven haar bed, klaar voor meidenpraat? In plaats daarvan lag ze bewegingloos en bijna onzichtbaar op het ziekenhuisbed, waarvan het hoofdeinde iets omhoog was gebracht. Ze was sowieso al superslank geweest, maar nu zag Chloe haar botten – haar knieën, haar heupen – door de lakens steken. Haar oogkassen leken groot in haar gezicht, haar gestalte was verder verwrongen door de grotesk grote gipsverbanden om haar linkerarm en -been. En haar hoofd was met gaasverband verbonden, zodat alleen haar mond, neus, wangen en ogen zichtbaar waren.

Voor Chloe het zelf wist ontsnapte haar een verschrikt geluidje en gingen Poppy's ogen een klein beetje open. Toen helemaal. Ze richtte haar hoofd op terwijl Chloe de kamer weifelend binnenstapte. Wilde Poppy wel dat ze hier zou zijn?

Maar Poppy's goede arm kwam omhoog en strekte zich naar haar uit. Met een zucht van opluchting snelde Chloe naar haar toe. 'O, Pops,' fluisterde ze, en ze liet haar ogen over haar heen glijden, alsof ze probeerde het trauma in één klap weg te nemen, het te verdrijven. Klaar.

Poppy knipperde lang met haar ogen en gaf een zwak kneepje in haar hand.

Voorzichtig zocht Chloe een plekje om op de rand van het bed te gaan zitten, doodsbang dat ze Poppy pijn zou doen of op een slangetje zou gaan zitten. 'God wat is het fijn je te zien. Ik wilde dolgraag eerder komen, maar ze lieten ons niet bij je.'

Poppy knikte, en toen pas zag Chloe de draad waarmee haar onderkaak was dichtgesnoerd.

'Ik heb gelogen,' fluisterde Chloe met een ontsteld gezicht bij wijze van grapje. 'Ik heb ze verteld dat ik je nichtje was… Dat vind je toch wel goed?'

Tot haar blijdschap lukte het Poppy min of meer om te knipogen en te glimlachen.

'Hoe… hoe voel je je nu?' Het was natuurlijk een belachelijke vraag. Hoe dácht ze dat Poppy zich zou voelen nadat ze door een auto was geschept, voor dood was achtergelaten, een hersenoperatie had ondergaan en nu met gebroken botten en een gefixeerde kaak in het ziekenhuis lag? 'Heb je pijn?'

Een licht schouderophalen.

'Moet ik iemand van de verpleging erbij halen?'

Een bijna onzichtbaar hoofdschudden.

'Ben je moe? Wil je slapen? Zal ik weggaan?' Misschien was dit een vergissing, misschien had ze niet moeten komen. Nu begreep ze waarom er zo weinig mensen toegang kregen. Dit was geen spelletje.

Nog een licht hoofdschudden en een kneepje in haar hand. Toen draaide Poppy langzaam haar hoofd naar een klein whiteboard met een zwarte pen erop.

'Wil je dat?' vroeg Chloe terwijl ze het pakte.

Ze moest het voor haar vasthouden. Poppy's ene been zat in het gips en het andere… Nou, ze was ongetwijfeld te zwak om het zelf te buigen. Ze hield het bordje vast en wachtte terwijl Poppy met zichtbare moeite iets opschreef.

Toen ze klaar was, draaide Chloe het whiteboard om en las wat er stond. De neergekrabbelde woorden waren amper leesbaar. *Bruin? Vertel.*

'O.' Chloe voelde alle positiviteit uit zich wegglijden. Wat kon ze zeggen? Ze kon Poppy moeilijk lastigvallen met haar rampzalige avontuurtje met een cliënt. Dezelfde cliënt die door Poppy was binnengehaald. Ze voelde dat Poppy weer in haar hand kneep, haar aankeek, het verhaal wilde horen. 'Ik ben een paar dagen in Griekenland geweest. Die nieuwe cliënt van jou wilde een vakantiehuis op een van de eilanden, dus ik heb hem geholpen bij het vinden en inrichten ervan.'

Poppy keek haar met samengeknepen ogen vragend aan.

'Je weet wel, Joe Lincoln?'

Niets.

'Lang, atletisch gebouwd, stoppelbaardje. Donker haar en bruine ogen. Die ingenieur? Je had hem gestrikt als nieuwe cliënt?'

Ze wachtte terwijl Poppy weer op het whiteboard begon te schrijven. Ze had de kracht niet om het eerst schoon te vegen en schreef de woorden simpelweg in een hoek, iets overlappend met de hanenpoten van zojuist. Daarna keek Poppy toe hoe ze las. *Geen Joe.*

Chloe wist een flauw glimlachje tevoorschijn te toveren, maar werd bevangen door angst. Ze wist dat er enig geheugenverlies te verwachten was, ze had gegoogeld op de effecten van hoofdletsel op de middellange en lange termijn. Poppy had de operatie dan wel overleefd en was ontwaakt uit de coma, maar dat wilde niet zeggen dat ze er helemaal ongeschonden van af zou komen. Ze zou er misschien wel iets aan overhouden – en tijdelijk of permanent geheugenverlies hoorde daarbij. Ze zou ook motorische problemen kunnen krijgen of een hersenbeschadiging kunnen hebben opgelopen.

Chloe probeerde niet naar de draad te kijken die de kaak van haar vriendin op zijn plek hield. Ze pakte voorzichtig haar hand en kneep er zachtjes in. Ze wilde Poppy niet bang maken. 'Hoe dan ook, het gaat allemaal prima. En ik ben nu weer terug – thuis in de werkelijkheid, waar ik iedereen nog beter van dienst kan zijn. Die arme Pelham wringt zich nog steeds in bochten om Clarissa terug te winnen. Ze zijn momenteel voor een bruiloft in de staat Washington. Wie weet, misschien doet hij zelf wel een aanzoek nadat het jawoord is uitgewisseld.' Ze rolde met haar ogen. 'En wat Rosaria betreft, echt, ik snap niet hoe je die vrouw kunt verdragen, ze is zo onhebbelijk. Iemand bij de Scala heeft deze week lelies in haar kleedkamer gezet – hoewel ik er van tevoren nog over had gebeld – en nu is ze woedend en zegt ze dat er koppen moeten rollen. Ik bedoel, hallo? Waarom is ze zo rancuneus?'

Ze zakte een beetje ineen, haar energie vloeide uit haar weg. Het viel niet mee om een eenzijdig gesprek te voeren.

'En Alexander was deze week in India. Ik moest regelen dat de steigers rond de Taj Mahal tijdelijk werden weggehaald opdat zijn investeerder er een foto kon nemen, dat geloof je toch niet? Wat zeg ik? Natuurlijk geloof je dat.' Ze gaf een klopje op Poppy's hand om hun wederzijdse solidariteit uit te drukken. 'Hij is nogal gespannen nu de One Stop-deal definitief niet doorgaat. Hij probeert dus nieuwe investeerders te interesseren, geloof ik, maar dat was niet zijn eerste keus, en hij was de laatste telefoongesprekken in een behoorlijk slecht humeur.' Ze zuchtte vermoeid. 'Maar gelukkig is zijn J-klasse-jacht in Zuid-Frankrijk gearriveerd, en daar lijkt hij blij om te zijn. Hij vliegt er nu naartoe.'

Poppy knikte geïnteresseerd, hoewel het idee van vrijelijk bewegen en over de hele wereld vliegen naar een boot waarschijnlijk mijlenver van haar afstond.

'Hij vertelde me dat hij een van de drie overgebleven originele modellen ter wereld had gekocht en dat hij het compleet heeft laten renoveren. Wist je dat?'

Poppy knikte zwakjes.

'Natuurlijk wist je dat. Ik wed dat jij het voor hem hebt opgeduikeld. Hoe dan ook, het jacht doet volgende week mee aan de regatta van Saint-Tropez, dus hopelijk vrolijkt dat Alexander een beetje op.'

Poppy wist nu zelf met moeite het whiteboard te pakken te krijgen en wreef met haar nachthemd zwakjes de vorige boodschap weg. Ze begon ingespannen te schrijven, maar op dat moment deed Charlie de deur open en kwam de verpleegkundige binnen.

'De tijd is om, vrees ik. Je nichtje heeft nu rust nodig,' zei ze.

Chloe knikte en wendde zich weer tot Poppy. 'Ik kom morgen weer, oké?' zei ze zacht. Ze zou willen dat ze haar een kus op de wang kon geven of haar kon omhelzen, maar haar hele lichaam was gebroken en kwetsbaar. Ze was net een roodborstje dat werd samengehouden door plakband. Het whiteboard was uit haar handen gevallen toen Chloe zich naar de deur had omgedraaid en lag nu plat op haar schoot. Chloe pakte het op. *Mol*, las ze. Hè? Met een vragende frons legde ze het neer op het nachtkastje. 'Rust nu maar uit. Vertel het me morgen maar.'

Poppy's ogen werden groter en Chloe voelde haar hart sneller kloppen bij de aanblik van haar vriendin die hier zo hulpeloos lag, zich amper kon bewegen en niet kon praten.

'Maak je geen zorgen. Ik kom morgen terug, dat beloof ik.' Ze stond op en liep door de kamer. Bij de deur draaide ze zich om en knipoogde. 'Dag, nichtje.'

Chloe was de lift nog niet uit of Xan snelde al naar haar toe om haar aan te klampen en mee te loodsen naar de keuken, waar Tom en Jack haar vanuit hun kantoor niet konden zien.

'Meid, je zit tot over je oren in de shit,' siste hij. 'Waar was je? Ik dacht dat je gisteren terug zou komen.'

'Ik werd opgehouden,' zei ze schouderophalend. 'Joe wilde dat ik hem zou helpen zijn huis in te richten, maar we moesten wachten tot zijn huisraad vanuit Frankrijk was overgebracht. Hoezo? Wat is er gebeurd?'

'Jack en Tom hebben knallende ruzie gehad.'

'Alweer?'

'Ze praten nu nauwelijks nog met elkaar.'

Ze sloeg haar armen over elkaar. 'Weet je ook waarom?'

'Geen flauw idee. Ik weet alleen dat ze amper samen in dezelfde ruimte kunnen zijn. Ze kijken elkaar niet eens aan. En om de vijf minuten komt een van hen beiden naar me toe om me te vragen waar jij bent. Of ik al wat van je hebt gehoord.'

Ze legde een hand op zijn arm. 'Het spijt me, Xan, ik weet ook niet waarom ze zich zo lopen op te winden.' Nou ja, van Jack wist ze dat niet. 'Ik zal nu met ze gaan praten. Ik realiseerde me niet dat mijn afwezigheid voor een paar dagen zoveel ophef zou veroorzaken. Ik ben de andere cliënten ook gewoon van dienst geweest. Ik heb al mijn telefoontjes beantwoord.'

'Niet allemaal. Zoals ik al zei, ligt een zeker iemand op de loer. O, als je het over de duivel hebt,' mompelde hij rollend met zijn ogen, en hij wendde zich af toen de voetstappen naderden. Chloe zag vanuit haar ooghoeken dat Serena recht op haar afliep. Ze voelde het bloed naar haar wangen stromen en balde haar handen tot vuisten. Ze zou toch niet naar haar toe komen en doen alsof er niets was gebeurd?

Nou, wél dus, want ze stopte en bleef vlak voor haar staan. 'Chloe, hoi,' zei Serena glimlachend en met een stapel papier tegen haar borst geklemd. 'Je bent er weer.'

'Daar lijkt het wel op, hè.' Chloe's stem klonk kortaf en ze weigerde terug te glimlachen, om vriendelijk te doen tegen deze vrouw na alles wat ze had gedaan.

Xan deed alsof hij zich nuttig maakte. Hij zette de koffiemachine aan en trok de kastdeurtjes open op zoek naar hun favoriete cupjes.

Serena negeerde hem zoals altijd, en als ze al had gemerkt hoe kortaangebonden Chloe deed, gaf ze daar geen blijk van.

'Gelukkig maar. Je hebt vast wel gehoord dat het hier deze week een gekkenhuis was. Ik weet niet wat er aan de hand is – er hangt iets in de lucht of zo.'

Chloe gaf geen antwoord. Ze weigerde Serena tegemoet te komen door te praten of te glimlachen... Er viel een korte stilte.

'Hoe dan ook, ik heb in jouw afwezigheid wat telefoontjes voor je afgehandeld. Dat vind je toch niet erg?'

'Het waren wat telefoontjes, Serena. Je hebt mijn baan niet overgenomen.'

Serena, die eindelijk de stemming begon aan te voelen, glimlachte aarzelend. 'Oké, goed...' Ze keek omlaag naar de papieren in haar armen. 'Nou, ik was net met wat paperassen bezig. Er zit een factuur bij voor Alexander Subocheva van een bloemist in de Provence – tweeduizend pioenrozen om een jacht op te fleuren?' Ze trok een bedenkelijk gezicht. 'Dat kan toch niet kloppen?'

'Waarom niet?'

'Nou, zoveel bloemen in een beperkte ruimte lijkt me een beetje... overdreven.'

Chloe's ogen vernauwden zich. Serena dacht dat ze alles beter wist, zoals ze rondliep met haar papierwerk en opdringerige, gemaakte glimlachjes. 'Misschien vond Alexander het wel een romantisch gebaar tegenover zijn echtgenote, aangezien zij daar in haar eentje verblijft.'

Chloe rechtte haar rug. Het voelde goed om de overhand te hebben, om voor de verandering iets te weten wat Serena niet wist.

Serena leek in te binden. 'O. Aha. Nou, ja, dan begrijp ik

wel dat hij misschien… Dat is inderdaad heel romantisch.' Ze glimlachte flauwtjes. 'Ik… Ik wilde gewoon zeker weten dat het klopte. Je weet hoe sommige leveranciers zijn: hoe groter het budget, hoe eerder ze denken dat ze de boel kunnen flessen zonder dat iemand het opmerkt.'

'Ik heb die bloemen voor hem besteld, Serena. Hij is mijn cliënt. De rekening klopt.'

Serena wiebelde ongemakkelijk van de ene op de andere voet. 'Oké, super.' Ze haalde lauwhartig haar schouders op. 'Nou, prima. Dan is dat opgehelderd, dank je wel.' Ze liep weg en gooide haar gladde haar over haar schouder. Xan stond in een wip weer naast Chloe.

'Kreng,' mompelde ze zacht terwijl ze haar nakeek.

'Nou, wat dacht je van jezelf, ijskonijn. Zoals je haar op haar plaats zette.'

'Ik kan haar wel schieten.'

'Ja, dat is te merken,' zei hij met opgetrokken wenkbrauwen. 'Wil je er iets over kwijt?'

Chloe keek hem aan. Ze zou willen dat ze bij het begin kon beginnen en hem alles kon vertellen… Maar het was inmiddels een lang verhaal en ze had al genoeg regels overtreden – ze had iets gehad met haar baas én met een cliënt. Er was context voor nodig en ze had noch de tijd, noch de energie om die te schetsen, nu al helemaal niet. Ze deed haar ogen dicht toen ze stemmen hoorde naderen – hun Britse accent herkenbaar als rode ballonnen in de lucht.

Ze draaide zich om en zag Jack, op de voet gevolgd door Tom, door de kantoortuin naar haar toe lopen. Hun gezichten werden getekend door een mengeling van woede en opluchting.

'O, shit,' fluisterde Xan toen hij hun twee werkgevers naar hen toe zag komen. 'Ik heb niets gezegd, echt niet.'

'Het is oké.' Ze rechtte glimlachend haar rug en begroette Jack, die het eerst bij haar was. 'Hoi, Jack. Hoe gaat het?'

Tom volgde op slechts twee passen afstand, zijn ogen brandend van duizend stille verwijten.

Jack staarde haar aan, zo te zien vol ongeloof over haar nonçhalance, voordat hij met zijn duim over zijn schouder wees en daarbij Tom bijna in zijn oog prikte. 'Vergaderkamer, Chloe. Nú.'

Was dit glas kogelvrij, vroeg ze zich af toe ze even later in de vergaderruimte zaten, want die blikken die Tom op haar afvuurde...

En Jack was al net zo kwaad. Hij had de afgelopen vijf minuten tegen haar geschreeuwd en de aanwezige medewerkers in de kantoortuin op een indrukwekkend schouwspel getrakteerd: ze verstonden hem misschien niet, maar aan zijn lichaamstaal konden ze beslist zien dat hij haar de les las. Hij gebaarde wild met zijn armen en schudde zijn hoofd zo hard dat zijn springerige haarlok eerst de ene kant op viel en vervolgens de andere.

Xan bleef maar achter Tom en Jack langs het raam lopen met grappige op A4'tjes geschreven boodschappen: *Medische noodsituatie? Overleden familielid? Pistool?*

Ze kon haar lachen bijna niet inhouden, want dit kon ze allemaal niet serieus nemen – hun woede en verontwaardiging. Het kon haar niet meer schelen. Ze had er genoeg van te worden gebruikt als een wegwerpartikel, op de tweede plaats te komen. Laat maar uitrazen, dacht ze bij zichzelf terwijl ze keek hoe Jack met zijn vuist op het bureau sloeg en Tom met zijn hoofd in zijn handen naast hem stond. Ze realiseerde zich dat ze niet eens luisterde naar wat ze zeiden – iets over verantwoordelijkheid... samenwerken als team... tijden van crisis... gevaar... Lincoln...

Misschien zou ze ontslag moeten nemen? Dat was waarschijnlijk beter dan te worden ontslagen. Ze zouden haar in elk geval een referentie moeten geven.

Wacht even, wat?

'Wat zei je?' onderbrak ze Jack, die midden in zijn verhaal verbluft zweeg.

'Ik zéí,' zuchtte hij geërgerd, 'dat er van alles met je had kunnen gebeuren en dat wij dan geen idee hadden waar je uithing.'

'Xan wist waar ik was.'

'Nee. Hij wist dat je in Griekenland was. Daar hadden we weinig meer aan dan te weten dat je in Europa zat.'

En wiens schuld was het dat ze niet gevonden wilde worden? Ze keek Tom koud aan. Hij keek terug met een verslagen, blanco blik. 'Nou en?'

'Nou... Jij was god weet waar, god weet wat aan het doen met god weet wie. Is het niet erg genoeg dat we al één werkneemster met politiebewaking in het ziekenhuis hebben liggen?'

Ze gooide haar hoofd vermoeid achterover en zuchtte. God, wat een melodrama. Waarom trokken ze een parallel tussen haar zakenreis en Poppy's situatie? 'Het spijt me, maar ik snap niet waar jullie je zo druk over maken. Joe Lincoln is een cliënt en ik hielp hem bij een overzees project.'

'Maar dat is dus niet waar, hè?' ze Jack op dringende toon.

Chloe voelde haar gezicht gloeien en haar ogen flitsten automatisch naar Tom. Ze zag dat hij haar schuldgevoel herkende terwijl de waarheid in stilte tussen hen werd uitgewisseld. Maar Joe had toch zeker niet gebeld om Tom en Jack te laten weten wat er daar tussen hen was gebeurd? Nee, dat zou nergens op slaan. Waarom zou hij dat doen? Tenzij... Haar gedachten schoten alle kanten op. Tenzij het wraak was omdat ze hem had afgewezen en in bed had achtergelaten? Was haar baan de prijs die ze daarvoor moest betalen?

Dat kon ze niet geloven. Nee. Je kon van alles over hem zeggen, maar hij was niet kleinzielig.

'Als Tom er niet was geweest, zouden we allemaal nog in de veronderstelling verkeren dat die vent inderdaad degene is voor wie hij zich uitgeeft.'

Wat zei hij nou eigenlijk? 'Hoe bedoel je?' Haar stem klonk nu ijl.

'Nou, als Tom die FaceTime-oproep niet had gedaan en die Joe Lincoln niet had gezien, zouden we nu nog steeds niet weten dat hij niet is wie hij zegt dat hij is.'

Ze werd misselijk en duizelig. Dit kon niet waar zijn. Zijn stem klonk ver weg en ze kon niet helder nadenken, zodat het nog een moment duurde voordat zijn woorden binnenkwamen en ze de vloer onder haar stoel voelde wegzakken. 'Wanneer... Wanneer heb je me dan gefacetimed?' vroeg ze Tom, en ze keek hem recht aan.

'Gisteren. Je was op een of andere luxe boot?' Zijn woorden klonken afgemeten, er lag een onuitgesproken beschuldiging in. Hij wist ervan.

Het jacht. Ze had liggen slapen met haar telefoon naast zich.

'Hij nam op en zei dat je niet beschikbaar was,' zei Tom vol ingehouden woede. 'Hij vroeg nota bene wie ík was en hing toen op.'

Wie is Tom, had Joe gevraagd...

'Pas toen kwamen we erachter dat de vent met wie jij de hort op was niet was wie hij beweerde dat hij was,' zei Jack al net zo laaiend. Hij schoof haar een vel papier toe. Er stond het logo van DCS Engineering op, met daarnaast de foto van een kalende roze man van begin zestig. 'Godzijdank is Tom zo zorgvuldig geweest om hem te googelen.'

'Maar dat heb ík ook gedaan!' protesteerde ze. Maar terwijl ze het zei, besefte ze wat ze fout had gedaan: ze had de website van DCS opgezocht om te kijken of het bedrijf bestond. Ze had zijn naam zien staan en dat was voor haar voldoende geweest. Alles leek op het eerste gezicht te kloppen en ze had het niet nodig gevonden om diep te graven. Maar dat had ze wel moeten doen – ze had een foto moeten opzoeken, de leeftijd moeten checken...

'Toen Xan zei dat je met Joe Lincoln in Griekenland was en Tom hem vervolgens zag...' Jack keek haar met een ondoorgrondelijke blik aan, alsof hij de woorden amper durfde uit te spreken. 'Díé man daar is Joe Lincoln,' zei hij, wijzend naar de foto.

'En niet die mooie jongen van jou,' snauwde Tom.

'Hij is helemaal niets van mij,' bitste Chloe terug. 'Ik deed mijn werk.'

Ze keken elkaar boos aan, maar ze wist dat haar blos haar had verraden.

Jack keek van haar naar Tom en nam de ijzige kou tussen hen waar. Er viel een lange stilte, waarin Tom haar met zijn ogen nog steeds stille verwijten maakte. Ze had hem weer verlaten en ze was met Joe naar bed geweest, dat wist hij...

'Ik denk dat ik maar beter ontslag kan nemen,' zei ze zacht, en ze richtte haar blik met een ruk weer op Jack. 'Dit gaat zo niet meer.'

'O nee. Zo gemakkelijk kom je er niet van af,' snauwde Jack.

'Sorry?'

'Christus, jullie denken zeker dat ik gek ben,' mompelde hij nu met gedempte stem terwijl hij achterover ging zitten, zijn vingers ineengevlochten, zijn ellebogen naar buiten gericht. 'Dachten jullie nou echt dat ik niet doorhad wat er tussen jullie tweeën gaande was?'

Ze keken hem beiden verrast aan. Vooral Tom keek stomverbaasd.

'Natuurlijk had ik dat door! Maar ik heb de andere kant op gekeken. Jullie waren discreet, het ging niet ten koste van jullie werk. Ik bedoel, ik vond je een stomme zak, voor wat het waard is.' Hij wierp Tom een boze blik toe. 'Lucy verdiende beter...'

'Wij allebei,' onderbrak ze hem opstandig. Ze weigerde om als slechterik te worden weggezet. 'Hij vertelde me steeds dat hij het met haar zou uitmaken! Ik zat er echt niet op te wachten om zijn maîtresse te zijn, dat kan ik je wel vertellen!'

Jack wierp zijn oude vriend een misprijzende blik toe, hoewel hij er zelf ook heus niet een al te verheven moraal op na hield.

'Nou, wat er tussen jullie drieën is gebeurd is jullie zaak,' mompelde hij. 'Het kon me niet schelen en het kan me nog steeds niet schelen.' Hij keek Chloe weer aan. 'Maar toen je hier vijf maanden geleden zomaar naartoe kwam, wist ik precies wat er was voorgevallen. En eerlijk gezegd leek me dat het beste voor iedereen. Ik wilde niet dat Invicta jou zou kwijtraken, Chloe, je bent een waardevolle kracht, dat staat vast. Dus hield ik mijn mond en liet ik jullie... je spel spelen! Maar als jullie die shit mee naar het werk nemen – zoals jíj hier vorige week zomaar kwam opdagen,' blafte hij Tom toe, waarna hij zich weer tot haar wendde. 'En zoals jíj een paar dagen later met de noorderzon vertrok? Nou, dan kan ik niet anders dan me ermee bemoeien.'

'Rot op, Jack. Je hebt er nog steeds niets mee te maken,' zei Tom, die zich met gloeiende wangen van woede herpakte. 'Chloe en ik hebben ons privéleven altijd buiten het kantoor gehouden. Wat er wel of niet tussen ons gaande is, heeft niets met deze kwestie te maken.'

'O nee?' sneerde Jack. 'Dus jij wilt me vertellen dat ze midden in de nacht met die vent – wie de fuck hij ook moge zijn! – zou zijn verdwenen als er niets tussen jullie tweeën was voorgevallen?'

Ze wisten geen van tweeën wat ze moesten zeggen, maar ze wisten allebei dat Jack de vinger op de zere plek legde. Al wist Tom nog steeds niet precies waarom ze was vertrokken.

'Je overdrijft,' mompelde Tom. Het was een slap verweer.

Jack porde hard met zijn vinger op het bureau. 'Poppy ligt verdomme als een lappenpop in het ziekenhuis, en iemand – god weet wie – heeft het op haar gemunt,' siste hij tegen zijn partner. 'En vervolgens vertrekt Chloe naar een of ander Grieks eiland met een man die een valse identiteit blijkt te hebben, en dan vind jij dat ik overdrijf? We hebben geen idee wie hij is of wat hij wil. En we hebben geen idee wie Poppy kwaad heeft gedaan of waarom. Voor hetzelfde geld is het dezelfde kerel! Hij had Chloe ook kwaad kunnen doen, begrijp je dat niet?'

De woorden weerklonken door de ruimte en ze schrokken er alle drie van. Was Chloe inderdaad in gevaar geweest? Ze had zich in elk geval angstig gevoeld nadat ze dat geheime telefoontje van Joe had afgeluisterd.

Toms gezicht betrok bij Jacks harde woorden. Zijn frisse, jongensachtige gelaatstrekken rimpelden en hij haalde zijn handen door zijn haar, liet zijn hoofd tussen zijn onderarmen zakken en begon geluidloos maar heftig te snikken. Chloe hield haar adem in toen ze zag hoe groot zijn ontreddering was, zijn wanhoop een lawine die over hem heen kwam. Haar ogen gleden naar de ramen – het hele team keek toe, Xan stond met open mond bij zijn bureau naar het tafereel te staren. Ineens was het niet meer grappig.

'Maar…' Ze kon niet goed nadenken, het drong niet tot haar door. Ze probeerde op een rijtje te zetten wat ze haar hadden verteld: dat Joe niet Joe was, dat ze zich daarom zorgen om haar hadden gemaakt, dat Joe degene zou kunnen zijn die Poppy kwaad had gedaan? Misschien?

En zij had het bed met hem gedeeld.

Alles leek verwrongen. Het was alsof ze de wereld via een lachspiegel zag: de werkelijkheid werd vervormd en niets zag eruit zoals het hoorde. *Volgens plan... Geen argwaan wekken.* Dus ze had gelijk gehad. Ze wás in gevaar geweest.

'Jezus, Chlo, het idee dat er iets met je zou gebeuren…' snikte Tom.

'Maar er is niets gebeurd. Het gaat goed met me,' zei ze, en ze stak in een reflex een arm over het bureau om een kneepje in zijn hand te geven. Haar stem stierf weg nu ze zich ineens de zachtheid van Joe's aanraking herinnerde, zijn fluisteringen in haar haar…

‘Hij heeft je geen kwaad gedaan?’ zei Tom met overslaande stem. Hij keek haar met roodomrande ogen aan. ‘Ik zweer het je, ik vermoo…’

‘Hij heeft me geen kwaad gedaan,’ verzekerde ze hem. Niet zoals hij bedoelde, althans.

22

Brigadier Mahoney knipperde niet veel met zijn ogen, maar ze zag wel dat zijn snor trilde als hij dacht dat ze loog, en op dit moment leek hij het lastig te vinden om te geloven wat ze hem vertelde, alsof het te bizar was om waar te zijn.

‘Dus u beweert dat u al die tijd dat u met deze man in Griekenland was, niet één foto van hem hebt genomen?’

‘Dat klopt,’ zei ze knikkend. Ze vroeg zich af hoe vaak ze het nog moest zeggen.

‘Niet eens een selfie tijdens het eten?’

‘Nee.’

‘Geen heimelijk kiekje en profil?’

‘Nee.’

‘Misschien toen hij sliep?’

‘Hij was mijn cliënt, waarom zou ik hem hebben zien slapen?’ zei ze op ferme toon en met een verontwaardigde blik. Ze hoopte maar dat hij niet met het hotel had gebeld. De kamermeisjes hadden ongetwijfeld gezien dat zijn bed onbeslapen was gebleven in de nacht voordat ze uitcheckten.

‘Nou, dat is een unicum,’ mompelde hij met een grijns om zijn dunne lippen. ‘Een millennial die niet op Instagram zit.’ Het sarcasme droop van de woorden en hij leek erg met zichzelf in zijn nopjes met het etiket dat hij op haar had geplakt.

‘Ik heb niet gezegd dat ik niet op Instagram zit, alleen dat ik er niets op heb gepost,’ verklaarde ze.

Haar kalmte leek hem te irriteren en de glimlach bestierf op zijn lippen terwijl hij weer naar zijn aantekeningen keek. Ze concentreerde zich op de politiepenning op zijn overhemd en herinnerde zichzelf eraan dat dit een gesprek was, geen verhoor. Ze had niets verkeerd gedaan.

Ze zat nog steeds in de vergaderkamer, maar de kantoortuin was nu verlaten. Het was vrijdag – de helft van het team had de Jitney van drie uur genomen, de rest was stipt om vijf uur vertrokken en in de lift gestapt, waarbij ongetwijfeld was gepraat over de gebeurtenissen van vanmiddag. Jack had Tom zelfs het gebouw uit getrokken om iets te gaan drinken. Hij had erop gestaan dat ze met de politie zou praten zonder dat hij in de buurt was om het allemaal nog erger te maken. De emoties liepen sowieso al hoog genoeg op.

'Dus u zei dat hij een huis heeft gekocht aan de ándere kant van het eiland?' Alsof het om de andere kant van de maan ging.

'Dat klopt. Hij wilde een afgelegen plek zonder buren. Hij wilde niet of nauwelijks bereikbaar zijn.'

'Heeft hij gezegd waarom?'

'Hij zei dat hij er zou kunnen ontsnappen aan de stress van zijn werk.'

'En daar zette u geen vraagtekens bij?'

'Waarom zou ik? De meeste cliënten van Invicta hebben een heel druk leven. Ze hebben bijna allemaal een vakantiehuis om zich terug te trekken.'

'Maar die obsessieve behoefte om niet bereikbaar te zijn?'

'Ik denk dat het de nieuwste luxe aan het worden is,' zei ze schouderophalend.

'Hm.' Zijn snor trilde weer. 'We hebben de lokale politie gevraagd om er voor ons een kijkje te gaan nemen. Het is een boerderij.'

'Ja, dat klopt.'

'En er was niemand.'

'Nee, dat had ik u zo wel kunnen vertellen. Hij ging vandaag terug naar Frankrijk.'

'Heeft hij gezegd waar in Frankrijk?'

'Nee.'

'Of waarom hij erheen ging?'

Ze haalde haar schouders op. 'Dat heb ik niet gevraagd.'

Hij keek gefrustreerd. 'Maar heeft hij wel gezegd wanneer hij weer zou terugkomen?'

'Nee.'

'Hebt u de reis voor hem geregeld? De vlucht geboekt?'

'Nee.'

'Terwijl u de vlucht ernaartoe wel had geregeld?'

'Ja. Toen wilde hij onmiddellijk vertrekken. Het was allemaal heel erg last minute.'

'En dat vond u niet vreemd?'

'Niet echt. Hij gelooft dat spontaniteit het grootste geschenk is dat geld je kan geven.'

Brigadier Mahoneys wenkbrauw schoot omhoog, niet onder de indruk, en ze stelde zich voor dat hij vele andere grotere geschenken kon bedenken. 'Waarom had hij zo'n haast?'

Ze onderdrukte een zucht. 'Omdat hij er de rest van deze zomer wilde doorbrengen, zei hij.'

'Maar het is al bijna augustus. Hij was halverwege juli wel laat met zijn zoektocht naar een vakantiehuis, vindt u niet? Er gaan vaak maanden overheen.'

'Daarom kwam hij bij ons in plaats van een makelaar. Ik heb in minder dan een week een shortlist voor hem samengesteld.'

'Maar het papierwerk dan? En het geld?'

'Daar was ik niet bij betrokken. Hij zei dat hij daar zakelijke belangen had. Dat het geld al op de plek was waar het moest zijn.'

Hij haalde diep adem, kneep zijn ogen tot spleetjes en keek haar aandachtig aan. 'Miss Marston, wist u dat hij de eigenaren van het huis contant heeft betaald? Dat hij ze met een enorm bedrag heeft omgekocht om ze ertoe te bewegen hem de documenten meteen te verschaffen?'

Omgekocht? Ze zweeg even. 'Nee. Dat wist ik niet. Ik nam aan dat het via een bank ging.'

'Waarom denkt u dat hij drie miljoen euro in cash heeft betaald voor een huis dat nog niet de helft van dat bedrag waard is?'

Drie miljoen euro? Ze was verbijsterd. 'Nou, het maakt veel van onze cliënten niet uit hoeveel geld ze besteden aan iets wat ze willen hebben,' zei ze langzaam. 'Boven een bepaald niveau wordt tijd kostbaarder dan geld.'

'Toe maar,' zei hij sarcastisch, en ze kon alleen maar haar schouders ophalen. Het ging niet over haar. 'En dus boekte u een tweede vliegtuig op de...' Hij keek in zijn aantekeningen. 'Op woensdagavond, vanuit Zuid-Frankrijk?'

'Ja. Montpellier. Hij had meubels in de opslag staan die hij naar het huis wilde laten brengen. Het vliegtuig is op donderdag halverwege de ochtend geland.'

'Efficiënte service, hoor.'

'Ja, dat is waar ons bedrijf voor staat,' zei ze kortaf.

Hij tikte met zijn pen op zijn notitieblok, keek haar aan en dacht diep na. 'Het komt me allemaal heel vreemd voor: de urgentie, het contante geld. En dat huis klinkt niet als het ideaal voor een man die zich kan veroorloven wat zijn hartje begeert. Er zijn grotere, chiquere panden te koop, zou je denken. Waarom zou iemand daar helemaal met een privéjet naartoe vliegen om een vervallen boerderij te kopen?'

'Nou, ik was er ook wel van gecharmeerd.'

'Maar de reis ernaartoe zal ongeveer net zoveel hebben gekost als het huis zelf.'

Ze haalde haar schouders weer op. 'Ieder zijn meug. Ik was persoonlijk wel te spreken over zijn keuze. Het kan vervelend zijn om altijd alleen maar voor cliënten te werken die luxueuze pronkhuizen en fallische jets willen hebben.'

De brigadier keek haar onderzoekend aan. 'Zo te horen mocht u hem graag.'

Ze slikte. 'Het is in mijn belang om mijn cliënten te mogen, brigadier, aangezien ik vaak nauwe banden met ze onderhoud.'

'Meer was het niet?'

'Nou, om eerlijk te zijn vond ik hem wel intrigerend. Hij is anders dan andere cliënten.'

'O? Hoe zou u hem beschrijven?'

Ze dacht even na en herinnerde zich zijn sprong van het ene balkon naar het andere, zijn armen gestrekt, zijn ogen vol vuur, zijn drang om haar te veroveren. Nooit eerder had ze zich zo mooi, begerenswaardig en gewild gevoeld, alle dingen waar Tom haar aan had laten twijfelen. Hij was vrij en wild geweest, spontaan en supersexy... 'Ik zou zeggen dat hij voorkomend, intelligent en gereserveerd is. Maar hij kon soms ook wat bruusk zijn. Verstrooid. Ongeduldig ook.'

'Hebt u enig idee waarom hij het op u voorzien had?'

'Hij had het niet op me voorzíén,' protesteerde ze. Ze huiverde bij het idee alleen al.

'Nee? Maar u zei eerder dat zijn vermeende afspraak met Miss Langham niet terug te vinden was in haar agenda, dat hij de eerste werkdag na haar ongeluk zomaar op het kantoor kwam binnenwandelen. Vindt u die timing niet een beetje vreemd?'

'Niet echt,' mompelde ze, maar terwijl ze het zei, herinnerde ze zich Poppy's krabbels op het whiteboard. *Geen Joe.* Wat als dat geen geheugenverlies was? Had ze geprobeerd haar te vertellen dat ze hem niet kende? Dat ze helemaal geen afspraak met ene Joe had gehad?

De brigadier had haar plotselinge twijfel kennelijk van haar gezicht afgelezen, want hij leunde naar voren en drong nu harder aan. 'En dan kwam hij ook nog maandagavond opdagen en stond hij erop dat u met hem naar Griekenland zou gaan – zonder u een moment te gunnen om na te denken of het iemand te vertellen.'

'Ik weet niet of ik het zo zou uitdrukken,' mompelde ze. Maar ze was nu niet meer zo zeker van haar zaak. Was het echt zo gegaan, en was ze gewoon te dronken geweest om zich bewust te zijn van een duistere bijbedoeling?

'Hébt u het iemand verteld?'

'Nou nee, maar...'

'Zeg eens, hebt u zich in zijn gezelschap op enig moment geïntimideerd gevoeld? Angstig?'

Ze dacht aan het telefoontje en dat ze het gevoel had gehad dat hij haar gadesloeg toen hij in bed stapte en zij deed alsof ze sliep. Ze herinnerde zich het gevoel van haar bonzende hart tegen het matras. Ze was bang geweest dat hij wist dat ze hem had afgeluisterd, dat hij zich realiseerde dat hij precies had gedaan wat hij niet wilde, namelijk haar argwaan wekken. Dus ja, ze was angstig geweest. En ze had zich ook nog eens vernederd en beschaamd gevoeld.

'Miss Marston?' Brigadier Mahoney keek haar aandachtig aan. Hij zag dat ze was begonnen haar handen te wringen. 'Als u iets hebt gezien of gehoord, wat dan ook, zelfs als het u niet belangrijk lijkt, moet u ons dat vertellen. Dan bepalen wij wat wel of niet relevant is.'

Ze slikte. Ze was Joe niets verschuldigd, hij had haar gebruikt en tegen haar gelogen. Hij was niet wie hij had gezegd dat hij was: vierendertig, uit Vermont, ingenieursbedrijf... Was er ook maar íéts van waar geweest? 'Ik hoorde hem vanochtend vroeg telefoneren.'

Hij keek geïnteresseerd, haar aarzelende toon wekte zijn belangstelling. 'Oké. Hoe laat?'

'Dat weet ik niet precies. Bij het allereerste ochtendgloren daar.'

Hij trok een wenkbrauw op. 'Dat is heel vroeg.'

'Hij had nog last van de jetlag. Wij allebei. Ons slaap- en waakritme was verstoord. Mijn kamer lag naast de zijne en mijn balkondeuren stonden open. Ik hoorde hem op het balkon.' Dat was in principe waar.

'En met wie praatte hij?'

'Ik weet het niet, maar ik denk met een vrouw.'

'Denkt u dat? Waar merkte u dat aan?'

Ze haalde haar schouders op en keek naar haar handen. 'De toon waarop hij sprak, denk ik.'

Hij haalde diep adem en dacht erover na. 'En wat zei hij tegen die vrouw?'

'Alleen maar dat hij niet eerder in de gelegenheid was geweest te bellen en dat het lastig was om een moment te vinden... En toen zei hij dat hij geen argwaan wilde wekken.'

De politieman leunde weer naar voren, als een speurhond die bloed rook. 'Ga verder.'

'Nou, dat was het. Mijn deur kraakte en hij hield op met praten. Daarna liep hij terug zijn kamer in en de rest heb ik niet gehoord.'

Er gleed een blik van ergernis over zijn gezicht. 'Niets meer?'

'Nee. Ik was hem dan ook niet bewust aan het afluisteren. Dat zou niet netjes geweest zijn, brigadier.' Hoewel in dit geval misschien andere regels golden.

'Ook niet na wat u had gehoord?'

'Ik wist niet precies wat ik had gehoord of wat het te betekenen had.'

'Dus u hebt het er niet met hem over gehad?'

'Natuurlijk niet. Het waren mijn zaken niet. Bovendien ben ik vanochtend vertrokken.'

'Dus u ging gewoon… ieder een eigen kant op? U vloog terug naar New York en hij ging naar Frankrijk?'

'Precies. Ik had mijn opdracht afgerond en er was geen reden meer om te blijven.'

'U kwam ook niet in de verleiding om te blijven?'

'Hij was mijn cliënt,' zei ze beslist.

'Nee, dat was hij niet, Miss Marston. Hij is in het beste geval een oplichter.' Hij klapte zijn notitieblok dicht en keek haar recht aan. 'En in het slechtste geval iets veel, veel kwalijkers.'

Middellandse Zee, voor de kust van de Provence

Ze stond op het teakhouten dek naar de donkere horizon te kijken, haar rug naar de fonkelende lichtjes van de Côte d'Azur gericht; die konden haar niet meer bekoren. Ze gaf niets om de feesten in de schitterende villa's, de japonnen van de mooie gastvrouwen, de in zijden jasjes geklede mannen met beloftes in hun ogen. Er was op dit moment zo'n feestje gaande, waar veel mensen aanwezig waren die ze kende. De avond kleurde rood, paars en groen van het weelderige vuurwerk dat werd afgestoken. Het deerde haar niet dat ze er niet bij was. Ze had in die wereld geleefd en had er onder het oppervlak niets gevonden – niets om haar te voeden of te sterken, geen echte vriendschappen, geen redenen om eraan vast te houden.

Nu was het de grote leegte die haar lokte, de donkere horizon die haar hiervandaan trok. Ze wilde stilte. Rust. Vergetelheid. Ze verdroeg dit geen dag langer. Alles was een leugen. Ze wist dat dit haar enige uitweg was.

Achter zich hoorde ze de langzame, zware tred van een van de bewakers op het dek, een pistool in zijn riem gestoken. Het gaf haar allesbehalve een veilig gevoel.

Ze schikte de rok van haar uitwaaierende jurk terwijl hij langsliep. Die was toepasselijk genoeg van zeegroene zijde, een wijde, lange zomerjurk die bijna zou kunnen dienen als parachute – maar ze zou niet van grote hoogte uit de lucht komen vallen.

Ze wachtte tot de voetstappen wegstierven en keek hoe de

schaduw naar de achtersteven verdween. Ze had maar een paar minuten. Ze wilde niet dat hij haar zou tegenhouden, haar zou redden. Daarmee zou hij haar geen dienst bewijzen. Hij dacht misschien dat hij wist hoe haar leven eruitzag, maar hij had geen idee wat zich achter gesloten deuren afspeelde, slechts een paar meter van hem verwijderd.

Ze keek om zich heen om er zeker van te zijn dat er niemand anders in de buurt was, dat er niemand keek, en ze klom over de reling. De rand was smal en ze draaide zich om naar het dek om zich beter te kunnen vastgrijpen – en om er een allerlaatste blik op te werpen.

Boven haar hoofd leek de hemel zich in een goudtint te splijten en regende het fonteinen van kleur terwijl het geknal en geknetter de sterren wakker schudden, klaar om de plons te overstemmen. Ze haalde diep adem en wierp een blik op de eettafel, waar haar wijnglas nog stond en waar ze in al haar eenzaamheid haar rituele laatste maaltijd had genoten.

Toen sloot ze haar ogen – en liet los.

23

New York

Chloe keek naar het plafond. Er stootte een heliumballon tegen haar schouder terwijl ze zich allemaal samenpersten om ruimte te maken voor een man in een rolstoel die werd voortgeduwd door een verpleegassistent. Haar schoenen piepten een beetje bij het lopen.

De nummers klommen tergend traag omhoog en Chloe onderdrukte telkens een zucht als de deuren weer opengingen – en er mensen uitstapten en anderen binnenkwamen. Het was op bijna elke verdieping raak. Toen ze eindelijk op de achtste verdieping was, moest ze zich beheersen om niet door de gang naar de verpleegbalie te rennen.

'Hallo,' zei ze een tikje buiten adem. Dezelfde verpleegkundige als een aantal uren geleden was er nog. Wat was er inmiddels veel veranderd. 'Ik zou mijn nichtje graag weer willen zien. Poppy Langham.'

De verpleegkundige keek haar aan, eerst met een blanco blik, maar daarna herkende ze haar. Ze stond op. 'Je nichtje, zei je?'

'Ja, ik ben eerder geweest, maar ik mocht maar vijf minuten blijven.'

Met haar armen over haar volle boezem gekruist keek de verpleegkundige haar streng aan. 'En dat was dus vijf minuten te veel.'

'Pardon?'

'Ik heb gezegd: alleen familie.' De verpleegkundige keek haar koeltjes aan, alsof ze wilde zeggen dat Chloe het niet moest wagen haar nog eens voor te liegen.

Chloe slikte en zweeg. Haar ogen gleden door de gang naar kamer achthonderdtweeëntwintig. De politieagent zat nog in zijn stoel voor de deur. Hij zat zich zo te zien stierlijk te vervelen.

'Haar ouders waren er niet blij mee toen ik ze vertelde dat Poppy's nichtje langs was geweest,' zei de verpleegkundige, Haar gezichtsuitdrukking en toon werden met de seconde ijziger. 'Ze kenden je naam wel. Je bent haar collega. Ze waren er niet over te spreken dat je hebt gelogen – en ik ook niet.'

'Het spijt me enorm. Ik wilde niet liegen, maar...'

'Wat denk je dat dit is? Een dierentuin? Denk je dat je hier zomaar kunt binnenlopen om aapjes te kijken?'

'Natuurlijk niet...'

'Begrijp je niet hoe ernstig deze situatie is? Denk je dat die agent daar voor zijn lol zit?'

'Nee, natuurlijk niet...'

'Ik had mijn baan wel kunnen kwijtraken.' De donkere ogen van de verpleegkundige schitterden van woede.

'Het spijt me. Ik zie de ernst er echt wel van in – en dat is het nou juist: het is héél belangrijk dat ik haar zie. Ik moet haar vragen...'

'O nee, daar komt niets van in. Jij gaat weg.'

'Maar mag ik misschien alleen maar even...'

'Nu. Of moet ik de beveiliging bellen?'

Chloe zette een stap achteruit. Ze had antwoord nodig op de vraag of Poppy Joe ooit had ontmoet en hem had gevraagd om naar het kantoor te komen. Zij was de enige die haar kon vertellen of alles wat hij haar had verteld een leugen was, of hij inderdaad een oplichter was, zoals de politie dacht. Tom en Jack hadden aangetoond dat hij Joe Lincoln niet was – althans niet de man van DCS Engineering – maar alleen Poppy wist of hij inderdaad op het punt had gestaan haar cliënt te worden. En als dat niet zo was, wat had hij dan in zijn schild gevoerd? En betekende dat dan dat hij het specifiek op háár had voorzien, zoals brigadier Mahoney leek te denken?

Ze kreeg een idee en pakte een pen en velletje papier van het kladblok dat op de balie lag. 'Oké, ik ga weg. Maar mag ik vragen of u haar dit wilt laten zien? Via haar ouders, dat is uiteraard prima.'

'Ik pieker er niet over. Je hebt al genoeg problemen veroorzaakt. Je moet vertrekken.'

Chloe krabbelde de boodschap toch snel op het velletje en reikte het de verpleegkundige aan. Die keek ernaar en maakte geen aanstalten om het aan te pakken.

'Alstublieft. Het is heel belangrijk. Het heeft met deze hele situatie te maken.'

'Ze mag niet van streek raken.'

'Ze zal er niet door van streek raken, echt niet. Ze kent de context. Ik heb alleen maar een ja of nee van haar nodig.' Ze stak het briefje nog wat verder naar voren. 'Alstublieft.'

Met een vermoeide zucht liet de verpleegkundige haar blik op het briefje rusten om de boodschap te lezen. *Heb je ooit een man ontmoet die Joe Lincoln heette?*

Dat leek toch een onschuldige vraag. 'Ik geef het wel aan haar ouders als ze naar buiten komen,' zei ze ten slotte, en ze nam het briefje van haar aan. 'Dan kunnen zíj besluiten of ze het haar willen laten zien.'

'Bedankt. Heel erg bedankt,' zei Chloe.

'Je hoeft me niet te bedanken. Ik doe dit niet voor jou.' De verpleegkundige trok een wenkbrauw op. 'En nu wegwezen. En kom voorlopig niet meer terug.'

'Nee, oké,' zei Chloe, die al terugliep in de richting vanwaar ze gekomen was. 'Nogmaals bedankt.'

Terwijl ze naar de liften liep en daar bleef wachten, probeerde ze haar chaotische gedachten te ordenen. Poppy was opzettelijk door een auto geschept en nu dacht de politie dat ook Chloe misschien wel een doelwit was geweest. En dat het in beide gevallen mogelijk om dezelfde man ging. Joe Lincoln.

Ze kon het nog steeds niet geloven. Dat wilde ze ook niet. Toch had ze zich af en toe nerveus bij hem gevoeld – zoals hij van ondoorgrondelijk en terughoudend kon overschakelen op charmant en open, alsof hij twee mensen in één was? Ze had een zekere dreiging gevoeld toen hij weer in bed stapte. Had ze echt het bed gedeeld met de vijand?

De liftdeuren gingen open en ze stapte naar binnen, waarbij ze een man moest ontwijken die een enorme, bijna levensgrote teddybeer bij zich had. Ze leunde tegen de wand en telde de verdiepingen weer af. Ze was doodmoe. Zo had ze zich deze middag niet voorgesteld, met twee bezoeken aan het ziekenhuis en een ondervraging door de politie. Ze had een time-out nodig, en iemand die ze kon vertrouwen. Wat drankjes in een gezellige bar met Elle, misschien een afhaalmaaltijd, en dan zou het vast weer beter gaan. Het was allemaal een storm in een glas water, zoals haar moeder zou zeggen – een reeks onfortuinlijke toevalligheden. Het zou wel snel weer overwaaien. Wat er ook aan de hand was, het ergste was achter de rug.

'Laat het ophouden. Au.' De stem klonk gedempt en kwam van diep onder een dekbed.

'Hè?' Chloe rolde op haar buik en kneep haar ogen steviger dicht.

Opnieuw gekreun. 'Nee.'

Chloe tilde haar hoofd van het kussen. Ze probeerde zich te oriënteren. Waar was ze? Wat had ze gedaan? Waarom voelde ze zich zo beroerd?

Er kwamen kersrode teennagels en een lang, glanzend zwart been onder de ene kant van het dekbed vandaan, en aan de andere kant zag ze een bos afrohaar. Er lag een lege tequilafles naast het bed op de vloer, en uit de halflege zak nachochips op de ivoorkleurige schapenvacht was paprikapoeder gemorst. Schuin achter haar lag een bleek been recht omhoog.

O. Ze realiseerde zich dat het haar eigen been was en trok het terug onder de turquoise zijden sjaal met franje die blijkbaar dienst had gedaan als haar laken. Zelfs haar ogen bewogen traag, maar nu drong het toch langzaam tot haar door dat ze op de bank lag, en niet in bed. Haar shorts en blouse lagen verfrommeld op een hoopje onder haar wang, dus die had ze als hoofdkussen gebruikt.

Kreunend ging ze rechtop zitten. Haar lichaam was stijf van de ongemakkelijke houding waarin ze had gelegen en ze probeerde zich uit te rekken, maar hield daar halverwege weer mee op. Elle lag bijna helemaal verscholen onder het dekbed en leek nog niet echt wakker te willen worden.

Chloe wist niet goed waarom ze zelf eigenlijk wakker was. Ze stond voorzichtig op en begaf zich naar de badkamer. Haar hersenen leken tijdens het lopen tegen de binnenkant van haar schedel te bonken en ze bleef wel vijf minuten naar haar spiegelbeeld staren: warrig net-uit-bedhaar (niet de gunstige versie), een beha en onderbroek die ze al twee dagen droeg, donkere kringen onder haar ogen. Haar adem stonk ongetwijfeld een uur in de wind.

Ze wendde zich met een zucht af. Haar gezicht weerspiegelde overduidelijk haar chaotische leven. Tom. Joe. Poppy. Zij drieën spookten achter elkaar door haar hoofd. Ze hadden haar leven ieder op een eigen manier ontwricht.

Ze wankelde naar de keuken – zoals Elle die optimistisch noemde – en zette de waterkoker aan. De damp verspreidde zich in het piepkleine vertrek, dat je eerder een kast kon noemen, maar ze wist op de een of andere manier een kop koffie te maken. Ze duwde het keukenraam open en klauterde de brandtrap op.

Ze wist niet hoe laat het was, maar ze vermoedde laat in de ochtend, zo te zien aan de stand van de zon, te horen aan het verkeerslawaai en te voelen aan de al intense warmte. Ze leunde achterover tegen de ijzeren trap liet het zonlicht haar stijve spieren verwarmen en haar brakke lichaam koesteren. Godzijdank was het weekend. Een gebouw van rode bakstenen bood uitzicht op deze brandtrap, dus er konden mensen kijken, maar dat kon haar niets schelen. Ja, ze zat hier in haar ondergoed, nou en? Dat was niet anders dan een bikini. Althans, dat had Joe gezegd.

Joe. Tom. Joe. Tom.

Ze bleef een tijdje zitten en probeerde aan geen van beiden te denken. Ze wist dat ze zich verstopte, dat ze precies deed wat ze had gezworen niet meer te doen, maar ze had tijd nodig om na te denken. Tom had gisteravond wéér op de trap voor haar portiek gezeten, daar was ze zeker van, en ze wilde nog niet met hem praten. Ze was er nog niet klaar voor. Zoals hij had gereageerd toen Jack hun voorspiegelde dat zij in gevaar was geweest, dat ook háár iets had kunnen overkomen… Hij was er kapot van geweest en ze had gezien dat hij ondanks alles – ondanks zijn zwaktes en zijn bindingsangst – van haar hield. Daar twijfelde ze niet aan.

Intuïtief had ze hem getroost, uit gewoonte, en hij had zich laten troosten. Hij wist wat ze met Joe had gedaan, zij wist wat hij met Serena had gedaan, en nog steeds wilde hij met haar verder? Het opnieuw proberen? Hoe vaak konden ze dit doen – elkaar terugvinden en elkaar weer verlaten? Ze waren toxisch, ze waren niet goed samen. Een van hen moest er toch zeker een streep onder zetten? Ze dacht dat zij dat had gedaan door hiernaartoe te verhuizen. Kennelijk niet. Het was weer het oude liedje, maar dan in een andere stad.

Een beweging bij het raam deed haar opschrikken en ze morste bijna haar restje koffie over zich heen. Ze sloeg een hand schuin over haar borst toen ze Elle zag staan met een misnoegde uitdrukking op haar gezicht. Ze stak Chloe haar telefoon toe. Haar haar, dat alle kanten op kroesde, zag er prachtig uit.

'Als je nu niet opneemt, gooi ik dit kloteding uit het raam, oké?' mompelde ze amper verstaanbaar.

'O, lieverd, het spijt me.' Chloe pakte de telefoon van haar aan. 'Ben je er wakker van geworden?' Ze keek op het scherm – zes gemiste oproepen. Een onbekend nummer. Tom? Met een andere telefoon?

Haar maag kromp samen. Stel dat het Joe was? De politie had haar verzocht om contact op te nemen als hij van zich liet horen.

Elle kreunde theatraal, strekte haar arm omhoog langs het raamkozijn en leunde ertegenaan. Ze leek staand weer in slaap te vallen. Ook zij droeg alleen haar ondergoed, maar dat van haar was een citroengeel satijnen setje van Victoria's Secret en ze zag eruit als een lingeriemodel. 'Jakkes, waarom hebben we dit gedaan?'

'Omdat het gezellig was?' Chloe liet zich weer achteroverzakken tegen de trap en hield haar gezicht als een zonnebloem schuin omhoog naar de zon gericht.

'Gezellig?' Elle zweeg een moment, haar hoofd nog tegen haar arm geleund, waarna er een glimlachje om haar lippen verscheen. 'Ha, ja, inderdaad.'

'God, wat ben ik moe,' mompelde Chloe. 'Ik heb slaap nodig. Dit was de tweede keer deze week dat ik ladderzat ben geworden, en in de tussentijd ben ik op huizenjacht geweest in Griékenland. Mijn lichaam kan het tijdverschil en de kater niet meer aan.'

'Zo gaat dat met de jetset. Helemaal geen pretje.'

'Nou, in elk geval ga ik minstens een jaar niet meer vliegen.'

'Moet ik nu medelijden krijgen?'

'Ja. Dat heb ik verdiend. Ik heb een rotweek gehad.' Haar telefoon ging over in haar hand. Ze schrok. Weer dat onbekende nummer. Ze staarde naar het scherm.

'Jezusmina, ga je nog opnemen?' zei Elle knorrig. 'Ik heb genoeg van wie het ook is die mijn ochtend verstoort.'

Chloe keek haar paniekerig aan. 'Maar het zou Tom kunnen zijn.'

Elle rolde met haar ogen. 'Dat verrekte liefdesleven van jou...' mompelde ze. 'Je moet er echt wat aan doen, hoor. Op zeker moment moet je niet meer voor je problemen vluchten en ze onder ogen zien.'

Chloe beet haar lip. Elle had gelijk.

'Hallo?' Ze duwde met haar vrije hand op haar slapen, wachtend op zijn stem, die smekende toon die hij nu steeds gebruikte omdat hij er zeker van was dat ze weer zou willen ophangen.

'Waar was je?' Hij klonk furieus.

'Alexander?'

'Ik probeer je al uren te bereiken!'

'Het... Het spijt me. Ik herkende het nummer niet.' Ze fronste. Zijn woede voelde als een schroeiende woestijnwind in haar gezicht.

'Het is nieuw. Ik verander elke maand van nummer.'

'O.' Had ze dat moeten weten? Stond het in zijn dossier? 'Is alles oké?'

'Oké? Hoe kan alles nou oké zijn? Heb je het nieuws niet gezien?' vroeg hij vol ongeloof.

'Ik...' Ze kneep haar ogen samen, probeerde zich te herpakken, helderder na te denken. Gisteravond was ze vanuit het ziekenhuis rechtstreeks naar de bar en vervolgens hiernaartoe gegaan. 'Nee, sorry. Wat is er gebeurd?'

Er viel een geladen stilte en ze zette zich schrap voor de volgende uitbarsting. En die kwam aan als een kogelregen. 'Mijn echtgenote is vermist. Ze is vermoedelijk dood.' In een fractie van een seconde was zijn boosheid verdwenen en klonk zijn stem zacht, jong en mat – alsof hij deze zinnen wel moest uitspreken, maar ze niet geloofde. Ze niet kon geloven.

Alle achtergrondgeluiden van New York vielen weg terwijl de woorden in haar hoofd weerklonken. Ze had foto's van zijn vrouw gezien. Beeldschoon, een voormalig model. Chloe dacht dat ze haar had herkend van wat reclamecampagnes van een aantal jaren geleden. 'O mijn god, Alexander, wat verschrikkelijk.' Haar stem was dun en ijl, ze klonk hees van de schok. 'O god.' Ze sloeg een hand voor haar mond. 'Wat kan ik voor je doen? Kan ik je ergens mee helpen?'

'Kom hiernaartoe. Ik heb iemand nodig die ik kan vertrouwen.'

'Natuurlijk. Ik vertrek meteen,' zei ze, en ze duwde zich al overeind. 'Waar ben je?' Zijn appartement lag aan Park Avenue.

'In Zuid-Frankrijk.'

Ze rende de hele weg naar huis, twaalf blokken in negen minuten. Er vertrok om twintig voor twee een Zwitserse vlucht vanaf JFK. Als ze binnen een uur had ingepakt en op het vliegveld kon zijn, zou ze die halen.

Ze stond er niet meer bij stil dat haar hoofd nog bonsde en merkte niet hoe zwaar ze hijgde toen ze met twee treden tegelijk de trap voor het portiek op holde. Er was nu geen tijd voor een kater, er bestond even niet zoiets als een weekend. Haar handen trilden terwijl ze probeerde de sleutel in het slot te steken. Ze gooide de smoezelige kleren waarin ze had gereisd en gefeest op de vloer en draafde paniekerig door haar appartement. Ze stond drie minuten onder de douche en stapte er met nat haar onder vandaan – wat was het toch heerlijk om kort haar te hebben. Ze droogde het kort met een handdoek, deed haar kledingkast open en zocht iets schoons om aan te trekken. Ze liet de handdoek op de grond vallen en zag de jurk die ze naar de opera had gedragen op de stoel liggen. Zou ze de kans nog krijgen om die terug te brengen? Hij kostte meer dan tweeduizend dollar. Ze wílde helemaal niet voor dat stomme ding betalen, er zou nooit meer een gelegenheid komen om hem te dragen.

Maar ze had nu geen tijd om hem terug te brengen. Alweer niet.

Ze trok haar witte jeans en een gestreept topje aan. Ze wilde net haar voeten in haar nieuwe Gucci-sportschoenen steken toen ze iets hoorde.

Ze keek op en schreeuwde het bijna uit.

Tom stond in de deuropening van haar slaapkamer naar haar te kijken.

'Jezus! Je bezorgt me bijna een hartstilstand!' riep ze met knikkende knieën.

'Je hebt de deur opengelaten. Je moet voorzichtiger zijn, hoor. Iedere klojo had zomaar kunnen binnenwandelen.'

Ze keek hem aan – hij vond zichzelf dus geen klojo. Ze zuchtte en zag zijn stoppels en roodomrande blauwe ogen, en ze wist waarvoor hij gekomen was. Maar voor hem gold hetzelfde als voor de jurk: geen tijd. Ze opende haar kledingkast opnieuw en trok haar leren reistas van de plank. 'Tom...'

'Waar ga je naartoe?' vroeg hij, deels verwonderd nu hij zag dat ze weer spullen in een tas pakte, deels gelaten. 'O, godsamme, vertel me nou niet dat je weer gaat vertrekken!'

'Het is wérk. Voor jóúw bedrijf!'

Zijn gezichtsuitdrukking veranderde, werd donkerder. 'Joe Lincoln? Heeft hij gebeld...'

'Alexander Subocheva,' zei ze terwijl ze haar ballerina's pakte, die half onder het bed uit staken. 'Je hebt het toch wel gehoord, van zijn vrouw? Het schijnt op het nieuws te zijn.'

Hij fronste. 'Nee. Wat is er dan met haar?'

'Ze wordt sinds gisteravond vermist. Waarschijnlijk is ze dood.'

'Jezus!' Hij verbleekte. 'Wat is er dan gebeurd?' Hij liep verder de kamer in en stapte over de natte handdoek heen, dacht er niet aan om hem even op te rapen.

'Ik ken de details niet, maar hij wil dat ik naar Frankrijk kom.'

'Waarom?'

Ze haalde haar schouders op. 'Hij zegt dat hij iemand nodig heeft die hij kan vertrouwen.'

Tom wachtte terwijl ze een Uber bestelde.

'En wanneer kom je terug?'

'Dat weet ik niet.'

Ze begon kleren in de leren tas te doen: lichtgewicht broekpakken in gedempte kleuren, een eenvoudig zwart jurkje voor het worstcasescenario...

'Je zult toch wel enig idee hebben?'

'Hoezo? Hoe kan ik dat nu al weten?'

Hij keek haar aan met een onrustige blik. 'Praat nu dan met me. Kijk me aan.'

'Ik moet een vliegtuig halen, Tom.' Ze keek of haar paspoort in haar handtas zat. Ze had het altijd bij zich.

'Maar ik ben hier misschien niet meer als je terugkomt. Ik kan niet voor eeuwig in New York blijven. Ik moet terug naar Londen.'

Ze hield haar ogen op haar tas gericht, rolde haar onderbroeken op en propte ze in haar schoenen. Als het als ultimatum was bedoeld, had hij pech gehad. 'Dan ga je toch.'

Er viel een stilte en er gleed een trieste blik over zijn gezicht. 'Zomaar? En dat is het dan?' Zijn stem klonk mat, verpletterd.

'Yep.'

Nog een lange stilte. Ze voelde zijn frustratie groeien, ze kende hem. Vijf seconden, tien. De spanning hoopte zich in hem op terwijl zij met haastige efficiëntie nog wat spullen inpakte. En ja hoor... 'Wat ís dit verdomme, Chlo? Krijg ik niet eens een verklaring? Maandag was je nog...'

'Je weet precies hoe het zit,' onderbrak ze hem kalm. Ze keerde haar rug naar hem toe, klom op het bed en zocht haar zonnebril in een van de dozen op de hoogste plank.

'Nee! Dat weet ik níét!' riep hij uit. 'Ik heb de hele avond op je gewacht en je kwam niet opdagen. Je beantwoordde mijn telefoontjes niet. Je kwam niet op kantoor. En plotseling was je met hém op pad.'

Zoals hij het zei… Ze keek hem aan. 'Kijk uit wat je zegt, Tom. De pot verwijt de ketel en zo.' Ze vond de zonnebril en sprong weer omlaag.

'Wat?' Hij gooide woedend zijn handen in de lucht. 'Waar heb je het over?'

Ze stopte de bril in haar tas en stond even stil. 'Ik heb het over Serena, Tom.'

Hij verbleekte vliegensvlug, alsof hij in melk werd gedoopt.

'Ik zag haar uit je kamer komen. Ik was daar. Ik heb jullie gehoord. "Je kunt me altijd bellen. Overdag of 's nachts," dat zei je.'

Hij likte langs zijn lippen, kleurde asgrauw en keek haar wanhopig aan. 'O jezus, Chlo, luister nou, het is niet wat je denkt…'

'Nee? Dus je ontkent het?'

'Ik…' Hij staarde haar aan en liet zijn armen hulpeloos langs zijn lichaam vallen.

Ze snoof minachtend. 'Goed dan.' Ze keek in haar tas, waar ze net een deel van haar leven in had gepropt terwijl ze zich voorbereidde op het volgende hoofdstuk. Onderweg naar een ander oord. 'Ga gewoon terug naar Lucy, Tom. Of naar Serena. Het maakt mij niet uit.'

Ze ritste de tas dicht, precies op het moment dat haar telefoon ging. Ze keek op het scherm – de Uber stond voor.

'Maar dat wil ik niet. Ik wil jou. Ik ben hier voor jou gekomen. Alles wat ik je maandag vertelde was waar.' Hij soebatte en smeekte nu hij zag dat ze rechtop ging staan en aanstalten maakte te vertrekken.

Ze keek hem aan. Hij was de tweede man in twee dagen die

haar vroeg te blijven, de tweede man in twee dagen die haar had bedrogen. Ze was er klaar mee. 'Ik geloof je niet, Tom. Het is te laat. Je hád me! Ik was er voor je, aan jouw zijde, elke dag, vier jaar lang. Ik zou alles voor je over hebben gehad. Ik was gek op je. Jij was de man met wie ik de rest van mijn leven wilde delen.' Ze haalde haar schouders op en voelde tranen opwellen. 'Maar je hebt het verpest. Ik geloof gewoon geen woord meer van wat je zegt.'

Ze pakte de tas van het bed.

'Alsjeblieft! Ga niet weg,' zei hij. Hij hield haar tegen en legde zijn handen op haar armen. 'Laten we erover praten.'

'Er valt niets te zeggen.'

'Echt niet? En die Joe dan? Of liever gezegd, die vent die zich voor hem uitgeeft? Valt daar nog iets over te zeggen?'

Chloe voelde haar adem stokken bij het horen van zijn naam. De herinneringen regenden als klappen op haar neer.

'Want ik weet wat er is gebeurd. Het stond op je gezicht geschreven tijdens die bespreking met Jack.'

'Ik weet het,' zei ze rustig. 'Maar het heeft niets met hem te maken.'

'Jawel!' riep hij. 'Je bent met hem naar bed geweest, Chlo! En ga je me nu vertellen dat dat een vergissing was?'

Ze gaf geen antwoord. Was het een vergissing geweest? Logisch gezien wel. De man had alleen maar tegen haar gelogen. Hoe kon ze Tom veroordelen om dezelfde fout die Joe had gemaakt, en Joe niet? Dat kon toch niet? Maar toch... 'Ja, natuurlijk.'

'En heb je er ontzettende spijt van?'

'Natuurlijk.'

'Maar het gebeurde gewoon?'

'Ja.'

'Het was een stommiteit, meer niet, toch? Iets wat je nooit meer zult doen, iets wat je zou terugdraaien als het kon...'

‘Ik zit niet zo in elkaar als jij, Tom.’ Haar stem klonk vermoeid. Ze wilde geen ruzie meer met hem maken. ‘Dit gaat om jou en het feit dat ik je niet kan vertrouwen.’

‘Maar dat kun je wel! Ik vertel je de waarheid. Het was geen leugen. We hebben allebei een stommiteit begaan. Maar ik kan jou alles vergeven als jij mij kunt vergeven. Chlo?’

Ze keek rond in het rommelige appartement – overal lagen kleren, het leven werd weer onderbroken alsof ze zich hier niet kon settelen, hoe hard ze het ook probeerde. Ze keek hem weer aan met een effen blik. ‘Trek de deur goed achter je dicht als je weggaat, oké?’

24

Haar lichaam zat roerloos stil terwijl haar ogen door de salon gleden. Dit jacht was van een heel ander kaliber dan dat waar ze eerder deze week op had gezeten, in een andere zee, met een andere cliënt. Om te beginnen was het vele malen groter en dus minder rank en strak. En dit was nog niet eens de hoofdattractie, maar louter Subocheva's 'schaduwjacht' dat zijn kostbare J-klasse-jacht begeleidde en nu het hoofdkwartier was voor de coördinatie in de zoektocht naar zijn vermiste echtgenote.

Het oogde meer als een tanker, lang en blokkerig. De romp was wit en bovendeks lagen twee verdiepingen met verduisterde ramen. Ook benedendeks bevonden zich er twee. De belangrijkste taak was het transport van zeilen, kleinere boten, allerhande speeltuig en voorraden. Het had ook een helipad. Hoewel het van oorsprong een werkpaard was geweest, was het nu uitgerust met alle comfort die een miljardair verwacht: er was een zwembad op het bovenste dek, de hoofdsalon was een en al witte suède banken en glanzend walnotenhout. Er waren negen vorstelijke suites en de vijfentwintig medewerkers gingen gekleed in een rode korte broek en een marineblauw poloshirt. Maar die hadden de veiligheid van Alexanders echtgenote niet kunnen waarborgen.

Chloe had zich tijdens de vlucht zo goed mogelijk geïnformeerd, elke krant gelezen en nieuwsuitzendingen bekeken, maar hoewel het verhaal steeds werd herhaald, kwamen er weinig feiten naar buiten – Elodie Subocheva was verdwenen van haar jacht, haar verdwijning werd pas de volgende ochtend door het personeel opgemerkt en er was geen lichaam gevonden. Een ongeluk. Mogelijk zelfmoord. Dat waren de woorden die herhaald werden door de hoofdinspecteur van de politie die de verdwijning onderzocht, maar het was Chloe opgevallen dat het verhaal door de nieuwskanalen niet zozeer als menselijke tragedie werd gebracht, maar vooral werd aangegrepen als gelegenheid om beelden te laten zien van de glamoureuze levensstijl van de Subocheva's: foto's van hen beiden op de rode loper, Elodie tenger en etherisch mooi naast haar grote, sterke echtgenoot, haar hand als die van een kind in de zijne; archiefmateriaal van haar als mannequin tijdens de Yves Saint Laurent-show, met lange benen en grote ogen; luchtopnamen van hun schitterende lichtroze villa in Cap d'Antibes; en een foto van het jacht waarin Chloe zich nu bevond.

Alexander was gebroken en had zich opgesloten in zijn suite, waar een stroom van personeel probeerde binnen te gaan met berichten, vragen, telefoons, eten – om meteen weer weggestuurd te worden. Zelfs Anjelica kreeg geen toegang tot het heiligdom, ondanks haar koude blikken en dreigende woorden aan het adres van de bewaker die voor de deur stond, want ze moest en zou haar baas zien.

Chloe zat op de suède bank, hield zich zo stil als ze kon en deed haar best niemand tot last te zijn. Alexander was veertig minuten geleden geïnformeerd over haar aankomst, maar ze wist dat hij haar zou ontvangen als hij er klaar voor was. Hij had zijn redenen gehad om haar hiernaartoe te laten komen, ze was hier op zijn verzoek.

Er hing een sfeer van amper ingehouden paniek aan boord. De medewerkers keken angstig – ze werden om de beurt door de politie ondervraagd. Ze zouden waarschijnlijk allemaal hun baan verliezen, maar dat was niet de oorzaak van hun bezorgdheid: ze hadden hun werkgever teleurgesteld, een machtig man die erom bekendstond dat hij korte metten maakte met mensen die hem dwarsboomden. Als er opzet werd vermoed, konden ze hun borst natmaken…

Voor zover ze had begrepen, was de grootste hindernis bij het onderzoek dat niemand wist hoe laat Elodie precies was verdwenen. De gesprekken met het personeel hadden uitgewezen dat ze om acht uur een lichte avondmaaltijd op het dek had gegeten en in haar boek had zitten lezen: *De ondraaglijke lichtheid van het bestaan*. Een van de bewakers die zijn ronde deed, had haar vlak voor half tien bij de reling zien staan; daar stond ze wel vaker. Ze had staan uitkijken over zee en droeg een groene zijden jurk. Daarna was ze niet meer gezien. Tegen de tijd dat de bewaker zijn ronde had voltooid en terugkwam op dezelfde plek, was ze er niet meer. Hij had verondersteld dat ze naar haar kamer was gegaan.

Haar bed was onbeslapen gebleven, maar het boek lag wel op haar nachtkastje. De kamermeisjes wisten zeker dat zij het boek niet naar de kamer hadden teruggebracht, wat twee scenario's opleverde: óf Elodie had het boek na het eten in haar kamer gelegd maar was even later terug naar het dek gegaan om naar de sterren te kijken, óf ze had het boek pas op haar kamer gelegd nádat de bewaker haar op het dek had gezien.

De hoofdinspecteur van politie – ene monsieur Desfils – leek dit belangrijk te vinden. In het eerste scenario was ze overboord gevallen – of gesprongen – tussen half tien en het tijdstip waarop de bewaker het volledige rondje had gelopen (drie minuten en negentien seconden, zo bleek; de politie had het door een agent laten timen). Als ze haar boek naar haar kamer had gebracht nadat ze op het dek had gestaan, moest ze de kamer later weer hebben verlaten, en dat zou op elk moment van de nacht geweest kunnen zijn.

En dat was dus het probleem. Er was pas om acht uur 's ochtends alarm geslagen – tienenhalf uur later. Het jacht had voor anker gelegen, maar door de wind en de lokale stromingen had het zoekgebied een radius van bijna driehonderd zeemijlen. Het was een race tegen de klok. Zelfs als Elodie de val en een nacht in het water had overleefd, liep ze groot gevaar. Ze zou uitgeput zijn en het was hier druk op het water, met veel grote schepen – vissersboten en ferry's, naast privéjachten – die door de zee ploegden. En hoewel dit de kans vergrootte dat ze opgemerkt zou worden, was de kans ook groot dat ze in het donker onopgemerkt zou blijven, dat ze overvaren zou worden...

Niet dat de politie of kustwacht verwachtte dat ze nog in leven was. Chloe – die ze gadesloeg – zag het aan hun trieste gezichten, het ernstige hoofdschudden, ze hoorde het aan de matte toon in hun stem. Het leek erop dat alleen Alexanders ontroostbaarheid en verreikende politieke connecties ze gaande hield in het najagen van deze vage hoop.

Ze bleef maar kijken naar het appje dat net op haar telefoon was verschenen. Het kwam van Poppy's telefoon.

Geen Joe.

De herhaling van die twee kleine woordjes die zoveel zeiden. Hij was Joe Lincoln niet, dat wist ze al, maar nu kon ze eraan toevoegen dat hij niet op het punt had gestaan Poppy's cliënt te worden, dat ze hem nooit had ontmoet, dat hij die ochtend geen afspraak met haar had. Maar wat had hij dan voor ogen gehad? Wie was hij, en zoals brigadier Mahoney ook had gevraagd, waarom had hij het op háár voorzien gehad?

Er kwam een bewaker in de deuropening staan die van de hoofdsalon naar de suites leidde. Chloe keek hem aan. 'Meneer Subocheva wil u zien.'

Ze stond op om hem te volgen en voelde de koele blik van monsieur Desfils op haar rusten toen ze meeliep. Hij had gevraagd wie ze was toen ze aan boord stapte, en het feit dat ze de 'lifestylemanager' van de echtgenoot van het slachtoffer was, had hem niet welwillender gemaakt. Integendeel, hij had haar met achterdocht aangekeken, alsof hij al kon voorspellen dat alles wat ze zou doen zijn taak ongetwijfeld zou bemoeilijken. Hij had waarschijnlijk gelijk.

Er werd een deur voor haar geopend en ze liep een suite binnen, al leek het meer een commandopost in oorlogstijd. Voor een televisie die op mute stond – en waarop de gezichten van Elodie en Alexander geregeld voorbijkwamen – hing een zeekaart op een wit scherm met diverse rode kruisen en een grote onregelmatige cirkel erop getekend. Er zat een groep mannen over een tafel gebogen. Het was duidelijk dat dit het eigenlijke zenuwcentrum van het onderzoek was. De politie zou worden gehinderd door bureaucratie en regelgeving, maar met Alexanders onbeperkte middelen zou hij alles doen wat in zijn macht lag om zijn dierbare vrouw te vinden. Alexander zelf zat in zijn eentje naar de kaart te staren met een focus die, als concentratie alleen de oplossing kon brengen, het antwoord al zou hebben voortgebracht.

'Alexander,' zei ze zacht en ze nam naast hem plaats op een stoel, zonder af te wachten of hij haar een zitplaats zou aanbieden. Beleefdheden waren nu niet op hun plaats. 'Ik vind het zo verschrikkelijk. Vertel me hoe ik kan helpen.'

Hij keek opzij, zijn ogen roodomrand en blanco. Hij leek hol vanbinnen, alsof zijn vermiste echtgenote zijn ziel had meegegrist toen ze van het dek viel. Hij deed zijn mond open om iets te zeggen, maar de woorden kwamen van iemand anders.

Een van de mannen aan de tafel had zich omgedraaid. 'We hebben helikopters nodig.'

Helikopters? Meervoud? Chloe keek van hem naar Alexander en weer terug. Het was duidelijk dat hij de generaal in deze oorlog was, dat hij de strategie bepaalde en de leiding had.

Ze ging rechtop zitten. 'Oké. Hoeveel?'

'Twaalf.'

Twaalf?

'Militaire toestellen. Toegerust met infraroodapparatuur – het leger heeft het bereik en de uitrusting die we nodig hebben. En ik wil vier parachutisten in elke heli – twee voorin, twee achterin.'

Chloe was even stil en liet het tot zich doordringen. Hij wilde twaalf militaire helikopters die buiten dienst waren en achtenveertig paratroepers om Alexanders echtgenote te vinden? Ze wist dat het kon. Maar kon het ook op tijd?

Ze keek weer naar Alexander. Hij staarde naar de kaart – kroop er bijna in, alsof hij naar de zee zelf keek, waar het levenloze, mooie lichaam van zijn vrouw misschien wel onder het oppervlak dreef. Zijn verdriet was tastbaar, hij zag er geradbraakt uit.

'Ik zal kijken wat ik kan doen...'

'Nee. Doe het gewoon,' zei de man op harde toon. 'Ik wil ze binnen een uur in de lucht hebben.'

Chloe voelde een golf van angst door zich heen gaan. Dat was simpelweg onmogelijk. Hun contacten strekten zich niet uit tot huurlingen en wapenhandelaren! Zulke dingen kon ze zelfs met het netwerk dat ze tot haar beschikking had niet voor elkaar krijgen.

Er ging een telefoon. Iemand nam op.

Chloe kon haar ogen niet van Alexander afhouden. Hij had zich amper bewogen sinds haar binnenkomst. Ze wist niet eens of hij zich wel bewust was van haar aanwezigheid. Hij had wel naar haar gekeken, maar ze was er niet van overtuigd dat hij haar ook daadwerkelijk had gezien. Haar blik viel op zijn handen – hij had er eentje in een onnatuurlijke houding omgekeerd op zijn schoot gelegd.

Ze stak haar hand uit en draaide zijn hand langzaam, voorzichtig om. Die was sterk gezwollen en de knokkels waren paars.

'Alexander, is er al een dokter bij geweest?' vroeg ze hem. Geen antwoord. Ze keek weer naar de generaal. 'Iemand moet hem onderzoeken. Zijn hand lijkt gebroken te zijn.'

'Hij is in orde.'

'Nee. Hij is in shock en heeft medische zorg nodig.' Ze verbaasde zichzelf over haar strenge toon.

De generaal aarzelde even en knikte toen iemand uit zijn team toe. 'Haal een dokter.' Hij keek haar weer aan. 'En jíj, zorg voor die helikopters.'

'... zal u terugbellen.' Plotseling zette iemand het geluid van de televisie aan en reed het witte scherm met de kaart erop weg. 'Meneer Subocheva, dit moet u zien.'

Ze keken allemaal naar de televisie, die nu op een zender met financieel nieuws was afgestemd. Er rolde rode tickertape over de onderkant van het scherm, met cijfers die haar niets zeiden. Pijltjes omhoog. Pijltjes naar beneden. Er viel een stilte en ze luisterden allemaal naar een nieuwslezer in een lichte studio. Even vroeg Chloe zich af waarom ze hier in godsnaam naar luisterden terwijl Alexanders vrouw vermist was.

'... *nu dit verrassende bod op tafel ligt, zal de waarde van aandelen in Gelardi Hotels naar verwachting sterk dalen als de financiële markten maandag weer opengaan. Gisteren is aan het bestuur een bod van 9,6 miljard voor Black Pearl voorgelegd. Hiermee zou de* gearing *van Gelardi naar honderdvijfenveertig procent stijgen. Ratingagentschap Standard & Poor's staat klaar om de A-rating van het bedrijf eventueel te verlagen, maar velen op Wall Street zeggen dat dit nog maar een openingsbod is, en dat ze verwachten...*'

De televisie werd weer op mute gezet en de nieuwslezer bleef met komische onverstoorbaarheid onhoorbaar doorspeculeren terwijl iedereen in het vertrek zich naar Alexander omdraaide. Hij zweeg nog steeds, maar er was iets veranderd: zijn rug was rechter en er kwam weer wat leven in zijn ogen. Wat die nieuwslezer ook precies had gezegd, Alexander dacht er diep over na en zijn ademhaling begon te versnellen.

Hij stond op, zijn rechterhand slap langs zijn lichaam, en begon rond te lopen. Niemand stoorde hem. Chloe durfde nauwelijks adem te halen. Het werd duidelijk aan de spanning die in de lucht hing dat dit de eerste keer was dat Alexander over het bod had gehoord, en ze realiseerde zich dat Anjelica zich waarschijnlijk daarom zo druk had gemaakt: ze had haar baas geen update kunnen geven over dit andere, minder urgente probleem.

Chloe keek hoe hij ijsbeerde. Alsof zijn zaken hem wat konden schelen op een moment als dit. Ze wist hoeveel Black Pearl voor hem betekende, maar vergeleken met de menselijke tragedie die zich hier ontrafelde…

'Dit verandert de zaak,' zei hij ten slotte. Het kwam eruit als een grom.

Chloe keek verbijsterd op. O ja?

'In feite verandert het alles.' Hij keek met een heldere, frisse blik rond in het vertrek en begon langzaam te knikken alsof hij het nu begreep.

'Wat is er dan veranderd?' vroeg de generaal.

Maar Alexander keek naar haar. 'We hebben de helikopters niet nodig.'

'Eh… Oké.' Ze wilde vragen waarom niet, maar haar stem liet het afweten. Ze zou opgelucht moeten zijn, maar dit maakte haar eerder bang. Zijn hele houding was nu anders. Van het ene op het andere moment leek hij van een prooi in een roofdier te zijn veranderd. Weg waren de kromme schouders en het gebogen hoofd; in plaats daarvan was er een onstuimige intensiteit ontstaan, alsof hij een onweersbui had ingeslikt.

'Alexander?' vroeg de generaal.

Het duurde lang voordat hij antwoordde. Hij leek de woorden eerst een aantal keren door zijn hoofd te laten gaan. Hij tikte nadenkend met zijn wijsvinger tegen zijn lippen. 'Mijn vrouw is niet dood. Ik geloof niet dat ze in het water ligt. Daar is ze nooit geweest.'

Wat? Chloe keek rond en zag dat de andere aanwezigen net zo verbluft keken als zij. Wat was er in godsnaam net gebeurd waardoor hij tot die conclusie was gekomen? Ze keek achterom naar de televisie. Dat nieuwsbericht had er toch zeker niets mee te maken?

'Maar hoe weet u dat?' vroeg de generaal bezorgd.

'Nou, dit is allemaal een afleidingsmanoeuvre.' Hij gebaarde om zich heen. 'Om mij bezig te houden.'

Er viel een verwarde stilte terwijl de generaal van Alexander naar het televisiescherm en weer naar Alexander keek, en het begon te begrijpen. 'U denkt dat Lorenzo Gelardi hierachter zit?'

'Dat weet ik. Denk je dat het toeval is dat hij binnen een aantal uren na de mysterieuze verdwijning van mijn vrouw de stap zet waar hij al jaren naar toewerkt?' bromde Alexander. 'Hij is degene die de geplande fusie heeft getorpedeerd, dat weet ik zeker. En hij weet dat ik andere manieren heb verkend om de herfinanciering van de Black Pearl Group te realiseren. Hij weet ook dat als ik die vind, hij mijn onderneming nooit in handen zal krijgen. Nooit.' Zijn ogen schoten vuur. 'Dit is Gelardi's enige kans.'

Chloe keek naar hem, ze snapte hoe zijn brein werkte, dat hij ervan uitging dat zijn rivaal uit hetzelfde hout gesneden was als hij. Tegenslag is een kans in vermomming, had hij tegen haar gezegd. Ze keek uit het raam, naar de blauwe en rode lichtjes op de boten van de politie en kustwacht, die naar het jacht heen en weer voeren alsof het een bijenkorf was. Iedereen deed zijn best om haar te vinden, een tengere vrouw die zich ergens in de watermassa bevond. En nu zei Alexander dat ze daar helemaal niet was?

'Ik ken Lorenzo,' ging hij verder tegen niemand in het bijzonder. 'Ik weet hoe zijn brein werkt. Ik weet wat hij wil en ik weet dat hij nergens voor terugdeinst – nergens voor – om het te krijgen.' Hij keek hen allemaal trillend van woede aan. 'Elodie is niet dood. Ze is een onderpand.'

Onderpand. Het woord had een zakelijke klank.

‘Maar… je vrouw in gijzeling nemen?’ Zelfs de generaal leek het niet te geloven.

‘Niet in gijzeling, er zal geen losgeld worden geëist. Ze is veilig. Degene die haar heeft meegenomen zal het bevel hebben gekregen om haar met alle egards te behandelen. Gelardi is tenslotte geen monster. Maar een zakenman.’

Hij hield zijn kaken opeengeklemd terwijl hij sprak. De kalmte in zijn gezicht was huiveringwekkend, onnatuurlijk. Hoe erger de situatie werd – en dit was toch zeker een stapje erger? – hoe meer hij in zijn element leek te raken. Kwam het niet in hem op dat zijn vrouw in handen van zijn bitterste vijand – de verloofde die ze ooit had afgewezen – in net zo groot gevaar kon zijn als in het water?

‘Ja, dat is het spel dat we spelen. Gelardi weet dat zij mijn enige reden zou zijn om het op te geven. Zij gaat boven alles, zelfs boven Black Pearl. Hij dwingt me een keuze te maken: haar vinden of tegen hem vechten.’ Alexander sprak zijn woorden opzettelijk langzaam uit. Hij was nog bezig het allemaal voor zichzelf op een rijtje te zetten.

Chloe probeerde hem bij te houden. Ze kon nog steeds niet geloven dat dit een scenario was dat zich daadwerkelijk afspeelde. Deze toestand creëren om de aandacht af te leiden van een zakendeal die elders op de wereld zou worden gesloten?

Alexander liep te ijsberen met een energie die vijf minuten geleden nog compleet afwezig was geweest. Hij was weer tot leven gekomen nu hij het idee had dat zijn vrouw niet dood was. ‘Dat is het. Dat is het gewoon,’ mompelde hij. ‘Gelardi rekent erop dat ik hier zal zijn, verblind door verdriet. Hij denkt dat ik hier niet wegga voordat ze is gevonden. Hij gaat ervan uit dat ik nergens anders aan kan denken.’ Hij wierp een blik op de mannen. ‘Maar dat heeft hij verkeerd gedacht. Ik denk aan iets heel anders.’

‘Waar denkt u dan aan?’ vroeg de generaal gehoorzaam. Hij keek Alexander aan met de oogopslag van een trouwe hond.

Alexanders ogen vernauwden zich. 'Ik vraag me af hoe hij wist dat mijn vrouw op het jacht was, zonder mij. Hier is een hele planning aan voorafgegaan. En dat betekent dat hij hulp heeft gehad.'

Het werd stil in het vertrek. Iedereen stelde zichzelf dezelfde vraag: als dit allemaal waar was, waar had Gelardi dan zijn informatie vandaan?

Langzaam, als een kanon dat op zijn plek werd gereden, draaide Alexander zich om – en hij stopte toen hij Chloe aankeek. Zijn ogen waren vernauwd en hadden een harde blik. Chloe's mond viel verschrikt open. Zijn houding was dreigend, al zijn stekels stonden overeind. Ze voelde het zweet in haar handpalmen prikken.

'Wat heb je hem verteld, Chloe?'

Ze knipperde angstig met haar ogen. Dit kon hij toch niet menen? Hij kon toch niet werkelijk denken… Maar iedereen keek naar haar met koude, uitdrukkingsloze ogen.

'Hoe wist Lorenzo Gelardi dat mijn vrouw zonder mij op het jacht zou zijn?'

'Ik… Ik weet het niet,' stamelde ze. De stress in haar lijf nam toe.

'Dat denk ik wel.'

Ze kreeg bijna geen adem meer. Dit gebeurde niet echt. 'Alexander, nee. Ik heb hem niets verteld, dat zou ik nooit doen,' fluisterde ze. 'Ik heb de man zelfs nog nooit ontmoet. Ik ken hem niet.'

Hij liep naar haar toe, des te dreigender met die slappe arm langs zijn zij. 'Maar je kent míj wel. En je wist dat mijn vrouw hier zonder mij zou zijn – jij, ik en Anjelica waren de enigen die dat wisten. Dit is de perfecte plek voor een verrassingsaanval: ze konden vanuit elke richting komen, stilletjes, in het donker. Er zijn hier geen camera's. Geen honden – en in het water blijven geen sporen achter. De bewaking is beperkt.'

‘Alexander…’ Ze begon te beven. Hij kon niet serieus denken…

‘Jij wist van de investeerders, je wist dat ik dicht bij een overeenkomst was om de zaak te redden.’

‘Maar ik… Ik zou nooit…’ De woorden kwamen niet. De paniek was te groot.

‘Ben ik in New York niet heel duidelijk geweest dat vertrouwen voor mij van het grootste belang is?’ Elk woord was gelardeerd met ijs en ze zag de kolkende woestheid achter zijn ogen. Hij wilde geen vertrouwen, maar controle.

‘Ik heb nooit iets gedaan om je vertrouwen te beschamen, Alexander. Dat zou ik nooit doen.’ Haar stem klonk zacht en ijl. Maar ze hield zich goed. Ze ging hier niet staan huilen. Ze zou niet smeken, ze had trouwens ook niet het gevoel dat het zou helpen. ‘Ik weet niets over wat er met je vrouw is gebeurd, of wat er precies tussen Gelardi en jou speelt. Ik weet er niets van. Ik ben hiernaartoe gekomen om je te hélpen.’ Ze huiverde. Was de waarheid genoeg? Geloofde hij haar?

Hij schudde langzaam, afkeurend zijn hoofd. Dat was bijna beangstigender dan als hij een pistool op haar had gericht.

‘Het punt is dat ik wéét dat er een mol is, Chloe.’ Zijn stem klonk rustig, berekenend.

Mol?

‘Dit is niet het eerste lek, maar ik dacht dat het was… gerepareerd.’ Alexander haalde zijn schouders lichtjes op, alsof dat er niet meer toe deed. ‘Ik begrijp nu dat ik me daarin heb vergist.’

Chloe staarde hem met open mond aan, haar lichaam verstijfd van angst en verwarring. Hij dacht dat er een mol was? En wat bedoelde hij met ‘gerepareerd’?

Mol.

Mol. Er ging een heftige schok door haar heen bij de herinnering aan wat Poppy in het ziekenhuis had neergekrabbeld toen de verpleegkundige binnenkwam. Haar maag draaide om.

Had Poppy haar proberen te vertellen dat er een mol was? Dat Alexander dat vermoedde? O god... Haar hart stond stil toen een angstaanjagende gedachte haar overviel. Had Poppy haar proberen te vertellen dat Alexander had gedacht dat zíj de mol was?

Die gedachte was afschuwelijk, maar ook logisch: Alexander had gelijk. Poppy had inderdaad als geen ander toegang gehad tot zijn agenda, zijn doen en laten. Ze wist altijd waar hij was, en met wie, in welk hotel en op welke kamer hij verbleef, wat voor gerechten hij bestelde, hoe zijn chauffeur heette...

Maar het riep een vraag op die zo angstwekkend was dat ze bijna moest overgeven. Want als Alexander dat inderdaad dacht, wat had hij dan gedaan om haar het zwijgen op te leggen?

Ze hapte naar adem en keek Alexander geschokt aan. 'O mijn god, jíj was het,' fluisterde ze, en ze sloeg een hand voor haar mond en er welden tranen op in haar ogen. Híj zat achter Poppy's 'ongeluk'? Chloe begon te trillen. Bang. Boos. Hij was geen zakenman, híj was een monster. Ze had in Poppy's ziekenhuiskamer precies gezien waar hij toe in staat was als hij werd gehinderd, als hij een motief had.

Hij keek terug en knipperde langzaam met zijn ogen. Ze voelde de tijd voorbijglijden terwijl ze elkaar aankeken, allebei op zoek naar de waarheid in de blik van de ander. De politie was in de naastgelegen ruimte, de autoriteiten waren druk aan het werk aan de andere kant van deze ramen, maar toch waren ze te ver weg om haar te helpen. Deze wanden waren geluiddicht – dat had ze in Poppy's dossier gelezen – en haar wereld was teruggebracht tot deze suite. Ze was omringd door mannen die er niet voor zouden terugdeinzen haar kwaad te doen. Want als hij dacht dat Poppy hem had bedrogen, dan verdacht hij háár nu van hetzelfde.

Wat Alexander eerder ook gedacht had, hij wist dat Poppy hier niet achter kon zitten. Zij was nu niet degene die zijn vertrouwen had beschaamd, want ze lag meer dood dan levend onder politiebewaking in een ziekenhuisbed, met een gefixeerde kaak en gips om haar gebroken arm en been. Gelardi had zijn echtgenote ontvoerd met als doel zijn imperium te ondermijnen, en iemand moest hem daarbij van binnenuit hebben geholpen.

Iemand zoals zij.

Hij stond vlak voor haar en ze zag de agressie in zijn ogen. Het was haar volkomen duidelijk dat hij geen genade zou tonen. Als je de kasmieren pakken en dure speeltjes buiten beschouwing liet, bleef alleen nog de bruut over. Ze had hem in gedachten mooier afgeschilderd in de veronderstelling dat hij een beter, nobeler iemand was geworden dan hij vroeger was geweest. Ze had ervoor gekozen te geloven dat hij zich vanuit de verbitterde jonge zakenman die enkel en alleen een bedrijf had gekocht om zijn eigen vader kapot te maken, had ontwikkeld tot een betere versie van zichzelf, dat zijn filantropie voortkwam uit zuiverder motieven dan ijdelheid. Maar waar kwam die veronderstelling vandaan? Simpelweg uit het feit dat Poppy hem graag had gemogen? Hij was een man die was gevormd door grote armoede, voortgekomen uit een jongen die uitgehongerd was geweest. Vanuit de as van het communisme was hij als een feniks opgerezen waar anderen brandden. Hij had zijn kindertijd niet alleen overleefd, maar was er sterker uitgekomen – ten koste van zijn menselijkheid. Hij was een crimineel die tot alles in staat was.

Chloe wist dat ze niets zou kunnen zeggen om hem te overtuigen. Hij zou alleen op zijn instinct vertrouwen. Er gingen minuten voorbij waarin niemand sprak, niemand haar te hulp schoot terwijl hij naar haar keek – haar in zich opnam, een inschatting maakte, de angst, afschuw en woede in haar ogen zag omdat hij niet de enige was die een lelijke waarheid ontdekt had.

Maar ten slotte, bijna onmerkbaar, knikte hij en wendde zich af. In een flits veranderde ze van de méést in de mínst interessante, belangrijke, potentieel gevaarlijke persoon in het vertrek. Chloe had het gevoel dat ze op de grond zou zakken, maar haar knieën begaven het net niet. Wat... wat had haar gered? Haar verontwaardiging? Haar onvermogen om te liegen? Hij had haar die dag bij Rarities goed ingeschat. Had hij zojuist hetzelfde gedaan?

'Wat wilt u nu doen?' vroeg de generaal, die een stap naar voren zette en de impasse doorbrak. 'Zal ik de politie op de hoogte stellen? De kustwacht de zoektocht laten stopzetten?'

'Ja.' En toen fronste hij. 'Wacht. Nee. Ik heb geen bewijs voor wat ik nu weet, en dat uitleggen zal alleen maar kostbare tijd kosten.' Hij kneep zijn ogen nadenkend tot spleetjes. 'Nee. Laat de autoriteiten verder zoeken. Het is beter voor ons als we deze poppenkast voor het oog van de wereld laten doorgaan.' Hij knikte naar de vaartuigen van de hulpdiensten buiten. 'Gelardi zal denken dat zijn plan werkt en dat ik hier ben – wat mij de tijd geeft om terug te keren naar New York en een spoedvergadering te beleggen met mijn investeerders.'

Chloe zag dat de twee mannen een blik wisselden. Samenzweerderig. Eensgezind.

Alexander wendde zich weer tot haar, alsof hij ineens tot het besef kwam dat zij er ook nog was. En meeluisterde. 'Mijn chauffeur zal je naar je hotel brengen, Chloe. Of het vliegveld als je dat liever hebt. Het spijt me dat je voor niets hiernaartoe bent gereisd.' De façade van beleefdheid was weer opgetrokken.

'Nee, niet voor niets,' mompelde ze. Zelfs zonder de indirecte bedreiging die net nog als een bijl boven haar hoofd hing, zelfs zonder de wetenschap wat hij Poppy had aangedaan, voelde ze afschuw over wat zich hier afspeelde. Hij kon niet zeker weten dat zijn echtgenote niet in het water lag – niet honderd procent – maar hij was bereid zijn intuïtie te volgen, om ervan uit te gaan dat dit een list was. Het was weer business as usual, en het maakte blijkbaar niet uit dat hij Russische roulette speelde met het leven van zijn echtgenote.

Een van de mannen deed de deur open, haar teken om te vertrekken, en ze liep er langzaam naartoe, met nog steeds knikkende knieën, maar op dat moment kwam er een bewaker binnen. 'De dokter voor u, meneer Subocheva.'

'Ah, ja,' mompelde Alexander, en hij stak zijn gewonde hand naar voren en keek ernaar alsof hij voor het eerst zag dat hij gebroken was. 'Chloe,' riep hij haar na toen ze bij de deur was. Ze draaide zich om. 'Je loyaliteit is niet onopgemerkt gebleven.'

Wat zou dat betekenen? Dat ze veilig was? Want het voelde toch als een dreigement, een soort waarschuwing. Ze stond bij hem in de gunst – nog wel. Ze gaf een halfslachtig knikje. Ze wilde hier alleen maar weg. Ze zag de man die door de deuropening kwam niet tot ze bijna tegen elkaar opbotsten.

'*Excusez-moi*,' zei hij. Zijn ogen ontmoetten de hare slechts een fractie van een seconde terwijl hij verder het vertrek in liep, met een dokterstas in zijn hand. De deur ging achter hem dicht.

Chloe bleef staan en keek nog eens naar de deur, met wijdopen ogen en een wild bonzend hart. Heel even dacht ze dat het Joe was. De algemene indruk was dezelfde: sterke schouders, donker haar... maar dat gold natuurlijk voor een kwart van de mannelijke bevolking. Het was gewoon iemand die toevallig op hem leek. Ondanks alle vreselijke dingen die ze over hem had gehoord, was het gewoon wishful thinking geweest.

25

Chloe stond bij het raam van haar slaapkamer te kijken. Haar hotel lag aan de promenade, en de lichtjes van Alexanders jacht waren hiervandaan zichtbaar. Ze was doodmoe nu de adrenaline van de gebeurtenissen aan boord wegebde. Ze voelde zich bijna koortsig van de jetlag, het trans-Atlantische reizen, de slapeloze nachten... Het liefst zou ze in haar bed kruipen en zich overgeven aan de vergetelheid. Het duizelde haar, er was te veel gaande, ze kon er geen vat op krijgen. Alles stapelde zich op en ze voelde zich erdoor overstelpt, maar ze kon zichzelf niet van het raam losrukken en ze bleef maar kijken hoe de zoeklichten van de helikopter over de zee zwenkten, grote stralen die het donkere water beschenen, en de rubberspeedboten met zwaailichten over het oppervlak jakkerden.

Maar ze zouden niet vinden wat er niet was. Alexander was er zo zeker van, maar toch zette hij mogelijk het leven van zijn vrouw op het spel, op basis van de arrogante overtuiging dat hij zijn rivaal te slim af kon zijn, dat hij hem zelfs nu het noodlot toesloeg kon verslaan. Hij ging ervan uit dat Gelardi hem voor een dilemma had gesteld – óf zijn onderneming óf zijn vrouw redden – en veronderstelde dat hij niet beide kon doen. En nu deed Alexander dus precies datgene waarvan zijn vijand dacht dat hij het niet zou kunnen. Hij had zijn focus verlegd van de vermissing van zijn echtgenote naar de overnamestrijd.

Maar zelfs als hij gelijk had, zelfs als Gelardi deze hele situatie in scène had gezet, nam Alexander nog steeds een groot risico door erop te rekenen dat Elodie ongedeerd zou blijven, dat haar verdwijning alleen maar als afleiding diende en dat ze geen doelwit was. Als Alexander de overname zou weten tegen te houden, wat dan? Zou Elodie zomaar worden vrijgelaten, als een nutteloze pion die haar doel had gediend? Het ging om miljarden en er waren wel moorden gepleegd voor veel minder.

Ze zag dat er op het jacht rode lichtjes begonnen te flitsen op de helikopter. Het geronk van de rotorbladen voegde zich bij de andere geluiden daarbuiten. Ze zag geen mensen van deze afstand – ze zag zijn gestalte niet over de helipad benen, een oorlogsgod klaar voor de strijd – maar ze keek hoe de slanke, lichte heli opsteeg en cirkels op het zeeoppervlak wierp, waarna de neus iets naar voren kantelde en naar de kust begon te vliegen. Zijn jet zou al volgetankt staan te wachten, klaar om hem naar New York te brengen. Gelardi en Elodie en Poppy konden hem gestolen worden. Hij zou winnen. Niemand zou hem in de weg staan.

Ze leunde tegen de muur, nog steeds bevend, en vroeg zich af wat ze moest doen. Hoe verzet je je tegen zo'n man?

Ze draaide zich om toen er zacht op de deur werd geklopt. Op de een of andere manier herkende ze het klopje. Het had een patroon waar haar gehoor lang op afgestemd was geweest.

Als in een waas, slaapwandelend, deed ze open. Tom keek haar met knipperende ogen aan. Hij zag er net zo beroerd uit als zij zich voelde – asgrauw met ingevallen wangen.

'Wat doe jij hier?' vroeg ze hees. Kon ze haar ogen wel vertrouwen? Ze was zo moe. Ze had niet geslapen, niet gegeten...

'Ik maakte me zorgen om je. Ik moest kijken of je in orde was.'

'Hier?' fluisterde ze, en ze kon wel huilen. 'Je bent me hiernaartoe gevolgd?' Het was zo fijn om hem te zien. Na alles wat ze vanavond had meegemaakt – de angst, de schok, het onheil – was hij de zon die haar sneeuw deed wegsmelten. Wat er ook tussen hen was gebeurd, hij was nog steeds haar reddingsboei, haar veilige haven. Toch?

'Natuurlijk. Ik zou je overal naartoe volgen, Chlo.' In zijn ogen blonken tranen van spijt. Hij zag er zo gebroken uit als zij zich voelde en een lang moment zwegen ze allebei. 'Maar... als het goed met je gaat, dan zal ik...'

'Nee.' Ze pakte zijn arm om hem tegen te houden. 'Ga niet weg. Blijf bij me.'

'Echt?'

Hij keek haar aan alsof hij het bijna niet kon geloven, en als ze eerlijk was, begreep zij het zelf ook niet. Maar in haar wereld was niets meer herkenbaar, ook niet haar gevoel voor wat het beste was. Haar dagen leken te worden bevolkt door onbekenden die tegen haar logen en haar bedrogen, die dreigden haar kwaad te doen, die haar vriendin kwaad hádden gedaan... Waar was haar veilige haven? Wie kon ze vertrouwen? Tom was met Serena naar bed geweest, ja, en ze kon hem dat niet vergeven, nog niet – het was nog te vers. Maar stel dat hij gelijk had gehad in haar appartement, en dat Serena en Joe slechts vluchtige vergissingen waren geweest, dat ze er toevallig op een bepaald moment waren gewéést... Was het niet zo dat zij tweeën uiteindelijk altijd weer naar elkaar toe trokken? Was hij niet altijd eerlijk tegen haar geweest over de echte emotionele banden in zijn leven? Ze had zelf gezien in welk dilemma hij had vastgezeten met Lucy, met haar vader als hoofdinvesteerder in zijn bedrijf en Lucy's kwetsbare natuur... Ze wist dat hij als het erop aankwam een goed mens was, al had hij zo zijn zwakheden, en dat hij had geprobeerd het juiste te doen voor de twee vrouwen van wie hij hield.

Er verscheen een sprankje hoop op zijn gezicht en ze zag hem ademhalen, zijn borst vullen met lucht. 'O, Chloe.' Hij nam aarzelend haar hoofd in zijn handen – alsof hij een rechtse hoekslag verwachtte – en gaf haar een tedere kus.

Ze liet het toe, met haar ogen open, want ze moest hem zien om zeker te weten dat ze niet alleen was. Het zou nu allemaal goed komen. Daar zou hij voor zorgen. Hij zou weten wat ze moesten doen. 'Ik was zo bang, Tom,' zei ze, en de hete tranen begonnen over haar wangen te stromen nu ze zich van elkaar losmaakten en ze hem aankeek. Ze was afgemat, uitgeput.

'Bang?' Er gleed een verschrikte blik over zijn gezicht. 'Waarom? Wat is er gebeurd?'

'Hij was het. Alexander.'

'Wat was hij?'

'Hij zit achter Poppy's ongeluk. Hij denkt dat ze hem aan Lorenzo Gelardi heeft verraden.' Ze snikte kort. 'Hij denkt dat ze een mol is.'

'Wat? Mijn god!' Het bloed trok weg uit zijn gezicht, zodat zelfs zijn blauwe ogen leken te verbleken. 'Weet je het zeker? Ik bedoel, hoe weet je dat?'

'Hij heeft het zo goed als gezegd,' antwoordde ze, nu heftiger snikkend en met hortende ademhaling. 'En er waren allemaal mannen, zijn veiligheidsteam... En de politie was aan boord, maar die kon me niet horen... Ik was zo bang, Tom. Ik kon niet weg.'

'Hebben ze je iets gedaan?' Toms vingers omklemden haar schouders en hij keek haar vertwijfeld aan.

'Nee,' wist ze uit te brengen. 'Maar Alexander... Hij dacht dat ik het was, dat ik degene was die Gelardi had verteld dat zijn vrouw zonder hem op het jacht zou zijn.'

Tom keek verward. Hij realiseerde zich dat ze nog in de deuropening stonden, dat hun gesprek op de gang hoorbaar zou zijn. Hij duwde haar voorzichtig de kamer in en sloot de deur. 'Wacht, ik begrijp het niet,' zei hij met gedempte stem. 'Wat heeft Lorenzo Gelardi met Subocheva's vrouw te maken?'

'Alexander is ervan overtuigd dat mensen van Gelardi haar hebben ontvoerd om hem af te leiden van wat er in New York gebeurt. Er is een vijandig overnamebod gedaan.'

Chloe had niet gedacht dat Tom nog bleker kon worden, maar toch werd hij dat. 'Dat meen je niet.'

Ze schudde haar hoofd. 'Wat moeten we doen? Hij zit achter

de aanslag op Poppy. Hij heeft geprobeerd haar uit de weg te ruimen. Stel dat hij het opnieuw probeert? Stel dat hij... dat hij het straks op mij gemunt heeft?'

'Nee! Hou op! Zo mag je niet denken.' Hij greep haar armen stevig vast.

'Maar hij heeft het toegegeven, Tom. Hij weet dat ik weet wat hij heeft gedaan.'

Tom staarde met een ongeruste blik naar het tapijt. Hij bleef even stil. 'Maar hij weet ook dat je het niet kunt bewijzen. Hij zou zichzelf niet zo laten kennen als hij daar niet zeker van was.' Hij keek haar bezorgd aan. 'Je kunt het toch niet bewijzen?'

Ze liet haar schouders zakken. 'Nee.' Hij was een haai en zij slechts een visje zonder middelen of connecties. Ze zou deze beschuldiging niet hard kunnen maken. Ze vormde geen bedreiging voor een man als Subocheva. Ze stelde niets voor.

'Nou, dat is tenminste iets,' mompelde hij.

'Nee, Tom! Hij heeft geprobeerd Poppy het zwijgen op te leggen en dat is hem bijna gelukt! Daar mag hij niet mee wegkomen.'

'Luister nou, ik vind het net zo erg als jij, maar als er iets met jou zou gebeuren...' Zijn stem brak. Hij streek met zijn handen door zijn haar en wendde zich af. 'Jezus, wat een puinhoop.'

'Maar als we met brigadier Mahoney praten...'

'En wat vertellen we hem dan? Dat Alexander Subocheva heeft toegegeven dat hij Poppy's ongeluk heeft besteld omdat zij informatie over hem doorspeelde naar zijn concurrent?'

'Wat ze niet heeft gedaan!'

'Waarschijnlijk niet, dat weet ik.'

'Waarschíjnlijk niet?' Het kwam aan als een klap in haar gezicht.

'Chlo, ik weet dat je bevriend bent met Poppy, maar dit is een ernstige zaak. Kun je met honderd procent overtuiging zeggen dat je zeker weet dat Poppy geen informatie doorgaf?'

'Ja!'

'Nee. Je zegt dat uit loyaliteit – en dat is een van de redenen waarom ik zoveel van je hou. Maar we weten niet wat er precies is gebeurd en dat zullen we ook niet weten tot de politie haar heeft kunnen spreken.' Hij pakte haar handen vast en plantte er een kus op. 'Luister, kijk me nou niet zo aan. Ik sta aan jouw kant, hoor. Ik mag Poppy ook heel graag. Ik speel alleen maar de advocaat van de duivel: stel dat Alexander meer weet dan wij? Stel dat hij gelijk heeft en wij niet?'

'Dat is niet zo.'

'Hij wordt door zijn veiligheidsmedewerkers geïnformeerd over iedereen met wie hij in contact komt. Hij heeft toegang tot meer bronnen dan wij. En laten we zijn paranoia niet vergeten.'

'Tom, Poppy zou nooit doen waar hij haar van beschuldigt. Dat weet ik gewoon. Punt uit.'

Hij knikte. 'Oké. Maar dan is het nog jouw woord tegen het zijne. Je kunt hem niet gaan lopen beschuldigen. Denk eens aan de advocaten die hij zou inhuren. Ze zouden je hele leven overhoophalen, Chlo, ze zouden je kapotmaken.'

'Dat kan me allemaal niet schelen. Ze doen hun best maar! Er móét gewoon ergens bewijs zijn.' Ze keek hem aan. Er maakte zich een wanhopig gevoel van haar meester toen hij zuchtte, bij haar wegliep en bij het raam ging staan met zijn ogen gericht op de zoek- en reddingsoperatie die nog gaande was. Zo mocht het niet aflopen. Poppy verdiende gerechtigheid. Er moest toch íéts zijn wat ze konden doen. 'We moeten het op z'n minst melden, om Poppy recht te doen,' zei ze.

'Nee!' zei hij op felle toon, en hij draaide zich met opengesperde ogen om. 'Chlo, je begrijpt het niet. Je mag een man als Alexander Subocheva niet tot je vijand maken – tenzij je héél zeker weet dat je de strijd zult winnen. Hij is te machtig. Hij is tot alles in staat, dat heeft hij al laten zien.'

'Maar...'

'Geen gemaar. Ik ben niet bereid om iets te doen wat jou in gevaar brengt. Dat hij weet dat jij ervan weet is al riskant genoeg, maar als hij hoort dat de politie hem in verband brengt met het ongeluk, zal hij je weten te vinden, reken daar maar op.' Hij liep terug en legde zijn handen op haar schouders, zijn ogen vol tranen van woede en onmacht. 'Ik vind het heel erg van Poppy, dat weet je. Ik zou ook willen dat we haar recht konden doen. Maar ik vind het nog belangrijker dat jíj veilig bent. Ik kan je niet iets laten doen wat jouw veiligheid bedreigt. Ik weet niet wat ik zou moeten beginnen als...' Zijn stem brak weer en hij liet huilend zijn hoofd zakken. 'Jezus, Chlo.'

Chloe keek naar hem, opnieuw van haar stuk gebracht door de heftigheid van zijn emoties: zoveel angst, zoveel liefde... Ze staarde naar de man die alles voor haar was geweest. Vier jaar lang had haar leven om hem gedraaid. Op dat punt had Alexander gelijk gehad: Tom had zijn koe pas gemist toen de stal leeg was, want inmiddels was hij haar naar New York gevolgd, was hij haar achternagereisd naar Frankrijk om haar te beschermen...

Hij zag het in haar ogen, aan de stille tranen die over haar wangen liepen. 'Chlo, ik weet dat ik je niet verdien. Ik heb heel veel fouten gemaakt, dingen gedaan die ik mezelf niet kan vergeven.' Hij liet zijn hoofd hangen met het schaamrood op zijn wangen. 'Ik weet dat ik een beter mens zou moeten zijn, dat ik je iemand zou moeten gunnen die jou verdient. Maar ik kan het niet. Ik kan het gewoon echt niet. Ik hou van je... Geef me alsjeblieft nog een kans.'

Was het te veel gevraagd? Hij had zijn relatie met Lucy beëindigd, had zijn vrienden en familie verteld dat hij niet eerlijk tegenover zichzelf was geweest, had de financiële stabiliteit van zijn bedrijf geriskeerd door haar vader, een belangrijk investeerder, tegen zich in het harnas te jagen, was niet één maar twee keer op een vliegtuig gestapt om haar terug te winnen.

Natuurlijk flitste Serena weer door haar hoofd, maar ze bande haar meteen weer uit haar gedachten. Iedereen maakt fouten. Bovendien stonden ze nu quitte, bedacht ze, denkend aan Joe's donkere ogen die haar verlangend hadden bekeken toen ze op het jacht had liggen slapen, zijn onstuimige lach toen hij haar de zee in had getrokken. Ook hem bande ze uit haar gedachten. Tom had een misstap begaan, en zij ook. Het belangrijkste was dat ze weer samen waren. Sterker dan ooit.

Bovendien was een onenightstand na alles wat ze vanavond had meegemaakt niet meer zo'n onoverkomelijk struikelblok als voorheen.

Ze ging op haar tenen staan en gaf hem met gesloten ogen een lichte kus op de lippen. Het voelde niet als die eerste kus met Joe toen die haar hand vastgreep en haar naar zich toe trok. Maar het voelde aangenaam. Vertrouwd.

'Vergeef me, Chlo,' zei hij terwijl hij haar haar naar achteren streek en haar hoofd teder in zijn handen hield. 'Ik ga mijn leven beteren. Ik word een beter mens.'

Ze keek in zijn blauwe ogen. 'Dat weet ik.' Ze voelde hoe hij zijn handen langs haar middel liet glijden om hun band te hernieuwen, om haar de zijne te maken, maar ze hield hem tegen door haar eigen handen over die van hem te leggen. 'Weet je wat nu het allerfijnste zou zijn?' fluisterde ze.

Hij wreef met zijn wang tegen de hare en streek met zijn vingers door haar nu korte haar – waar hij vast nog aan moest wennen, bedacht ze. 'Zal ik het bad laten vollopen?' Hij kende haar zo goed.

Ze gebaarde met haar hoofd naar het bed. 'Laten we gaan slapen.'

Ze zag de lust in zijn ogen, voelde zijn lichaam reageren.

'Nee...' Ze legde haar handen op zijn borst en hield hem tegen toen hij zijn hoofd weer naar haar toe boog. 'Ik bedoel werkelijk slápen.'

26

New York, halverwege augustus, drie weken later

‘Mijn hemel, wie heeft er ooit zo’n wespentaille gehad dat ze hierin paste?’ riep Elle van de andere kant van het gordijn.

‘In die dagen droegen ze nog korsetten,’ riep Chloe terug terwijl ze met spijt de smaragdgroene jurk die ze had gepast terug aan het rek hing. Hij was prachtig, maar wat moest ze ermee? Wanneer zou ze die nou moeten dragen? Kate stond bij de volgende kraam aan de andere kant van het gangpad de langspeelplaten te bekijken en riep verontwaardigd ‘Hóéveel?’ en toen enthousiast: ‘Hé, Chlo, ken je deze nog?’

Dit was haar perfecte zaterdagochtend. Uitslapen, een wandeling in het park, winkelen en straks lunchen. Wat wilde ze nog meer? Het was prachtig weer en haar zus was overgekomen uit Londen.

Alles was perfect. Gewoon perfect.

Ze slaakte een zucht en bedacht hoe gelukkig ze zich mocht prijzen. Dit was het leven waar ze altijd naar had verlangd. Tom was geweldig, hij had aangeboden om Orlando mee te nemen naar de speeltuin terwijl de meiden samen de ochtend doorbrachten. Dat was heel attent van hem. Kate was maar een weekend hier – voor haar verjaardag. Ze zou maandag na de lunch terugvliegen en elke minuut samen was kostbaar. Ze had zelfs Orlando meegenomen, hoe lastig het ook was om met zo’n dreumes te reizen, omdat ze wist hoe erg Chloe hem miste, hoe graag ze hem even in haar armen wilde houden om uit te roepen hoe hard hij was gegroeid in slechts zes maanden.

Het was bijna te mooi om waar te zijn dat ze hier allebei waren, in levenden lijve. Een aantal keren moest Chloe de neiging onderdrukken om haar zus bij de arm te grijpen en haar te smeken om hier te blijven, om ook hiernaartoe te verhuizen. Plotseling voelde Londen heel ver weg en de afgelopen weken had ze zich geregeld afgevraagd waarom Tom en zij hier eigenlijk nog waren. Ze was hier alleen maar naartoe gekomen om een nieuw leven zonder hem te beginnen. Was het niet ironisch dat ze haar nieuwe leven hier nu mét hem leidde? Ze vroeg zich af wat Alexander daarvan zou vinden. New York was uiteindelijk niet ver genoeg gebleken. Bij lange na niet.

Maar Londen was voor Tom niet de warme thuishaven die het ooit was geweest. De breuk met Lucy had een nare nasleep: veel van hun vrienden waren ontstemd over zijn meerjarige affaire en hadden Lucy's kant gekozen. Zijn geboortestad zou hem voorlopig niet met open armen verwelkomen.

Hij had geprobeerd Jack over te halen om van locatie te wisselen, zodat híj naar Londen kon verhuizen, aangezien een van hen beiden op het hoofdkwartier tenslotte de leiding moest hebben, maar Jack bleek er niets voor te voelen. Tom en hij stonden nog steeds op gespannen voet met elkaar, om redenen die Chloe niet helemaal begreep, en, zoals Jack redeneerde, hij was al degene geweest die zijn leven had omgegooid, dus waarom zou hij zich opnieuw moeten opofferen? (Eerlijk gezegd vond Chloe dat hij wel een punt had.)

Dus voorlopig was Tom bij haar ingetrokken, tot ze een besluit zouden nemen over hun toekomst, maar haar appartement was klein, zelfs voor één persoon, en ze waren al begonnen met kibbelen om schoenen waarover ze struikelden en de tandpasta die op was. Tom had al wat luxeappartementen in de Upper East Side bekeken, maar die waren allemaal veel te groot en te duur voor één persoon, en Chloe wilde het nog niet hebben over samenwonen– nog niet. Dat ze het weer met elkaar probeerden, wilde niet zeggen dat ze halsoverkop de toekomst in wilde denderen. Die vier jaar van leugens en bedrog bleken moeilijker te vergeven en vergeten dan ze had gedacht, en ze moest alles wat er was gebeurd nog verwerken. Haar hoofd kon haar hart niet goed bijhouden. Of andersom, dat wist ze eigenlijk niet.

'Vergeet het maar,' zei Elle, die het gordijn geërgerd openschoof en de baljurk aan de kraamhouder overhandigde. 'Alsof er ook maar íémand is die zich daarin weet te persen.'

'Let maar niet op haar, ze heeft gewoon honger,' zei Chloe verontschuldigend tegen de arme vrouw.

'Niet waar!' wierp Elle tegen. 'Ik heb alleen maar schoon genoeg van al die kleren die voor broodmagere sprietjes zijn gemaakt.'

'Je wordt altijd chagrijnig als je meer dan anderhalf uur niets hebt gegeten en het is nu...' Ze keek op haar telefoon. 'Ja hoor, het is al code rood.'

Elle fronste en keek naar Chloe's lege handen. 'Wacht even, je gaat die groene jurk toch zeker kopen? Waar heb je die gelaten?' Ze keek omlaag alsof hij op de grond gevallen zou kunnen zijn.

'Ik heb hem teruggehangen.'

'Waarom? Hij stond je fantastisch.'

'Nee hoor.'

'Laat mij dat nou maar beoordelen en ik zeg je dat-ie je fantastisch stond. Ga hem kopen.'

'Elle, zelfs als hij mij mooi zou staan, dan nog kan ik me hem niet veroorloven. En ik heb zo'n jurk niet nodig. Je vergeet dat ik tegen wil en dank de eigenares ben van een peperdure Elie Saab-japon waar ik tot mijn dertigste voor krom moet liggen.' Ze maakte een hoofdgebaar naar de kraam met de langspeelplaten. 'Kom mee naar Kate.'

'Je benadert het helemaal verkeerd,' riep Elle haar na. 'Vergeet niet wat ik altijd zeg: bereken de kosten per keer dat je iets draagt! Hoe vaker je een kledingstuk aanhebt, hoe minder het je kost. Ik zit nu op honderdvijftig dollar voor mijn Preen-jurk en ik heb die pas in juni gekocht. Nog een paar weken en ik zit weer in de plus. Nou jij weer.'

Chloe schudde haar hoofd toen ze zich bij Kate voegden. 'Nou, als ik van die theorie uitga, moet ik hem drie jaar lang naar de sportschool dragen, én in bed én naar het werk. Ik heb zolang ik leef geen nieuwe jurk meer nodig.'

'Nou ja zeg, dat is natuurlijk niet waar.' Elle glimlachte en gaf haar een por met haar elleboog. 'Tom gaat je vast een aanzoek doen, denk je niet, Kate?'

Kate trok haar wenkbrauwen op. 'Ik mag hopen van niet,' mompelde ze, en ze trok de hoes van The Thin White Duke tevoorschijn om de lijst van songs op de achterkant te lezen.

'Kate!' protesteerde Chloe.

'Wat? Je weet hoe ik erover denk,' murmelde ze, turend naar de plaat.

'Ja, dat heb je niet onder stoelen of banken gestoken! Maar hoe vaak moet ik je nog vertellen dat we onze problemen achter ons hebben gelaten. We hebben, eh...' Ze haalde haar schouders op. '... elkaar vergeven.' Het laatste deel van de zin moffelde ze een beetje weg; Tom en zij leken stilzwijgend te zijn overeengekomen het niet meer over Serena of Joe te hebben. 'Zand erover.'

'O. Zand erover. Meen je dat nou?'

'Kate, alsjeblieft...'

'Chlo, vraag me niet om er blij om te zijn, want jij en ik weten allebei dat hij je vroeg of laat weer verdriet zal doen. Misschien niet deze maand. Misschien zelfs niet dit jaar, maar eens een vreemdganger, altijd een vreemdganger.'

Chloe voelde haar onderlip trillen. 'Mensen kunnen veranderen, hoor. We maken allemaal fouten, daar leren we van. We kunnen niet allemaal zo'n sprookjesromance hebben als Marcus en jij. Als ík hem kan vergeven, snap ik niet waarom jij dat niet kan. Dit is wat ik altijd heb gewild.'

Kate hield haar hoofd schuin en keek haar medelijdend aan. 'Echt?'

'Wat bedoel je dáár nou weer mee?'

'Ik weet het niet,' verzuchtte Kate. Ze liet haar schouders zakken. 'Ik vóél het gewoon niet, geloof ik.'

'O, jíj voelt het niet? Sinds wanneer gaat het om jóúw gevoelens?' Het sarcasme droop ervan af.

'Zo bedoel ik het niet. Alleen...'

'Alleen wat?' vroeg Chloe, die van slag begon te raken. 'Weet je, Tom doet zijn uiterste best om jou beter te leren kennen, maar dat is niet gemakkelijk, want je geeft hem altijd het gevoel dat je vindt dat hij niet deugt.'

Kate keek haar welwillend aan. 'Dat begrijp ik wel, ik zie dat hij zijn best doet. Ik vraag me alleen af wat het uiteindelijk waard is. Ik weet dat je zegt dat dit is wat je wilde, maar nu je het hebt...' Ze haalde haar schouders op.

'Wat? Denk je dat we niet van elkaar houden?'

'Jawel. Maar misschien is het vooral het idéé van de ander waar je van houdt. Komt de werkelijkheid, nu je hem voor jezelf hebt, overeen met de droom die je had? Je lijkt mij een beetje... mat. En gespannen. Alsof je een rol speelt.'

'Als een actrice, bedoel je? Denk je dat ik mijn leven acteer? Ongelooflijk,' zei Chloe hoofdschuddend. Ze keek van haar zus naar Elle. 'Ik geloof bijna niet dat je dit allemaal zegt.'

Kate pakte haar armen vast en maakte oogcontact. 'Dat doe ik alleen omdat ik van je hou. Je bent mijn kleine zusje. Ik wil alleen maar dat je gelukkig bent.'

'Dat ben ik!'

Kate knipperde met haar ogen, bleef haar zwijgend aankijken en liet haar los. 'Nou, oké dan,' verzuchtte ze. 'Dan is het goed. Dan ben ik blij voor je.'

'Niet waar. Dat zeg je alleen maar.' Ergens in haar achterhoofd was Chloe zich ervan bewust dat ze weer als een tienjarige klonk die ruzie met haar grote zus maakte over wie de tafel moest dekken.

'Als je mij zegt dat dit werkelijk is wat je wilt en dat je echt gelukkig bent, dan sta ik voor honderd procent achter je,' zei Kate, en haar groene ogen glansden. 'Maar doe me een plezier, oké?'

'Wat dan?'

'Overhaast het allemaal niet. Rustig aan. Nog geen verloving. Geen ring. Geen jurk.' Kate wierp Elle een waarschuwende blik toe. 'En moedig haar niet aan, jij. Mijn zusje is al impulsief genoeg.'

'Helemaal niet!' protesteerde Chloe.

Kate gooide haar handen in de lucht. 'Eh, hállo, staan wij wel of niet in New York City, waar je zo'n twintig minuten nadat je erachter kwam dat je vriend zich met een ander had verloofd naartoe besloot te verhuizen?'

Elle grijnsde. 'Daar zit wat in. En een paar weken geleden vertrok je ineens naar Griekenland met die knapperd van een cliënt van je.'

'Kunnen we het daar alsjeblieft niet over hebben? Dat was iets heel anders. Dat was werk. Dit is mijn persoonlijke leven,' zei Chloe met zachte, waarschuwende stem tegen haar vriendin. Kate hoefde niets over Joe te weten. 'En hoezo ben ík impulsief terwijl jíj begon over bruidsjurken?'

'Ja, en aangezien er voorlopig dus geen bruiloft komt, heb je des te meer reden om die groene jurk te kopen.' Elle sloeg haar armen demonstratief over elkaar.

Kate omhelsde haar zus en gaf haar een liefhebbende kus op de wang. 'Luister zusje, als Tom in de loop van véle jaren bewijst dat hij van je houdt en je verdient, dan zal ik van hem houden als van een broer en hem in de familie verwelkomen, dat beloof ik je.'

'De hemel sta hem bij,' verzuchtte Chloe. Ze rolde met haar ogen, maar gaf zich over aan de omhelzing.

Kate gaf haar nog een kus op de wang, maakte zich los en keek op haar horloge. 'Ondertussen past hij op mijn geliefde enige kind en wil ik graag even checken of dat goed gaat.'

'Ze gingen alleen maar naar de speeltuin,' zei Chloe met een glimlach. Ondanks haar kordate karakter maakte Kate zich net als andere moeders bezorgd als ze haar kind niet bij zich had.

'Ja, maar jij hebt Orlando nog niet in de zandbak gezien. God helpe ieder kind dat zijn emmertje en schepje probeert te pakken.'

'Prima, ik stuur hem wel een appje om te zeggen dat we hier klaar zijn. Waar zal ik met hem afspreken?' vroeg ze aan Elle, haar telefoon al in de hand.

'Wat dacht je van die streetfoodmarkt?' opperde Elle. 'Ik heb wel trek in zo'n tacodinges. Ik had gedacht dat we er een gewoonte van zouden maken om daar in de weekenden naartoe te gaan.' Ze pruilde om te suggereren dat het aan Chloe te wijten was dat het daar niet van was gekomen.

En misschien was dat ook wel zo. Herinneringen aan Joe flitsten aan Chloe's geestesoog voorbij: haar verbazing toen ze zich die dag had omgedraaid en hem met de borden in zijn handen had zien staan. Het had te riskant gevoeld om er weer naartoe te gaan. Stel dat hij zijn vrienden weer uit de brand hielp (tenzij dat ook een leugen was geweest?). Ze wilde niet het risico lopen hem te zien, hoewel het zeer waarschijnlijk was dat hij deze laatste weken van de zomer in zijn mooie huis in Griekenland zou doorbrengen. Het was al lastig genoeg om hem uit haar gedachten te houden zonder hem weer in levenden lijve te zien, en ze had grote moeite om zichzelf ervan te overtuigen dat hij de oplichter was voor wie de politie en Tom en Jack hem hielden.

'Taco's?' herhaalde Kate terwijl ze gearmd door het gele

schoolhek de markt af wandelden. 'Op dit tijdstip? Het is nog niet eens twaalf uur.'

'Of noedels? Vind ik ook helemaal goed.' Elle haalde haar schouders op. 'Of pizza.'

'We moeten haar voederen. Elle is niets waard met een lage bloedsuikerspiegel,' legde Chloe uit, en ze bande Joe gedecideerd uit haar gedachten. 'Dat zal wel komen doordat ze zo'n lange lijs is.'

'Hm, jij kunt zelf trouwens ook wel een paar extra maaltijden gebruiken,' zei Kate, die haar eventjes van top tot teen bekeek. 'Hoeveel ben je afgevallen?'

'Ben ik afgevallen?' Chloe keek ongeïnteresseerd naar beneden.

'Eet je wel goed?'

'Ja hoor!' Chloe kreunde. 'God, je lijkt mama wel!'

'Nou, zij zou zich een hoedje schrikken als ze je zag. Je wordt mager.'

'Overdrijf niet zo! Ik heb gewoon te veel aan mijn hoofd gehad. Maar inmiddels heb ik het niet zo idioot druk meer.'

'Nu je minder cliënten hebt, bedoel je?'

'Precies. Ik ben van zes naar vier gegaan, veel beter,' zei ze. En inderdaad was het veel rustiger nu Joe en Alexander geen deel meer uitmaakten van haar leven. 'En ik reis niet meer van hot naar her.'

'Vertel me nou niet dat Tom je paspoort heeft verstopt!' Kate barstte in lachen uit, gevolgd door Elle.

'Leuk hoor,' zei Chloe op ironische toon. 'Heel leuk.'

'Zeg Kate, wordt er in Engeland ook verslag gedaan van de "titanenstrijd"?' vroeg Elle.

'Wat voor strijd?'

'Een van Chloe's voormalige cliënten is verwikkeld in een strijd op leven en dood met een concurrent… Een soort *Masters of the Universe*. Alexander Subocheva?'

'Subocheva?' Kate wierp haar zus een bezorgde blik toe. 'Maar die vent deugt voor geen meter. Je hebt me niet verteld dat hij een van je cliënten was.'

'Omdat ik de geheimhoudingsplicht serieus neem, gódzijdank,' mompelde ze in zichzelf, denkend aan dat angstaanjagende uur op het jacht. Sindsdien was ze met enige regelmaat 's nachts met een hap naar adem en een bonzend hart wakker geworden als Alexanders lichte ogen haar weer doordringend aankeken terwijl hij voor zichzelf bepaalde of ze loyaal, betrouwbaar, geloofwaardig was...

Er rende een jogger tussen hen door, zodat ze even werden opgesplitst.

Kate fronste terwijl ze zich hergroepeerden. 'Zijn echtgenote is vermist, toch? Dat model?'

'Ja. Van hun jacht verdwenen,' zei Chloe. 'Bijna een maand geleden.'

'En ze hebben haar lichaam nog steeds niet gevonden?'

'Nee.' Chloe werd misselijk als ze eraan dacht. Alexander had het bij het verkeerde eind gehad – of hij had onderschat wat zijn rivaal bereid was te doen om te winnen. Voor de buitenwereld was het louter een overnamestrijd: Alexander had de eerste ronde gewonnen met de hulp van de investeerder die hij had meegenomen naar de Taj Mahal. Maar Subocheva's positie was minder gunstig dan die wel was geweest. Zijn persoonlijke belang was met vierentwintig procent gekrompen, maar hij was nog de grootste aandeelhouder en het was voldoende geweest om het schip de storm te laten doorstaan – althans voorlopig. Maar vorige week had Gelardi zijn bod verhoogd, waardoor de steun in de raad van bestuur was toegenomen.

Dat was het publieke gezicht van het gevecht, maar het private... Als afleiding inderdaad Gelardi's intentie was geweest, zou het moment inmiddels zijn verstreken. Het had al geen nut meer gehad om Elodie vast te houden sinds Alexanders jet in

New York was geland en hij zijn volledige aandacht op de overnamedreiging had gericht. Hij had zijn keuze gemaakt. Hij had Black Pearl voorrang gegeven boven Elodie. Dus waarom zou Gelardi zijn vrouw nog vasthouden? De ogen van de wereld waren op de beide mannen gericht. Het was veel te riskant – en haar vasthouden had geen enkele zin meer.

Als hij haar al had laten ontvoeren.

Het leek Chloe nog steeds onwaarschijnlijk. Ze had haar eigen theorie en die was nog somberder dan een vrouw die als onderpand moest dienen in een zakelijke vete: Elodie was niet door Lorenzo's mannen meegenomen en ze was ook niet gevallen. Zij dacht zelf dat de arme vrouw was gesprongen. Chloe had die avond zelf de holheid in Alexanders ogen gezien, de duisternis van zijn ziel. Zijn hele leven draaide om bezit. Elodie was louter en alleen het meest gekoesterde object in zijn verzameling geweest.

'Heel treurig,' zei Elle. 'Ik vond haar altijd zo mooi. Heb je die Dior-campagne van een paar jaar geleden met haar gezien?'

Kate haalde haar schouders op. 'Ik had andere dingen aan mijn hoofd. Zoals een zwangerschap en een bevalling. En hoe je kots van je schouders veegt en fruitpuree maakt met…'

'Jaja, we zien het voor ons.' Chloe kreunde terwijl ze stilstonden bij een kruispunt en wachtten tot het licht op groen sprong. Er verzamelden zich mensen aan beide kanten. Er reden auto's langs – forenzen, taxi's, trucks, bussen… Iedereen op weg naar een andere plek. Gezichten en profil, duttende honden, ladders op aanhangers, opgeplakte logo's… Het kachelde allemaal langs terwijl de groep wachtende voetgangers groeide en sommigen in hun haast alvast van de stoep stapten en langs de goot liepen.

'Hé.' Ze voelde een paar handen om haar middel en een kus op haar wang. Tom keek haar stralend aan, zo te zien in zijn nopjes met zichzelf, en hij hijgde lichtjes. 'Ik zag je al van ver.'

'O ja?' Ze voelde zich een beetje opgelaten omdat Kate naar

hen keek. Wat vond zij dat er tussen hen ontbrak?

'Nou, jullie vormen dan ook een opvallend trio, eerlijk is eerlijk,' zei hij grijnzend en hij knikte naar Elle, die zelfs zonder haar afrokapsel al met kop en schouders boven iedereen uitstak. 'Orlando en ik hebben gehold om op tijd te zijn, voor jullie overstaken. Ik moet zeggen dat ik behoorlijk handig ben met dat ding,' zei hij met een blik op de wandelwagen voordat hij haar weer aankeek en vertrouwelijk knipoogde.

Ze wendde zich af, want ze wist niet goed wat hij haar daarmee probeerde te vertellen – behalve dan dat hij aardig met een buggy overweg kon.

'En... hebben jullie het leuk gehad?' Hij pakte haar hand en plantte een kus op haar knokkels.

'Ja. En jullie?'

'Zeker. Orlando is een leuk jochie,' zei hij tegen Kate, die rechts van hem stond. 'We hebben veel lol gehad.' Hij keek weer naar Chloe. 'Ik denk dat ik een soort van natuurtalent ben. Ik zie mezelf wel als vader.'

Chloe zag de verschrikte blik op Kates gezicht. Ze glimlachte nerveus maar zei niets.

De stoplichten versprongen, zag ze. 'O...'

De menigte stroomde de straat op, de mensen verdrongen zich en stuitten op de menigte die van de andere kant kwam. Tom moest haar hand loslaten terwijl de beide kanten zich tijdelijk in elkaar vervlochten. Kate, die de wandelwagen voortduwde, bleef wat achter. Chloe hoorde haar ietwat snibbige stem: 'Pardón! Mag ik even?'

Maar ze klonk plotseling ver weg nu Chloe zich ervan bewust werd dat er iets was veranderd, alsof de stad even pauze nam. Ze voelde een elektrisch geladen blik op zich gericht. Haar hoofd kwam als in slow motion omhoog, en ze keek recht in een paar chocoladebruine ogen die rustig en ondoorgrondelijk op haar afkwamen.

Joe.

Hij zag er compleet anders uit. Ten eerste hij had zich geschoren, maar ze zag de vage grens tussen waar zijn baardje had gezeten en zijn zongebruinde huid. Ze herkende bovendien zijn loopje, de fysieke kracht die van hem uitging. Haar mond viel een klein stukje open toen hij bijna bij haar was, en voor ze het kon bevatten voelde ze een schokje toen zijn vingers langs haar hand gleden, zijn blik direct en kalm als altijd. Maar hij liep zonder een woord te zeggen voorbij, zonder zich om te draaien, dus bleef ze staan en keek hem na. De tijd werd doorbroken, de geluiden verstilden, de kleuren vervaagden toen hij weer in de menigte verdween, en alles wat overbleef, was de herinnering aan die ogen, die lippen, de warmte onder de Griekse zon, de Egeïsche maan.

Ze voelde haar hele lichaam ontwaken. Het maakte niet uit wat er over hem werd beweerd, wat hij was en wie hij niet was, zíjn gezicht vulde haar dromen, maakte haar elke nacht wakker. Haar hoofd zei het één, haar lichaam, haar gemoed, het andere…

'Hé, Chlo, gaat het wel?'

Het geluid keerde terug. De kleuren. Het gezond verstand.

Kate stond naast haar en hield haar vast bij haar elleboog. Het stoplicht versprong alweer en Tom had bijna de stoep aan de overkant bereikt, net als Elle. 'We moeten doorlopen. Het licht gaat op rood.'

'O…' Chloe liet zich door Kate meeloodsen, maar ze bleef zich omdraaien in een poging nog een glimp van hem op te vangen.

'Ken je die man?' vroeg Kate, die haar blik volgde.

Chloe keek haar zus aan en knipperde met haar ogen. Wat kon ze zeggen? Hoe kon ze het uitleggen? 'Nee, ik ken hem niet,' zei ze met overslaande stem. 'Ik weet niet eens hoe hij heet,' mompelde ze er zachtjes achteraan.

'Dit moet ophouden, je kunt zo niet doorgaan – dat ding geeft steeds meer brandgevaar,' grapte Xan toen de taart naar de tafel werd gebracht en het hele restaurant omkeek en haar 'Happy Birthday' toezong.

'Nou, het probleem is dat ik het alternatief voor ouder worden niet erg zie zitten, Xan,' zei Chloe grijnzend toen de taart voor haar werd neergezet en ze de warmte van de zevenentwintig kaarsjes kon voelen. Ze brandden snel op.

'Nou, als je nog wat te wensen hebt,' reageerde hij gevat, 'zou ik ze in elk geval maar snel uitblazen.'

Chloe lachte en keek naar het gezelschap dat rond de tafel zat, de gezichten in het flakkerende kaarslicht – Kate, Tom, Elle, Jack en Xan, haar alternatieve familie hier in New York. Poppy hoorde daar natuurlijk ook bij, maar die kon er helaas niet bij zijn. Nog niet. 'Nou, voor ik dat doe, wil ik graag nog even zeggen dat dit mijn eerste verjaardag hier is en dat het heel veel voor me bete...'

'Nee, geen sprake van, je speelt met onze levens,' zei Xan snel, en hij blies de kaarsjes vervolgens voor haar uit. 'Straks gaan we nog in vlammen op.'

'Xan!' riep ze terwijl iedereen lachte, ontspannen door de wijn en een volle maag. Het was een heerlijke avond geweest, een echte surpriseparty, want ze had niets vermoed. Chloe was in de veronderstelling geweest dat ze een rustig avondje met de meiden zou doorbrengen.

Aan de overkant van de tafel zat Tom met een zachte uitdrukking op zijn gezicht naar haar te kijken. Ze had zijn cadeau vanochtend al gekregen – een doos met La Perla-lingerie (hoewel er in het appartement nergens plek voor was en ze had gezegd dat haar lades zo vol zaten dat ze al haar ondergoed bij wijze van spreken tegelijkertijd moest dragen), een roségouden Cartier-armband en tickets voor de US Open-finale van volgende maand. Hij had haar enorm verwend (hoewel ze wist dat hij hoge kortingen had gekregen op de merkartikelen en dat de tickets waarschijnlijk vrijkaarten waren), maar ze had een steek van teleurstelling gevoeld dat zijn geschenken zo algemeen waren geweest. Ze had hints gegeven over een klein stilleven met appels dat ze in de etalage van een galerie in SoHo had gezien, maar die had hij dus genegeerd, waarschijnlijk omdat hij het niet luxueus genoeg vond.

'Kom, maak je cadeaus open,' zei Elle, en ze klapte opgetogen in haar handen.

De kleine verzameling pakjes was door de obers opgestapeld op de plank achter hen, en Jack draaide zich om en reikte ze aan.

'Eerst dat van mij. Het grootste pak,' drong Elle aan.

'Nou, dat is dan natuurlijk ook het belangrijkst,' zei Chloe droogjes, en ze trok aan het zwarte lint om een bundeltje in roze papier. De smaragdgroene jurk waar ze verliefd op was geworden maar die ze uit praktische overwegingen had laten hangen, viel open in een wolk van chiffonzijde die zacht als rozenblaadjes aanvoelde. 'O, Elle...'

'Soms heb je iets frivools en moois nodig, ook al is het niet zo praktisch. En zeg nou niet dat je hem wilt ruilen,' zei Elle knorrig. 'Ik heb het gevraagd en dat kon niet, zei de verkoopster.'

Chloe glimlachte, want ze wist heel goed dat de verkoopster bij de kraam dat niet zou hebben gezegd. 'Je bent onverbeterlijk. Ik vind hem prachtig, dank je wel.'

Op Elles strenge gezicht brak een stralende glimlach door toen Chloe haar omhelsde.

'Gefeliciteerd, Miss Marston,' zei Xan ondeugend toen ze een klein rechthoekig pak van de stapel pakte. Ze keek er wantrouwig naar en schudde er zachtjes mee. Het rammelde.

'Hm. Moet ik me zorgen maken?'

'Ja!'

'Moet ik het nu openmaken of later?' vroeg ze toen ze zag dat hij Tom een guitige blik toewierp. Hij was nog steeds herstellende van de schok om het feit dat zij en Tom een stel waren én dat ze een verleden samen hadden. Ze had het hem verteld toen ze samen wat waren gaan drinken nadat ze uit Frankrijk was teruggekeerd, want ze wilde niet dat hij er tegelijk met de rest van het team achter zou komen via de korte officiële mededeling dat Tom en zij een relatie hadden. Ze had het nog niet naar buiten willen brengen, maar Jack had erop gestaan – het was wel het minste wat ze hem waren verschuldigd na al hun stiekeme gedoe de laatste keer, en ze begreep dat hij vreesde dat het op den duur toch geen geheim kon blijven en dat er dan onrust op kantoor zou kunnen ontstaan. 'Wordt dit gênant?'

'Wat? Zou ik jou publiekelijk voor schut zetten?'

'Ja dus.' Ze haalde het deksel eraf en kreunde luid. 'O god!'

'Wat? Wat is het?' vroeg Kate.

Chloe liet grijnzend haar hoofd in een hand zakken en bloosde terwijl ze een paar fluweelzachte handboeien tevoorschijn haalde.

'Van sabelbont,' zei Xan plechtig terwijl Jack Tom een vriendschappelijke klap op de schouder gaf. 'En ik heb een reservesleuteltje, voor het geval jullie het origineel, nou ja... kwijt zouden raken. Bel me en ik kom meteen.'

'Dank je, Xan, héél attent van je,' zei ze met een sarcastische grijns en slechts een vluchtige blik op Tom. 'Je denkt ook aan alles.'

'Ik doe mijn best,' zei hij met een knipoog naar Tom.

'Ik ben bang dat mijn cadeau minder opwindend is,' zei Jack, die haar een pakje overhandigde waar overduidelijk een boek in zat.

'Is het drinkbaar?' vroeg ze terwijl ze het van alle kanten bekeek.

'Hoe weet je dat?'

Ze scheurde het papier eraf en hield haar adem in toen ze zag wat het was. Een derde editie van *The House at Pooh Corner* met een rode linnen kaft, stoffig en verbleekt in de hoeken, de dikke pagina's vergeeld van ouderdom. 'O, echt? Ik ben dól op Winnie de Poeh!' riep ze uit met het boek tegen haar borst geklemd.

'Dat weet ik. Eerste edities zijn helaas moeilijk te krijgen,' zei hij bijna verontschuldigend.

'Eh... en duur!' lachte ze. 'Jack, dit is al veel te gek. Ik weet niet wat ik moet zeggen.'

'Nou, ik wilde je iets geven om, nou ja, het goed te maken.'

'Maar je hebt toch niets goed te maken, Jack?' zei ze met een vragende glimlach. Hij haalde zijn schouders op.

Aan de andere kant van de tafel schoof Tom heen en weer. Ze had het gevoel dat hij jaloers was. Vermoedde hij dat ze Jacks cadeau verkoos boven zijn geschenken?

'Oké, Kate... wat zou dit zijn?' Ze pakte het kleine langwerpige doosje dat nog op de tafel lag. 'Een... opblaasbare flamingo voor mijn zwembad?'

'Je hebt geen zwembad,' zei Kate lachend.

'Voor mijn bad dan?'

'Heb je ook niet.'

'Een tennisbal?'

Kate schudde haar hoofd.

'Eén schoen? Ik heb altijd één Louboutin willen hebben...'

Kate lachte.

'Is het dan een... O mijn god.' Chloe sperde haar ogen theatraal open en legde een hand voor haar mond. 'Zeg nou niet dat het een autosleutel is. Staat er buiten een gloednieuwe auto op me te wachten?'

Kate lachte weer. 'Heel grappig, zus. Maar mijn geschenk voor jou is alleen maar mijn aanwezigheid hier.'

Chloe sloeg haar armen om haar heen en gaf haar een kus op de wang. 'Het mooiste geschenk ooit.'

'Goed zo. Want dat fraaie pakje heeft niets met mij te maken.'

‘Van wie is het dan?’ vroeg Chloe, die rechtop ging zitten en het doosje omhooghield. Maar ze schudden allemaal hun hoofd.

‘Ja, dag! Ik heb al vijftig dollar aan je uitgegeven, dat lijkt me meer dan genoeg,’ zei Xan, en hij vouwde zijn handen over elkaar.

Ze keken haar allemaal aan. Haar ogen keken vragend naar Tom – was het een extra cadeautje van hem? – maar hij keek terug met een blanco blik.

‘Nou, wat mysterieus. Intrigerend, hoor,’ zei ze op dramatische toon terwijl ze het lint eraf haalde en het deksel optilde. Ze verstijfde.

‘Nou, wat is het?’ vroeg Jack. ‘Laat eens zien.’

‘O, wat... geinig,’ zei Elle, die het cadeautje eruit haalde.

‘Dat is niet geinig, maar flut. Het slaat nergens op,’ reageerde Kate met een grimas. ‘Wat moet je dáár nou mee?’

‘Dat spreekt toch voor zich?’ zei Elle, die het probeerde om te doen maar het vervolgens misprijzend op tafel legde. Het stond zelfs haar niet. ‘Hm.’

‘Vertel, wie is de gulle gever?’ vroeg Chloe nog een keer met een aarzelende glimlach, maar haar hartslag begon te versnellen. Ze keek rond in het restaurant, naar de andere gasten, uit het raam, naar de obers om te zien of een van hen misschien iets wist. Maar die waren allemaal druk bezig en leken zich nergens van bewust te zijn.

‘Nou, het verbaast me niets dat niemand zich meldt,’ zei Kate, en ze nam een slokje wijn. ‘Wat een lelijk ding. Wie koopt er nou zo’n stomme vlinderstrik? Wat een wansmaak. Toch, Chlo?’

‘Ja,’ mompelde Chloe. ‘Je hebt gelijk.’

27

Ze lagen naast elkaar op het bed met hun benen over elkaar: dezelfde nagellak, dezelfde voetvorm – die van hun vader. De groene jurk lag mooi over de slaapkamerstoel gedrapeerd, de doos met lingerie was al een struikelblok bij de deur, en Kate had de vlinderstrik om Marmalades nek gebonden. De kleine televisie was aan en er stond een halflege fles merlot op de vloer naast het bed terwijl ze lagen te zappen.

'Ik geloof dat ik nooit zal wennen aan de Amerikaanse tv,' mompelde Chloe, die van zender naar zender schakelde in de ijdele hoop op iets anders dan reclame.

'Ik denk dat er wel meer dingen zijn waar je niet aan zult wennen,' zei Kate met een zucht, en ze legde haar hoofd op Chloe's schouder.

'Zoals?'

'Dat ze hier *jelly* zeggen als ze jam bedoelen.'

Chloe snoof en rolde met haar ogen. 'God, ja zeg. Je hebt gelijk. Ik ga terug.'

Kate porde met haar elleboog tegen haar ribben. 'En dat je iets koopt en ervoor betaalt zónder dank u wel te zeggen, en dat het raar is om sorry te zeggen als je in de metro tegen iemand opbotst.'

Chloe grinnikte. Ze vond een oude aflevering van *Friends* en stopte met zappen.

'Dat je je geliefde neefje niet ziet opgroeien.'

'O, niet doen...'

'Dat je mij niet elk weekend ziet.'

'Kate...' zei ze fronsend.

'Ik zeg het alleen maar,' zei ze schouderophalend.

'Ik mis je heel erg. Maar ik heb een besluit genomen en daar moet ik me aan houden. Mijn leven is nu hier.' Ze beet op haar lip en vroeg zich af waarom het klonk als een grimmige missie die ze met tegenzin vervulde, en staarde naar haar vingernagels, die er perfecter uitzagen dan ooit tevoren – een van de grote voordelen van wonen in deze stad, er was in zo ongeveer elke straat wel een nagelsalon te vinden.

Er viel een korte stilte die slechts werd onderbroken door het ingeblikte lachen van het studiopubliek. 'Nou, je hebt hier in elk geval een fijne vriendenkring. Het was leuk vanavond.'

'Precies. Elle en Xan en Poppy... Ik mag ze enorm graag.'

'En nu Tom hier woont...'

'Precies.'

'Is het allemaal perfect,' zei Kate schouderophalend.

'Precies.'

'Hij is geweldig.'

'Precie...' Hè? Chloe wierp haar zus een achterdochtige blik toe.

'Nee, echt, ik meen het,' zei Kate, die haar recht aankeek. 'Hij is dol op je, dat ziet iedereen. En hoeveel mannen zouden er naar een hotelkamer gaan om de oppas af te lossen zodat zijn vriendin nog wat uurtjes met haar zus kan doorbrengen?'

Chloe stak haar handen in de lucht. 'Dat is wel geweldig, hè?'

Kate knikte.

Ze zwegen weer terwijl ze keken hoe Joey rondliep met een kalkoen op zijn hoofd.

'Maar waarom vertel je me niet wat er écht gaande is?'

Chloe liet haar handen zakken. 'Wat?'

'Ik ga hier niet weg voor je het me vertelt. Ik weet dat er iets niet klopt, zus. Je oogt mat. Je glimlacht wel, maar de lach bereikt je ogen niet. En je vertelt me dat alles perfect is alsof je een recept voorleest.'

Chloe's mond ging open, maar er kwamen geen woorden uit.

Haar zus keek haar strak aan met een blik waar ze niet aan kon ontsnappen.

'Nou?' drong Kate met een zachte por aan.

Overvallen door een gevoel van onrust sprong Chloe van het bed. 'Ik wéét niet wat er met me aan de hand is. Echt niet.' Ze spreidde haar armen. 'Ik voel me rusteloos en ik weet niet goed waarom.'

Kate kruiste haar enkels en keek toe terwijl ze begon te ijsberen. 'Gaat het allemaal te snel met Tom?'

'Ik weet het niet. Misschien wel.'

'Is hij je nog steeds aan het pushen om te gaan samenwonen?'

Chloe keek met een vernietigende en veelzeggende blik om zich heen. 'Nou, dit appartementje is nou niet bepaald geschikt voor twee mensen.'

'Dan kan hij toch ergens anders gaan wonen,' zei Kate, alsof het werkelijk zo simpel was. 'Waarom niet? Het leek supergoed te gaan nadat jullie uit Frankrijk waren teruggekeerd, maar na wat je me hebt verteld… Over die meid, bedoel ik…'

'Die bitch,' corrigeerde Chloe haar.

'Juist ja. Die meid van kantoor… Waarom zou je hem terugnemen? Ik begrijp het gewoon niet.'

'We hebben een gezamenlijk verleden. Het is complex en het gaat diep, en ik snap dat het geen sprookje of ongecompliceerde romance is, maar… het is toch wel wat waard dat je na al die shit meegemaakt te hebben nog steeds samen wilt zijn?'

'Maar wat hij allemaal heeft gedaan, dat is toch…'

'Het is niet zo simpel.'

'Nee?'

'Nee, want hij is niet de enige die stommiteiten heeft begaan. Ik ben ook geen heilige, Kate.'

Kate keek haar een moment aan. 'O shit… Ben jij ook vreemdgegaan?'

'Nee, het was geen vreemdgaan,' zei Chloe fel. 'Tom en ik

waren niet samen toen het gebeurde. We waren in feite al vijf maanden uit elkaar.' Die lange zoen op de hoek van de straat kon je moeilijk een hereniging noemen.

'Maar... Wanneer dan? En met wie?'

Chloe zuchtte, zeeg weer neer op het bed en trok een been op. 'Maakt dat wat uit?'

'Volgens mij wel, ja,' was Kate van mening. 'Heb je hem sinds die tijd weer gezien?'

'Nee. Nou, min of meer.' Ze fronste hoofdschuddend. 'Nou ja, nee, niet echt.'

'Dat slaat toch nergens op? Ja of nee?'

Chloe wist dat ze moest kiezen. 'Nee.'

Kate keek haar met samengeknepen ogen aan. 'Is hij hier? In New York?'

'Dat was hij. Daarna niet meer. En nu... weet ik het niet.'

Kate wierp haar een verbluftе blik toe. 'Jezus, Chlo, wie ís die vent?'

'Ik weet het niet, oké?' riep Chloe uit, en ze sprong weer van het bed. 'Dat is het hele punt! Ik weet niets over hem. Hij heeft overal over gelogen... ook over zijn naam. Ik heb verdomme het bed gedeeld met een spookverschijning!'

Kate ging plotseling rechtop zitten.

'Wat is er?' Chloe slikte.

'O mijn god. Die man op straat.'

'Wat?'

'Die met de intense blik. Hij raakte je hand even aan. Ik zag hoe jullie elkaar aankeken.'

Chloe kon geen woord uitbrengen. Ze wilde niet aan hem denken. Ze wilde geen herinneringen. *Hoe hij met gespreide armen van het ene balkon naar het andere sprong...* Ze keek de andere kant op. 'Ik heb een slokje water nodig.'

Ze verdween door het halletje de kleine keuken in en draaide de kraan open.

'Chlo, vertel me wat er is gebeurd.' Kate stond achter haar.

Chloe pakte een paar glazen om tijd te rekken, om een manier te bedenken om het uit te leggen, of eigenlijk om eromheen te draaien.

'Het was alleen maar een vakantieflirt.' Ze reikte Kate met neergeslagen ogen een glas aan. 'Een ramp van begin tot eind. Hij was een cliënt, dus...' *Zoals hij naar haar had gekeken toen ze op het jacht in slaap was gevallen.* Ze haalde haar schouders op en drong zich langs haar zus terug naar de slaapkamer. Goddomme, er was ook geen ontsnappen mogelijk. Ze kon niet eens even rustig ijsberen.

'En wat maakt dat uit?'

'Het is in elk geval onprofessioneel.'

'Ja, dat klopt. Maar het is niet wereldschokkend. Heel veel mensen leren elkaar kennen op hun werk.'

Chloe keek haar aan. Dat had Joe ook gezegd. Ze gingen weer naast elkaar op het bed liggen. Kate legde haar benen over elkaar en keek haar zus doordringend aan. Ze waren terug bij af en er was geen vluchtroute. Dit godvergeten appartement bood geen enkele uitweg. Chloe begon weer verwoed te zappen.

Kate pakte de afstandbediening uit haar handen en zette de televisie uit. 'Dus je hebt iets gehad met een cliënt. Nou en. Maar je hebt duidelijk gevoelens voor hem.'

'Nee Kate, ik weet niet wat ik moet voelen. Want hij blijkt geen cliënt geweest te zijn.'

'Maar je zei net...'

'Hij was niet te goeder trouw, bedoel ik. Hij gebruikte de identiteit van een ander.'

'Hè? Waarom? Om tickets voor Madison Square Garden te bemachtigen?' hoonde ze goedmoedig.

Chloe keek haar aan. Ze wist wat er zou gebeuren als ze haar zus het hele sneue verhaal uit de doeken zou doen. Ze zou in actie willen komen. 'Wil je het echt weten?'

Kate knikte.

'Ik denk – de politie denkt – dat hij zijn lidmaatschap bij Invicta gebruikte om geld wit te wassen.'

Er viel een verbijsterde stilte. Zo had Tom ook gereageerd toen ze het hem vertelde, maar het was duidelijk wat brigadier Mahoney met zijn vragen had gesuggereerd... Maar waar Tom haar bezorgd had aangekeken en haar smekend had gevraagd zich erbuiten te houden en de politie haar werk te laten doen, gooide Kate haar hoofd achterover en lachte luid. 'Daar geloof ik niets van!'

Chloe knipperde met haar ogen. 'Toch is het zo, Kate. Er is geen andere mogelijkheid. Ik heb me er het hoofd over gebroken en...' Het was het minst duistere scenario dat zich in haar hoofd had afgespeeld. 'Luister, hij heeft ons – nou ja, míj – ergens in een uithoek een huis voor hem laten zoeken, oké? Daar heeft hij contant een bedrag voor betaald dat meer dan het dubbele van de waarde bedroeg.' Ze schudde haar hoofd. 'Het was achteraf allemaal zo verdacht als wat. Hij smeet met geld – vloog rond in een privéjet, huurde een super-de-luxe jacht – en het werd allemaal direct betaald, achter mijn rug – bij wijze van spreken,' zei ze fronsend. 'Ik dacht dat het allemaal op zijn rekening werd gezet. Ik kwam er pas achter dat hij al cash had betaald toen ik hier terugkwam en naar de facturen informeerde. Toen kreeg ik te horen dat de betalingen allemaal al geregeld waren.'

'Heb je zijn tassen wel goed bekeken?' vroeg Kate nadenkend. 'Als hij zoveel contant geld bij zich had, moet hij ook veel koffers bij zich hebben gehad. Geld is zwaar. Heb ik me laten vertellen,' mompelde ze.

'Kate, dit is een serieuze zaak. Bovendien had hij een rekening bij een exclusieve Zwitserse bank.'

'Juist ja.'

'Maar het zou me niet verbazen als hij in een van de jets geld had meegenomen. Daar controleren ze zelden op bij privévluchten.' Chloe staarde voor zich uit en verloor zich in de herinneringen, waardoor het litteken weer werd opengekrabd. 'O, en hij had een hele container vol meubels klaarstaan, die hij óók al liet komen met een privévliegtuig. Achteraf lijkt het alsof hij zoveel geld uitgaf als maar mogelijk was.' Ze trok een wenkbrauw op. 'Ik bedoel, heb je ooit een man ontmoet die de inrichting al vóór het huis had gekocht?'

Kate schudde haar hoofd. 'Normaal gesproken koopt een vent een wasmachine en waterkoker de dag nadat hij er is ingetrokken, toch?' Ze perste haar lippen op elkaar en keek haar zus aan, op zoek naar een teken dat ze voor de gek werd gehouden. 'Verdomd, je meent het echt, hè. Van dat witwassen.'

'Nou ja, ik vermoed het gewoon. En de politie ook, denk ik. Die heeft verschillende theorieën.'

'Wat vindt Tom ervan? Het is tenslotte zijn bedrijf.'

'Tom denkt dat hij voor Alexander Subocheva werkt.'

'Nee toch!' riep Kate uit. 'Die man die we op straat tegenkwamen? Die zag er niet uit als iemand die het vuile werk voor een oligarch opknapt!'

'Nou, Tom denkt dat hij misschien als mol voor hem fungeert – en ons in de gaten houdt – of míj eigenlijk.' De woorden deden pijn. Het was idioot, maar ze vond het erger als hij een soort bedrijfsspion was dan als hij geld witwaste. Geen van beide maakte hem tot een ideale huwelijkskandidaat, zoals haar moeder zou zeggen, maar als hij van Alexander de opdracht had gekregen om haar zo dicht te naderen, zou dat betekenen dat alles wat er tussen hen was gebeurd één grote leugen was. 'Alexander dacht dat we informatie lekten naar zijn grote concurrent, en Tom denkt dat hij Joe gebruikte om er via mij achter te komen of dat inderdaad het geval was.' Ze had zich later zijn vragen op het jacht herinnerd – met welke cliënt ze had gesproken, wie haar cliënten überhaupt waren en wat ze van haar wilden. Maar ze had elke keer geweigerd iets te zeggen. Godzijdank. Tom was ervan overtuigd dat Alexander haar daarom had laten gaan: Joe had gemeld dat ze discreet en betrouwbaar was.

Ze wist niet wat ze ervan moest denken. Ze had het gevoel dat ze nergens meer greep op had.

'Maar je hebt hem niets verteld?' Kate keek haar bezorgd aan.

'Natuurlijk niet.'

Kate ging achteroverzitten en liet het allemaal op zich inwerken. Het was ook nogal een verhaal. 'Om even terug te komen op dat witwassen: heeft hij alleen maar dat ene huis gekocht? Want je zou denken dat hij er meer zou kopen als het ging om witwasserij.'

'Dat weet ik, maar misschien plande hij meer aankopen en is het daar gewoon niet meer van gekomen. Nadat we met elkaar... nou ja, het bed hadden gedeeld, heb ik hem verteld dat ik hem niet meer van dienst kon zijn.'

'Waarom?'

'Omdat ik hem hoorde telefoneren. Met een vrouw.' Ze keek naar het plafond en voelde de tranen opwellen. Het leek of die tegenwoordig elk moment konden gaan stromen. 'Want ja, hoe groot was de kans dat hij getrouwd was? Afgezien van al het andere,' zei ze kreunend. 'Dus ik ben zo snel mogelijk vertrokken en heb hem verteld dat Serena hem van me zou overnemen. Maar ze heeft niets van hem gehoord.' Ze zuchtte. Ze had verbazingwekkend weinig aan Serena gedacht sinds haar terugkeer uit Griekenland. 'Wat niet bepaald verrassend is. Toen ik terugkwam, was de hel al losgebroken. Tom en Jack waren erachter gekomen dat Joe niet was wie hij zei dat hij was. Ze hebben de politie ingeschakeld omdat ze dachten dat hij iets te maken kon hebben met Poppy's ongeluk en omdat ze bang waren dat ik ook gevaar liep. Hij zal er wel lucht van hebben gekregen, want sindsdien heeft niemand nog wat van hem gehoord. Wat voor spelletje hij ook speelde, hij weet in elk geval dat hij op identiteitsfraude is betrapt.'

'Dus het gaat om fraude, spionage of witwassen? Godsamme, dat is niet niks, Chlo,' zei Kate met een ongeruste blik, en Chloe wist wat ze dacht: waar rook is...

Chloe herinnerde zich het gefluisterde telefoontje op het balkon. *Geen argwaan wekken...* 'Ik weet het. En ik weet dat hij zich in elk geval érgens schuldig aan heeft gemaakt,' zei ze knikkend.

Kate boog zich voorover en keek haar aandachtig aan. 'Maar?'

'Maar...' Chloe zuchtte en duwde haar handen tegen haar ogen, alsof ze de wereld wilde wegwrijven. Nu kwamen toch de tranen. 'Iedereen denkt zo zwart-wit over hem. De politie, Tom, Jack, ze vertellen me allemaal wat voor iemand hij is – en wat voor iemand hij níét is. Het lijkt wel of... zij willen bepalen hoe ik over hem denk. En toch...'

'En toch ben je hartstikke gek op hem.'

'Zíj kennen hem niet! Ik wel!' Chloe keek haar zus vertwijfeld aan, overvallen door een verloren gevoel waar ze tot nu toe niet aan toe had gegeven. 'En toen ik met hem samen was, voelde het niet als een leugen. Het voelde echt.' Haar stem was amper hoorbaar, elk woord was bedekt met een laagje schaamte.

Kate keek meelevend terug en wreef over haar knie. 'Maar zus, zelfs als hij zich aan slechts één van die dingen schuldig heeft gemaakt...'

Chloe snufte en voelde zich onnozel. 'Ik weet het, ik weet dat mensen zoals hij zulke dingen doen,' zei ze, en ze wendde haar blik af. 'Hij móét wel overtuigend zijn, een meester in manipulatie.' Ze haalde gegeneerd haar schouders op terwijl de stilte uitdijde. Ze wilde dat haar grote zus haar hier met wat rake opmerkingen doorheen kon helpen; dat kon Kate als geen ander. Maar zelfs zij kon Chloe niet vertellen wat ze wilde horen, dat kon niemand. Wat kon je zeggen ten gunste van een man naar wie de politie op zoek was, op z'n minst om hem te ondervragen? Een man die misschien wel werkte voor degene die achter Poppy's ongeluk zat? Het was een puinhoop, er waren geen lichtpuntjes, en na een paar minuten dwong ze zichzelf te glimlachen en hem weer uit haar gedachten te bannen. Het had geen zin te zoeken naar verklaringen die er niet waren. Ze bereikten er niets mee. Chloe vermande zich met een diepe zucht. 'Dus als je dit allemaal in aanmerking neemt, is Tom nog niet zo'n gekke keuze, toch?'

Kate forceerde een lachje, maar dat klonk net zo gemaakt als het was. 'Tja, bij nader inzien begin ik hem steeds leuker te vinden...' mompelde ze, maar ze keek nog steeds bezorgd.

Chloe's ogen gleden even naar Marmalade met zijn nieuwe bonte zijden vlinderstrik. 'Ja. Zo slecht is mijn smaak op mannengebied ook weer niet.'

Het was druk in de vertrekhal. Overal liepen mensen met rolkoffers, hun blik op de borden met aankondigingen gericht. Iemand – waarschijnlijk Tom – had haar eens verteld dat er op elk gegeven moment wereldwijd altijd een miljoen mensen in de lucht zaten. En straks zouden haar zus en neefje daarbij horen.

Chloe hees Orlando omhoog op haar heup terwijl Tom Kate bij de incheckbalie hielp om de wandelwagen in te klappen. 'Oké, niet huilen in het vliegtuig, goed? Je gaat op een grote, avontuurlijke reis terug naar je papa, die jullie héél erg heeft gemist.' Ze kietelde zijn buik en hij kronkelde en gilde van pret. 'En niet tegen de stoel voor je schoppen, want... nou, dat is heel ergerlijk.' Orlando stak zijn duim in zijn mond en begon erop te zuigen. Hij zag er nu al moe uit. 'En niet te snel in slaap vallen. En goed voor je mama zorgen als je terug bent, oké, jochie van me?' zei ze met een kneepje in zijn mollige wangen.

Orlando keek haar aan, een en al wimpers en witblonde krullen. 'God, wat zal ik je missen,' zei ze met een kus op zijn kruin terwijl Kate en Tom terugkwamen.

'Je gaat dit niet geloven,' zei Kate, die Toms arm stralend vastpakte. 'Tom heeft een upgrade voor ons geregeld! We zitten eersteklas!'

Chloe glimlachte en keek hem aan. 'Dat mag ik hopen. Er moeten toch de nodige voordeeltjes zitten aan het hebben van een zwager die de baas is van een conciërge- en lifestyleservice.'

'Kom eens even hier, kleine vriend,' zei Tom, die Orlando met een kreun van haar overnam. 'Je bent een zware poemel, ja toch, kerel?'

'Niet een poedel,' pruttelde Orlando, waar ze allemaal om moesten lachen.

'En wat heb je me beloofd?' vroeg Tom ernstig.

'Geen ewtjes eten met mijn mes,' dreunde Orlando op, zo te zien trots op zichzelf.

'Precies. Want geloof me, als het misgaat, doet het pijn. Au!' Tom trok een gepijnigd gezicht en Orlando trappelde opgewonden met zijn beentjes.

Kate wendde zich tot Chloe, haar ogen al glinsterend van de tranen. 'O god. Wat heb ik een hekel aan afscheid nemen.'

'Ik ook.' Ze omhelsden elkaar zo stevig dat hun vingertoppen wit werden. 'Hoefde je maar niet te gaan.'

'Jij redt je wel,' fluisterde Kate in haar haar.

Ze knikte. 'Ja.'

'En ik neem alles terug. Tom is geweldig. Hij heeft dit weekend enorm zijn best gedaan om mij en Orly te leren kennen – en hij is overduidelijk gek op je. Je kunt het een stuk slechter treffen.'

'Dat weet ik,' zei Chloe met nog een knikje. 'Ik bof met hem.'

Kate omarmde haar nog steviger. 'Ja, echt.'

Chloe voelde de vingertoppen van haar zus om haar schouders klemmen en vroeg zich af wie van hen beiden ze probeerde te overtuigen. Ze maakte zich los. 'Laat het me weten als jullie terug zijn, oké? Ik wil het graag even horen als jullie veilig zijn aangekomen.'

'Hé, wie is hier nou de grote zus?' vroeg Kate met een grijns. Ze nam Orlando van Tom aan en gaf hem een kus op beide wangen. 'Zorg goed voor mijn kleine zusje,' zei ze streng. 'Ze kan wel wat steun gebruiken.'

'Zeker,' zei Tom plechtig, en hij pakte Chloe's hand. 'Ik beloof het je.'

Er drupten stille tranen over haar wangen toen Kate knikte en hen nog een keer aankeek voor ze zich omdraaide en wegliep naar de paspoortcontrole. Orlando en zij zwaaiden nog even en verdwenen toen uit het zicht.

Voor Chloe voelde het alsof een deel van haar met hen mee verdween. Ze bleef staren naar het punt waar ze net nog waren, voor het geval ze weer zouden verschijnen. Het liefst zou ze het op een hollen zetten en zich bij hen voegen.

Tom keek haar aan. 'Nou, we zijn weer op onszelf aangewezen, lieverd.'

Chloe knikte. Het kon toch niet de bedoeling zijn dat het geen vrolijk vooruitzicht was? 'Tja.'

'Koffie?'

Ze zuchtte en glimlachte. 'Lekker.'

28

Ze had deze keer bloemen meegenomen – een grote bos lichtblauwe ridderspoor tussen de heliumballonnen en fruitmanden in de lift. Iedereen zweeg terwijl ze in etappes naar boven gingen en weer op bijna elke verdieping stopten om iemand in of uit te laten stappen.

Ze liep door de gang. Het zag er precies zo uit als een aantal weken geleden, alleen met andere gezichten. De verpleegkundige die haar er de vorige keer uit had gegooid was er nu niet, en het was niet Charlie die voor haar deur zat. Sterker nog, er zat niemand.

'Dag, ik ben hier voor Poppy Langham,' zei ze met een blik op de onbewaakte deur.

'En uw naam is?'

'Chloe Marston. Ik ben een vriendin van haar.'

'Kamer achthonderdtweeëntwintig, daar door de gang...'

Maar Chloe was al weg. Ze vertraagde toen ze de kamer naderde en zette zich schrap. Zoals ze haar vriendin de laatste keer had aangetroffen... Dat was een traumatische ervaring geweest.

Ze haalde diep adem en stak haar hoofd om de deur. 'Hoi...' zei ze zacht. En vervolgens: 'Hé!'

Poppy keek terug met iets wat al kon doorgaan voor een glimlach. Ze zat rechtop met een iPad op haar benen. Haar linkerbeen zat nog in het gips, maar haar arm zat nu in een mitella. De blauwe plekken en wonden waren vervaagd en ze had weer wat meer kleur op haar wangen. Maar het beste van alles was dat de verbanden om haar hoofd en de draad waarmee haar kaak was dichtgesnoerd waren verwijderd. Ze zag er weer uit als Poppy.

'Nou, ik hoef niet te vragen hoe het met je gaat. Ik zie het!' zei Chloe met een grijns terwijl ze de kamer in snelde en haar voorzichtig omhelsde. 'Wat een verschil.'

'Wat zal ik zeggen, een basisch dieet, dagelijkse pilatesoefeningen, schoonheidsbehandelingen en dan zie je er straks net zo goed uit als ik.'

Ze brabbelde nog een beetje, maar Chloe lachte. 'O, ik heb je gemist.' Ze zette de bloemen op tafel en ging behoedzaam op het bed zitten. 'Het is zonder jou niet hetzelfde, Pops.'

'Er is veel gebeurd, heb ik begrepen.'

'O...' Chloe voelde haar glimlach vervagen. Ze wilde Poppy niet van streek maken of opzadelen met alle narigheid die was voorgevallen. 'Nou ja, het gaat zijn gangetje. Wil je het laatste nieuws over Pelham?'

'Uiteraard.'

'Luchtballon boven de Serengeti.'

'Nice.'

'Dat zou je denken.'

Poppy trok zo goed en zo kwaad als het ging een grimas. 'Vertel.'

'Er is een vogel tegenaan gevlogen en daardoor scheurde de ballon en moesten ze midden in het reservaat landen met slechts een rieten mand als bescherming.'

'Nee toch!' zei Poppy ontsteld.

'Gelukkig waren ze al aan het dalen toen het gebeurde, dus ze zaten niet zo heel hoog meer, en de felle kleuren en het geflapper van de ballon zorgden ervoor dat de dieren te bang waren om naar ze toe te komen voordat de rangers hen bereikten.'

'Pf, gelukkig maar. Zijn ze ongedeerd gebleven?'

'Hij heeft een whiplash en zij een gebroken hand. Maar verder viel het mee.'

'Welke hand?' Poppy kromp ineen.

'De linker.'

'Zeg me alsjeblieft dat hij voor die tijd al een aanzoek had gedaan?'

'Natuurlijk niet. Hij wilde wachten tot ze boven de Ngorongoro-krater zouden zweven. Die arme man is voorbestemd om die ring in zijn broekzak met zich mee te dragen.'

'Nou, in elk geval zal hij voorlopig niet om haar vinger zitten, dat is wel zeker.'

'Arme Pelham.' Chloe onderdrukte een lach. 'Waarom hij niet gewoon bij het ontbijt op een knie kan gaan zitten om haar te vragen, is me een raadsel.'

'En hoe gaat het met onze diva?'

'Nou, haar stormachtige affaire met *el presidente* duurt voort. Ze is nu weer in Brazilië, dus ze heeft zich de afgelopen week aardig koest gehouden. Wist je dat ze haar haar heeft laten knippen?'

'Nee.' Poppy keek geschokt. Rosaria's ravenzwarte lange haar hoorde net zozeer bij haar als haar beroemde boezem en gouden keel.

'Ze had er binnen een dag spijt van, dus ik moest de lokken voor haar terug zien te krijgen, die tussen de andere haarplukken waren terechtgekomen...'

'Ieuw!'

'En daar moest een haarstuk van worden gemaakt. Ze hebben het haar aan spelden weten te bevestigen, dus nu lijkt het alsof ze laagjes heeft.'

'God, dat ga ik googelen,' zei Poppy met wijdopen ogen. 'En Mike?'

'Terug uit Hawaï. Het is hem gelukt om het album op te nemen en hij is nu nog bezig met het bewerken. Heb je gehoord van de overdosis van de leadzanger?'

'Ja. Hoe kan dat nou gebeurd zijn? Ze hielden hem zo goed in de gaten.'

'Ja. En we hebben er privéartsen naartoe gestuurd om zijn

recepten te managen. Maar het schijnt dat hij een taart had besteld voor het slotfeestje na de opnamen, en die bleek te zijn bestoven met cocaïne. Iedereen dacht dat het poedersuiker was. En naast alles wat hij al had genomen…'

'Ongelooflijk,' mompelde Poppy.

'Mike is woedend, want nu kan de tournee rond de verschijning van het album niet doorgaan, terwijl daar het geld grotendeels mee moet worden verdiend.'

'Wat zelfzuchtig van die leadzanger om zomaar dood te gaan,' zei Poppy laconiek. Maar haar glimlach stierf weg. 'Wat een wereld. Wat is er toch mis met iedereen? Wanneer zijn we opgehouden aardig voor elkaar te zijn? Sinds wanneer is het normaal om meer om geld te geven dan om elkaar?' Poppy liet haar hoofd achterover tegen het kussen zakken en keek haar aan. Chloe zag dat haar stemming was omgeslagen, alsof ze naar een lagere versnelling had teruggeschakeld.

'En Christopher? Hoe gaat het met hem?'

'Uitstekend,' zei Chloe, blij weer wat positiefs te kunnen meedelen. Depressie was een veelvoorkomend probleem na hersenletsel. 'Het festival is goed gegaan. Zijn nieuwe film was tweede bij de Palme d'Or in Cannes. Hij is momenteel op Sardinië, op Coppola's jacht, dus hij belt niet veel. Hoewel ik zijn dochter vorige week heb geholpen toen ze naar Wit-Rusland was gereisd zonder eerst een visum te regelen.'

Poppy rolde met haar ogen. 'Fijn.'

'Zeg dat wel. Ik heb zeker vijf uur in de wacht gestaan.'

'Pff.' Er viel een stilte en Chloe wist wat er nu zou komen. Ze zag het aan Poppy's blik; ze zag dat het niet tegen te houden viel. 'En Alexander. Hoe gaat het met hem?'

Chloe keek haar aan. Hoe kon ze haar vertellen dat hij niet langer hun cliënt was zonder uit te leggen waarom?

'Hebben ze Elodie gevonden?' vroeg Poppy voor Chloe iets kon zeggen.

'Weet je daarvan?' Haar ogen gleden naar de tv aan de muur.

'O ja.' Natuurlijk wist Poppy dat Elodie was verdwenen. Wat kon iemand die met gebroken botten aan haar bed was gekluisterd doen behalve televisiekijken? Ze wist er waarschijnlijk meer over dan wie ook – nou ja, behalve Chloe dan. Zij had de berichtgeving met grote aandacht gevolgd. Ze had het bijna niet kunnen verdragen dat Alexanders echtgenote het tragische slachtoffer was geworden van zijn arrogantie en hang naar macht, dat zijn vermoeden achteraf niet klopte. Hoogmoed kwam voor de val. 'Nee. De zoektocht is twee weken geleden beëindigd.'

'Ja, de officiële wel, dat weet ik. Maar Alexander zal zijn eigen team er toch wel op hebben gezet? Hij zal er kapot van zijn. Hij kan het verlies niet aan. Zij is zijn hele wereld.'

Chloe wist niet wat ze moest zeggen. 'Eh, nee, er is geen team op zoek. Nooit geweest ook.'

Poppy keek verbluft. 'Wat?'

Chloe bevochtigde haar lippen. Ze wist niet waar ze moest beginnen of wat ze beter weg kon laten. 'Hij geloofde niet dat ze in het water was gevallen... Hij dacht dat Lorenzo Gelardi haar had ontvoerd.'

'Lorenzo?' De kleur trok weg uit Poppy's gezicht. 'Waarom?'

'Om hem af te leiden van het vijandige overnamebod voor Alexanders hotelketen.' Ze beet op haar lip en keek hoe het nieuws tot Poppy doordrong. Ze zag er ineens weer veel brozer uit. 'Wat natuurlijk idioot is en sowieso níét iets om het hier nu over te hebben. Ik ben gekomen om je op te vrolijken, niet om...'

'Maar dit... nee. Dit kan niet waar zijn.' Poppy's stem sloeg over en ze staarde voor zich uit. 'En de overname...'

Chloe liet haar schouders zakken. Had Poppy het financiële nieuws bijgehouden? Hoeveel wist ze? 'Ja. Er wordt nog strijd geleverd, maar het ziet ernaar uit dat het Gelardi gaat lukken.

Alexander heeft een nieuwe investeerder aan zijn kant, maar ik heb begrepen dat de meerderheid van de raad van bestuur er nu toch voor is om het bod te accepteren.'

Poppy keek haar vertwijfeld aan. 'En Alexander denkt dat Lorenzo Elodie heeft ontvoerd?'

'Nou, ik weet niet of hij dat nog steeds denkt, maar in het begin wel.'

'En jij?'

'Nee. Ik denk dat Elodies verdwijning niets te maken heeft met Gelardi. Het is alleen een bizar toeval dat deze twee dingen samenvielen.'

'Denk jij dat ze nog leeft?' vroeg Poppy hoopvol.

'Nee.' Chloe schudde haar hoofd. Haar stem klonk mat. 'Ik denk dat ze is gesprongen.'

'Denk je dat ze zelfmoord heeft gepleegd? Maar waarom dan? Het is niet logisch. Hij adoreerde haar. Hij gaf haar een perfect leven.'

Chloe keek de andere kant op – hoe meer ze zich probeerde voor te stellen hoe Elodies leven met Alexander eruit had gezien, hoe minder perfect het haar leek. 'Alexander was niet... Hij was niet de man die hij leek te zijn, Poppy,' zei ze zacht, in de hoop dat ze het daar nu bij konden laten. Ze wilde haar niet vertellen wat ze over hem te weten was gekomen. Ze zou er kapot van zijn en er ook nog eens angstig van worden.

'Nee, het is niet de schuld van Alexander.' Poppy's stem klonk fel. 'Nee, dit is...' Haar gezicht betrok. 'O god, dit kan niet waar zijn.'

Chloe pakte haar hand en gaf er een kneepje in. 'Hoe bedoel je?'

Poppy keek haar recht aan. 'Lorenzo heeft haar inderdaad meegenomen. En het is allemaal mijn schuld.'

Haar woorden ontploften als sissende rookbommen. De rook vulde de ruimte. Een mol...

'Wat?'

Poppy slikte en vond met moeite haar stem terug. 'De avond van mijn ongeluk werkte ik tot laat.'

'Ja, dat weet ik nog. Je had Alexanders diner op de ijsberg geregeld en je bleef op kantoor om zeker te weten dat alles volgens plan verliep.'

'Precies. Er was niemand anders aanwezig, ik was alleen. En na een tijdje ben ik vertrokken om wat te gaan eten. Ik nam mijn tas mee en was misschien zo'n veertig minuten weg. Er waren geen lampen aan, want het was nog licht buiten.' Ze haalde haar schouders op. 'Waarschijnlijk leek het alsof iedereen naar huis was.'

Chloe keek haar aan en voelde de onrust in haar lijf toenemen. Waar wilde Poppy heen met dit verhaal? Poppy's mond had zich tot een streep vertrokken, ze was bleker geworden en haar stem klonk gespannen.

'Dus je kunt je wel voorstellen hoe verbaasd ik was dat er iemand aan mijn bureau zat toen ik terugkwam.' Haar poging om ironisch te klinken mislukte. 'Ze hoorde me niet binnenkomen, want zoals altijd had ik de trap genomen in plaats van de lift. Ik heb wel twintig of dertig seconden naar haar staan kijken voordat ze zich realiseerde dat ik er was.'

'Ze?' Maar terwijl Chloe de vraag stelde, wist ze het antwoord al.

Poppy's ogen schoten vuur. 'Serena. Ze zat mijn dossiers te bekijken – ik had niet uitgelogd, want ik zou nog terugkomen en ik dacht dat er verder niemand was.'

'O mijn god.' Chloe had het gevoel dat ze een harde stomp in haar ribben had gekregen. 'Serena was de mol.'

Poppy ving haar woorden op. 'De mol? Dus je wist ervan?'

Chloe keek haar in de ogen. Er was nu geen ontkomen meer aan. 'Alexander dacht dat jíj de mol was,' fluisterde ze. Ze zag hoe Poppy's ogen zich langzaam met tranen vulden toen tot haar doordrong wat dat wilde zeggen. Alexander dacht dat zij hem had verraden, dus had hij zijn maatregelen genomen. Hij zat achter het ongeluk. Hij had geprobeerd haar voorgoed het zwijgen op te leggen.

Poppy keek naar het raam. Ze kon de tranen niet tegenhouden en haar ogen glinsterden in het late zonlicht nu ze begon te begrijpen hoe het zat. 'Tja, het is wel logisch dat hij dat dacht,' fluisterde ze. 'Wat moest hij anders denken?'

Alsof dat het rechtvaardigde? Het minder erg maakte? Chloe pakte Poppy's goede hand stevig vast. 'Poppy, luister, niets van dit alles is jouw schuld.'

Maar Poppy staarde naar de stad die de afgelopen weken gewoon verder had geleefd. Het schuldgevoel drukte zo te zien zwaar op haar. 'Jawel. Het is allemaal mijn schuld.' Haar stem was amper meer dan een fluistering. 'Ik was onzorgvuldig. Ik had moeten uitloggen. Alexander rekende op mijn discretie; hij had me zijn privégegevens toevertrouwd en ik heb hem teleurgesteld. Door mijn slordigheid kon Serena Lorenzo de informatie geven die hij nodig had, en nu is Alexander alles kwijt.'

Chloe boog haar hoofd. Ze wist niet wat ze moest zeggen, hoe ze Poppy al dat zelfverwijt uit het hoofd kon praten. 'Wat is er tussen jou en Serena gebeurd? Heb je haar erop aangesproken?' vroeg ze uiteindelijk.

'Op áángesproken?' snoof Poppy verontwaardigd, met gesmoorde stem. 'Ik heb haar zowat aan haar haren het kantoor uit gesleurd. Het zal wel op de bewakingscamera staan, je zou het eens moeten zien. Ik heb tegen haar gezegd dat ze niet hoefde terug te komen, dat ik Jack alles zou vertellen en dat ze haar baan dus wel gedag kon zeggen.'

Maar natuurlijk was het zo niet gegaan. Jack was op dat moment in Palm Beach en maandag was het al te laat geweest. De volgende dag had Alexander – die de verkeerde lifestylemanager verdacht – wraak genomen. Chloe herinnerde zich Serena's geveinsde bezorgdheid op maandag, zoals ze op haar strepen was gaan staan, haar probeerde te intimideren, erachter probeerde te komen wat zij wist. Ze werd misselijk van de gedachte dat het toen allemaal al gaande was, dat Serena haar sporen wilde uitwissen en Poppy's andere cliënten ook nog eens te woord stond toen Chloe weg was…

O god. Haar maag kromp ineen toen ze zich nog iets anders realiseerde: Serena met het klembord de dag dat Chloe terug was gekomen uit Griekenland en dat ze haar vraagtekens had bij de factuur voor de bloemen. Chloe had haar snel op haar plaats gezet door te zeggen dat ze die bestelling zelf had gedaan, en dat ze het een romantisch gebaar van Alexander vond, aangezien zijn echtgenote in haar eentje op het jacht verbleef.

Chloe keek haar vriendin aan. Als Poppy al schuldig was, was zij het ook. Ze waren allebei laks geweest én hadden beiden risico gelopen. 'Poppy,' zei ze vriendelijk. 'Je hoeft jezelf niets te verwijten. Je hebt altijd in zijn belang gehandeld. De man is een crimineel. Een monster. Hij heeft geprobeerd je te laten vermoorden.'

Maar Poppy keek haar alleen maar met een lege blik aan. 'En kun je hem dat kwalijk nemen?'

Tom zat op de brandtrap voor de slaapkamer toen ze terugkwam, met een dekentje over de ijzeren treden en een fles Bollinger in een oude rode emmer van de brandweer, die anders altijd in het trappenhuis hing en die hij met ijs had gevuld.

'Hoi.' Zijn ogen lichtten op toen hij haar zag. 'Je bent er weer! Mijn hemel, ik wilde al speurhonden achter je aan sturen. Waar bleef je?'

Ze zuchtte en liet haar tas op de grond vallen. Niet nu, dacht ze. Ze kon dit nu even niet hebben. Het laatste waar ze behoefte aan had was een afgezaagde verleiding op de trap met een glaasje champagne bij zonsondergang. Zijn onophoudelijke hofmakerij begon haar op de zenuwen te werken. Dat hij haar niet één keer maar twee keer kwijt was geraakt, leek hem bijna onzeker te hebben gemaakt. Hij wilde haar steeds weer laten zien – en zichzelf misschien ook – dat het nu goed zat tussen hen, dat alle aardverschuivingen en hartzeer de moeite waard waren geweest. 'Ik ben bij Poppy op bezoek geweest,' mompelde ze. 'Ze hebben de draad waarmee haar kaak was dichtgemaakt weggehaald.'

'O! Dat is goed nieuws. Hoe gaat het met haar?'

'Ja...' zei ze aarzelend. 'Veel beter.' Dat was waar, althans lichamelijk.

'Ik moet ook nodig bij haar langsgaan. Ik schaam me dat ik nog niet geweest ben.'

Chloe gaf geen antwoord, ze had er de energie niet voor. Ze deed haar schoenen uit en liep op blote voeten door de slaapkamer. Hij keek naar haar door het open raam terwijl ze haar nette werkkleding uit begon te trekken. De vermoeidheid was van elke beweging af te lezen.

Hij fronste toen hij zag hoe neerslachtig ze was. 'Ze zal wel dolgraag naar huis willen.'

'Ja.' Ze trok een grijze korte broek en een T-shirt aan.

'God, wat zal ze zich vervelen, zoals ze daar al weken dag en nacht ligt. Kun je je dat voorstellen?'

'Liever niet.'

'Heb je enig idee wanneer ze uit het ziekenhuis wordt ontslagen?'

'Nee. Dat heb ik niet gevraagd.'

Hij lachte. 'Waar hebben jullie het dan over gehad?'

Ze wierp hem een blik toe. Alsof hem dat wat interesseerde.

'Meidenpraat?'

'Hm.' Ze liep naar het bed en klom er niet overheen naar het raam om zich bij hem te voegen. In plaats daarvan plofte ze erop neer.

'Hé, wat doe je nu?' vroeg hij toen ze zich achterover liet vallen en naar het plafond staarde. Ze kon wel huilen.

'Ik ben gewoon moe,' mompelde ze. Was ze nu maar alleen.

'Nou, jammer dan. Jij en ik hebben wat te vieren. Kom eens hier.' Langzaam draaide ze haar hoofd om. Hij knipoogde naar haar en trok de goudkleurige folie van de fles.

'Wat vieren we dan?' Ze vroeg het met tegenzin en besefte dat het haar niet kon schelen.

'Kom nou maar, dan vertel ik het je.' Hij trok zijn wenkbrauwen een paar keer veelbetekenend op.

Ze keek hem aan, eigenlijk voor het eerst echt sinds ze was thuisgekomen. Ze zag dat hij net zo bruiste als de champagne. Kennelijk was er iets groots gebeurd. Met een zucht krabbelde ze over het bed en klom nogal onelegant uit het raam. Hij stak een hand uit en trok haar naar buiten.

De kurk vloog met een plopgeluid van de fles en viel via de trappen helemaal naar beneden. Hij schonk twee glazen vol en reikte er haar een aan terwijl ze hem verwachtingsvol aankeek. Hij hief zijn glas en zei: 'Op Invicta – en de nieuwe eigenaren.'

Haar mond viel open. 'Wat?'

'We hebben het bedrijf verkocht.'

'Wat?' vroeg ze nog eens. 'Sinds wanneer…'

De grijns besloeg zijn hele gezicht. 'De overeenkomst is vandaag ondertekend.' Hij begon nog meer te stralen toen hij haar ongeloof zag. 'Ga je me niet vragen hoeveel we ervoor gekregen hebben?'

Ze fronste. 'Oké, hoeveel?'

'Vierendertig miljoen. Zeventien voor ieder,' voegde hij eraan toe, voor het geval ze dat zelf niet kon uitrekenen.

'Mijn god, Tom!' fluisterde ze. 'Ik… Dit is ongelooflijk. Ik wist niet eens dat jullie wílden verkopen.'

Hij boog zich naar haar toe en gaf haar een kus. Hij gloeide van opwinding, alsof hij elektrisch geladen was. 'Ik mocht niets zeggen. Het was allemaal heel geheim, dat kon niet anders. We konden het niemand vertellen.'

'Zelfs mij niet?' Zij was toch niet zomaar iemand? Hoe kon hij zoiets groots voor haar hebben verzwegen? Vertrouwde hij haar niet? Deed haar mening er niet toe? Afgezien van hun persoonlijke relatie werkte zij van iedereen het langst voor Jack en Tom, al bijna vanaf het begin.

'Geloof me, dat wilde ik wel, maar je had al zoveel aan je hoofd, Chlo, en ik weet hoe erg je Kate mist en hoeveel zorgen je om Poppy hebt gehad. Ik wilde er niet nog meer stress aan toevoegen.' Hij schudde zijn hoofd. 'En het is echt een nachtmerrie geweest – het ene moment ging het door en het volgende weer niet. En het was niet gemakkelijk om Jack te overtuigen. Hij wilde in elk geval wachten tot ons tienjarenplan was uitgevoerd – maar dit bod was gewoon te goed. Zelfs hij snapte dat het een unieke kans was.' Ze dacht aan wat Xan had gezegd over hun ruzies en discussies, het chagrijn en de stiltes. Ging dat hierover?

Hij haalde diep adem en zijn ogen fonkelden van plezier. Hij was bijna dronken van het succes en hij gulpte de champagne ook nog eens als water naar binnen. 'Toe. Neem een slok. Vanavond gaan we ons bezatten.' Hij schonk zichzelf nog een glas in en schonk haar bij. De bubbels bruisten over de rand en maakten haar vingers plakkerig. 'Moet je nagaan, de wereld ligt voor ons open, Chlo. We kunnen een nieuw huis kopen. Een prachtig en groot huis!' zei hij lachend. 'We kunnen op wereldreis gaan. Wat je maar wilt.' Hij pakte een hand en plantte er een enthousiaste kus op. 'We hebben het gemaakt. We zitten gebeiteld. We kunnen onze dromen laten uitkomen, alles kopen wat we willen.'

Ze keek hem verbijsterd aan. Het succes steeg hem naar het hoofd. 'Ik weet niet wat ik moet zeggen. Ik ben er beduusd van,' zei ze naar waarheid.

'Er zijn natuurlijk wel wat voorwaarden – we kunnen nog niet met de noorderzon vertrekken; Jack en ik moeten drie jaar aanblijven om de boel te managen, en twintig procent van de prijs zal in aandelen van de moedermaatschappij worden uitgekeerd.'

'En welke maatschappij is dat dan?'

'Een luxueuze hotelketen. Naast hun corebusiness willen ze hun aanbod verbreden met Invicta om hun gasten meer te bieden te hebben.'

'Je bedoelt dat Invicta een inhouseonderneming wordt? Je geeft alle contacten en relaties met andere hotels wereldwijd op om je aan slechts één keten te verbinden?' De kritiek was luid en duidelijk hoorbaar in haar stem. Hoe kon hij dit hebben gedaan? Het opbouwen van al die partnerschappen was háár werk. Met één keten in zee gaan zou de opties voor hun leden enorm beperken. Hoeveel van hen zouden altijd bij slechts één keten willen logeren, eten of drinken? Afwisseling en keuze, daar betaalden hun leden voor.

'Nou, het heeft prima gewerkt voor de Soho House Group.'

'Maar jullie zijn Soho House niet! Jullie hebben een totaal ander businessmodel.'

'Ja, dat weet ik ook wel,' snauwde Tom, die duidelijk geen prijs stelde op haar kritische inbreng. 'Maar als we onder de vlag van dit moederconcern opereren, kunnen we nog steeds een wereldwijde conciërge- en lifestyleservice zijn, maar ons fysiek presenteren – nu zijn we vooral een stem aan de telefoon of een naam in een e-mail. Het is een perfecte synergie. Onze leden krijgen hoge korting als ze in hotels binnen de keten verblijven, een uitstekende prikkel dus, en hún gasten krijgen – nadat ze hebben geproefd van onze services – een korting op het lidmaatschap als ze bij ons willen tekenen. Een win-winsituatie.'

Chloe staarde hem aan. Hij begreep het gewoon niet. Afgezien van haar zorgen over de beperkingen die dit met zich meebracht, was zij hun corporate partnerships director, of was hij dat even vergeten? Haar mening op dit vlak was waardevol – cruciaal zelfs – en toch had hij haar erbuiten gelaten. 'En om welke keten gaat het dan? Welke hotels?'

Tom nam en grote slok champagne en gooide zijn hoofd achterover in het amberkleurige zonlicht. Hij smakte verheugd met zijn lippen. 'Het Ritz in Barcelona, het Palazzo Parigi in Rome, het Royal Post in Lissabon...'

Chloe fronste en voelde het bloed in haar oren gonzen. 'Maar... Maar dat zijn Alexanders hotels.'

Tom keek haar even aan en wendde zich weer af. 'Nu niet meer.'

Ze staarde hem aan en voelde dat de wereld harder begon te draaien. 'Gelardi.'

'Ja, de raad van bestuur heeft het overnamebod vanmiddag geaccepteerd. Subocheva ligt eruit, Gelardi is de nieuwe eigenaar. Waarom drink je niet,' berispte hij haar terwijl hij haar glas onnodig tot de rand toe vulde. Hij schonk zichzelf ook weer in. Was het opwinding? Of waren het zenuwen? Hij kon haar niet aankijken, merkte ze.

'Tom...' zei ze zacht en ze probeerde oogcontact te zoeken. Ze had een groeiende knoop in haar maag. 'Wat is er aan de hand?'

Hij wierp haar een vluchtige blik toe en keek weer weg. 'Hm?'

'Wat heb je gedaan?'

Hij fronste en haalde zijn schouders op. 'Ik begrijp niet wat je bedoelt.'

Maar zíj begreep het wel. Haar wereld was weer langzamer gaan draaien. Gelardi had nu een succesvol bod gedaan, een bod dat alleen mogelijk was door de vertrouwelijke informatie die Serena had doorgespeeld. Poppy had ervoor moeten boeten; ze was bijna dood geweest. En nu, op de dag dat Gelardi zijn oude rivaal eindelijk had verslagen, had hij het bedrijf gekocht dat hem zijn informatie had verschaft?

Het was geen toeval. En het was geen zakendoen, maar omkoperij. Ze keek naar Tom en kreeg het plotseling koud in de ondergaande zon.

'Jij was erbij betrokken,' fluisterde ze, en ze sloeg hem gade. Ze begon het steeds beter te begrijpen.

'Waarbij?'

Maar ze liet zich niet om de tuin leiden door zijn huichelachtigheid, en Tom zweeg toen hij aan haar gezicht zag dat het besef bij haar begon in te dalen. De stilte die tussen hen losbrak was luid als een donderklap en zo alarmerend. 'Luister nou, ik kan het uitleggen.' Hij stak zijn hand naar haar uit, maar zij weerde hem af. Ze wilde niet door hem worden aangeraakt.

'Jij speelde onder één hoedje met Lorenzo. Deze koop heb je alleen te danken aan het feit dat je hem het materiaal hebt geleverd dat hij nodig had om Subocheva kapot te maken. En Serena...' De woorden bleven even steken toen het tot haar doordrong. 'O god. Ze bracht verslag uit bij jou.' Het bloed trok weg uit haar gezicht en ze keek naar hem alsof ze hem nu voor het eerst echt zág. 'Je ging niet vreemd met haar, dat was niet de reden waarom ze die avond in jouw hotelkamer was.' Ze dacht eraan terug en herinnerde zich hoe stil hij was geworden toen ze hem vertelde dat ze wist dat Serena in zijn hotelkamer was geweest. 'Je liet mij geloven dat je het bed met haar had gedeeld omdat dat minder erg was dan toegeven wat jullie daar wérkelijk samen deden.'

Ze stond op en wendde zich af. Ze werd misselijk nu ze er weer aan dacht. Hij had zich niet verontschuldigd of verdedigd toen ze hem ermee had geconfronteerd. Ontrouw, had hij geredeneerd, kon uiteindelijk worden vergeven. Tenslotte had zij zich ook laten verleiden, toch? Hij had geprobeerd haar ervan te overtuigen dat ze allebei dezelfde misstap hadden begaan.

Aan welke vergrijpen had hij zich nog meer schuldig gemaakt? O hemel. Ze verstijfde. Wat had hij nog meer gedaan om te voorkomen dat de waarheid boven tafel kwam? 'Heeft Serena je verteld dat Poppy haar op de spionage had betrapt?' fluisterde ze.

Geen reactie.

'En heb je het Lorenzo vervolgens verteld?' Er stokte een snik in haar keel terwijl de woorden haar mond verlieten. 'Poppy werd de volgende dag door die auto geschept, Tom! Je wíst het, hè? Het was Alexander niet, maar Gelardi! En jij wist ervan en je deed niks!' Ze spuugde de woorden uit, ze kon haar afschuw niet langer verbergen.

Hij schudde paniekerig zijn hoofd. 'Nee. Ik wist het niet zeker.'

'Lieg niet tegen me!'

'Ik lieg niet!' riep hij uit. 'Ik wist niet dat het geen ongeluk was. Eerst niet althans.'

'Wat een bullshit! Denk je dat ik geloof dat jij de timing niet verdacht vond toen Poppy slechts een aantal uren nadat jullie zwendel was ontdekt werd aangereden?'

Toms gezicht betrok als een vel papier dat in een vuist werd verfrommeld. 'Oké, ja. Luister, ik geef toe dat ik mijn vermoedens had. Maar ik zweer je, ik had voor die tijd geen idéé dat hij dat zou doen, Chlo, je moet me geloven. Toen ik hem waarschuwde dat Serena betrapt was, deed ik dat om hem over te halen om zich terug te trekken, om af te zien van dat overnamebod. De timing was verkeerd, het was te riskant. Ik had nooit gedacht... echt geen moment, dat hij tot zoiets in staat was. Ik zweer het je.' Hij schokschouderde van het snikken. 'Ik ben dol op Poppy. Het was nooit mijn bedoeling dat haar iets zou overkomen.'

'Maar dat is wel gebeurd! Door jou!'

'Dat weet ik! En daar moet ik mee leven. Maar ik ben geen slecht mens, Chlo. Dat weet je. Ik ben niet als zij. Ik probeerde onze toekomst alleen maar zeker te stellen.'

Onze?

'Nee!' Ze hield haar vinger voor zijn gezicht en keek hem met woeste ogen aan. 'Betrek míj hier niet bij. Dit gaat niet over mij. Het is niet in mijn naam gedaan!'

'Oké, nee.' Hij stak zijn handen op. 'Je hebt gelijk. Het spijt me. Ik wilde niet suggereren…' Hij zakte in elkaar en keek haar met rode ogen aan. 'Maar alles wat ik sindsdien heb gedaan, was voor jouw veiligheid, echt waar. Toen Jack me vertelde dat jij Poppy's taken zou waarnemen, schrok ik me dood – want het had óók Alexander kunnen zijn. Ik wist niet zeker wie van hen achter het ongeluk zat. Ze zijn er allebei toe in staat, het zijn gewetenloze schurken, allebei. Als Alexander had ontdekt dat er informatie uit Poppy's dossiers lekte, zou hij op deze manier wraak kunnen hebben genomen. We weten allebei wat voor type man hij is. Je hebt het zelf gezegd in dat hotel daar – hij had het min of meer toegegeven!'

Dat was waar. Dat had ze inderdaad gezegd. En hij hád het toegegeven. Maar was dat wel zo? Ze dacht terug aan die angstaanjagende confrontatie op het jacht. *Ik dacht dat het lek was gerepareerd.* Die woorden had ze opgevat als een bekentenis van schuld aan wat er met Poppy was gebeurd, maar hij was iemand die naar eigen zeggen mogelijkheden zag waar anderen problemen zagen. Alexander had misschien geloofd dat Poppy de mol was, maar stel dat hij haar ongeluk had beschouwd als een toevalligheid waarmee een lek was gerepareerd? Hij dacht op dat moment dat ze amper nog leefde. Dat wilde zeggen dat ze zijn geheimen niet meer kon doorgeven. Het was een tragedie geweest, natuurlijk, maar voor hem ook de oplossing van een probleem. Dat betekende nog niet dat hij er ook schuldig aan was.

'Daarom ben ik je achterna gereisd, daarom was ik in Frankrijk, snap je? Ik wist waar hij toe in staat zou zijn als hij zou horen van dat overnamebod, als hij vermoedde dat er weer gelekt was. Ik was bang dat hij je iets zou aandoen.'

Ze keek hem vol ongeloof aan. Probeerde hij nou echt de held uit te hangen? Haar koene ridder? 'Je bent me niet achterna gereisd om mij te beschermen!' riep ze bevend van woede uit. 'Nee, Tom! Je probeerde erachter te komen of je geheim nog wel veilig was en of Alexander al dan niet wist dat je hem had verraden!'

'Nee.' Hij schudde heftig zijn hoofd. 'Het ging me om jou. Ik probeerde je te beschermen.'

'Jij?' hoonde ze. 'Je dacht dat jíj me kon beschermen? Jíj bent de reden waarom dit allemaal is gebeurd! Jouw hebzucht heeft hiertoe geleid! Hoe had jij me kunnen beschermen, Tom, terwijl jij degene bent die Poppy en mij voor de leeuwen had gegooid!'

'Ik zou nooit hebben toegestaan dat hij jou kwaad deed,' riep hij met een gepijnigde blik.

'En hoe had je dat willen voorkomen? Je hebt me zelf verteld dat er tegen zulke mannen niets te beginnen valt. Ze zijn te machtig. Je hebt zelf gezegd dat je ze niet tot je vijand moet maken tenzij je zeker weet dat je de strijd zult winnen. En dat wist je niet.' Ze beefde en er stroomden hete tranen over haar wangen. 'Hoe kon je? Hoe kon je dit doen? Jíj bent een schurk!' Ze smeet het glas tegen de trap en het versplinterde, zodat het beneden kleine kristallen scherfjes regende.

Hij deinsde terug, leek geen antwoord te durven geven, en ze zwegen allebei minutenlang. Een heel leven – dat nog niet was geleefd – eindigde hier. Zelfs hij zag dat in. 'Of je me nu gelooft of niet, ik hou van je,' zei hij zacht. 'Ik heb je niet met Serena bedrogen, ik...'

'Fuck Serena!' gilde ze. 'Ze interesseert me niet en het kan me niet schelen wat jullie wel of niet hebben gedaan.'

'Het was een puur zakelijke aangelegenheid.'

'Zakelijk. Wauw,' mompelde ze. Ze haalde diep adem en veegde haar tranen weg. 'Jij vindt het misschien een zakelijke aangelegenheid, ik vind het corruptie.' Ze draaide zich om en keek hem met vlammende ogen van afkeer aan, haar mond vertrokken van woede. 'Ik vraag me af wat de politie ervan zal vinden.'

Zijn gezichtsuitdrukking veranderde. 'Luister Chlo, het spijt me dat het zo gegaan is,' zei hij met gedempte stem. Killer en harder nu. 'Maar voor je hier nu mee naar de politie gaat, of naar wie dan ook, moet je je realiseren dat er geen bewijzen zijn. Daar heb ik voor gezorgd.'

Chloe staarde hem een moment aan. Ze kreeg koude rillingen van de man die hier voor haar stond. Hoe kon ze ooit hebben gedacht dat ze van hem hield? 'O, ik begrijp het,' zei ze. 'Je hebt de beelden van de bewakingscamera al gewist op de dag dat je hiernaartoe kwam, hè?'

Hij knipperde alleen maar met zijn ogen, maar daarin lag een triomfantelijke blik.

Ze keek de andere kant op, razend en machteloos. Zonder videobeelden van Poppy die Serena aan haar bureau aansprak, was er geen manier om aan te tonen dat Serena voor Gelardi had gespioneerd, dat de informatie die ze had doorgespeeld hem had geholpen een bod te doen dat zijn oudste vijand van alles zou beroven – mogelijk zelfs zijn echtgenote. Alles was goed doordacht en netjes afgewerkt. Tenslotte vroeg de toevoeging van deze prestigieuze hotels aan Gelardi's imperium om een bijkomende deal waarmee ze een streepje voor hadden op de concurrentie, maar in feite ging het om een betaling voor geleverde diensten.

En ze zouden ermee wegkomen – allemaal: Lorenzo, Serena, Tom.

'Jack? Was hij erbij betrokken?'

'Aanvankelijk niet, nee.'

Ze dacht aan Xan die haar vertelde over de ruzie in de lift en Tom die haar net nog vertelde dat Jack het tienjarenplan wilde voltooien. Was de aantrekkingskracht van het grote geld te groot geweest? Ze herinnerde zich ineens wat hij op haar verjaardagsfeestje had gezegd: dat hij het goed wilde maken. Dat had ze vreemd gevonden, maar nu vroeg ze zich af of hij toen al wist dat hij voor dat geld zou gaan? Had hij al besloten om een oogje dicht te knijpen voor de zwendelpraktijken die hen tot hier hadden gebracht? Misschien had hij zichzelf ervan overtuigd dat hij toch niet meer ongedaan kon maken wat er was gebeurd? Dat het niet zozeer ging om een keuze tussen goed en fout, maar eerder tussen winnen of verliezen?

En er waren nogal wat winnaars: Lorenzo. Tom. Jack. Serena zou ongetwijfeld beloond worden. Zelfs Alexander was geen verliezer. Ja, hij was met deze deal verslagen door Gelardi, maar er zouden zich weer nieuwe kansen aandienen, en hij was nu rijker dan ooit. En hoewel de prijs voor zijn verkeerde inschatting was dat zijn echtgenote vermist bleef, vermoedelijk dood was, bleven miljardairs nooit lang weduwnaar.

Nee, Elodie en Poppy waren hier de verliezers. En wat Chloe zelf betreft… Nou, zij was nog goed weggekomen. Wat was een gebroken hart in vergelijking met een gebroken lichaam? Ze huiverde bij de gedachte dat ze steeds zo dicht bij Tom was geweest, dat ze naast de man had geslapen die hier zo'n grote rol in had gespeeld.

'Maak dat je wegkomt,' zei ze met gedempte stem. Ze keek hem met een vernietigende blik aan en ze zag dat hij ineenkromp. Hij was haar kwijt en misschien was dát dan de prijs die hij moest betalen voor zijn overwinning. Misschien hield hij echt zoveel van haar als hij beweerde – alleen was geld net even wat belangrijker.

'Het spijt me, Chlo.' Het kapotte glas knerpte onder zijn voeten terwijl hij over de trap langs haar naar het raam liep. Plotseling, zonder dat ze erover nadacht, schoot haar arm uit en gaf ze hem een harde duw. Hij schreeuwde terwijl hij een lange seconde met zijn armen zwaaide voordat de zwaartekracht vat op hem kreeg en hij viel. De trap schudde toen hij van de vijf treden naar het platform eronder tuimelde, daar waar de trap keerde. Het was geen val waarbij hij ernstig gewond raakte, maar ze wilde er wel een punt mee maken.

'Nee. Je vertrekt via díé weg!' snauwde ze hem toe voordat

ze weer door het slaapkamerraam klom en het hevig trillend achter zich sloot. Deze laatste aanblik, zoals hij daar lag met zijn gebarsten, bloedende lip, moest maar genoeg wraak zijn. Het was in elk geval de enige gerechtigheid die Poppy zou krijgen.

Ze zette een stap achteruit en keek, wachtte af of hij plotseling weer zou verschijnen, nu bebloed, en met zijn vuist tegen het raam zou slaan. Maar er gebeurde niets en na een paar minuten hoorde ze het geluid van wegstervende voetstappen op de trap. Ze klonken onregelmatig. Hinkte hij? Ze mocht het hopen.

Ze staarde naar de rode emmer die nog op de trap stond waarin het ijs nu smolt, de fles Bollinger geopend en halfleeg. Een half uur geleden was dat tableau nog het summum geweest van romantiek, van succes. Nu was het een verlaten symbool van vervlogen dromen. Ze zakte neer op het bed en liet de tranen komen, in de wetenschap dat hij de eerste vlucht naar huis zou nemen. Nu de overeenkomst was gesloten, had hij gedaan waarvoor hij was gekomen. Hij was weg, deze keer voorgoed. Ze zou hem nooit meer zien.

New York bleek toch ver genoeg te zijn.

29

Egeïsche Zee, zes weken later

Er zwommen dolfijnen achter hen aan. Ze maakten sierlijke sprongen, doken weer terug in het water en weefden zich door het kielzog van de boot. Chloe keek hoe ze speelden. Haar wang rustte op haar onderarmen waarmee ze op de reling leunde. Poppy zat achter haar op een van de klapstoelen op het dek, waar ze op hun bagage lette en genoot van de nog steeds hoge temperatuur. Na een hoop tijd binnen te hebben doorgebracht was ze nog steeds zwak. De spieren in haar been hadden veel aan kracht verloren en ze kon maar kleine stukjes lopen voordat ze weer even moest gaan zitten – of een 'martinipauze' moest nemen, zoals zij het noemde – maar ze herstelde sneller dan verwacht. Ze waren zelfs een avondje gaan stappen.

Ze hadden een goede keuze gemaakt met deze reisbestemming, ondanks de twijfelaars. Haar ouders hadden Poppy graag thuis willen hebben, terug op de velden van hun landgoed in Shropshire om niets uitdagenders (of gevaarlijkers) te doen dan kijken naar de grazende schapen. De artsen hadden liever gehad dat ze nog een maandje in haar appartement was gebleven en met een fysiotherapeut verder aan haar herstel had gewerkt voordat ze op vakantie zou gaan. Maar ze had alleen maar de zon op haar gezicht en de wind in haar haren willen voelen. Ze wilde weg uit Manhattan en ver bij de herinneringen aan dat afschuwelijke ongeluk vandaan zijn. Ze was net als Chloe gestopt bij Invicta, waardoor hun werkvisum ongeldig was geworden, en nu waren ze vrij om te gaan en staan waar ze wilden. En Poppy wilde nazomeren op een plek waar de zee blauwer was dan de hemel en warmer dan hun drankjes. Het was haar manier om de lange tijd die ze binnen in het licht van tl-buizen en met allerlei apparatuur om zich heen had doorgebracht af te sluiten.

Hun dolfijnenescorte bleef achter en zwom weg. Het eiland kwam steeds dichterbij, de rotsige kliffen die outsiders tegenhielden. Ze zag mensen zonnebaden op de rotsen en er deinden wat boten op het water.

Met een zucht rechtte Chloe haar rug. Ze liep terug naar het dek, waar Poppy, haar ogen verborgen achter haar zonnebril, leek te slapen met haar mond een stukje open en haar hoofd schuin achterover. Het zou nog een paar maanden duren voordat alle medicijnen uit haar systeem zouden zijn verdwenen en ze zich weer helemaal goed zou gaan voelen. Ze had ook haar haar kort laten knippen, een pagekopje waarin de nieuwe haargroei op de voor de operatie geschoren plekken onopvallend opging. De nieuwe look kwam voort uit een trauma, maar met haar scherpe jukbeenderen en superdunne dijen, gekleed in een bikinibovenstukje en shorts, zag ze er in de ogen van de meeste mensen waarschijnlijk uit als een model op vakantie.

'We zijn er bijna. Ben je er klaar voor?' vroeg ze terwijl ze neerstreek op de stoel naast haar.

Poppy kwam omhoog in haar stoel. 'Altijd, babe.'

'Er kwamen zojuist dolfijnen achter de boot aan.'

'Waarom heb je me niet wakker gemaakt?' zei Poppy met een zachte mep. 'Ik ben gék op dolfijnen.'

Chloe kreunde. Natuurlijk. 'Maak je geen zorgen, we zullen ze nog wel een keer zien.'

Er klonk een aankondiging via de speakers en ze krompen ineen – de stem galmde luid maar was tegelijkertijd onverstaanbaar. Ze pakten hun bagage – Chloe het leeuwendeel – en liepen in de richting van de loopplank. Er stond al een rij. Ze keken hoe de boot met kabels werd vastgelegd en wachtten tot het hun beurt was om op de gebleekte keitjes te stappen.

'Je gaat het hier geweldig vinden,' zei Poppy opgetogen. 'Ik heb er altijd al eens naartoe gewild. En ik heb in de loop der jaren de nodige leden deze kant op gestuurd, dus de rode loper wordt voor ons uitgerold.'

'Ook al werken we niet meer voor Invicta?'

'Dat weten zij toch niet,' antwoordde Poppy met een knipoog. 'En ik heb nog steeds wat visitekaartjes. Jij ook?' Chloe knikte. 'Geregeld, dus. Wij zijn vips.' Ze pakte Chloe's hand en stak hem in de lucht als een girlpowergroet. Chloe lachte.

Ze wandelden rustig langs de kade. Poppy drukte haar gezicht tegen het raam van bijna elke boetiek. Ze was net een uitgehongerde vrouw in een delicatessenzaak. Ze wist niet waar ze moest beginnen. Haar kleine, kleurloze cel was verruild voor een levendige wereld van buitenlandse stemmen en aroma's, onbekende gezichten en een warme zon. Elk zintuig kwam weer tot leven. Zo voelde het voor Chloe ook. Maar ze kon zich bijna geen voorstelling maken van hoe haar vriendin het dan wel moest ervaren.

Chloe schrok van een plotselinge hap naar adem en ze keek paniekerig opzij. Ze zag dat Poppy's mond net zo wijd openstond als haar ogen. Ze straalde. Ze keek Chloe met bijna kinderlijke opwinding aan. 'O mijn god,' zei ze verrukt. 'Ik ben dól op ezels!'

Misschien was het de Invicta-connectie waardoor ze dezelfde kamer had gekregen als de vorige keer dat ze hier was. Poppy had een kamer op de begane grond, vanwege haar nog zwakke been. Dit oude hotel was dan wel chic, maar had geen lift.

Ze stond op het balkon en de rok van haar smaragdgroene jurk waaierde uit. Ze droeg hem bij zoveel mogelijk gelegenheden. Elle had gelijk gehad, het was belangrijk om mooie, frivole dingen in haar leven te hebben, niet alles hoefde praktisch te zijn. Haar haar was nog nat na het douchen en ze had nog geen make-up op. Ze keek uit over de terracotta daken en genoot van de bries, die haar hals streelde als de staart van een kat. Er voer een tanker langs de horizon in de richting van Athene en ze zag de eerste vissersboten terugkeren, aangekondigd door de meeuwen die erboven meevlogen.

Ze keek vastbesloten voor zich uit. Maar geleidelijk, onvermijdelijk, gaf ze toe aan de verleiding en keek ze naar rechts – naar het balkon van wat toen Joe's kamer was. De luiken waren gesloten en er stonden alleen maar twee stoelen en een bougainville in een pot. Het zag er nu zo... keurig uit. Anoniem. Maar ze hoefde haar ogen niet eens te sluiten om voor zich te zien hoe hij naar haar balkon sprong, om zich hun identiek gedekte tafels te herinneren, die tegenover elkaar waren neergezet, de kaarsen die brandden, de wijn in de emmer...

Ze wendde zich weer af.

Poppy was in haar kamer om uit te rusten na hun korte maar steile klim eerder naar het nabijgelegen dorpje Kamini. Ze hadden geluncht bij een taveerne aan het strand, waar de stoelen in het zand zonken en ze wijn uit een aardewerken kan hadden gedronken, waarna ze bij een strandwinkel twee felroze luchtbedden hadden gekocht en uren op zee hadden liggen deinen, waarbij ze elkaars hand hadden vastgehouden om te voorkomen dat een van hen zou wegdrijven. Wat lokale jongemannen hadden vlakbij gewatertrappeld en geprobeerd hen over te halen vanavond wat met hen te gaan drinken, maar Poppy en zij waren geen van beiden geïnteresseerd geweest. Ze waren hier ieder op hun eigen manier om te herstellen.

Chloe zag de ironie er wel van in dat ze voor de tweede keer haar toevlucht tot dit eiland zocht. Poppy was teleurgesteld toen ze had toegegeven dat ze hier niet alleen eerder was geweest, maar ook in dit hotel had geslapen.

Ze liep de kamer weer in en ging aan haar kant van het bed liggen. Het katoenen laken met het borduurwerk voelde koel aan tegen haar wang. Het matras was harder dan ze zich herinnerde en ze had eerder het gevoel dat ze op het oppervlak lag dan dat ze erin wegzonk. Een allegorie van haar huidige leven, dacht ze.

Ze gleed met een hand over het laken en keek naar het opgeschudde kussen naast zich. Het bed was duidelijk te groot voor één persoon. Haar ogen vielen dicht en ze vertrok naar dromenland.

'... gaat goed. Alles is nu geregeld...'

Ze draaide haar hoofd om en probeerde hem uit haar droom te verwijderen. Die ogen die haar bekeken terwijl ze sliep.

'... heel comfortabel...'

Zijn handen op de hare om haar het water in te trekken.

'... van de warmte...'

Zijn vingers die haar hand raakten bij het oversteken.

'... nog niet zeker...'

Oplichter.

'... nog een paar weken...'

Mol.

'... zeker weten dat het veilig is...'

Iets veel ergers.

Ze schrok wakker met een bonzend hart en ze schaamde zich toen ze besefte dat ze van hem had gedroomd. Alweer. Zo ging het bijna elke nacht. Hij doolde rond in de paleizen van haar geest en wist haar te vinden, ook al probeerde ze zich te verbergen, hem uit haar systeem te bannen. Ze had het gevoel dat ze zichzelf verraadde. Verward. Hulpeloos.

Ze was verbaasd toen ze zag dat ze op het bed lag. Hoelang had ze geslapen? Haar blik gleed naar het raam. Het was buiten nog licht, de schemering was nog niet ingevallen, maar het felle witte middaglicht werd al wel warmer, goudkleuriger. Veertig minuten? Een uur?

Ze keek op haar telefoon. Poppy had gezegd dat ze zou appen als ze weer wakker was. Maar nee…

'… oké, tot ziens…'

Ze verstijfde en haar hart vergat even te slaan. Dat had ze toch niet gedroomd? De stem klonk gedempt en bekend… Ze staarde naar het balkon en zag er het uiteinde van een schaduw overheen glijden. Toen volgde het geluid van luiken die werden gesloten. Stilte.

Het duurde even voor ze zich kon bewegen. Ze hoorde het geluid van een deur op de gang, voetstappen op de trap…

Ze rende het balkon op en keek naar rechts. Het kon niet zijn wat ze dacht. Dat kon gewoon niet.

Maar op een van de stoelen lag een kaki zwembroek te drogen, met een regenboog erop gestikt.

En ze realiseerde zich dat het wél kon zijn wat ze dacht.

Ze wist dat het waanzin was. Terwijl de watertaxi over het water scheurde, wist ze dat ze dit niet zou moeten doen. Ze wist dat ze hem niet kon vertrouwen, maar de gedachte dat ze hier weer zou vertrekken zonder te weten waarom hij had gedaan wat hij had gedaan, en wie hij echt was… Ze wist niet of ze daarmee kon leven. Na alles wat er met Tom was gebeurd, wilde ze niet meer vluchten. Ze wilde de waarheid voortaan recht in de ogen kijken, hoe lelijk of wreed ook, en dit kon haar laatste kans zijn om erachter te komen. Na alle theorieën over wie en wat hij was, wilde ze nu de feiten. Hij kon niet erger zijn dan Tom, toch?

Ze voelde haar maag samenkrimpen nu ze rond het eiland voeren naar de plek waar de kliffen steil omhoogrezen. Er stonden wat geiten – hun vacht zijdezwart – op de rotsen, en zelfs vanuit de verte zag ze de gammele trap die langs het klif omhoogliep. De kleine steiger oogde half verrot. De bestuurder van de boot zette de motor uit en ze gleden er in stilte naartoe.

'U belt mij?' zei hij ter bevestiging van hun afspraak.

Ze hield zijn visitekaartje omhoog. 'Ja. Dank u wel,' zei ze knikkend, en ze sprong voorzichtig van boord.

Haar slippers klonken luid op de houten treden. De trap leek steiler – en gevaarlijker – dan ze zich herinnerde, en heel even verloor ze alle moed. Wat was ze aan het doen? Iedereen (de politie, zelfs Kate) had haar voor deze man gewaarschuwd, dus waarom ging ze achter hem aan naar een afgelegen huis aan de andere kant van het eiland? Maar voordat ze van gedachten veranderde en terug wilde keren naar de veiligheid, hoorde ze de watertaxi achter zich vertrekken. Hij voer weg van de kust en liet een wit schuimend spoor achter.

Ze deed haar ogen dicht en vermande zich. Er zat nu niets anders meer op. Afgezien van al het andere had ze hier dicht bij het water geen bereik. Ze zou in elk geval de trap helemaal moeten beklimmen.

Haar knokkels werden wit terwijl ze het touw vastgreep, en ze vloekte zachtjes toen er aan weerskanten kleine, lakachtige steentjes van het klif naar beneden vielen. Maar een paar minuten later bereikte ze de top met een expressieve uitbarsting van krachttermen toen ze naar beneden durfde te kijken.

Ze keek naar links, naar rechts en toen weer naar links om te kijken of haar komst onopgemerkt was gebleven. Daarna liep ze aarzelend de olijfgaard in, die bijna leek te schitteren in een spel van schaduw en licht. Haar hand streek over een paar van de eeuwenoude, knoestige stammen. De bomen zaten inmiddels vol sappige groene olijven. Ze bukte om de meest kromgebogen bomen en die met laaghangende takken te vermijden – sommige leken bijna door te zakken, andere hadden korte stammen die zo dik waren dat haar handen elkaar niet konden raken als ze haar armen eromheen zou slaan.

Ze herinnerde zich hoe geladen de sfeer was geweest toen Joe en zij hierlangs terug waren gekomen die laatste avond, hoe ze bijna over de wortels waren gestruikeld en naar het jacht waren teruggekeerd met die onuitgesproken belofte die tussen hen in hing.

Even later stond ze met bonzend hart aan de rand van de gaard en keek ze naar de afbrokkelende stenen muur. Daarachter lagen de tuin en het huis. Zou hij er zijn? Dat moest toch bijna wel? Waarom zou hij een huis kopen en dan in een hotel overnachten? Dat was toch niet logisch, tenzij hij de boel liet verbouwen? Aan de andere kant leek niets wat die man deed logisch te zijn. Alles aan hem was ónlogisch en ongrijpbaar.

Ze keek nog eens rond, rende naar het trapje onderaan de muur en wachtte. Er was geen geluid, niets wat suggereerde dat hij of iemand anders in de buurt was. Weifelend beklom ze de treden en tuurde om de muur heen de tuin in. Haar ogen werden groot van verbazing door wat ze zag.

Het verschil was verbluffend – er waren graszoden gelegd en borders gemaakt met daarin lavendel, rozemarijn, tijm en salie. Er stond nog een tuinvork in de grond, met een schepje ernaast. Er stond een prachtige teakhouten tuinset met banken, stoelen en een lage tafel op het gras. Er lagen lichtblauwe linnen kussens op die de hoekige lijnen verzachtten, en van hieraf zag ze op een van de stoelen de pagina's van een tijdschrift bewegen in de bries.

Op het terras hingen een paar zachte oranje handdoeken te drogen over de rugleuning van stoelen die aan een grote eettafel stonden, met daarop windlichten die op een laag pitje brandden.

Haar ogen richtten zich op het huis en ze luisterde of ze iets hoorde – een televisie die aanstond, muziek die werd gespeeld, stemmen uit een badkamer... Maar het was stil. Er bewoog niets achter het glas, er brandden geen lampen. Dat was trouwens misschien wel de meest opvallende verandering sinds ze hier was geweest – zoals zij had geadviseerd waren er zwart omlijste glazen deuren geplaatst. De stallen waren nu echt een woonkamer geworden.

Ze raapte haar moed bijeen en stapte naar voren – in de wetenschap dat ze vanaf deze kant te zien zou zijn vanuit het huis, en al helemaal in deze jurk. Het bloed gonsde in haar oren en ze verwachtte half dat er een alarm af zou gaan of dat ze plotseling in de schijnwerpers zou staan. Maar ze bleef doorgaan, de ene voet voor de andere, en kwam langzaam dichter bij het huis.

Ze voelde zichzelf net de slechterik uit een komedie toen ze zich tegen het glas drukte en probeerde iets te horen behalve het bonken van haar eigen hart en het gekrijs van de meeuwen boven haar hoofd. Ze tuurde door het keukenraam. Er stond een snijplank op de tafel, met twee citroenen en een mes, alsof ze wachtten tot een Hollandse meester ze kwam schilderen. Ze zag een kookboek – *Petits Plats Entre Amis* van Trish Deseine – openliggen op het houten aanrecht, en een paar dichtgedraaide bruine papieren zakken. Er stonden wat borden, glazen en bestek op het afdruiprek; er kwamen druppels af, wat haar vertelde dat er net was afgewassen. In de hoek stond een wasmand op de vloer, en ze kneep haar ogen samen om de kleren die er half uit hingen te kunnen zien. Ze zag overhemdsmouwen, de tailleband van een boxershort en... Ze verstarde toen ze een roomkleurig behabandje over de rand zag bungelen.

Ze hapte naar lucht bij de aanblik, hoewel ze al wist dat hij iets met een vrouw had. Dat had ze die nacht vroeg in de ochtend aan zijn stem gehoord. Dit was daar simpelweg een bevestiging van – een van de waarheden waar ze naar op zoek was.

Waarom zou ze verbaasd zijn? Waarom deed het zoveel pijn? Ze boog haar hoofd voorover en haar borst voelde gespannen. Wat voor zin had het om hier nog te blijven? Dit was toch genoeg? Waarom zou ze zichzelf kwellen met nog meer bewijzen van het leven dat hij hier leidde? Met zijn vrouw of wat ze ook van hem mocht zijn.

Maar ze kon het niet helpen. Met masochistische ijver sloop ze om het huis heen en plaatste haar handen rond haar gezicht om weer naar binnen te turen, waarbij haar warme adem de ramen besloeg terwijl ze zichzelf martelde met de beelden van een gelukkig huishouden: een plaid die over de bank was gedrapeerd – de bank die zíj had getild en daar had neergezet – met een kussen tegen de zijleuning alsof iemand er een dutje had gedaan, een stapeltje paperbacks op de vloer, een draadloze hoge speaker op de vloer, een grote bruine leren tas onderaan de trap, een...

Ze verstijfde opnieuw en vergat adem te halen toen ze naast het raam iets zag staan. Ze kon het niet goed zien vanaf de plek waar ze stond, dus rende ze de hoek om en keek vanaf daar nog eens naar binnen, maar het was niet op wonderbaarlijke wijze in iets anders veranderd. Het was een houten schommelwieg met gedraaide spijlen. Ze knipperde nog eens met haar ogen en hield een handpalm tegen het glas terwijl ze worstelde met deze onmiskenbare waarheid.

Hij had een baby.

Het was de stomp in haar maag die ze nodig had. Het enige waardoor ze haar verstand hervond en helder kon denken. Ze had deze man geromantiseerd. Ook al had iedereen haar gewaarschuwd, ze had toch steeds weer excuses voor hem bedacht. Een oplichter, of iets veel, veel kwalijkers, was één ding. Ongelooflijk genoeg had ze zichzelf verteld dat hij er misschien wel 'een verklaring' voor had! Maar een echtgenoot en vader?

Ze moest hier weg. Het had geen zin om de kwelling te rekken. Welke redenen hij ook had gehad voor zijn daden, dit waren onweerlegbare feiten waar een verklaring niet meer kon helpen.

Haar telefoon trilde plotseling en ze schrok. Had ze hier bereik? *Hé! Waar ben je? Niet op je kamer.*

Chloe stuurde snel een appje terug. *Sorry. Ben een stukje gaan lopen. Kom nu terug.*

Ze drukte op verzenden, draaide zich om en stuitte op een soort zomers kersttafereel. Slechts enkele meters bij haar vandaan stonden drie gestaltes: een vrouw op een ezel met een man naast haar. En voor hen beiden stond Joe.

Als hij al verrast was, liet hij dat niet zien. 'Hallo, Chloe,' zei hij kalm.

Ze keek naar hem, en heel even dacht ze dat het groepje nog geschokter en banger keek dan zijzelf. Maar dat was natuurlijk belachelijk, zij waren met meer. In haar oren klonk haar eigen adem als een huilende wind. Alles was hol.

'Ik geloof dat je ons alle drie al kent,' zei Joe rustig, die een voorstelrondje leek te doen alsof ze op een feestje waren en hij haar niet zojuist had zien binnendringen op zijn perceel, waar ze door de ramen had staan loeren. Alsof hij niet de man was die tegen haar had gelogen over zijn naam en god wist wat nog meer... 'Je hebt mijn broer Lucas al ontmoet.'

Ze liet haar blik over de donkerharige man glijden, die de teugels van de ezel in zijn hand had. Ze keek naar hem met samengeknepen ogen en een frons in haar voorhoofd. Waarom dacht hij dat zij zijn broer kende? Ze wist niet eens wie híj was... Hoewel... Nu ze hem eens goed bekeek, kwam hij haar op de een of andere manier wel bekend voor...

Iedereen zweeg, alsof ze wachtten tot het kwartje bij haar zou vallen.

Haar plotselinge hap naar adem was het teken dat het besef was ingedaald. 'De dokter,' fluisterde ze. 'Op het jacht.' Ze leken zo op elkaar dat ze daar even had gedacht dat ze Joe had gezien, hoewel ze wist dat dat onmogelijk was...

Lucas knikte, maar zonder een glimlach of vriendelijke blik. Ze zaten alle vier vast in een soort houdgreep terwijl ze wachtten wat de ander zou gaan doen.

‘En natuurlijk…’ Joe gebaarde naar de vrouw op de ezel. Met de laagstaande zon achter zich was ze vooral een silhouet, en toen ze haar handen uitstak naar Lucas om van de ezel geholpen te worden, zag Chloe de bolling van haar buik.

Lucas zette haar voorzichtig op de grond, alsof ze van glas was gemaakt. Chloe dacht aan de grote leren tas onderaan de trap – een dokterstas, klaar voor gebruik, bijvoorbeeld als er een baby gebaard moest worden.

‘Chloe, het is fijn je eindelijk te ontmoeten.’ De vrouw liep naar haar toe, nog steeds meer schaduw dan licht, maar haar stem, die weliswaar zacht klonk, had een accent en klonk haar bekend in de oren. Waar had Chloe haar stem eerder gehoord? ‘Je hebt zoveel voor me gedaan. Ik ben blij dat ik je persoonlijk kan bedanken.’

‘B… bedanken?’ stamelde Chloe verwonderd. ‘Je bedoelt voor het vinden van het huis?’ Een liefdesnestje voor Joe en haar en hun baby die op komst was?

‘Je hebt mijn leven gered.’

De vrouw stond nu nog maar een meter of twee bij haar vandaan en was langer dan ze daarnet nog leek. Haar mooie gezicht kwam in beeld. Pas toen begreep Chloe het.

‘Elodie.’

30

Ze zaten op de tuinstoelen toen Poppy bovenaan het trapje tussen de tuinmuren verscheen, buiten adem en met een wilde blik in haar ogen. 'O, gódzijdank zeg! Ik dacht dat de bestuurder van die boot me voor de gek hield!' zei ze hijgend, en ze leunde opzij toen ze Chloe met de anderen zag zitten. 'Die róttrap!' wist ze uit te brengen, met een hand over haar bonzende hart.

Iedereen glimlachte om haar dramatische entree. De vlam van het windlicht begon lange schaduwen te werpen nu de zon onder de horizon zakte.

'Het is een beetje lastig te vinden,' zei Chloe, die opsprong en naar haar toe holde. 'Hoewel dat dus ook de bedoeling is.' Poppy ging weer rechtop staan en Chloe omhelsde haar opgelucht. 'Ik ben blij dat je er bent.'

'Is alles oké?' vroeg Poppy zacht en met een bezorgde blik in haar ogen.

Chloe maakte zich weer los en knikte met een brede glimlach. 'Kom, dan stel ik je voor,' zei ze terwijl ze langzaam arm in arm over het gras liepen. Poppy was nog zwak, misschien had ze haar op een ezel moeten laten komen, maar dan had het drie keer zo lang geduurd, en die bestuurder stond nog op stand-by in de haven... Ze had niet langer kunnen en willen wachten dan nodig was. 'Heb je goed geslapen?'

'Ja. Maar wat is er aan de hand? Wat doen we hier?'

'Nou, er is nogal wat gebeurd terwijl jij rustte,' zei Chloe toen ze bij de anderen aankwamen. 'Pops, dit is Lucas Inkham, orthopeed extraordinaire.'

'Dan kun je je hart aan mij ophalen,' grapte Poppy, en ze stak haar hand uit. 'Ik ben tegenwoordig meer metaal dan botten.'

Chloe gebaarde naar de vrouw naast hem. 'En dit is Elodie...'

In een flits verdween Poppy's glimlach en haar mond viel open toen ze de beeldschone vrouw aankeek. 'Elodíé?' Ze keek verbijsterd van Elodie naar Chloe om bevestiging te krijgen.

Chloe knikte.

'Elodie Subocheva? Je leeft nog?' fluisterde Poppy. Ze sloeg vol ongeloof een hand voor haar mond en er blonken tranen in haar ogen. Ze zeeg neer op de dichtstbijzijnde tuinbank, haar toch al zwakke benen nu te moe om haar overeind te houden. Chloe ging naast haar zitten en legde een arm om haar heen. Ze wist dat Poppy – hoezeer Chloe er ook tegen in was gegaan – zichzelf nog steeds de schuld gaf voor wat er met Elodie was gebeurd. Zij was de zwakke schakel geweest, de route die Gelardi had gebruikt om zijn duistere ambities waar te maken, en hoewel ze inmiddels had ingezien dat Alexanders gedrag net zo verschrikkelijk was geweest als dat van zijn concurrent, had ze zichzelf niet vergeven voor haar nalatigheid.

'Ja, ik leef nog, en hoe.' Elodie wierp een licht geëmotioneerde blik op haar buik en keek weer op. 'Maar ik heet geen Subocheva meer. Ik gebruik nu de geboortenaam van mijn moeder: Fournier.'

Er viel een stilte waarin Poppy de informatie verwerkte. Ze ging rechtop zitten. 'Ach ja. Klinkt veel beter,' zei Poppy met wijdopen ogen.

'En het is veiliger,' zei Lucas rustig, met zijn hand op Elodies bovenbeen.

Poppy's ogen keken van de een naar de ander en haar glimlach werd breder. 'O, wat geweldig,' fluisterde ze, waarop Elodie in de lach schoot. Het was een aarzelend geluid, alsof ze het zelden maakte, dacht Chloe bij zichzelf.

'En last but not least, dit is Joe.' De naam voelde gruizig aan in haar mond terwijl ze hem uitsprak.

'Joe...' Poppy dacht even na. 'Als in "Geen Joe"?'

Chloe grijnsde. 'Ja, die.'

Poppy stak haar hand en boog zich naar voren over de lage tafel. 'Nou, aangenaam kennis te maken, geen Joe.' Maar toen hij haar hand wilde schudden keek ze snel even naar Chloe. 'Het ís toch aangenaam, hè?' fluisterde ze luid.

Chloe lachte. 'Ja!'

'In dat geval: fijn je te ontmoeten.'

Joe, wiens ogen glinsterden van geamuseerdheid, grijnsde en Chloe zag dat hij haar vriendin nu al mocht. Maar elke keer dat hij naar háár keek, liet zijn oogopslag haar bloed sneller stromen en voelde het alsof ze viel. Ze moesten nog onder vier ogen praten. Het was allemaal zo... overweldigend geweest sinds ze hem hier had aangetroffen met zijn broer en Elodie. Ze had nog net de tegenwoordigheid van geest gehad om de bestuurder van de watertaxi te bellen en hem te vragen om Poppy hiernaartoe te brengen. Er was nog heel veel te bespreken, maar ze wist niet goed waar ze zouden moeten beginnen – of wanneer.

Ze gingen weer achteroverzitten en een moment lang sloegen de beide partijen elkaar gade in het schemerlicht. Er hing een warm welkom in de lucht, maar er was ook schroom. Chloe had het gevoel dat deze Britse invasie de kleine groep in onbekende wateren had gebracht. De drie werden gedwongen van hun routekaart af te wijken.

'Nou, wat een onverwacht genoegen,' zei Poppy luchtig. 'Dit is dus het land der vermiste personen?'

Iedereen moest weer lachen, waardoor ze zich weer meer op hun gemak voelden.

Chloe keek naar Joe en nam een besluit. Ze kon eigenlijk geen minuut langer meer wachten. Zijn aanwezigheid vulde haar hoofd, haar hart, haar hele lijf. Haar bloed had nog nooit zo snel door haar aderen gestroomd. Ze wilde alleen maar naar hem kijken, maar durfde het tegelijkertijd amper. 'Mag ik vragen hoe je in werkelijkheid heet?' vroeg ze, en ze bloosde toen zijn ogen zich met die typerende intense blik op haar richtten. 'Ik weet dat Joe Lincoln niet je echte naam is.'

Hij keek haar aan – beheerst en kalm als altijd. 'Ik heet Joel.'

Ze knipperde met haar ogen. Zijn broer heette Lucas Inkham. 'Joel? Joel Inkham dus?'

'Joe Lincoln. Joel...' Naast haar barstte Poppy in lachen uit om de fonetische herhaling. Ze leunde achterover tegen de kussens. 'O, wat heerlijk!'

Maar Joe, die weliswaar eveneens glimlachte, hield zijn blik op Chloe gericht. 'Als je leugens moet vertellen, moet je ze zo dicht mogelijk bij de waarheid houden.'

'Op de middelbare school was zijn bijnaam Dual Income, mochten jullie het willen weten,' zei Lucas grinnikend. 'Hij verdiende namelijk wat bij met de verkoop van het bier van onze vader vanuit de kofferbak.'

Poppy proestte het uit. 'O mijn god! Briljant,' riep ze. 'Dat is het leukste wat ik in maanden heb gehoord!'

Joel. Chloe herinnerde zich dat Ariane van Chimichanga op de streetfoodmarkt hem zo had genoemd, maar ze had verondersteld dat dat een verspreking was. Chloe probeerde de naam uit, liet hem door haar mond en haar gedachten rollen. Ze kon haar ogen niet van hem afhouden – andersom gold hetzelfde.

Hij boog zich voorover en schonk Poppy een glas wijn in. Ze had een prikkertje gepakt en nam op haar gemak nog een olijf van het schaaltje dat op de tafel stond.

'Dank je, Joe met een l erachter,' zei Poppy. Ze nam het glas van hem aan en leunde achterover met een ondeugende blik in haar ogen. Ze keek weer naar Elodie. 'Goh... ik kan nog steeds niet geloven dat jij hier bent.'

'Dit was de enige ontsnappingsmogelijkheid.' Elodie streek beschermend over haar bolle buik. 'Toen ik erachter kwam dat dit kleintje op komst was, wist ik dat ik weg moest. Niet alleen voor mezelf, maar ook voor haar.'

'Je krijgt dus een meisje?'

Elodie knikte.

'O, wat leuk, een dóchtertje,' verzuchtte Poppy. Ze klapte in haar handen en bracht ze naar haar wangen. Chloe kreunde. Het leek wel alsof ze naast een puppy zat.

'Ja hè. Ze heeft me al veel kracht gegeven.' Elodies stem klonk zacht maar fel. 'Jarenlang ging ik ervan uit dat het te gevaarlijk was om mijn echtgenoot te verlaten. Hij is een heerszuchtige man, heel obsessief. Ik was bang dat het onmogelijk zou zijn, dat hij liever had dat ik dood was dan dat ik hem zou verlaten...' Ze slikte en keek naar de grond. Haar armen lagen om haar buik. 'Maar toen ik eenmaal wist dat ik een baby zou krijgen, moest ik een manier zien te vinden. Ik moest weg zien te komen voordat het zichtbaar zou worden, want als hij het door had gehad, zouden we echt in de val zitten. Hij zou ons nooit laten vertrekken.'

Poppy's gezichtsuitdrukking was veranderd. 'Heeft hij je mishandeld?'

Elodie ontmoette haar blik en knikte.

Chloe onderdrukte een huivering. Alexander was een grote man in alle opzichten – qua ego en macht, maar ook fysiek. Het was niet eens overdreven om te zeggen dat Elodie waarschijnlijk niet veel meer woog dan zijn been. Te bedenken dat hij haar had geslagen, met die woeste ogen... Ze herinnerde zich haar eigen angst die avond op het jacht toen hij vlak voor haar stond en haar lot in handen had. Het was zo fysiek geweest dat ze het had kunnen proeven – een metalige smaak in haar mond.

'Het spijt me heel erg,' zei Poppy bedrukt.

'Hoe bedoel je?'

'Nou ja... Ik heb hem geholpen,' zei ze schouderophalend. 'Ik vond het een geweldige vent die door de pers volkomen verkeerd werd bejegend en door zijn vijanden een etiket opgeplakt kreeg. Ik had vaak medelijden met hem, eerlijk gezegd. Ik deed mijn uiterste best om het hem naar de zin te maken. Ik had geen idee...'

'Natuurlijk niet, dat is heel begrijpelijk. Hij is charismatisch. Hij heeft mij ook lang voor de gek gehouden. Waarom denk je dat ik met hem ben getrouwd?' Ze had haar vingers ineengevlochten en haar knokkels kleurden wit. 'Ik had al... toxische relaties gehad voordat ik hem leerde kennen. In het wereldje waarin ik leefde waren vrouwen als ik bijna wegwerpartikelen, en ik had geen gevoel van eigenwaarde. Maar hij was anders dan de rest. Eerst waren we alleen maar bevriend. Hij vloog vaak naar de steden waar ik op dat moment aan het werk was, en dan praatten en aten we samen. Het was allemaal heel onschuldig en romantisch. Niemand had me ooit als een mens behandeld.'

'En wanneer veranderde dat dan?'

'Toen we ongeveer vijf maanden getrouwd waren. Hij stoorde zich aan de blikken van een man met wie ik op een feest had staan praten. Hij was er zeker van dat we iets met elkaar hadden.' Ze perste haar lippen op elkaar. 'Hij gooide me die avond van de trap.'

Poppy en Chloe hapten naar adem. 'O mijn god,' zeiden ze tegelijkertijd.

Lucas pakte haar hand en gaf er een kneepje in. 'Zo hebben wij elkaar ontmoet. Ik kende Alexander uit Chicago. Toen ik daar als arts in opleiding aan het Weiss Memorial Hospital werkzaam was, had ik hem geopereerd toen hij zijn enkel had gebroken. Hij was daar erg tevreden over en had mijn nummer bewaard. Ik was toevallig voor een congres in Londen toen hij belde en zei dat hij een "vertrouwelijk geval" voor me had. Ze had op drie plaatsen haar been gebroken.' Zijn stem trilde bij de herinnering en nu was het Elodies beurt om haar hand op zijn bovenbeen te leggen en er een kneepje in te geven.

'Daarna ging ik in Parijs werken en stuurde hij Elodie naar

me toe als zij medische zorg nodig had... en dat was regelmatig het geval.' Zijn mond was nu vertrokken tot een streep en in zijn ogen lag een harde blik. 'Hij vertrouwde op mijn discretie, en in ruil daarvoor betaalde hij me zwijggeld en hoge bedragen om haar mooi te houden.' Zijn hand streek over Elodies blote arm en hij keek haar aan met een adoratie die Chloe het gevoel gaf dat ze ergens inbreuk op maakte. 'Ze droeg altijd kleding die haar lichaam bedekte – lange mouwen, lange jurken – om de kneuzingen te verbergen... Hij was een monster. Ik kon het bijna niet verdragen dat hij dacht dat ik met hem samenspande, maar het was de enige manier waarop ik Elodie kon helpen – al was het pas wanneer het kwaad was geschied.'

'Hij was de enige die de waarheid kende en die ik kon vertrouwen,' zei Elodie nu met een stem die zo zacht klonk dat een lichte bries haar bijna overstemde. 'Soms was ik bijna blij als mijn echtgenoot me mishandelde, omdat ik wist dat ik dan Lucas weer zou zien.'

Lucas' hand vond de hare weer. Hij keek Poppy en Chloe aan. 'Ik smeekte haar om hem te verlaten. Op een dag zou hij haar vermoorden, dat wist ik zeker, maar ze was te bang. Als een konijn dat door koplampen werd verblind, kon ze niets beginnen. De bewakers die haar zogenaamd beschermden, brachten tot in de details verslag aan hem uit. Ze zat gevangen. Hoe ontsnap je aan zo'n man? Een man die de middelen heeft om elke plek op de planeet af te laten zoeken?'

'Door je eigen dood in scène te zetten,' zei Chloe met gedempte stem.

'Ik had jarenlang geld opzijgezet,' zei Elodie. 'Ik had een rekening bij een bank in Zwitserland die zo discreet was dat zelfs mijn echtgenoot er niet bij zou kunnen. Ik wist niet of ik het geld ooit zou gebruiken, maar toen ik ontdekte dat ik in verwachting was, veranderde alles – en al helemaal omdat de baby niet van hem was. Ik achtte hem ertoe in staat een DNA-test te laten doen, voor de zekerheid. En als hij achter de waarheid was gekomen, had hij ons allemaal laten vermoorden.'

Ze huiverden in de stilte die volgde.

'Heeft hij jou ooit verdacht?' vroeg Chloe aan Lucas.

'Nee. We zijn uiterst voorzichtig geweest. Geen telefoontjes. Geen e-mails. Nooit. We zagen elkaar soms maanden niet, en als we elkaar wél zagen, was dat altijd in mijn kliniek. Ik plande zoveel tijd vrij als mogelijk was zonder achterdocht te wekken.'

'En dan wachtten we op de volgende mishandeling,' voegde Elodie eraan toe.

'Jezus christus,' mompelde Poppy. 'Maar hoe ben je dan toch weggekomen?'

'Dat kwam door jou, Poppy.'

'Door mij?'

'Toen ik op die maandagochtend belde, wilde ik je eigenlijk vragen om tickets voor het WK voetbal in Rusland te regelen. Alexander is gek op voetbal en ik dacht dat hij misschien ook weleens graag in zijn vaderland wilde zijn. Dus zou hij hopelijk een aantal dagen wegblijven. Ik moest er niet aan denken dat hij terug zou komen. Ik begon te vermoeden dat ik zwanger was, maar ik had de bevestiging nog niet gezocht – ik wist dat ik tot levenslang veroordeeld zou worden. Maar toen nam jij op, Chloe.' Elodie keek haar aan. 'En je vertelde me dat Poppy een ongeluk had gehad. En hoe afschuwelijk dat ook was, ik besefte dat ik daardoor eenmalig de kans zou krijgen weg te komen. Ik wist dat het nu of nooit was.'

Chloe knikte. Ze herinnerde zich het telefoontje van de vrouw die had opgehangen. Ze had opgehangen. Chloe was ervan uitgegaan dat het Rosaria was, maar die gebruikte natuurlijk haar stem nooit voor twaalf uur 's middags.

Elodie keek met vurige ogen naar hen beiden. 'Ik schaam me om het te moeten toegeven, maar het ongeluk bood mij de mogelijkheid om te ontsnappen. Chloe, jij nam waar voor Poppy, maar ik wist dat het zou even duren voordat je zou zijn ingewerkt. Joel woonde in New York, dus Lucas belde hem direct om hem te vragen naar jullie kantoor te gaan en zich als cliënt te laten inschrijven. Ik kon niet zelf een huis gaan kopen – als het op mijn naam kwam te staan, zou Alexander er onmiddellijk achter komen – maar met behulp van de discrete service van Invicta kon jij een heel nieuw leven voor mij voorbereiden.'

Chloe keek naar Joel, die zijn blik al op haar had gericht. 'En het stond los van alles,' mompelde ze. 'Zelfs als Alexander argwaan zou krijgen, zouden er geen sporen zijn – jij was een heel andere cliënt en je gebruikte een valse naam. Het ergste wat er kon gebeuren was dat hij erachter zou komen dat jij de broer van zijn dokter was. Misschien een bijzonder toeval, maar alarmerender zou het niet worden.'

Elodie glimlachte beschroomd en bloosde. Ze was uitzonderlijk mooi. 'Het was bijna kostelijk dat Alexanders eigen lifestylemanager, die zijn leven altijd zo perfect voor hem regelde, me nu feitelijk hielp hem te verlaten.'

'Dat was verdorie meer dan kostelijk!' Poppy grijnsde. 'En weet je? Ik ben blij dat ik mijn kleine steentje heb bijgedragen! Wat gebroken botten om je te helpen ontsnappen? Helemaal de moeite waard!'

'Het was meer dan een klein steentje!' zei Chloe met een glimlach, maar dit leek haar niet het juiste moment om het over de hersenoperatie te hebben. 'Maar... wat nu?' Ze keek weer naar Lucas. 'Werk jij nog voor Alexander? Je was op zijn jacht toen Elodie net vermist werd...'

'Nee, maar ook dat moesten we voorzichtig aanpakken. Het zou verdacht zijn geweest als we allebei tegelijkertijd waren verdwenen,' zei Lucas met een knikje. 'Dus toen Elodie was verdwenen, bleef ik nog een maand op mijn plek. Daarna sloot ik mijn kliniek en deelde ik mee dat ik arts-onderzoeker zou worden in Tokio.'

'Maar zou het voor Alexander niet gemakkelijk zijn om te traceren? Hoeveel dokters Inkham zijn er orthopeed in Tokio?'

'Geen, uiteraard. Mocht hij het ooit nagaan, dan komt hij erachter dat ik ook ben verdwenen – maar ik betwijfel of hij dat zal doen. Nu Elodie er niet meer is, heeft hij mijn diensten niet meer nodig. Bovendien hebben Elodie en ik allebéí de geboortenaam van haar moeder aangenomen. Beiden hebben we een nieuwe identiteit. Alleen zo zijn we veilig.'

'Voor wat het waard is, ik denk niet dat hij op zoek zal gaan. Ik geloof echt dat hij denkt dat je dood bent.' Chloe keek Elodie aan. 'Wist je dat Alexander dacht dat Lorenzo Gelardi je had ontvoerd?'

'Echt?' Elodie zweeg even en er leek een huivering van pijn door haar heen te gaan.

'Hij veronderstelde dat Lorenzo hem zo wilde afleiden van het vijandige overnamebod dat hij had gedaan. En tegen de tijd dat hij zich realiseerde dat dat niet het geval was...'

'Nou, het verbaast me niets,' zei Elodie na een lange stilte. 'Het menselijke is bij hem altijd ondergeschikt aan het financiële. Buiten die context heeft hij nergens oog voor. En het zou niet eens in hem zijn opgekomen dat ik zelfmoord zou kunnen hebben gepleegd. Hij vond dat ik een perfect leven leidde: huizen overal ter wereld, de prachtigste kleren die ik me kon wensen... Waarom zou ik mezelf van het leven beroven?'

Ze liet Lucas' hand los en zakte weer achterover tegen de kussens met haar armen om haar ongeboren kind. 'Ik heb hier nu meer dan hij ooit zal kunnen begrijpen.' Ze gebaarde naar de tuin, naar Lucas, naar haar buik. 'Mijn leven hier is veel rijker dan het met hem ooit is geweest.'

'Van je hieperdepiep hoera,' zei Poppy. Ze zwaaide haar ene lange been over het andere en hief haar glas. 'Maar ik zou nog wel graag willen weten hóé het je is gelukt om 's avonds laat van een jacht in de Middellandse Zee te verdwijnen?'

'Ah, ja.' Elodie glimlachte met een knikje naar Joel, die er de hele tijd stil bij had gezeten. 'Gelukkig voor mij is mijn zwager ex-marinier. En hij is commando geweest in Afghanistan.'

Chloe's mond viel open. Nou, dat verklaarde een hoop! Haar ogen ontmoetten de zijne weer, wat niet moeilijk was. Hij kon zijn ogen niet van haar afhouden. Het was alsof hij haar in een mantel hulde.

'Joel heeft Lucas geleerd om míj te instrueren hoe ik in het water kon springen zonder een grote plons te veroorzaken...'

Chloe dacht aan zijn duik van de rots, zijn onverschrokkenheid. De herinneringen leken steeds onuitgesproken tussen hen te worden uitgewisseld.

'Maar... het was vast heel hoog! Je zult wel doodsbang zijn geweest!' zei Poppy vol ontzag.

'Ja. Ik was bang. Maar Joel had gezegd dat het jacht me de beste kans bood om spoorloos te verdwijnen. Ik moest uiteraard wachten tot we voor anker lagen en de motoren uit waren. Verder was het een kwestie van wachten tot de avond zou vallen. Joel had een kleine boot gehuurd en lag wat verderop. Er lagen wel meer kleinere boten, dus dat wekte geen argwaan.'

'Maar konden de bewakers een andere boot dan niet horen, al zagen ze je niet?'

'Ik had een opblaasbare rubberboot bij me,' zei Joel. 'Zodra het donker genoeg was, roeide ik naar het jacht, maakte het bootje vast aan de achtersteven en wachtte.'

'Maar stel dat de bewakers je hadden gezien?' vroeg Chloe, vol bewondering voor de gewaagde onderneming. Hij had zichzelf doodleuk aan het jacht vastgemaakt en vervolgens zitten wachten?

'Ze konden me niet zien, zelfs niet als ze naar beneden keken. De romp was op die plek aan de bovenkant breder dan aan de onderkant, dus ik lag er goed verborgen.'

'We hadden wel wat pech, trouwens,' voegde Elodie eraan toe.

'Er was die avond een groot feest gaande aan de kust en er werd vuurwerk afgestoken. De hemel werd steeds verlicht. Ik was doodsbenauwd dat we toch opgemerkt zouden worden.'

'Ja, maar uiteindelijk heeft het waarschijnlijk in ons voordeel gewerkt,' zei Joel met zijn ogen op Elodie gericht. 'Het betekende dat ze je niet in het water hoorden springen, en ik denk dat we er ook tijd mee hebben gewonnen – ook de bewakers keken ongetwijfeld naar het vuurwerkspektakel.'

'Ik weet niet wat ik moet zeggen,' mompelde Chloe. 'Het is nogal wat.'

'Ja. We kunnen het zelf nog amper geloven.' Elodie legde met een glimlach haar hoofd op Lucas' schouder.

'Maar waarom Griekenland?' vroeg Poppy. 'Ik bedoel, afgezien van de schitterende zee, de prachtige vergezichten, het heerlijke weer...'

Elodie lachte. 'Mijn oma was een Griekse en ik heb hier als kind veel gelukkige zomers doorgebracht. Dit land heeft voor mij altijd symbool gestaan voor veiligheid. En op deze plek is het rustig. Ik hou van de... rustieke sfeer. Het voelt authentiek en dat is waar ik naar op zoek ben na al die tijd gekooid te zijn geweest.'

'Ik snap dat het nú fijn is.' Poppy trok haar neus op. 'Maar zal het op den duur niet wat eenzaam worden?'

Elodie zuchtte tevreden. 'Ik weet dat dat voor de meeste mensen zou gelden, maar ik heb de hele wereld al gezien. Ik heb op elk continent gewoond en de meest uitgelezen wijnen gedronken. Ik heb gedineerd met prinsen en presidenten, en niets van dat alles was zo heerlijk als zitten in deze tuin met de vogels en de geiten.'

'En de ezels!' voegde Poppy eraan toe. 'Ik vind de ezels grandioos.'

Elodie lachte. '*Exactement*! Misschien dat we over een paar jaar een huis in een dorpje zullen zoeken, dichter bij een school voor dit kleintje. Maar Alexander mag er nooit achter komen dat ik nog leef. Mijn leventje moet klein blijven en dat is een prijs die ik graag betaal. Ik ben naar Griekenland gekomen om te ontsnappen.'

'Nou, proost dan maar,' zei Poppy, en ze hief haar glas in een triomfantelijk gebaar van solidariteit. Ze zou in New York weliswaar niet de gerechtigheid krijgen die ze verdiende, maar dit was toch een soort genoegdoening. 'Op jouw Griekse ontsnapping.'

Chloe's blik gleed weer naar Joel. Waren ze niet allemaal hiernaartoe gekomen om te ontsnappen? De drie vrouwen waren hier in elk geval gekomen met een gebroken hart of gebroken botten.

Chloe stond voor de luiken en wist dat ze nog slechts één grendel van haar toekomst was verwijderd. Ze had die van hem in de naastgelegen kamer al horen knarsen. Haar oren waren op het geluid gespitst.

Ze haalde diep adem, schoof de grendel opzij en liep naar buiten. Hij zat al op het muurtje van het balkon te wachten met wat flesjes bier in een ijsemmer.

Zijn ogen ontmoetten die van haar met een veelzeggende blik. Het was de eerste keer vanavond dat ze alleen waren.

'Ik dacht dat je getrouwd was,' zei ze zacht, om een verklaring te geven voor haar snelle vertrek op de ochtend na hun intieme samenzijn. Hij reikte haar een biertje aan; het glas voelde koel aan tegen haar handpalm. 'Want ik hoorde je die ochtend in alle vroegte telefoneren.'

Hij knikte. 'Niet zo'n gekke gedachte.'

Ze aarzelde. 'En toen ik terugkwam in New York, kreeg ik te horen dat je een oplichter was... Een fraudeur...'

Hij knikte weer. 'Daar viel weinig tegen in te brengen.'

'En vervolgens dacht ik dat je geld had witgewassen! Wat

nou?' zei ze lachend toen ze zijn gezichtsuitdrukking zag. 'Het was de enige logische verklaring.'

'Ach ja, ook dat kan ik wel begrijpen,' zei hij instemmend.

'En uiteindelijk dacht ik dat je een bedrijfsspion was. Dat je voor Alexander werkte.'

Hij opende zijn mond, maar leek niet te weten wat hij moest zeggen. Hij fronste. 'Ik weet niet of ik aan deze hoge verwachtingen kan voldoen,' zei hij droogjes.

'Lijkt me ook geen goed idee.'

'Echt niet? Je bent dus niet teleurgesteld dat ik alleen maar de trotse eigenaar ben van vijf Mexicaanse foodtrucks en een huurcontract voor een nieuwe plek in Greenwich Village?' Hij grijnsde toen haar gezichtsuitdrukking veranderde.

'Die foodtruck is van jóú?'

Hij haalde zijn schouders op. 'En de zaken gaan behoorlijk goed.' Hij rolde met zijn ogen. 'Hoewel het niet hetzelfde is als eigenaar zijn van een internationaal ingenieursconcern.' De vragende blik in zijn ogen verbaasde haar. Dacht hij dat het verschil zou maken dat hij niet superrijk was? 'Ik word voorlopig geen lid meer van Invicta.'

Ze glimlachte. 'Prima. Dan geef ik je korting op een lidmaatschap bij Langton Concierge.'

'Langton?'

'Dat is een van de namen die we overwegen. Poppy en ik gaan voor onszelf beginnen. Langton is een mix van onze namen. Langham en Marston.' Ze haalde haar schouders op.

'Interessant.'

'Ja, we hebben de contacten, de cliënten, de ervaring... en een behoorlijk startkapitaal.' Poppy en zij hadden Jack voor zijn appartement opgewacht in de week dat Poppy uit het ziekenhuis was ontslagen. Hij was stomdronken thuisgekomen met een stel brunettes. En hoewel ze geen tastbaar bewijs hadden voor de spionageactiviteiten van Serena en Tom, had hij al snel door dat een telefoontje naar de politie een ongunstig licht zou werpen op de timing van Invicta's overname in combinatie met de koper. Er zouden vragen worden gesteld, de mensen zouden erover praten... En met het vertrek van enkele belangrijke cliënten (Pelham en Greenleve hadden samen met Chloe en Poppy opgezegd) plus een onderzoek door HM Revenue & Customs wegens verdenking van loonkostenfraude (in gang gezet na een anonieme tip waarvan Chloe dacht dat die van Lucy's vader afkomstig zou zijn, die zijn aandelen inmiddels had verkocht), begon de stank van corruptie toch om de firma heen te hangen. Een telefoontje later hadden Poppy en zij ontslag gekregen met een gouden handdruk van vijfhonderdduizend dollar per persoon.

'Zo te horen heb je alles goed voor elkaar,' zei hij, en hij keek haar onderzoekend aan.

'Niet alles,' zei ze zacht.

Hij bleef haar aankijken. 'Heb je nog steeds problemen met vlinderstrikmannen?'

'Vreemd genoeg niet, nee.' Kate had haar met genoegen een verslag voorgelezen over Tom die was afgewezen door de East India Club omdat hij 'nogal vol was van zichzelf' (misschien was het louter toeval dat Lucy's vader daar lid was, maar misschien ook niet). En ze had van verschillende oude vrienden in Londen gehoord dat hij zelfs moeite had voldoende vrienden te vinden om met hem te tennissen. Het leek erop dat zij niet de enige was die genoeg van hem had. Ze trok een wenkbrauw op. 'Maar Marmalade, mijn teddybeer van vroeger, heeft wel een heel mooie...'

Hij knikte met lachende ogen.

'Ben je mij gevolgd?' vroeg ze terwijl ze hem aandachtig gadesloeg. Ze had zich vaak afgevraagd hoe het zat moet dat verjaardagsfeestje in het restaurant – hoe had hij anders kunnen weten dat ze die dag jarig was? Hoe wist hij dat zij daar zouden zijn?

EPILOOG

HYDRA GAZETTE | **Geboorten**

Meneer en mevrouw Fournier geven met blijdschap kennis van de geboorte van hun dochter, Liberty Poppy Chloe Fournier, op 21 februari. Zij weegt 6,5 pond. Een dierbaar eerste kind.

THE TIMES | **Huwelijken**

Op 21 februari zullen Clarissa, Lady Hungerford, uit Chelsea, sw3, en Pelham, Lord Hungerford, uit Belgravia, sw1, na een korte verloving in het huwelijk treden in het Kensington and Chelsea Register Office.

THE TIMES | **Verlovingen**

Verloofd: Rupert Oliver Valentine, de oudste zoon van meneer en mevrouw James Cranmer uit Painswick, Gloucestershire, en Lucy Clementine, de jongste dochter van meneer en mevrouw David Yorke uit Fleet, Hampshire.

CRAIGSLIST, NEW YORK | **Te huur**

Fifth Avenue, Greenwich Village, Downtown Manhattan.
1 slaapkamer. 1 badkamer. 90 vierkante meter.
Portier. Lift. Vooroorlogs. Hardhouten vloeren.
Wasmachineaansluiting. 5700 dollar. Liefst een stel.